给孩子的科幻

刘慈欣　韩松　选编

中信出版集团 · 北京

图书在版编目（CIP）数据

给孩子的科幻/刘慈欣，韩松选编.－－北京：中
信出版社，2018.10（2019.9重印）
　　ISBN 978-7-5086-9475-7

Ⅰ.①给…　Ⅱ.①刘…②韩…　Ⅲ.①科学幻想小说
－小说集－世界Ⅳ.①I14

中国版本图书馆CIP数据核字（2018）第209168号

给孩子的科幻

选　　编：刘慈欣　韩　松
出版发行：中信出版集团股份有限公司
　　　　　（北京市朝阳区惠新东街甲4号富盛大厦2座　邮编　100029）
承 印 者：北京通州皇家印刷厂

开　　本：889mm×1194mm　1/32　　印　　张：13.75　　字　　数：280千字
版　　次：2018年10月第1版　　印　　次：2019年9月第7次印刷
广告经营许可证：京朝工商广字第8087号
书　　号：ISBN 978-7-5086-9475-7
定　　价：52.00元

图书策划：■活字文化

给孩子的科幻

目 录

序一 带孩子们进入科幻世界 刘慈欣   5

序二 比别人多拥有一个世界 韩松   7

冷酷的等式 汤姆·葛德温   1

太阳风 阿瑟·查尔斯·克拉克   32

霜与火 雷·布拉德伯里   54

雪山魔笛 童恩正   112

熊发现了火 特里·比森   136

水星播种 王晋康   152

追赶太阳 杰弗里·兰迪斯   202

沧桑 吴岩   224

微纪元 刘慈欣   242

宇宙墓碑 韩松   268

巴比伦塔 特德·姜   296

异域 何夕   330

偃师传说 潘海天   362

宇宙之春 刘宇昆   378

造像者 陈楸帆   388

序一
带孩子们进入科幻世界

在传统的阅读中，孩子们接触比较多的幻想文学应该是童话，但童话的幻想是注定要破灭的幻想，其实每个人的成长过程，就是童话破灭的过程，我们在成长的岁月中渐渐明白，动物不会说话，植物没有灵魂，石头和河流也不会有生命。但科幻却不同，科学幻想走着一条与童话幻想相反的路，如果孩子们读过科幻，随着他们的成长，科学幻想不会破灭，反而变得越来越真实，随着时代的发展，这些想象变为现实的可能性也越来越大。比如给孩子们推荐最多的凡尔纳的科幻小说，其中的幻想已经大多变为现实。所以，科幻小说会以与童话完全不同的方式，对孩子的未来产生更加深远的影响。

随着年龄的增长，人们的思想可能渐渐僵化，这与身体里的血管硬化一样，将构成最大的人生危机。思想僵化有多种表现，其中最本质的是对现实和未来的认识：认为现实只有一种可能，眼前的世界是顺理成章的存在，就该是这个样子；未来也只有一种，从现实直线推导出去就能看到未来。而科幻小说能够避免这种僵化，它带来一种全新的思维方式，让孩子们认识到，世界其实具有多种，甚至是无限的可能性。首先，现实世界远不只是我们眼睛看到的这些，广阔的宇宙中可能还存在着不同的现实和形态各异的世界；未来也同样具有无限多的可能性；更重要的是，未来并不是由现实线性推导出来的，科技的发展可能产生难以想象的突变，进而产生难以想象的未来，科幻小说只是描述了这众多可能性中的一小部分。这种科幻的思维方式使孩子们的世界观拥有更加广阔的视野，创新成为思维的常态。

作为编者之一，我为这本选集所选的科幻小说，侧重于描述科技创造新世界的作品。以往有一种误解，认为科幻小说中的科技内容可能构成小读者的阅读障碍，有时候这确实是一个问题；但另一方面，由于孩子们的思想未受到成人的种种僵化经验和教条的束缚，反而更容易接受一些有悖于常识的科学理论，而超越常识正是现代前沿科学的一大特点。这就出现一个奇特的现象：越是现代的和前沿的科学理论，如量子力学中微观世界的诡异现象等，孩子们反而比成人更容易接受。在这里，关键在于科幻作品如何表现科学内容，如何把科学知识转化为鲜明生动的文学形象，我感觉自己所选的作品在这方面都做得很好。

"给孩子系列"的主编是北岛，他是一位诗人，而这本给孩子看的科幻书也充满了诗意，这种科幻的诗意不同于传统的诗意，它更加广阔宏伟，有许多全新的来自科幻想象的美和意境。希望这本书能够引领孩子们走进科幻世界，给自己的人生和未来增添更多的可能性。

刘慈欣

2018年8月8日

序二
比别人多拥有一个世界

我是一个科幻作家,科幻作家本质上是儿童,因为他们老在琢磨些"不切实际"的想法,总是在"异想天开"。我最早看科幻时,也是一个儿童,那时还在上小学。科幻给我带来了神奇感,开启了想象力的大门,使我看到,除了课堂上的书本之外,还有另外一个不可思议的世界。这种体验我一直保留至今,让我对万物始终有好奇感和新鲜感,这帮助我生活得更自在。

我写的科幻小说,包括得奖的作品,有很大一部分是儿童科幻,我能举出的便有《红色海洋》《火星照耀美国》《看的恐惧》《暗室》《沙漠古船》《本影锥下的初潮》等,主人公都是孩子。我觉得,一个人在他的成长过程中,一定要有一段时间,是由科幻相伴的,这样他才不会乏味,也不会孤独,而且,他能比别人多拥有一个世界,比别人多用一双眼睛来观察人生,这既有趣又有用。

我也听说了一种情况,就是在美国,许多的大企业家、大科学家、大发明家,他们也是从儿童时代,就受到科幻的吸引,从而萌生了创造一个新世界的想法,并决意把科幻中描写的那些奇思妙想变为现实。这就是为什么在西方,有那么多发明创造的一个原因。或许是科幻,从小就打开了他们的视野,刺激了他们大脑的发育。现在,这样的事情也逐渐在中国发生，一些互联网大公司的负责人都是科幻迷。另外，科幻小说也被收入了中国的中小学课本，进入了大中小学的考试题。

2018年是世界上第一本科幻小说《弗兰肯斯坦》诞生两百周年。北岛先生要编一本给孩子的科幻，邀请刘慈欣和我具体负责编选。我们根据一些原则，来寻找这些作品。首先，它们都在科幻史上具有地标性意义，已经被许多人视为经典，反复诵读，从中获得无穷的灵感，并滋生新的智慧。其次，不仅仅收录中国人写的，还收录国外大师的，以让读者看到，东西方的科幻，如何在不同的路径、方向上，铺陈了我们共同的想象盛宴。第三，我们没有特意寻找那些所谓"孩子适合看"的，因为凭我们的经验，科幻这个词，本身就等同于年轻和梦想，代表了人类这个物种目前正在经历的童年时代。我们接受它，就是肯定我们自己，从而树立起对当下及未来的信心。

韩松

2018年7月27日

在物理法则面前，万物平等。

——韩松

冷酷的等式

汤姆·葛德温 著 / 宝树 译 / 何翔 校

他并不是孤身一人。

向他指出这一事实的，没有别的，只是他前方控制面板上一个小小表盘的白色指针。控制室内只有他一个人；除了引擎的嗡嗡声外，也别无其他声响——但白色指针移动了。当这艘小飞船从"星尘号"发射出去的时候，指针指向零点；现在，一个小时以后，它爬高了。它显示出，在房间另一头的补给橱内，有个辐射出热量的物体。

这只可能是一种物体——一个活着的、人类的躯体。

他在飞行员座椅上向后靠去，缓慢而深深地吸了一口气，思考着他必须要去做的事。他是一名紧急派遣飞船的飞行员，对于死亡的场景早已习惯，很久以前便对此泰然处之，也深谙如何用没有情绪的客观目光去看待另一个人的死。他在必须做的事情面前别无选择。没有别的选项——但即便要一个急遣船飞行员有心力穿过房间，冷静而有意识地夺走一个从未谋面的生命，也还是需要一点时间去准备的。当然，他会去做的。这是法律，非常清楚明白地记载在《星际法规》第八章第 50 条中："任何在急遣船中发现的偷乘客，必须在发现后立即予以抛出。"

这是法律，而且不允许上诉。

这条法律并不是随意制定的，而是因为太空边疆的环境，才具有了绝对必要性。超空间引擎的发展带来了人类在银河系内的扩张，当人们散落在辽阔的边疆时，和孤立的新建殖民地以及探险队的联系便成了问题。地球人的天才和努力造出了巨大的超空间巡航舰，但时间太长，耗费也昂贵，结果数量有限，很多小殖民地都没有。巡航舰把殖民者带到新世界去并定期来回，按照严密的日程表运行，但是它们无法停下来，转去拜访那些本来安排在其他时间访问的殖民地。这样的耽搁会摧毁整个日程，导致混乱不定，可能会给地球与边疆新世界之间复杂的彼此依赖的关系带来致命的打击。

在某个日程上未被安排通航的世界，若有紧急情况发生，有必要以某种方法运去补给或支援。这种方法就是"紧急派遣飞船"或称"急遣船"，这种飞船小而且可折叠，在巡航舰的货舱内只占很小的空间；它们以轻金属和塑料制成，靠燃料耗费相对较少的小火箭引擎驱动。每一艘巡航舰都带有四艘急遣船，当最近的巡航舰收到请求援助的通信后，将落入常态空间一段时间，发射一艘带有所需补给和人员的急遣船，然后再次驰入超空间，继续其航程。

巡航舰以核转化器提供能量，而非使用液体火箭燃料。但核转化器太大也太复杂，无法安装在急遣船上。巡航舰只能够携带笨重而有限的液体火箭燃料，这些燃料必须精细地分配；巡航舰的计算机会算出每一艘急遣船完成任务所需燃料的精确数量。计算机会将航线的坐标、急遣船的质量、飞行员和货物的重量纳入计算，其结果非常精确，毫厘不差，不忽略任何东西。但是，它们不可能预见到，也不能允许有偷乘客的额外质量。

"星尘号"巡航舰接到了沃登星球上部署的一个探索团队的请求：该团队的六个人被绿卡拉蚊所带来的高热侵袭，而他们的营地恰被龙卷风蹂躏，自己携带的血清都毁掉了。"星尘号"按正常程序办理：进入常态空间，发射了带着高热血清的急遣船，然后复归超空间。现在，一个小时后，仪表指示说，在补给橱里的东西，可不只是一小盒血清。

他让自己的目光停留在橱柜的窄小白门上。那里面有一个活人在呼吸，觉得就算飞行员发现了自己的存在也为时已晚，无法改变。的确为时已晚——对于躲在门后面的人来说，比他所以为的还要晚得多，也恐怖得多，到他难以置信的程度。

没有别的选项。为了弥补偷乘客带来的额外质量，飞船将在减速时耗费额外的燃料；燃料只多耗一点点，直到飞船即将抵达目的地时都不会被注意到。然后，在地面上一定的高度——也许近到只有1000英尺，也许远到有几万英尺，这由飞船和货物的质量，以及之前减速的时间而定——那些无人留意的、多耗的燃料会让它们的短缺大白于天下。急遣船将会猝然耗掉最后几滴燃料，然后呼啸着自由落体。飞船、飞行员、偷乘客撞地时会混成一团，成为融合金属、塑料、肉和血的残骸，嵌入土地深处。偷乘客躲上飞船的那一刻，便宣判了自己的死刑，不能让他连累其他七个人一起送命。

他再次看了看那泄露秘密的白色指针，然后站起身。他必须要做的事情，对双方来说都是不愉快的，越快结束

冷酷的等式　3

越好。他走过控制室，站在白色的门边。

"出来！"他发出严厉突兀的命令，盖过了引擎的嗡嗡声。

他似乎能听到橱柜里某种鬼鬼祟祟的声音，然后又一片寂静。他似乎能看到偷乘客瑟缩在橱柜的一个角落里，因为忽然害怕起自己行为的可能后果，满腔自信也烟消云散。

"我说出来！"

他听到偷乘客移动着，服从了他的命令，他等待着，眼睛警惕地盯着门，手放在腰间的爆能枪边。

门开了，偷乘客从里面走了出来，带着微笑。"好啦，我投降了，现在怎么办？"

是一个女孩。

他瞪着对方，哑口无言，手从爆能枪边上滑落。接受眼前所见的景象，不啻身上毫无准备地挨了重重一拳。偷乘客并不是一个男子，而是一个才十几岁的女孩子，穿着白色的吉卜赛式凉鞋，站在他面前，一头棕色的卷发，头顶才到他的肩膀。她身上带着淡淡的香水甜香，仰头微笑着，天真无畏的眼睛直视着他的眼睛，等待着他的回答。

现在怎么办？要是一个男人敢用深沉挑战的嗓音这么问他，他就会用干脆有效的行动予以回答。他会收缴偷乘客的 ID 盘，让他走进气闸室。要是偷乘客拒绝服从，他就会使用爆能枪。这花不了很长时间，一分钟以内这家伙就会被弹入太空——如果偷乘客是一个男子。

他回到飞行员座椅上，打了个手势，让她坐在他身边，那里靠着墙壁有引擎控制装置的箱体，可以当凳子。

她服从了，他的沉默让她不敢再露出笑容，而转现出一种温顺认罪的神态，好像一条小狗在干坏事的时候被抓住了，知道自己必须被惩罚。

"你还没告诉我，"她说，"我错了，现在你要拿我怎么样？交罚款呢，还是什么？"

"你在这里干什么？"他问，"你为什么躲在这艘急遣船上？"

"我想去见我哥哥。他在沃登星球上参加政府的勘察团队。我有十年没见到他了，自从他参加政府勘察工作，离开地球以后就没见面了。"

"你搭乘'星尘号'是要去哪里？"

"米蜜尔星。那里给了我一个职位。哥哥一直给我们寄钱——爸妈还有我。他帮我交学费，让我上一个专门的语言班。我比预想中毕业得更早，所以他们给了我在米蜜尔星上的工作。我知道盖瑞的工作还要一年才能结束，然后他会上米蜜尔星去，所以我躲在那边的橱柜里，那儿有很大的空间。我情愿交罚款，我们家只有我们兄妹两个——盖瑞和我。我那么久都没见到他了，我可不想再等上一年，我想现在就见他，尽管我知道我大概违反了某些法规吧。"

我知道我大概违反了某些法规吧——某种意义上来说，她对法律的无知也情有可原。她是地球人，没有意识到太空边疆的法律必须——出于必然性——像催生它们的环境一样死硬无情。但是为了保护像她这样的人不至于承担自己对边疆无知的严酷后果，在通往"星尘号"急遣船存放舱室的门口有一块警示牌，上面写得清清楚楚，谁都能看到并加以注意：

未经授权
不得入内

"你哥哥知道你搭'星尘号'去米蜜尔星吗？"

"哦，知道。我离开地球前一个月就给他发了一条太空电报，告诉他我毕业了，要乘坐'星尘号'去米蜜尔星。我已经知道他再过一年要去米蜜尔星驻扎。他升职了，会常驻在米蜜尔星，不用像现在这样，一次出去一年进行野外勘察。"

在沃登星上有两个不同的勘察组。他问道："你哥哥叫什么名字？"

"克洛斯，盖瑞·克洛斯。他在第二组，他的地址上是这么写的，你认识他吗？"

请求血清的是第一组；第二组在 8000 英里外，隔着大西海。

"不，我没见过他，"他说道，同时转向控制面板，将减速率降到重力的一成，他知道这不能改变最后的结局，不过为了推迟结局的到来，他唯一能做的事只有这个。减速率改变的感觉好像是飞船突然掉了下去，女孩一惊，不自觉地半站了起来。

"我们现在飞得更快了，是吗？"她问道，"为什么要这么做？"

他告诉她实话："为了暂时节省一点燃料。"

"你的意思是，我们没有很多燃料吗？"

他暂未说出那个很快就得告诉她的答案，而是问道："你怎么偷偷上船的？"

"就是趁没人看到走进来的啊，"她说，"我正在跟一个补给部门做清洁的格兰尼星女孩练习讲格兰尼语，这时有一个人带着命令进来，要提走给沃登星勘察团的补给品。就在飞船准备好出发，你进来之前，我溜进了补给橱。就是一时冲动，我想偷着上船就能见到盖瑞了——不过从你这么严肃地盯着我的表情来看，我觉得这次冲动也许不太明智。"

"不过我是一个模范罪犯，不，我是说囚犯。"她又朝着他微笑了，"除了罚款之外，我还愿意支付留我在沃登星上的费用。我能做饭，能给每个人缝衣服，我知道怎么做一切有用的事，我甚至还懂得一点护理。"

要问的还有一个问题：

"你知道勘察团的人要求的是什么补给吗？"

"问这个干吗？不知道。我猜是他们在工作中要用的设备吧。"

为什么她不是一个怀着不可告人动机的男人？比如一个逃犯，希望在荒凉的新世界消失无踪；一个投机者，希望去一个新的殖民地找到金羊毛而发财致富；或者一个妄想狂，打算要……

也许每个急遣船的飞行员在其生涯中都会有一次在船上发现这样一个偷乘客：扭曲反常的男人，卑鄙自私的男人，粗鲁危险的男人……但是以前从未有过一个微笑的蓝眼睛女孩，她愿意支付罚款，并为她的留下而工作，只为了见到她的哥哥。

他转向控制面板，扭动一个开关，向"星尘号"发射信号。呼叫是徒劳无用的，但是他不能在耗尽了虚妄的希望之前就抓住她，把她塞进气闸室，好像是对一个动物或男人那样。好在在此期间，这种耽误对以 0.1 重力减速的急遣船来说不会有什么危险。

一个声音从通信器里传出："这是'星尘号'，表明你的身份和意图。"

"我是巴顿，急遣船34G11，紧急情况，给我转接德尔哈特指挥官。"

当请求接入适当的频道时，传来一阵轻微杂乱的噪声，女孩看着他，不再带着笑容。

"你是让他们来抓我吗？"她问道。

通信器滴了一下，一个遥远的声音说道："指挥官，急遣船要求——"

"他们要来抓我吗？"她又问，"我还是不能去见我哥哥吗？"

"巴顿？"德尔哈特指挥官粗声大气的话语从通信器中传出，"紧急情况是怎么回事？"

"一个偷乘客。"他答道。

"一个偷乘客？"询问中略有讶异，"这倒是不常见，不过为什么按紧急情况呼叫呢？你及时发现了他，就不会有什么明显的危险，我想你也告诉了飞船记录部，这样能通知他最近的亲属。"

"这就是我为什么首先要呼叫你。偷乘客还在船上，情况很特别——"

"特别？"指挥官打断了他，声音里有着不耐烦，"他们能有什么特别的？你知道你只有有限的燃料；你也和我一样清楚法律的规定：'任何在急遣船中发现的偷乘客，必须在发现后立即予以抛出。'"

女孩骤然发出倒吸一口气的声音："他是什么意思？"

"偷乘客是一个女孩子。"

"什么？"

"她想去见她哥哥。她还是个孩子，根本不知道她实际上在干什么。"

"我懂了，"指挥官口吻中的粗暴消失了，"所以你呼叫我，希望我能做什么？"他不等答案就说下去，"对不起，我什么也做不了。这艘巡航舰必须按日程行进；这关乎很多人的性命，不是一个人。我知道你的感觉，但我无力帮你。你必须把事办完。我会把你转到飞船记录部。"

通信器的声音静默了，只有微弱的沙沙声。他转向女孩。她在座位上向前探出身体，几乎是僵硬的，她的眼睛大睁着，流露出受到惊吓的目光。

"他是什么意思啊？把事办完？把我抛出……把事办完——他是什么意思？不是听起来的意思吧？他不可能是那个意思。他是什么意思？他到底是什么意思啊？"

她剩下的时间太短了，以至于就是说假话安慰，也只是在制造很快会被残酷戳破的幻觉。

"他就是听起来的那个意思。"

"不！"她缩了回去，好像挨了他的殴打，一只手半抬起来，仿佛要挡住他，眼里装着的是强烈的不愿相信的神情。

"这是不得已的。"

"不！你在开玩笑，你疯了！你不可能是认真的！"

"对不起，"他慢慢地，温柔地对她说，"我应该刚才就告诉你，我应该的。不过我首先得想办法。我必须得呼叫'星尘号'，你听见指挥官的话了。"

"但是你不能——如果你让我离开飞船，我会死的。"

"我知道。"

她审视着他的脸，不肯相信的眼神不见了，代之以茫然的恐惧。

"你——知——道？"她一字一顿地说，茫然而又惊奇。

"我知道，但只能这样。"

"你是认真的，你真的是认真的。"她靠在墙壁上，柔弱无力得像一个小布娃娃，一切抗议和不信都消失了。

"你要干这事——你要去让我死？"

"对不起，"他又说了一遍，"你不知道我有多抱歉。但只能这样，全宇宙都没有人能够改变。"

"你要让我去死，可是我没有干任何该被处死的事——我什么也没有干——"

他深深又疲惫地叹了口气："孩子，我知道你没干，我知道你没有……"

"急遣船，"通信器发出急促的金属音，"这是飞船记录部，把相关对象 ID 盘上的所有资料发给我们。"

他离开座椅，站在她面前，她紧抓着座椅边沿，仰着头，棕发下脸蛋惨白，口红凸显出来，像是血红色的丘比特之弓。

"现在？"

"我要你的身份证明盘。"他说道。

她松开了座椅的边沿，用颤抖的手指笨拙地摸索着脖子上的项链，那里挂着她的塑料盘。他俯身，解开上面的扣子，然后拿着盘回到椅子上。

"记录员，这是你要的资料，身份号 T837——"

"等等，"记录员打断道，"这当然是要存入灰卡的吧？"

"是的。"

"那么处决时间是？"

"我待会儿告诉你。"

"待会儿？这是完全不合常规的。必须首先告知对象的死亡时间再——"

他努力让自己说清楚："那么我们就稍微不合常规一点处理吧，我首先把 ID 盘上的内容读给你。对象是一个女孩，她正在听着我说的话，你能明白这个吗？"

记录员短暂地沉默了片刻，似乎也被震惊，然后他温和地说："对不起，请继续。"

他开始读出盘上的内容，读得很慢，尽可能延长不可避免一刻的到来，尝试多给她一点他能给的微末时间，让她从最初的恐惧中恢复过来，能以平静来接受和顺从。

"编号：T8374，破折号，Y54。姓名：玛丽琳·李·克洛斯。性别：女。生于 2160 年 7 月 7 日。（她只有十八岁啊。）身高：5 英尺 3 英寸。体重：110 磅。（体重很轻，但对蛋壳一样轻薄的急遣船来说，已足以在质量上增加致命的分量。）头发：棕。眼睛：蓝。肤色：白。血型：O。（无关紧要的资料。）目的地：米蜜尔星港口城。（这已经作废了——）"

他念完了，说："我会再打给你。"然后又转向女孩。她蜷缩在墙边，用一种麻木又痴傻的眼神看着他。

"他们在等着你杀我，是不是？他们想要我死，是吗？你，还有巡航舰上的人都要我死，不是吗？"然后麻木被打破了，她的声音像是一个被吓坏的不知所措的孩子。"每个人都想要我死，可是我什么也没干过！我没有伤害任何人，我只是想要见我哥哥。"

"不是你想的那样，根本不是那么回事。"他说，"没有人想要这样的，假如人力能够改变，没有人会这么办的。"

"那为什么要这样啊！我不明白。为什么？"

"这艘船带着卡拉热的血清去给沃登星上的第一勘察组。他们自己的血清被龙卷风毁掉了。第二组也就是你哥哥在的那一组，在 8000 英里外，隔着大西海，他们的直升机没法飞过去帮第一组。要是血清不能及时送到，得了高热的人必死无疑，第一组的六个人就会送命，除非这艘飞船能够按时抵达。这些小飞船的燃料总是刚好能到达目的地，而如果你留在船上，你额外的重量会让它在落地前就耗尽所有燃料。它会坠毁，你我都会送命，而等着这些血清的六个人也死定了。"

她沉默无语有一分钟之久，当她思考着他的话语时，她目光中的呆滞也消失了。

"是这样吗？"她最后问道，"只是因为飞船没有足够的燃料？"

"是的。"

"要么我一个人死，要么其他七个人和我一起死，是这么回事吗？"

"是这么回事。"

"没有人想要我送命？"

"没有人。"

"那么也许——你确定不能做点什么吗？如果别人能帮我，他们不会帮忙吗？"

"大家都想帮你，但是谁都做不了什么。我刚才呼叫了'星尘号'，这也是我唯一能做的事。"

"它飞不回来——但也许有其他的巡航舰呢，不是吗？也许在哪里有什么人，能做点什么帮我，难道连一点点希望都没有吗？"

她微微倾向前方，急切地等待他的答案。

"没有。"

这个词如冷冷的石头落下，她再次靠在墙壁上，脸上的希望和急切都不见了。"你确定吗？你知道你确定吗？"

"我确定。在 40 光年以内，没有其他的巡航舰。没有什么人或什么东西能改变这事了。"

她垂下头，看着自己的双腿，用手指拧着裙子上的褶子，渐渐理解了这冷酷的现实，不再说话了。

这样要好一些。当一切希望都消逝，恐惧也会消逝；当一切希望都消逝，便只有顺从。她需要时间，可她只有那么一点点时间。有多少呢？

急遣船并未配备船体冷却装置，在进入大气层之前，其速度必须降低到适当水平。而他们在以 0.1 的重力减速，因此以比计算机所安排的高得多的速度在接近目的地。当"星尘号"发射出急遣船的时候，已经相当接近沃登星了。他们目前的速度让他们每一秒都离沃登星更近一分。很快就要达到一个临界点，他必须重新开始减速。此时女孩的重量乘以减速的重力，将立刻成为一个极端重要的因子，而在决定急遣船的燃料用量时，计算机根本没有算入这个因子。减速开始时她就必须离开，没有别的法子。那将是什么时候呢？他还能让她在这里待多久？

"我还能待多久？"

这句话让他仿佛听到了自己思想的回声，他不禁微微一颤。多久？他不知道，他得问巡航舰上的计算机。每一艘急遣船都稍微多给了一些燃料，以备在大气层中碰到恶劣的天气，现在还只是消耗了较少的燃料。计算机的存储库中还有关于急遣船航线的一切数据。只有当飞船到达目的地后，这些数据才会被消除。他只需要给计算机以新的资料：女孩的体重以及他将减速率削减为 0.1 重力的精确时间。

"巴顿！"他正要开口呼叫"星尘号"，德尔哈特指挥官的声音忽然从通信器中传来，"我问过记录员，他说你还没有完成报告。你降低减速率了吗？"

看来指挥官知道他一直尝试干的是什么。

"我正以 0.1 的重力减速，"他答道，"我在 17：50 降低减速速度，增加的重量是 110 磅。在计算机允许的情况下，我想要保持 0.1 的重力减速。你能问问计算机的计算结果吗？"

急遣船飞行员对于计算机设定好的路线或减速率加以改变，是违反规定的，不过指挥官并没有提起，也没有问理由是什么。他没有必要问，他能当上一艘星际巡航舰的指挥官，自然足够聪明，理解人性。他只是说："我会把数据给计算机的。"

通信器又沉默了，他和那女孩等待着，谁也没有说话。他们不用等待太久，计算机片刻后就能给出答案。新的因子会被输入第一存储库的钢铁之胃中，电子脉冲会在复杂的电路里运行。这里或那里某个继电器可能响一下，一个小小的齿轮可能会翻过来，但本质上来说是电子脉冲找到答案的。它无形无状，没有思想，不可看见，却以极高的精确度决定了他身边这个苍白的女孩能活多久。然后第二存储库的五根小小的金属条将以高速此起彼伏地碾压过一根墨带，第二钢铁胃将要吐出一张纸条，上面印着答案。

当指挥官再次说话时，设备面板上的精密计时器正显示为 18：10。

"你得在 19 点 10 分重新恢复减速。"

她望了一眼精密计时器，眼睛迅速移开了。"那就是……我离去的时间吗？"她问道。他点点头，她又垂下头看着双腿。

"我让人把航线修正资料报给你，"指挥官说，"一般来说我根本不会批准这种事，不过我理解你的处境。除了这个，我没有什么可以做的，而你也不能再偏离这些新的指示。你要在19点10分完成你的报告。下面就是航线修正资料。"

某个不认识的技术人员为他念起资料，他把它们记在控制面板边上夹着的便笺本上。他看到，当他接近大气层时，减速要分阶段进行，将会有五倍的重力：在五倍重力下，110磅会变成550磅。

技术人员念完了，他简短地道谢后便终止了对话。然后他犹豫了片刻，关掉了通信器。此时是18：13，在19：10之前，他没什么好报告的了。同时，让别人听到女孩在最后一小时中可能会说的话，似乎有点不体面。

他开始查看仪表的读数，慢吞吞地进行着毫无必要的检查。她必须要接受自己的处境，而他没法做什么去帮她接受，同情的话语只会适得其反。

18：20的时候，她摆脱僵硬状态，开口说话：

"所以，我只能这样了？"

他转身面对着她："你现在明白了，是吗？如果能改变，没人会让事情变成这样的。"

"我明白。"她说。她脸上回复了一点血色，口红也不像刚才那么红得鲜明突出了。"没有足够的燃料能让我留下来。我躲在船上的时候，就惹了大麻烦，我自己还一无所知，现在我得付出代价了。"

她违背了一条人定的法律——"不得入内"，但惩罚却不是人定下的，也不是人所希望的，更不是人力所能取消的。一条物理学法则规定：数量为h的燃料能令质量为m的急遣船平安到达其目的地。第二条物理学法则规定：

数量为 h 的燃料不能令质量为 m+x 的急遣船平安到达其目的地。

急遣船只遵循物理法则，而人的同情就算再多，也不可能改变第二条法则。

"但是我怕。我不想去死，现在还不想；我想活下去，却没有人做什么事来搭救我。人人都让我这么去做，好像我不会有事一样。我要死了，但压根没人关心。"

"我们都关心你，"他说，"我，指挥官，还有记录部门的职员，我们都关心你，而且每一个人都做了自己能做的一点点事来帮你。这不够——这几乎微不足道——但我们也只能做这些了。"

"没有足够的燃料——那个我能理解，"她说，好像根本没听到他的话，"但是为了这个就要死，我，一个人……"

对她来说，要接受这事实是多么艰难啊。她从未了解过死亡的危险，从未了解在太空这样的环境里，人的生命之脆弱易逝，有如拍在海边石头上的大海泡沫。她属于温柔的地球，在那个和平安全的社会里，她年轻快乐，可以和同伴们在一起欢笑不断；在那里生命宝贵，被好好地保护着，人们知道明天总会到来。她属于那个风轻日暖的世界，那个有音乐和月光，和蔼可亲的世界，而不是这个冷酷荒凉的边疆。

"这些怎么会发生在我头上，还快得吓人？一小时以前我还在'星尘号'上，前往米蜜尔星。现在'星尘号'继续前进，却已经没有了我，而我要死了，再也见不到盖瑞、妈妈和爸爸了。我什么都见不到了。"

他犹豫着，想着该怎么解释给她听，让她能真正明白，不至于感觉自己成了一种残酷而毫无理由的非正义的牺牲品。她不知道边疆是怎样的，还是按照地球那种太平安全的方式去思考。在地球上漂亮女孩不会被扔到船外，法律绝不允许。在地球上她的不幸会在新闻上大播特播，黑色巡逻快艇会赶着去营救她。地球各处，人人都会知道玛丽琳·李·克洛斯，会不遗余力地去拯救她的生命。但是这里不是地球，没有巡逻船只，只有"星尘号"，以超过光速几倍的速度把他们抛在身后。没有人会帮她，明天的新闻广播里也不会有微笑的玛丽琳·李·克洛斯，玛丽琳·李·克洛斯将只不过是一个急遣船飞行员的惨痛回忆，以及飞船记录部门灰卡上的一个名字。

"这里不一样，这里不像在地球老家，"他说，"并不是大家不关心你，而是没有人能做什么来帮你。边疆辽阔无边，殖民地和探险队沿着广袤的边缘散布，星星点点，彼此远离。比如说在沃登星上只有 16 个人——整个星球上只有 16 个人。探险队、勘察团，小小的原始殖民地——他们都在和陌生的环境做斗争，为了给后来者创造条件。而环境也在反击，那些第一批去的人往往只犯一次错误就完了，再没第二次机会。在边疆的外缘没有安全地带，直到他们已经为后来者开拓了道路，直到一个个新世界已经改造、安定下来。而在那以前，人们就得为自己的错误付出沉重代价，没有人会来帮助他们，因为没有人能够帮助他们。"

"我是要去米蜜尔星的，"她说，"我不知道边疆的情况，我只是要去米蜜尔星，那里是很安全的。"

"米蜜尔星是安全的，但是你离开了把你带到那里去的巡航舰。"

她沉默了一会儿，"一开始一切都那么美好。在这艘船上有足够的空间给我，而我很快就能见到盖瑞了……我不知道燃料的事，不知道我会遇到这种事……"

她的声音逐渐弱下去。他转向了显示屏，不想再看她苦苦挣扎着克服黑暗的恐惧，直到平静下来接受一切。

沃登星是一个球体，笼罩在充满蓝色薄雾的大气层里。它在太空中游弋着，背景是一片死寂的黑暗，上面点缀着群星。曼宁大陆的主体像个大沙漏一样在东海伸展着，而东部大陆的西半边还清晰可见。在球体右面的边缘部分有一条很细的阴影，东部大陆在行星的自转中没入其中。一小时以前，整个大陆还能看见，现在其中 1000 英里已经进入了狭长的阴影边缘，转入这个世界另一边的黑夜中。上面一个暗蓝色的斑点是莲花湖，它正在接近阴影。第二勘察组驻扎的地方就是靠近该湖南岸的某处。很快这里就会变成夜晚，当夜晚到来后，沃登星的自转将让飞船无法通过无线电联络第二组。

他必须告诉她可以和哥哥通话的事，要不然就太晚了。某种意义上，若是他们不进行通话，也许对双方更好，但这不是他想做的。对每个人来说，最后的话别都是值得保留和怀念的，它像刀割一样痛苦，又会是无比珍贵的回忆，将伴随她最后的一段短暂时光和她哥哥余下的整个生命。

他按下了按钮，在显示屏上出现了网格线条，他可以用已知的行星直径来估算从莲花湖的南端移动到无线电的范围之外要走多少距离，大约是 500 英里。500 英里，30 分钟。现在精密计时器的读数是 18：30。即便考虑到误差，沃登星的转动最晚也将在 19：05 卡断她哥哥的声音。

西部大陆的海岸线已经在这世界左边的边沿处进入视野。再往西 4000 英里是西海的海岸线和第一组的营地。

龙卷风就是在西海上产生的，它狂怒地袭击了营地，摧毁了他们半数的预制组装建筑，包括存放医疗物品的那栋。两天以前，龙卷风还不存在，它不过是平静的西海上的一些温和气团。第一组出发进行常规的勘察工作，根本没有意识到，海上的空气团即将碰撞产生出巨大的力量。龙卷风毫无警告地袭击了他们的营地，雷霆炸响，狂风怒吼，摧毁面前的一切事物。它穿过营地，在身后留下一片废墟。它毁掉了好几个月的工作，让六个人濒临死亡，然后就像工作完成了一般，再度分解为温和气团。虽然它带来了死亡，但它毁灭一切却既非出于恶意，也没有任何预谋。它是一股盲目而毫无思维的力量，只遵循自然法则，即便在这里没有人类存在，它也会沿着同样的路线，带着同样的狂暴行进。

存在要求有秩序。这秩序便是自然的法则，无法废除，不可变动。人类能够学习使用它们，但是不能改变它们。一个圆的周长永远是 π 乘以直径，人类的任何科学都不可能让它变成别样。化学品 A 和化学品 B 在条件 C 下的结合会不变地产生出反应 D。万有引力法则是一个严格的等式，对于一片叶子的落下和一个双星系统沉重的公转运动来说都同样适用，毫无区别。核转换过程为巡航舰提供动力，载着人类飞向群星；而同样的过程以一颗新星爆发的形式却足以同样有效地毁灭一个世界。法则在那里，整个宇宙服从它们而运行。一切自然力量都在太空边疆伺机而动，有时候它们会毁灭千辛万苦从地球出来的人们。边疆的人们很早就懂得，诅咒这些可能毁灭他们的力量不过是痛苦而徒劳的，因为它们又盲又聋；朝着天空祈祷仁慈也同样徒劳，银河系的群星以漫长无涯的两亿年周期游弋着，像他们自己一样被冷酷无情的法则所控制，而这些法则不知道仇恨，也不知道同情。

边疆的人们当然明白，但一个来自地球的女孩怎么能够完全理解呢？数量为 h 的燃料不能令质量为 m+x 的急遣船平安到达其目的地。对她的父母和哥哥，以及她本人来说，她是一个容貌甜美的少女。对于自然法则来说，她就是 x，一个冷酷的等式中那个多出来的因子 x。

她再度在座位上动了动，"我能写一封信吗？我想写给爸爸妈妈，还有，我想和盖瑞说话。你能让我用你那边的无线电和他说话吗？"

"我会设法联系他。"他说。

他转到常态空间信号发射机，按下信号键。几乎立刻就有人应答了他的呼叫。

"哈喽，你们那边怎么样了？急遣船在路上了吗？"

"这里不是第一组，这里是急遣船，"他说，"盖瑞·克洛斯在吗？"

"盖瑞？他和两个同事今早坐直升机出去了，还没有回来呢。不过差不多已经是日落了，他应该很快就回来了，最多一小时内。"

"你能把我转接到他直升机的无线电上吗？"

"呃，那个无线电坏了两个月了，一些印刷电路出了问题，我们没新的可以换，只有等下一次巡航舰过来了。是什么重要的事吗？是什么坏消息，还是别的？"

"是的，非常重要。当他回来的时候，请以最快速度让他到信号发射机这里来。"

"我会的。我会让一个小伙开一辆卡车去停机坪等着。还有什么需要我做的吗？"

"没了，我想就这些。把他找来，越快越好，然后给我发信号。"

他把对话的音量调到最小，不过这不会影响到信号蜂鸣器的声音。他把便笺本从控制面板上拿下来，扯下记载有飞行指导的一页，又把本子和铅笔递给女孩。

"我最好也给盖瑞写封信，"她接过它们说，"他也许不能及时回到营地。"

她开始写信，她的手指握笔的姿势显得笨拙迟疑，在写字的间隙，笔的顶端还在微微颤抖。他转回到显示屏，心不在焉地盯着它。

她是一个孤独的孩子，在尽量写下告别的话语，向亲人们表明心意。她要告诉他们，她有多么爱他们，要他们不要太为此难过，这只是一件迟早会发生在每个人身上的事，她并不害怕。最后一句是谎言，从那些歪斜不平的字迹就能看出来。这个勇敢的小谎言会让他们更加肝肠寸断。

她的哥哥是边疆的人，他应该能理解。他不会因为急遣船的飞行员没有救下她而仇视他；他知道飞行员无力挽回。他会理解的，尽管这种理解也不能让他得知妹妹逝去的震惊和痛苦减少半分。但是其他人，她的父母，他们不会理解的。他们是地球人，从未在岌岌可危，甚至根本谈不上安全的地方生活过，他们只会以地球人的方式去思考。他们会怎样去想这个陌生、匿名，却把自己女儿处死的飞行员呢？

他们会恨他，咬牙切齿地恨。但这并不重要。他永远不会见到他们，认识他们。只有他的记忆会提醒他，只有那些夜晚会令他害怕，当一个穿着吉卜赛式凉鞋的蓝眼睛女孩进入他的梦中并再次死去……

他紧锁眉头，盯着屏幕，尝试让自己的心念不被情绪左右。他没法做什么去帮助她。她在懵懂无知中把自己置于自然法则的惩罚下，而这法则不在意是否无辜，有多年轻，或者是不是漂亮，它不懂得同情，也不会宽大。而后悔也不合逻辑，不过就算知道不合逻辑，又怎能避免悔恨呢？

她偶尔停下，好像要找到恰当的词汇去表达她想告诉亲人的内容，然后铅笔又继续在纸上低语。在18：37她把信折成方块，在上面写上名字。然后她开始写另一封信，中间有两次抬头看了看精密计时器，好像生怕黑色的指针在她写完之前就走到了原定的时间点。在18：45她像对第一封信那样把第二封信折叠起来，在上面写上名字和地址。

她把信递给他。"我能把它们交给你，让你帮我放到信封里再寄出去吗？"

"当然了。"他从她手上接过这两封信，把它们放进他灰色制服衬衫的一个口袋里。

"这些信直到下一次巡航舰停靠时才能寄出，而那时候'星尘号'早已经告诉他们我的情况了，是吗？"她问道。他点点头，她继续说："那这些信在某种意义上就不重要了，但在另一种意义上又非常重要，对我和对他们都很重要。"

"我知道，我明白，我会把这事办好的。"

她瞥了一眼精密计时器，然后又看向他。"时间看起来越走越快了，是吗？"

他没有说话，也想不出任何可以说的内容，她又问道："你觉得盖瑞能及时回到营地吗？"

"我想是的，他们说他应该马上就到了。"

她开始用两个手掌前后揉搓铅笔："我希望他能回来。

我觉得好难受，好害怕，我想再听到他的声音，也许我就不会觉得那么孤单了。我是个懦弱的人，我没办法。"

"不，"他说，"你不是懦弱的人，你害怕，可并不懦弱。"

"这有什么区别吗？"

他点头："区别很大。"

"我觉得好孤单啊，我以前从没有这种感觉。就好像只有我自己在这里，没有人在乎我会发生什么。可以前总是有爸爸妈妈，还有我的朋友们围着我。我有好多好多朋友，我走之前，他们还为我举办了一个欢送会呢。"

她回忆着朋友、音乐和笑声，而在显示屏上，莲花湖即将进入阴影中。

"盖瑞是不是也一样呢？"她问，"我是说，要是他犯了一个错误，他也会为此而死，没有人能帮他吗？"

"对边疆的人来说都一样，只要有边疆，永远都是这样子的。"

"盖瑞没有告诉我们。他说他赚了好多钱，总是寄钱回家，因为爸爸的小店只能勉强维持生活。但是他从来没有告诉我们边疆是这样的。"

"他没有告诉你们他的工作很危险吗？"

"倒是也说过。他提过几句，但是我们不懂。我总是想，边疆的危险一定很刺激，是那种惊心动魄的冒险，就像在 3D 电影里一样。"她脸上浮现出一个淡淡的微笑，"只不过根本不是这样的，是吧？完全不是这样的，因为这是真实的世界，你没法在电影放完以后回家去。"

"是啊，"他说，"你没法回去。"

她的目光从精密计时器落到气闸室的门上，然后又回到她手上的便笺本和铅笔上。她稍微挪了一下位置，把本子和笔放在一边的凳子上，把一只脚向外略伸了伸。他这才注意到，她穿的不是正品的维甘牌吉卜赛式凉鞋，而只是便宜的仿冒品。昂贵的维甘皮革是某种有纹理的塑料冒充的，银扣带成了镀银的铁片，而宝石只是染色的玻璃珠。"爸爸的小店只能勉强维持生活……"她肯定是在大学中途辍了学，为了谋生和帮哥哥供养父母，去专门上语言课程，在课后也许还尽可能地打零工赚钱。她在"星尘号"上的个人财产将被送还给她父母，这些东西大概价值无几，在返航的船上也占不了多少存储空间。

"这儿——"她吞吞吐吐，他疑惑地看着她，"这儿是不是有点冷？"她问道，仿佛带着歉意，"你不觉得这里有点冷吗？"

"这个……是啊。"他说。他从主温度表上看到，房间的温度完全正常，"是啊，本该再暖和一点。"

"我希望盖瑞能赶快回来，要不就太晚了。你真的觉得他能赶回来吗？该不会只是为了给我点安慰吧？"

"我想他会回来的——他们说他随时就到。"在显示屏上，莲花湖已经进入了阴影中，只剩下西面的一条细细蓝线。很明显，她可以用来和哥哥通话的时间远不如他估算的多。他不情愿地对她说："你哥哥的营地几分钟后就会离开无线电的通话范围，他会进入沃登星上的阴影区域，"他指着屏幕，"而沃登星的转动会让我们联系不到他。他就算现在回来也剩不了多少时间，说不了几句就听不到他说话了。我希望我能做点什么，要是可以，我恨不得现在就呼叫他。"

"通话的时间比我能留在飞船上的时间还短吗？"

"恐怕是的。"

"那么……"她下定决心，苍白而坚定地望向气闸室，

"那么一旦盖瑞超出无线电的范围，我就上路吧。我不会再多等了，反正没什么东西可以等待了。"

他再次感到无言以对。

"也许我根本就不该等的。也许是我太自私，也许你事后再告诉盖瑞我的事，对他来说会更好。"

虽然这么说，但她说话的神态里却有一种下意识的恳求，让他否定她的想法。他说："你哥哥不会想要你这么做的，他会希望你等他。"

"他在的地方已经天黑了，是吗？他前面还有整个漫漫长夜的煎熬，而爸爸妈妈还不知道，我不会再回家了，虽然我答应过他们的。我让我爱的每个人都伤心了，我不想这样，我是无意的。"

"这不是你的错，"他说，"这根本就不是你的错，他们会知道的。他们会理解的。"

"一开始，我是那么害怕去死，我是个懦弱的人，只想到我自己。现在我知道自己有多自私了。死亡最可怕的，不是我的消失，而是我再也见不到他们了；我再也不能告诉他们，我并非觉得自己得到他们的爱是理所当然的；我再也不能告诉他们，我知道他们为了让我的生活变得更幸福所做出的牺牲，知道他们为我做的一切；我再也不能告诉他们，我是那么爱他们，远比我告诉过他们的更深。我从来没有跟他们说过这些事情。当你还那么年轻，生活在眼前展开的时候，你怎么会对他们说这些事呢？你生怕这些话听起来感情用事，是在犯傻。

"但当你要去死的时候，就不一样了。你希望在能讲的时候曾告诉过他们，你希望你能跟他们说，对所有那些你曾经说过或干过的坏事，你感到很抱歉。你希望你能够告诉他们，你本来不想伤害他们的感情，你希望他们只记得你一直以来都那么爱他们，比你让他们知道的要深得多。"

"你不用告诉他们这些，"他说，"他们会知道的——其实他们一直都知道。"

"你确定吗？"她问，"你怎么能确定呢？我的亲人对你来说都是陌生人。"

"无论在哪里，人性和人的心灵都是一样的。"

"所以他们会知道我想要他们知道的——知道我爱着他们？"

"他们一直都知道，他们所知道的方式，比你用词语表达的要好得多。"

"我一直在想他们为我做的事情，现在这些小事对我来说是最重要的了。就像盖瑞，他在我 16 岁生日的时候寄给我一个火红宝石的手镯。它很漂亮，肯定花了他一个月的薪水。但我更记得，我的猫咪在街上被车轧死的那个晚上，那时我只有六岁，他把我抱在怀里，擦掉我的泪水，告诉我不要哭，说丝丝只是离开一小会儿，只是给自己换一身新的皮毛，第二天早上又会回到我的床脚下了。我相信他，所以不再哭了，上床睡觉，梦见我的猫咪又回来了。在我第二天早上醒来时，丝丝果然就在我的床脚下，换了一身全新的白毛，就像盖瑞说过的那样。

"很久以后，妈妈告诉我，是盖瑞在早上四点跑到宠物店，把老板从床上叫起来，那老板气疯了，但盖瑞告诉他，要么他下楼卖给他那只白色的猫咪，要么他就会打断老板的脖子。"

"我们对旁人的记忆总是那些小事，所有那些他们愿意为我们做的小事。你为盖瑞或者你爸爸妈妈也做过一样的事，这些事你忘了，但他们永远也不会忘记的。"

"我希望我做过，我希望他们像这样想起我。"

"他们会的。"

"我希望——"她哽咽了，"我希望，他们永远也不要去想我是怎么死的。我曾经在哪里读到过那些在真空里死去的人的模样。他们的五脏六腑都会破碎爆开，肺从嘴里出来，几秒钟以后，他们就干瘪变形，丑得可怕。我不想让他们想到我死了以后变成像这样的可怕模样，一次也不要。"

"你是他们的亲人，是他们的孩子和妹妹，他们想到你的时候不会是别的样子，只是你想要他们想到的模样，比如他们最后一次见你的形象。"

"我还是很怕，"她说，"我没法克制。但是我不想让盖瑞知道这个。如果他能及时回来，我要表现得好像根本无所畏惧的样子，而且——"

信号蜂鸣器打断了她，声音迅急而紧迫。

"盖瑞！"她站了起来，"盖瑞来了！就现在！"

他旋开音量旋钮，问道："盖瑞·克洛斯？"

"是的，"她的哥哥答道，声音低沉，暗含紧张，"有坏消息吗？是什么？"

她替他回答了，她紧靠着他，站在他身后，朝向通信器微微弯腰，冰冷的小手搭在他肩膀上。

"哈喽，盖瑞！"她蓄意装出轻松的口吻，只是声音有一点微微颤抖，暴露了她的紧张，"我本来想要见你——"

"玛丽琳！"他叫出她的名字，声音里有突然明白的恐惧，"你在急遣船上干什么呀？"

"我本来想要见你，"她再次说，"我本来想要见你，所以我躲在这条飞船上——"

"你'躲'在上面？"

"我是一个偷乘客……我不知道这意味着——"

"玛丽琳！"这男人大喊起来，绝望地叫着一个已经永远离开他的人，"你做了些什么呀！"

"我——这不——"然后她自己表面的镇静也崩溃了，冰冷的小手抽搐着，抓住他的肩膀，"不要，盖瑞——我只是想要来见你；我不是要让你伤心的。不要，盖瑞，请不要生气——"

某种湿热的东西落在他的手腕上，他从椅子里移出来，帮她坐进去，把话筒调到适合她的高度。

"请不要生气——不要让我在你的气恼中离开——"

她想要忍住啜泣，却在喉咙里噎住了，发出哽咽声。她哥哥对她说："不要哭，玛丽琳。"他的声音忽然间低了下去，变得无比温柔，把一切痛苦都压制下去。"不要哭，妹妹，你一定不能哭。没事的，小宝贝，一切都会好的。"

"我——"她的下唇不住颤抖，她紧咬了它一下，"我不想让你不高兴。我只是希望我们能说声再见，因为我马上就要走了。"

"当然，当然。妹妹，这都是不得已。我也不是想大叫大嚷的。"然后他的声音变成了一种迅速紧急的询问，"急遣船，你呼叫了'星尘号'吗？你核对了电脑？"

"我大概一小时前就呼叫了'星尘号'，它不可能回来，四十光年内没有其他的巡航舰了，没有足够的燃料。"

"你确定电脑里的数据对头吗？一切都确定吗？"

"是的，你觉得如果我不确定能让这种事发生吗？我做了能做的一切。如果现在还有任何我能做的，我也会尽力去做。"

"他想要帮我，盖瑞。"她的下唇不再颤抖，而上衣的短袖湿了一块，那里有她擦去的眼泪，"可没人能够帮助我，我也不会再哭了。你和爸爸妈妈一切都会好的，对吧？"

"当然——当然会好的。我们会好好过下去的。"

她哥哥的话音开始变微弱了，他把音量调到最高。"他正在超出通话范围，"他对女孩说，"再过一分钟，就听不见了。"

"你的声音越来越小了，盖瑞，"她说，"你很快要到通话范围外了。我想要告诉你——但是我现在不能再说了。我们很快要说再见了。但是也许我能再见到你。也许我能到你的梦里去，梳着小辫，因为抱着的小猫死了而哭哭啼啼；也许我能变成一股清风吹过你身边，在你耳边说话；也许我会变成一只你曾经告诉我的那种金翼云雀，傻傻地拼命对你歌唱；也许有时候你看不见我，但你知道，我会在那里陪着你。这样想着我吧，盖瑞，永远把我想成这样，而不是——别的样子。"

哥哥的回话在沃登星自转的干扰下含糊得仿佛是耳语：

"永远像这样，玛丽琳——永远像这样，而不是别的样子。"

"我们的时间用完了，盖瑞，我必须要走了，再——"她说了半个词便说不下去，嘴巴抽搐，似乎要哭出来。她使劲用手捂着自己的嘴，当她再度说话时，话音变得清晰而真确：

"再见，盖瑞。"

最后的几个词从通信器冰冷的金属中传出来，极其微弱，说不出的辛酸，说不出的温柔：

"再见，小妹——"

接下来是一片寂静，她一动不动地坐了一会儿，好像在聆听那句消逝了的话在幻觉中的回声。然后她从通信器边转开，朝向气闸室，他拉动身边的黑色控制杆。气闸室的内门迅速地滑开了，里面一个小小的空间在静候着她，她走了进去。

她昂头走着，棕色的发卷披在肩膀上。在 0.1 的重力所允许的范围内，她的白色凉鞋踏出坚定不移的步伐，镀银的带扣闪烁着红、蓝和水晶般的光泽。他让她一个人走过去，没有去扶她，因为他知道她不想那样。她走进气闸室，转身面对着他，只有她颈部的明显脉动暴露出她此刻正心跳剧烈。

"我准备好了。"她说。

他把控制杆推上去，门在他们之间迅速滑动合上，在她最后的几秒钟里，把她关在一片纯粹的黑暗中。门锁上时，发出了咔嗒一声，然后他猛然拉下红色的控制杆。

空气从气闸室里流出时，飞船微微晃动了一下，墙壁随之一震，好像是什么东西在穿过外门时撞了一下，然后便一片安静，飞船稳定地继续下降。他又把红色的控制杆推回去，关上已经清空的气闸室的外门，然后转身走回到飞行员座椅上，步履迟缓，仿佛是一个疲惫的老人。

回到飞行员座椅上以后，他按下了常态空间发射机的信号键，没有回答，他也不期待有什么回答。她的哥哥得等一整夜，直到沃登星的自转让第一勘察组转回到能够通话的位置。

还没到恢复减速的时间，他等待着，飞船在无止无休的下降中，引擎轻柔地嗡嗡颤动。他看到补给橱温度仪的白色指针回到了零点。冷酷的等式得到了平衡。他在飞船上是孤身一人了。某个变形丑陋的东西飞到了他前面，坠向沃登星，在那里她的哥哥还在彻夜等待。空荡荡的飞船里仍然有女孩的存在感，这女孩不懂得，自然力不带仇恨，也没有恶意，却能够残杀一切。看起来她几乎还坐在他身边的箱子上，她说过的话语在她留下的虚空中清晰地萦绕和回响：

"我没有干任何该被处死的事 —— 我什么也没有干——"

■ 汤姆·葛德温（Tom Godwin，1915—1980），美国科幻小说作家，一生共创作了 3 部长篇小说和 30 篇短篇小说，代表作《冷酷的等式》等。

太空中的点点白帆在太阳风中飘荡，
一曲明快的技术的赞歌。

——刘慈欣

太阳风

阿瑟·查尔斯·克拉克 著 / 织羽 译 / 何锐 校

巨硕的圆形帆面在缆绳上绷紧，吹过行星间的风已将其鼓满。比赛三分钟后就要开始，约翰·默顿却比去年任何时候都更放松，更平静。无论俱乐部主席给过出发信号后会怎样，不管"黛安娜号"是赢是输，他都已经实现了自己的夙愿。他一辈子都在为别人设计飞船，如今他要驾驶自己的飞船了。

"倒数两分钟。"舱内通信说，"确认你们的状态。"

其他船长一个接一个回应。默顿认识所有的嗓音——那些或紧张或平静的声音要么是他的朋友要么是他的对手。在四颗有人居住的星球上，有能力驾驶太阳风赛艇的人不到二十个；这些人全都在这里，在起跑线上或在赤道上空两万两千英里高的护卫舰上。

"一号，蛛网——准备出发。"

"二号，圣玛丽亚——一切正常。"

"三号，日光——正常。"

"四号，乌美拉——万事俱备。"

默顿听到最后一句回答时笑了，那是太空航行雏形时代才用的回应。可它已经成了空间航行的传统，时不时就会有人想要回忆以往航向群星的前人。

"五号，勒贝德弗——准备完毕。"

"六号，阿剌克涅——正常。"

现在轮到他了，最后一个。想到他在这个小小船舱里说的话会被至少 50 亿人听到，感觉挺奇怪的。

"七号，黛安娜——准备出发。"

"一至七号已确认。"裁判艇的声音没有任何感情，"现在倒数一分钟。"

默顿没睬它，他最后一次检查索具的张力。所有动力计的指针都很稳定；巨帆张紧，光滑的镜面在阳光中闪耀着灿烂光芒。

默顿从潜望镜望去，船帆在失重状态下飘起，覆满天空。它遮天蔽日——这 5000 万平方英尺的风帆靠着近 100 英里长的绳索系在他的船舱上。当年中国海上运茶的快速帆船曾穿梭如密云，可就算把它们所有的帆全缝在一起，也比不上"黛安娜号"在阳光下展开的这单单一张帆巨大。可它其实单薄得不过像个肥皂泡，这张约 2 平方英里的镀铝塑膜仅仅有几百万分之一英寸厚。

"倒数十秒。所有记录摄像启动。"

如此巨大又如此脆弱的东西是很难掌控的。然而这样脆弱的镜膜可以只靠落在上面的阳光就能将他们抛离地球，这就更让人难以接受了。

"……五，四，三，二，一，切断！"

七把利刃划过七根将赛艇系在母船上的细绳。

在此之前，所有船都摆成固定阵形一块儿绕着地球转，现在赛艇散开，就像蒲公英的种子在风中飘摇。最先飘过月球的就是赢家。

"黛安娜号"上像是什么都没有发生。不过默顿心里清楚，尽管他的身体没有感觉到任何推力，船上的仪器也让他知道自己现在的加速度差不多是地球引力的千分之一。对火箭来说这个数值渺小得可笑——但这是太阳能赛艇第一次能达到这个速度。"黛安娜号"设计合理，巨帆的表现与他的计算相符。以这个加速度，绕地球两周就能达到逃逸速度——接着就能靠太阳提供的全部力量直奔月球。

太阳提供的全部力量。他苦笑着想起自己做出的所有努力，自己如何向地球上的听众解说太阳帆的原理。那是早年他能得到资金的唯一途径。尽管他是宇宙动力公司的总设计师，名下有一长列设计成功的宇航飞船，可他的公司对他的爱好并不感兴趣。

"向太阳伸出手，"他说，"你有什么感受？觉得热，当然了。但同样也有压力——尽管你从来没有注意过，因为压力太小了。在你双手张开的面积上，光压只有百万分之一盎司。

"但是在太空中，连这么微小的压力都很关键——因为它持续存在，每时每刻，日复一日。它不像火箭燃料，它是免费的，无限的，我们想用就用。我们能造出帆来承接太阳吹出的辐射。"

说到这里，他就会抽出一张几平方码[1]的太阳帆材料抛

1　1平方码=0.8361平方米。

向观众。那张银色的薄膜会像烟一般盘绕摇曳，在热气流中徐徐飘扬飞向天花板。

"你们看它多么轻，"他会继续往下说，"1平方英里只有1吨重，能够收集到5磅的辐射压。压力推动它——如果我们给它系上绳索，它能拖动我们。

"当然了，它的加速度非常小——大概只有千分之一标准重力。听上去不多，不过让我们想想这意味着什么。

"这意味着在第一秒，我们会移动大概五分之一英寸。我想一只健康的蜗牛都比这快。不过在一分钟后，我们移动了6英尺，时速1英里多。对纯粹阳光驱动的东西来说挺快了！一小时后，我们离起点40英里远，速度是每小时80英里。请记住在太空中没有摩擦，因此一旦开始运动就不会停止。当你知道我们千分之一重力加速度的帆船在跑了一天以后有多快，你会吃惊的。时速差不多是2000英里！如果出发点在近地轨道——它当然得从轨道上起航——它几天时间就能达到逃逸速度。而且一丁点燃料都不用烧！"

他说服了听众，最终他甚至说服了宇宙动力公司。过去20年来，一项新型运动渐渐成形。它曾被称为亿万富翁的运动，说得倒也没错——但它引起公众关注，被电视传播，开始能收回成本了。两颗行星四个大洲的名人举办这项赛事，获得了史上最多的观众。

"黛安娜号"开局顺利，是时候观察一下对手了。移动很轻缓。尽管在控制舱和纤细的索具间有缓冲器，他决定不冒险妄动。默顿在潜望镜前就位。

他的对手们就像种在太空黑暗田地上的诡异银色花朵。离他最近的是南美的"圣玛丽亚号",就在50英里外;她形似一叶孩子玩的风筝,只不过是侧翼超过1英里的风筝。在远处,星空城大学的"勒贝德弗号"像个马耳他十字,四桅帆的倾斜设计显然是为了方便转向。大洋洲联邦的"乌美拉号"则正相反,设计为简单的降落伞形,周长四英里。通用宇航的"阿剌克涅号"恰如其名,看起来像张蛛网,也正是照蛛网的原理建造,由穿梭机器人自中心点向外螺旋织就。欧洲航空公司的"蛛网号"用的同款设计,只不过尺寸稍微小一些。火星共和国的"日光号"是个扁平的环,当中开了个半英里宽的孔。她靠缓缓旋转产生的离心力撑开帆面。这种设计并不新鲜,但之前没人能够实现。默顿认定那些殖民星居民们在打算转向时会遇上麻烦。

要再过六个小时,赛艇才能缓慢而从容地飘完24小时地球轨道赛程的第一段。在比赛的最初阶段,他们全都径直背离太阳——被太阳风吹得往前奔。赛艇得充分利用这一圈转过地球背面,再回头飞向太阳。

该进行第一次检查了,默顿默念着。他眼下还不必担心导航操作问题。他用潜望镜仔细观察了一遍,特别注意帆与索具连接处。帆索是细窄的无镀层塑带,若不是刷了荧光涂料,根本看不见。此刻它们是一道道绷紧的彩光,向着数百码外的巨帆延伸。每根帆索都有单独的电子绞盘,绞盘比渔夫的鱼线轮大不了多少。那些小小的绞盘正不停转动着收紧或放松帆索,自动驾驶仪则不断调整风帆对向太阳的角度。

阳光在这面广阔柔韧的镜子上的跃动赏心悦目。光斑徐徐起伏,缓缓摆荡,一片片太阳的镜影被推向天空,淡没于风帆的边际。如此广阔轻薄的物体上会有这样柔缓的颤动已在意料之中，这通常没有什么危害，不过默顿仍然很小心地观察着。轻颤有时会升级为灾难性的波荡，那会把帆撕成碎片。

一切都按部就班让他很满意，于是他将潜望镜转向天空，再次确认对手的位置。局面正如他的预料，淘汰已经开始，效率不够高的赛艇落在了后面。但真正的考验会在他们飘入地球的阴影时才到来，到那时，机动性与速度同样重要。

听上去可能挺奇怪，现在比赛刚开始，却同时也是小睡的好时机。其他船上的双人船员可以轮岗，可默顿没有帮手能让他松一口气。他得自力更生——就像另一位孤单的水手约书亚·史洛坎在他小小的"浪花号"上一样。那位美国船长独力驾着"浪花号"环游了世界，他可能从没想到在两个世纪之后，有个人会独力从地球航向月球——而这人正是以他为榜样，至少一定程度上是被他所激励。

默顿抽出舱座上的弹性绑带扣住腰腿，将催眠电极贴上前额。他把定时器调到三小时后，接着放松身体。

催眠电脉冲在他的脑前额叶十分轻柔地悸动起来。彩光旋涡在他合起的眼睑下展开，往外无际扩张。接着——人事不省……

喧闹的警报声将他拖出无梦的睡眠。他立时清醒，目光扫过仪表板。只过去了两个小时——可是加速表上亮起了一个红灯。推进力在下降，"黛安娜号"正在失去动力。

默顿第一反应以为风帆出了什么问题，或许是反扭转设备出故障让帆索缠住了。他迅速检查显示帆索张力的仪表。奇怪的是，风帆一侧的读数是正常的，而另一侧的张力正眼睁睁看着缓缓下跌。

默顿恍然大悟，一把抓住潜望镜，切到广角视野，扫视风帆的边缘。没错——问题就出在这边，可能的原因只有一个。

一个庞大的、清晰的黑影正滑过帆面闪亮的银色。黑暗落在"黛安娜号"上，像有一片云彩横在她与太阳之间。黑暗夺走了推动她的光线，她会失去所有推进力，无助地飘浮在太空中。

不过，地球上空2万英里的地方当然没有什么云彩。如果有黑影，就一定是人为制造的。

默顿将潜望镜转向太阳时笑了出来。他切换滤镜以便能直视耀眼的太阳表面而不至于致盲。

"对策4a。"他自言自语道，"我们来看看这套把戏谁玩得最好。"

看起来就像有一颗巨型行星横过太阳，一个硕大的盘形深深地咬进了日面。20英里的后方，"蛛网号"正企图制造一起人为日食——特别针对"黛安娜号"的日食。

这个招数完全合法，想当年在航海比赛中，船长们也经常想方设法挡住其他人的风。运气好的话，你能让对手船帆耷拉下坠，因失去风的推动而停下——并在他处理问题的时候遥遥领先。

默顿可不打算让人轻易得手。还有很多时间采取规避行动，驾驶太阳风帆船时，事情的发展是很缓慢的。至少还要再过20分钟，"蛛网号"才能完全遮蔽阳光把他挡在黑暗里。

"黛安娜号"的计算机——它只有火柴盒大小，但有相当于一千个人类数学家的算力——考虑了整整一秒钟，给出了解决办法。他得打开三号和四号控制板，让风帆额外倾斜二十度，接着辐射压就会把"戴安娜号"吹出"蛛网号"危险的阴影，让她回到阳光普照的位置。可惜需要干预自动驾驶，计算机原本已经仔细设置为最快的路线——不过毕竟做出干预正是他坐在船舱的原因。这才是让太阳风帆船赛能成为一项运动，而不是计算机之间比拼的原因。

一号到六号调控索暂时失去了张力，像困倦的蛇一般缓缓蠕动着。2英里外，三角形的面板慢腾腾地打开，将阳光弹射到帆面。好长一段时间里，似乎什么都没有发生。这种慢动作的世界让人很难适应，任何行动的后果都要过上好几分钟才能看到。后来默顿看到帆确实朝太阳的方向伸展——"蛛网号"的阴影滑脱，没给他造成损失，她的圆锥形投影落入太空深浓的夜色。

早在船影消失前，在挡住太阳的碟形被清除之前，他就扳回额外的倾角，将"黛安娜号"带回航线。她新添的动力会将她带离险境，无须矫枉过正，免得偏航太远扰乱原本的计算。这是又一条很难学会遵守的规则。你在太空中采取行动的那一刻，就得考虑到停止行动的时间。

他重新设置了警报，准备应对下一轮自然的或人为的紧急事件。也许"蛛网号"或另一位竞争对手会再次采用同样的计策。同时，也到了该吃东西的时候，尽管他并不觉得很饿。人在太空中消耗的体能很少，所以很容易就忘记进食。忘记进食很容易，而且很危险。一旦遇到紧急情况，你可能没有足够的体能来应对。

他打开第一份餐包，毫无食欲地打量着它。标签上的名字——太空美味——足以让他生厌。对印在背面的保证他也深感怀疑——"确保无屑"。据说食物碎屑对航空器造成的损坏比陨石还大得多。它们能飘进最不可思议的地方，引发短路，堵住本该密封的生死攸关的喷射口。

不过，肝泥灌肠还算可以下咽，巧克力和凤梨果泥也还行。

塑封咖啡球正在电热炉里加热的时候，外部世界的信号打破了他的孤独。俱乐部主席的太空船上的通信员在呼叫他。

"默顿博士？如果你有空，杰瑞米·布莱尔希望能和你聊几句。"布莱尔是负责的新闻评论员之一，默顿去过他的节目许多次。他当然可以拒绝采访，不过他喜欢布莱尔，而且眼下他显然谈不上很忙。"可以。"他答道。

"你好，默顿博士，"评论员立即开腔，"很高兴你能抽出几分钟时间。恭喜——看来你正领先。"

"这么说还为时过早。"默顿谨慎地回应。

"博士，请说说——为什么你决定亲力驾驶'黛安娜号'？只是因为你从未这么做过？"

"嗯，这难道不是个很好的理由吗？不过当然了，这也不是唯一的原因。"他顿了顿，小心注意自己的措辞，"要知道太阳风赛艇的表现与它的质量紧密相关。多一个乘员，再加上他的补给，就意味着再多五百磅。这可以轻易决定胜负之差。"

"你确定你能独力驾驶'黛安娜号'？"

"相当确定。幸亏有我设计的自动控制系统。我的主要工作是监控和决策。"

"可——那是一张 2 平方英里大的帆！看上去不像是一个人就能应付得来的！"

默顿放声大笑："为什么不能？这 2 平方英里的帆只能产生 10 磅的拉力。我一根小手指的力气都比这大。"

"啊，谢谢，博士。祝你好运。"

评论员说完，默顿觉得有点惭愧。他的回答只不过是一部分真相，他相信布莱尔精明得可以明白这点。

他独自一人上太空的原因只有一个。将近40年来，他与数百人甚至数千人的团队共事，一同设计出全世界从未见过的最为精巧的航空器。最近20年，他带领了一支队伍，看着他的作品冲向群星。（不过也有他永远不会忘记的失败经历，尽管错不在他。）他声名赫赫，职业生涯卓有成就。然而他从未独力完成过什么，他一直是团队中的一员。

如今是他完成个人成就的最后一次机会，他不会与任何人分享。至少五年内不会再有任何太阳风赛艇赛事，因为太阳宁静期将结束，而恶劣天气周期将开始，辐射风暴会横扫太阳系。等到这种脆弱的、无防护的航空器可以安全地再次冒险升空的时候，他的年纪就太大了。如果说他现在还不算一把年纪……

他把空的食品包装扔进垃圾处理机，又一次看向潜望镜。一开始，他只发现了其他五条赛艇，没有见到"乌美拉号"的踪影。他花了几分钟才找到她——一个黯淡的星形幽影，几乎被笼罩在"勒贝德弗号"的投影下。他可以想象大洋洲人正怎样忙乱着解脱困境，不知道他们是怎么落入了这样的陷阱。这意味着"勒贝德弗号"有不同寻常的机动能力，她或许很有前途，不过对"黛安娜号"而言，眼下她远远算不上是威胁。

现在地球快消失不见了。它亏缺成一道狭窄灿烂的弧光，不断朝太阳移动。那道明烈弧光笼着行星的夜面，云层的间隙中，大城市磷火般的微光四散星布。黑暗的圆形已经遮去一大片银河，再过几分钟，它就会开始蚕食太阳。

日光渐渐衰退。一抹紫色暮光，一抹数千英里之下的落日余晖扫落在帆上，"黛安娜号"悄无声息地滑进地球的阴影。太阳落入看不见的地平线。接下来的时刻，就是夜晚。

默顿回望他驶过的航路，如今已然跨越了环绕地球的四分之一路程。他看到其他赛艇一个接一个仿佛璀璨的星辰闪现，与他在这短暂的夜色中会合。太阳从这庞大的黑色屏障后现身还要过一个小时，这段时间里，他们无依无靠，动力全失，只能滑翔。

他打开外部照明，靠它检查现在黯然无光的船帆。绵延数千亩之广的薄膜已经开始皱缩，变得无精打采。帆索松松垮垮，必须收紧，以免彼此缠绕。不过这些情况都在预料之中，一切都在按计划发展。

船尾40英里外，"阿剌克涅号"和"圣玛丽亚号"就没有那么幸运了。紧急频道的通信突然活跃起来时，默顿得知了他们的窘境。

"二号，六号——这里是控制台。你们将发生冲撞。你们的航线会在65分钟后交会。是否需要协助？"

两名船长花了好一阵才消化掉这个坏消息。默顿不知道该怪谁，也许其中一条赛艇本打算遮蔽另一条，但在双方都陷入暗影区之前没来得及完成这个计策。如今双方都束手无策，他们正缓慢地会聚，但已无可挽回，没有一丁点摩擦力可以扭转一丁点角度以便改变航线。

然而，还有65分钟！时间勉强刚够他们离开地球投影区再次驶进阳光。如果他们的帆能获得足够的动力，他们还有些微机会避开碰撞。"阿刺克涅号"和"圣玛丽亚号"一定正在心急如焚地计算。

"阿刺克涅号"先回应，回复正和默顿预计的一样。

"六号呼叫控制台。我们不需要协助，谢谢。我们可以自行解决。"

我表示怀疑，默顿想。不过至少这看上去会很有意思。这场赛事的第一桩真正刺激的变故就在眼前——恰好正在午夜时分酣睡中的地球上空。

接下来一小时里，默顿忙于处理自己的船帆，没空操心"阿刺克涅号"和"圣玛丽亚号"的事。只靠有限的灯光和遥远的月光照明，黑暗中很难好好观察一张5000万平方英尺的灰暗塑膜。从现在起，为了保障环绕地球的近半航程，他得让一整张这么大片的帆转为侧对太阳。接下来的12或14小时里，船帆就是无用的累赘，因为他将迎向太阳航行，阳光只会把他沿着航线往后推。很可惜在再次用帆之前，他没法把帆整个卷起。不过还没人能找到办到这件事的可行方案。

脚下的远方，第一缕晨曦出现在地球边际。10分钟后，太阳将脱离日食，滑翔的赛艇会在辐射暴风冲向船帆的一刻重获活力。对"阿刺克涅号"和"圣玛丽亚号"而言会是至关重要的一刻——其实对所有赛艇而言都是。

默顿转动潜望镜，再次找到飘游在群星间的两个暗影。她们离得非常近了——也许相距不到3英里。他觉得她们没准儿能规避彼此……

晨光在地球边缘炸开，仿佛太阳正从太平洋上升起。船帆与帆索一瞬间映着红光，接着是金光，然后燃起白昼的炽白光焰。动力计的指针从零度位抬起——只不过抬起了一丁点。"黛安娜号"近乎失重，因为船帆侧对太阳时，她的加速度只有百万分之几标准重力。

不过"阿刺克涅号"和"圣玛丽亚号"则尽力张开全帆，不顾一切地要保持距离。现在她们之间相距不到 2 英里，她们那闪闪发光的塑膜云在碰到第一丝阳光时，就以慢得难以忍受的速度渐渐舒展，慢慢鼓胀。地球上的几乎每一块电视屏幕都在再现这一幕舒展的场景。即便如此，不到最后一分钟都很难预料结果如何。

两名船长都很顽固。他俩哪一个都可以割断船帆退让，给对方一个机会，但谁都不肯这么做。赌上的名声、金钱和荣誉都太多太多。因此，仿佛冬夜飘零的雪花一般，"阿刺克涅号"和"圣玛丽亚号"悄然无声地悠悠缓缓地相撞了。

方形的风筝几乎不知不觉地侵入圆形的蛛网，帆索的纤长飘带仿佛幻梦一般慢悠悠地扭转缠绕到一起。即使默顿在"黛安娜号"上忙于调整自己的帆索，他也忍不住要盯着这一幕静默悠长慢放的灾难现场看。

超过 10 分钟的时间里，汹涌澎湃、闪耀明亮的塑膜云朵不断融合成难舍难分的一团。接着，船员弹射舱各自脱离，飞到数百码外。随着一道火箭闪光，安全保障船已发射出去接应他们。

剩下我们五个了，默顿想。他觉得遗憾，不过开赛几个小时，两位船长就这样彻底淘汰了彼此。不过他们还是年轻人，还有下一次机会。

才不过几分钟时间，五条赛艇就余下了四条。默顿从一开始就怀疑过缓慢旋转的"日光号"能否继续赛事。现在证实他的怀疑没错。

那条火星赛艇没法正常抢风航行，她的旋转动作害得她太稳定了。她的巨大环形帆迎向太阳，而不是侧对着它。她几乎被以最大加速度吹得在航线上逆行。

一名船长所能遭遇的最让人恼火的事不过如此——比撞船还惨，因为他只能怪自己。不过他们渐渐落后时，没人对落败的殖民星人有太多同情心。他们在比赛前有太多厚颜无耻的自吹自擂，如今的遭遇是非常理想的报应。

然而要说"日光号"已然毫无胜算为时尚早。还有将近100万英里的航程，她或许仍有领先的可能。实际上，如果再多来几场伤亡，她没准会是唯一一个完成比赛的。这种情况有过先例。

不过，接下来12个小时平安无事，地球渐渐盈满，由缺转圆。赛艇队伍飘过无动力的一半航程时，船上无事可做，默顿却并没有觉得这段时间难挨。他睡了几小时，吃过两顿饭，写了航行日志，还接受了几次远程采访。尽管次数不多，他有时候还和其他船长谈天，彼此问候，相互打趣。然而大部分时候，他都心满意足地在无重力状态飘浮放松，抛开所有顾虑，比多年来任何时候都开心。就所有能上太空的人而言，他是自己命运的主宰。他对正驾驶的船投入了那么多才华和热情，她已经成为他自身的一部分。

他们越过地日连线的时候，恰恰在有动力的另外半程开始的时候，又一次变故发生了。默顿在"黛安娜号"上看到巨帆绷紧了，偏转，承接提供动力的阳光。加速度从微重力开始攀升，不过还有好几小时才会达到最大值。

"蛛网号"再也不会达到最高速度了。动力恢复的时刻总是非常危险，而她没挺过去。

默顿一直用较低音量开着通信频道，布莱尔的评论让他得知了新情况："呀，'蛛网号'发生波荡了！"他奔向潜望镜，一开始并没有看出"蛛网号"那张巨大的碟形帆有什么不妥。因为帆正侧对着他，看上去像是个细瘦的椭圆形，很难辨认出异常情况。但过了一会儿，他看出帆正来回扭动，慢慢腾腾、无法抑制地振荡着。除非船员能适时轻缓地收紧帆索，阻尼掉这些振荡，不然船帆会把自己撕成碎片。

　　他们在努力这么做，20分钟后看起来像是成功了。接着，帆中心某处，塑片开始撕裂。它被辐射压慢慢推离，就像火焰上盘旋而起的烟。不到一刻钟时间，除了支撑巨网的放射状船桅那幅精细的花格以外，什么都没剩下。随着又一道火箭闪光，安全保障船前去回收"蛛网号"的弹射舱，接应被弹出的船员。

　　"越来越孤单了，不是吗？"舰对舰通信中传来谈话声。"你可不孤单，迪米特里。"默顿反驳，"你在后面的赛场还有同伴。我才是前面孤零零的那个人。"这话可不是瞎吹。"黛安娜号"这时候已经领先下一名对手300英里，而她领先的距离正随着时间过去越来越远。

　　"勒贝德弗号"上，迪米特里·马可夫好脾气地笑起来。默顿心想，他可完全不像个会任由别人击败自己的人。

　　"记住龟兔赛跑的故事。"俄罗斯人回嘴，"接下来25万英里能发生很多事。"

　　事情来得快多了。他们绕过地球一周，再次经过起点线——这回是在高了数千英里的地方，多亏了阳光给予他们的动力。默顿仔细观察过其他赛艇，将数据填入计算机。它给出的"乌美拉号"的数据太荒谬，于是他立即验算了一回。

确定无疑——大洋洲人正以异乎寻常的速度赶上来。没有太阳风赛艇能达到这种加速度，除非——

往潜望镜迅速瞥一眼就得到了答案。"乌美拉号"那被削减到了最低质量限度的索具已经脱离。只有她的帆在飘浮，仍然维持着原本的形状，追在他身后，那模样就像一张手帕在风中飞舞。两小时后她就在不到 20 英里的距离之外从旁边飘了过去。不过早在那之前，大洋洲人就加入到了主席的飞船上那人数越来越多的人群中。

所以如今是"黛安娜号"和"勒贝德弗号"之间的决斗了——虽说火星人还没有放弃，但他们已经落后 1000 英里，再也算不上什么真正的威胁。话虽如此，看不出"勒贝德弗号"能有什么办法超过"黛安娜号"。不过在绕第二圈的时候，再次经历日食和漫长又缓慢的向日滑翔的时候，默顿越来越不安。

他了解俄罗斯飞行员和设计师。他们想赢得比赛有 20 年了，毕竟他们要是赢了才公平。回溯 20 世纪初，彼得·尼古拉耶维奇·勒贝德弗不正是探测到太阳光压的第一人吗？可他们一直没成功。

他们绝不会停止努力。迪米特里在谋划着什么——肯定会一鸣惊人。

赛艇后方 1000 英里的主办方飞船上，俱乐部主席冯·斯特拉顿既生气又沮丧地看着无线电报。它跨越了 1 亿多英里，发送自悬在炽热日表高空上的一串太阳观测台，带来了可算最糟糕的消息。

主席——这是他的头衔，当然是纯粹的荣誉头衔，回到地球上他就是个哈佛大学的天体物理教授——对此已有所预料。本赛季之前从没有哪场赛事安排得这么晚。他们多次推迟比赛时间，赌了一把，现在看来全都赌输了。

在太阳深处正酝酿着强大的力量。随时会有相当于百万颗氢弹的能量以太阳耀斑的形式喷涌而出。一个数倍于地球大小的无形火球将以几百万英里的时速攀升，跃出太阳，飞向太空。

那些带电气体云团很可能会完全错开地球。但如果没有错开，它一整天以后就会涌来。宇宙飞船能靠护盾和强劲的磁场屏障自保，但轻巧的太阳风赛艇只有纸一样薄的外壁，面对如此威胁可谓全无防备。船员们得弃船，比赛得取消。

约翰·默顿驾着"黛安娜号"进行第二次绕地球飞行时对此仍然一无所知。如果一切顺利，对他和俄罗斯人来说，这都会是最后一圈。他们自阳光获取动力，螺旋上升了几千英里。绕完这周，他们将完全脱离地球，开始前往月球的漫漫旅途。现在是全力以赴的比拼。"日光号"的船员在英勇地与回旋船帆拉扯了 10 万英里之后，终于筋疲力尽地退赛了。

默顿不觉得累。他吃得好睡得好，"黛安娜号"表现出色。自动驾驶仪如同一只忙忙碌碌的小蜘蛛调整着索具，让巨帆保持以精确的角度面向太阳，它做得比任何人类驾驶员都好。尽管到了这时候，那张 2 平方英里的塑膜上肯定已被数以百计的微型陨石打得千疮百孔，不过那些针尖大的洞眼并没有影响推进力。

他只担忧两件事。其一是八号帆索再也没法正常调整。线轴毫无征兆地就卡住了。即使太空航行学已经研究了这么些年，轴承有时还是会在真空里卡塞。他没法伸长或收短那条帆索，只得依靠其他帆索尽力而为。好在最艰难的控船航程业已过去。从现在起，"黛安娜号"将背向太阳，在太阳风吹拂下向前直航。就像古代水手常说的那样，风从背后吹来时，操船最容易。

他的另一桩忧心事是"勒贝德弗号"依然在 300 英里外亦步亦趋。因为有四张倾向中心帆的巨型面板，俄罗斯赛艇表现出非凡的机动能力。她绕地飞行时所有的翻转都做得极为精准，不过她肯定为机动性牺牲了速度。你不能二者兼得。前路漫长，默顿应该能保持领先。然而他没法确保能取胜，往后三四天里，"黛安娜号"会飞过月球的背面。

这时，在开赛的第 50 个小时，马可夫亮出了他的小惊喜。

"你好，约翰。"他在舰对舰通信中漫不经心地招呼说，"我想你瞧瞧这个。应该挺有意思。"

默顿横过船舱凑到潜望镜前，将放大率调到最大。视野中呈现出最不可思议的景象，映衬着群星的，正是"勒贝德弗号"闪闪发亮的马耳他十字，非常小，但非常清晰。接着他眼睁睁看到十字的四臂自中间的方形缓缓分离，带着所有的桅杆和索具飞进太空。

马可夫抛弃了所有的冗余重量，现在他提升到逃逸速度，不再需要耐心地绕着地球打转，在绕圈当中获取动力。从现在起，"勒贝德弗号"无法转向——不过无所谓了。她不再需要操纵技巧。就像一个古代游艇驾驶者故意扔掉了舵和沉重的龙骨，因为他知道余下的赛程只需径直横过平静的海洋。

"恭喜，迪米特里。"默顿说，"干得漂亮。不过不够好——你现在赶不上来了。"

"还没完呢。"俄罗斯人答复，"我国有个冬天时的老故事，讲一台雪橇车被狼群追。为了自救，司机把乘客一个又一个丢了下去。这比喻你听明白了吗？"

默顿太明白了。在这最后一圈，迪米特里不再需要副驾驶。"勒贝德弗号"真的可以只保留最基本的部分。

"亚历克斯不会高兴的。"默顿答道，"再说，这违反规则。"

"亚历克斯是不高兴，可我才是船长。他只用等上10分钟，让主席把他捡走。并没有规定限制船员人数——你该知道的。"

默顿没吱声。他忙着根据他对"勒贝德弗号"设计的了解做紧急计算。等他算完，他知道赛事结果仍未确定。"勒贝德弗号"可能正好差不多会在他越过月球的时候赶上他。

然而比赛结局已定，原因就在9200英里之外。

水星轨道内侧，太阳观测台三号上，自动记录仪记下了耀斑发生全过程。1亿平方英里的日表骤然爆发蓝白色的怒焰，明亮得让其余部分的光芒都显得晦暗。这沸腾的烈火在由自身制造出的磁场中像只活兽一般扭动回旋，喷涌出大片的等离子体电浆。电浆前方以光速飞射出带来预警的紫外线与X射线。它8分钟就会到达地球，相对无害。但之后以悠闲的400万英里时速射来的带电粒子流就不是无害的了——整整一天后，它将以一团致命辐射吞没"黛安娜号""勒贝德弗号"和伴飞的小舰队。

主席打算在最后一分钟再下决定。即使电浆喷射流已经越过金星轨道，它还是有错开地球的可能。但是离喷射流到达还剩下不到四个小时，月基雷达网已经收到数据，他知道没有希望了。接下来五六年里，所有的太阳帆船航行都得取消，等到太阳再次平静。

深深的叹息掠过太阳系。"黛安娜号"和"勒贝德弗号"已在地月航路的半途，并肩齐驱——眼下没人得知谁更快一些。狂热分子会成年累月地争论结果，而历史只会记下：赛事因太阳风暴取消。

约翰·默顿接到指令时，感到一阵自孩提时代后就不曾有过的苦涩。回首往事，他十岁生日时的回忆赫然在目。父亲许诺会给他一个著名宇宙飞船"晨星号"的等比例模型，有好几周时间他筹划着要怎么拼装，要把它吊在卧室里的哪个位置。然后，到了最后一刻，父亲告诉他一个坏消息："抱歉，约翰——它太贵了。也许明年……"

已过去半个世纪，在经历了成功的一生之后，他又一次变回那个心碎的小男孩。

他一时间想过要违背主席的命令。想想他要是无视警告继续航行会怎样？即使赛事取消，他也会因为飞越月球而世世代代青史留名。

不过结局会比犯蠢更糟糕。那是自杀——还是非常不愉快的自杀方式。他见过因为飞船的磁屏障在深空中失效而死于辐射损伤的人。不——为此而死毫无意义。

他为自己遗憾也为迪米特里·马可夫遗憾。他俩都配得上赢家之名，如今都无法取胜。没人能反抗太阳的狂暴，即使他正乘着日光飞向太空边界。

就在 50 英里的后方，主席的飞船正凑近"勒贝德弗号"，准备接下她的船长。这时，迪米特里——带着他可以理解的心情——切断拉索。银帆飞离。小小的逃生舱会被拖回地球，或许会被再次使用——但每张帆就只能用于一次航行。

他该现在就按下抛射键，给救援人员省几分钟时间。

可他做不到。他想在船上留到最后一瞬，这条小船曾是他梦想与生活的一部分，他想留下。巨帆当下正以最佳角度背向太阳，达到了最大推进力。许久以前它带他脱离了地球——而"黛安娜号"仍然还在加速。

突如其来的一闪念，忘却所有疑虑犹豫，他知道自己得怎么行动了。他最后一次坐在指引他飞过了一半奔月旅程的计算机前。

完成操作后，他包起航行日志和几件个人物品，笨手笨脚地钻进紧急救生服——行动笨拙既是因为疏于练习，也因为这不是容易独立完成的操作。

他才刚刚封闭头盔，主席的声音就在通信中响起："我们于五分钟后接近，船长。请切断帆索以免毁损。"

约翰·默顿，"黛安娜号"的第一位也是最后一位船长，犹豫了。他最后一次扫视这小小的船舱，扫视它闪亮的仪器与它井井有条的控制面板，如今控制键都锁定在最后的位置。他对麦克风说："我已弃船。不用着急来接我。'黛安娜号'能照看好自己。"

他感谢主席没有回应。冯·斯特拉顿教授可能已经猜到发生了什么——明白在这最后时刻，他希望能独处。

他没有劳神关闭气闸，进出的气流将他轻轻抛入太空。这股冲力是他给予"黛安娜号"最后的礼物。她渐去渐远，风帆在阳光中堂皇闪耀，能飞扬好几个世纪。两天后她将飞越月球，但月球就像地球一样没法束缚她。没有他的负重拖累，她每航行一天能得到每小时2000英里的加速。一个月之后，她会比人类造出的任何飞船都飞得快。

距离的增大让阳光衰减，她的加速度随之渐渐下降。即使如此，到达火星轨道的时候，她还能每天都有每小时1000英里的加速度。在此之前，她就已经快得连太阳也抓不住她了。她会比任何从群星之间飞驰而来的彗星都要快，她将飞往无尽深空。

几英里外的火箭闪光引起了默顿的注意。来接应的小飞船正向他靠近，其加速度数千倍于"黛安娜号"。但是引擎只能燃烧几分钟就会耗尽燃料——而"黛安娜号"会被太阳永恒的火焰推动，在未来的许多岁月中一直加速下去。

"再见，小船。"约翰·默顿说，"我不知道再见到你的会是怎样的眼睛，会在往后多少个千年。"

圆钝的鱼雷形小飞船抵达他的身旁时，他终于觉得平静下来。他永远没法赢得前往月球的比赛，但在所有人造飞船中，会是他的船第一个踏上航向群星的漫漫旅程。

阿瑟·查尔斯·克拉克（Arthur Charles Clarke，1917—2008），英国科幻小说家。著有《童年的终结》《月尘飘落》《来自天穹的声音》《帝国大地》《2001 太空漫游》等。与艾萨克·阿西莫夫、罗伯特·海因莱因并称为 20 世纪三大科幻小说家。

当一个人只能活八天时，生命怎样度过。

——韩松

霜与火

雷·布拉德伯里 著 / 何锐 译 / 何翔 校

一

在夜里，西姆出生了。他躺在洞穴冰冷的石头上号
哭。他的血液在身体里搏动，每分钟脉搏一千次。他在长
大，持续不断地长大。

他母亲用滚烫的双手把食物放进他嘴里。生活的梦
魇开始了。他的眼神几乎在出生的那一刻就警觉起来，然
后，在不明所以间，就充满了鲜明而强烈的恐惧。他被食
物呛到了，呼吸艰难，大哭起来。他茫然地看着周围。

周围是一片浓雾。雾气散开。洞中的事物显出了轮
廓。一个男人隐隐浮现，疯狂，野蛮，可怕，带着一张垂
死面孔的男人。苍老，因风霜而枯萎，像是在灼热中被烘
烤的土坯。男人蜷缩在洞穴远处的一个角落里，眼睛朝一
侧斜视着，眼白露出，他倾听着远方在夜间极度寒冷的行
星上怒号的狂风。

西姆的母亲时不时颤抖着。她一边盯着那个男人，一

边喂给西姆石滩中的水果、山谷里的野草和洞穴入口处断裂下来的冰凌。他吃，他消化，他再吃，长得越来越大，越来越大。

在山洞角落里的那个男人是他的父亲！那男人的脸上只剩下一双眼睛还有生气了。他枯槁的手中握着一把简陋的石刀，他的下巴耷拉着，模样呆滞。

然后，随着视野扩大，西姆看到了坐在这个住所外的隧道中的老人们。就在他看着的时候，那些人开始死去。

他们的痛苦充塞着整个洞穴。他们如蜡像般融化，脸往内塌陷，贴到嶙峋瘦骨上，牙齿凸出。这一分钟他们的面孔还正当壮年，颇为光滑，生气勃勃，色泽鲜亮。下一分钟他们的肌肤就显得枯干、焦萎。

被母亲抓着的西姆挣扎着。母亲抱住他。"别，别。"她安抚着西姆，小声，急切，同时还在留意这会不会又导致她丈夫站起身来。

西姆的父亲从洞穴那边跑了过来，赤裸的双脚发出低微而急促的啪嗒声。西姆的母亲尖叫一声。西姆感到自己被从她的怀中扯了出去。他跌倒在石头上，滚动着，用他那降生未久，还湿漉漉的肺叶吐气尖号！

他父亲布满皱纹的面孔猛然出现在他上方，手里抓着那把刀，就好像他还在母亲体内时那些反复做过的胎中噩梦里的某一场。在接下来那几个激烈得不可思议的瞬间，一串问题在他大脑中闪过。刀子高高举起，悬在空中，随时可能毁灭他。但所有的问题在西姆新生的小小头脑中一起涌现：在这洞穴里的生活，那些垂死的人们，凋萎，还有疯狂。他怎么会懂？一个刚出生的婴孩？一个刚出生的孩子就能思考，观察，理解，诠释？不。这不对头！这不可能。但这发生了！发生在他身上。他已经活了一个小时。而下一刻很可能就会死！

他母亲猛地撞到他父亲背上，要打掉刀子。西姆感觉到他父母的思维在冲突，产生出可怕的情绪回波。"让我杀了他！"父亲号叫着，喘息着，呜咽着，"他活着又有什么意思？"

"不，不！"母亲寸步不让，她伸展自己脆弱衰老的身躯，越过父亲硕大的身体，和他争抢着武器，"他必须活下去！他也许会有将来！他也许会比我们活得还长，而且依然年轻！"

父亲往后倒去，靠在一个石槽上。西姆看到石槽里有另一个身影，躺在那里，盯着这边，眼睛忽闪。是个女孩，正安静地自顾自吃着东西，用娇嫩的小手摸索着食物。他的姐姐。

母亲把匕首从她丈夫的掌中掰了出来，站起身，抽泣着，把一团干硬的灰发往后捋了捋。她的嘴颤抖着，抽搐着。"离我的孩子们远点。"她朝下瞪着丈夫说，"不然我宰了你！"

那老男人疲惫而痛苦地吐了口唾沫，眼神空虚地看向石槽，看向小女孩。"她生命的八分之一已经过去了，"他气喘吁吁，"而她浑然不知。这样活着有什么用？"

就在西姆的注视下，他的亲生母亲看起来正在容颜幻变，变作饱受折磨、模糊不定的样子。瘦骨嶙峋的脸上绽出了迷宫般的皱纹。她疼得直发抖，不得不挨着西姆坐下，战栗着蜷起身子，把刀子贴在自己干瘪的胸前。她，就像隧道里那些老人一样，正在衰老，在死去。

西姆不停地哭着。他到处都看见恐怖。一个思维伸过来，跟他自己的思维接触。他本能地朝石槽瞥去。他的姐姐达克回看了他一眼。他们的思维轻轻擦碰，就像是手指不经意间的擦碰。他多少放松了些。他开始学习。

父亲叹了口气，合上眼睑，盖住了他绿色的双目。

"给孩子喂吃的吧，"他疲惫地说道，"赶快。黎明快来啦，我们能活着的最后一天要来了，婆娘。喂他吃的。让他长大。"

西姆平静下来，然后看到从那片恐怖中出现了图像，向他飘来。

这是一颗紧挨着恒星的行星。夜晚被寒冷煎熬，白昼则热得像是火堆。这是个暴烈、荒唐的世界。人们住在山崖之中，以逃避骇人的冰寒和白日的烈焰。只有黎明和日落时分的大气才气息甜美，芬芳宜人。洞穴中的人们这时候就会把他们的孩子带出去，带到一片到处是石头的荒凉山谷中。

在黎明，寒冰会融化成小溪和大河；在黄昏，白昼的烈火熄灭，清凉下来。人们就在这温度处于两极中间，可以生存的两个时间段里离开山洞，活动，奔跑，嬉戏，相爱；这行星上所有的生命也都欢腾雀跃，迸发生机。植物转眼间就长大了；鸟儿们如弹丸般疾掠过天空。细小的长着腿的动物在岩石间狂奔；在这短暂的休歇时刻，一切生灵都在竭力享受生活。

这是颗让人不堪忍受的星球。西姆明白了这点，在出生后几小时之内。种族的记忆在他心中绽放。

他这辈子都会住在洞穴里，每天只有两小时外出。在这里，在石头隧道的空气中，他会说话，不停地跟同族们说话，永不入睡，不断思考，思考，或是躺下，做梦；但永不入睡。

而且他只能活八个整天。

何其令人震惊！八天。八个短暂的日子。这太不像样，不堪忍受，却是个事实。即便是在他母亲的体内，一些遗传记忆，或者说一些古怪的、缥缈的、粗野的声音就已经告诉了他，他正飞快地发育，成形，然后迅速地被产下。

出生快如利刃。童年一闪即逝。青春是一道闪电。壮年倏忽一梦，中年恍若奇谈，老年是无可逃避的短暂现实，死亡则是转眼降临的必然。

从现在开始的第八天，他要忍受近乎失明，形体枯槁，走向死亡的状况，就像他父亲现在一样，无助地盯着自己的妻子和孩子。

今天就是他全部生命的八分之一！他必须享受其中的每一秒。他必须在他双亲的思维中搜寻知识。

因为再过几个小时，他俩就要死了。

这太不公平，无法忍受。难道这就是生命的全部？在胎儿阶段他难道没梦见过长久的生命，没梦见过满目绿荫而非那些可厌石头的山谷，没梦见过温和的气候？当然有！

既然他曾梦到过，那些景象就必定有其真实性。

他要如何去追寻，去找到那长久的生命？去哪里找？他又要如何在这八个不断流逝的短暂日子里达成一个如此庞大，令人思之生畏的人生目标？

他的同族们是如何落到这般田地的？

这念头仿佛按下了一个按钮，他看到了一幅图像。金属的种子，从一个遥远的绿色世界飘出，越过太空，和长长的火焰搏斗，坠毁在这荒凉的星球。从它们破碎的外壳中，男男女女踉跄而出。

什么时候？很久以前。一万天了。坠毁后，难民们在山崖中躲避太阳。火焰、冰霜和洪水将那些巨大的金属种子的残骸一扫而光。难民们就像是锻炉中的钢铁，被重塑，被锤炼。沐浴着这里的太阳辐射，他们的脉搏加快了，每分钟搏动两百次，五百次，一千次；他们的皮肤变厚了，他们的血液改变了。老年急急来临。孩子们在山洞里出生。生命进程越来越快，越来越快，越来越快。就跟这个世界所有的野生动物一样，坠落到这里的男人们和女人们在一周之间生生死死，留下孩子们重复这个过程。

那么，这就是一生了。西姆想。这并不是在他思想中的话语，因为他不知道词句，他所知的只有图像，古老的记忆，一种知觉，一种心灵感应，可以穿透肉体，岩石，金属。代代相传间，不知在什么时候，他们发展出了心灵感应，以及种族记忆，这是在这一切恐怖中仅有的优良天赋，仅有的希望。所以，西姆想着，我就是一代又一代无能子孙中的第五千个？我能做什么来让自己免于死在八天之后？有出路吗？

他瞪大眼睛，注意到了一幅新的图像。

在这峭壁四立的山谷外，一个小山头上，躺着一枚完好的未受损伤的金属种子。一艘金属飞船，没有生锈，也未被山崩波及。这艘飞船空无一人，完整无缺，原封不动。在所有坠落的飞船中，它是唯一还完整可用的。但它太远了。里面也没有能帮忙的人。那么，这艘在那遥远山顶上的飞船，就是他成长的目标了。这是他逃离的唯一希望。

他的思绪一转。

在这山崖中，在地下深处，不见天日，与世隔绝之处，有几个科学家在工作。等他足够大、足够聪明的时候，他必须去找这些人。他们也梦想着逃离，梦想着长久的生命、绿色的山谷，还有温和的气候。他们也在充满企盼地凝望那高高山顶上遥远的飞船，它的金属是那么完美，以至于一直没有生锈，没有老化。

山崖吱嘎作响。

西姆的父亲抬起他那饱经风霜、了无生气的脸庞。

"黎明来了。"他说。

二

清晨让花岗岩山崖放松了强壮的肌肉。山崩的时候到了。

隧道中回荡着赤足奔跑的声音。成人们和孩子们带着热切、饥渴的眼神，推推搡搡奔向外面的晨光。

西姆听到外面远处传来一阵岩石的滚动声，然后是一声尖叫，接着是一片寂静。崩岩落入了山谷。那些石头，在准备好坠落之前，在原地等待了百万年后，放开了自己的巨体。开始这趟旅程时它们是一团团大石，撞上山谷地面后则化作了成百上千的杀伤性碎片和因摩擦而变得炽热的碎块。

每天早上都有至少一个人被石雨砸死。

崖中的人们会去挑战山崩。反正他们的人生已经太短，太匆匆，太危险，这倒给他们的生活增添了一种刺激。

西姆感到自己被父亲抓了起来。他被粗暴地带着穿过了一千码的隧道，来到看见阳光的地方。在他父亲的眼中有股疯狂的光芒在闪动。西姆动弹不得。他预感到了要发生什么。在他父亲身后，他母亲匆匆赶来，还带着他年幼的姐姐，达克。

"等一下！小心点！"她朝自己丈夫叫道。

西姆觉得父亲蹲下了身子，在倾听什么。

山崖高处有一阵震颤，一阵抖动。

"走！"父亲大吼一声，一跃而出。

崩落的石头朝着他们坠下！

西姆的印象中一切似乎都在快放：石壁急掠而过，尘土飞扬，一团混乱。他母亲在尖叫！一阵颠簸，一阵俯冲。

西姆的父亲往前迈出最后一步，匆匆把他带进了白昼。落石在他身后轰然作响。母亲和达克站在那个洞穴的出口后面，此刻洞口已经被卵石和两块百磅重的大石头给堵上了。

山崩的如雷轰鸣消失了，只剩少许砂粒窸窸窣窣落下来。西姆的父亲迸发出一阵大笑。"办到了！老天啊！活下来了！"然后他轻蔑地看着山崖，啐了一口，"呸！"

母亲和达克姐姐艰难地从卵石间爬了出来。她咒骂自己的丈夫："蠢货！刚才你可能会害死西姆的！"

"我现在也还是可以。"父亲回嘴道。

西姆没在听。他被隔壁隧道口先前发生的山崩留下的痕迹给吸引住了。一堆大石下，血正在汩汩流出，浸润了土地。看不到更多的东西了。别的什么人在游戏中输掉了。

达克用她柔韧灵活的双脚朝前奔去，浑身赤裸，毫不迟疑。

山谷中的空气仿佛是从群山间滤过的美酒。

天空一片宁静的蔚蓝；不是天大亮以后那种被烤得苍白一片的大气，也不像夜空那样，仿佛一坨坨暗紫色的淤青肿块，其上点缀着许许多多虚弱地闪烁着的星光。

这就像是个潮池。变化激烈的温度"波浪"于此相撞，退去。此刻这潮池是宁静的，凉爽的，其中的生命四下奔走。

笑声！西姆听到远方有人在笑。为什么笑？他的同族们怎么可能还有时间放声大笑？也许以后他会搞清楚原因的。

山谷倏忽间就姹紫嫣红，充满热情。植物在仓促的清晨中解冻，从最出人意料的各个地方迸发出来。就在你看着的当儿，它就开花了。在被侵蚀的岩石上出现了浅绿色的卷须。几秒钟之后，成熟的果球就在长叶的尖端颤动了。父亲把西姆交给他母亲，去采集这些随时可能消失的"庄稼"，把猩红色、蓝色和黄色的果实塞进他腰间挂着的一个皮袋里。母亲把带着水汽的嫩叶扯过来，放到西姆的舌头上。

他的感官被打磨得越发敏锐。他如饥似渴地吸收着知识。他明白了爱情、婚姻、习俗、气愤、同情、暴怒、自私，各种细微差别和微妙细节，明白了现实和思考。一个概念引出另一个概念。在这个世界上，他人没有时间给你解释，大脑就被迫去靠自己寻找和诠释一切；绿色植物的影像在他大脑中回旋，仿佛是个陀螺仪，在这世界上寻找平衡。

他吃饱了食物，又迅速消化，在其间他了解了自己的身体、能量，还有运动。他就像是一只小鸟，刚破壳而出，却已经是一个发育完全的完整生命，无所不知。

每个生灵、每阵风都在哺育遗传和心灵感应，为他完成这些事情。他为自己的能力激动不已。

母亲、父亲，还有两个孩子，他们一起走着，闻着各种气味，看着鸟儿们在山谷石壁间蹦蹦跳跳，就像是些飞速弹动的卵石。而后父亲忽然问了个奇怪的问题：

"记得吗？"

记得什么？西姆躺在妈妈的怀抱中。他们会有什么难以记住的吗？他们都只活了七天啊！

丈夫和妻子彼此望着。

"那才不过三天以前吧？"女人说道。她的身体在颤抖着，闭上眼睛思索着。"我简直不能相信。这太不公平了。"她哽咽着，抽出一只手抹了把脸，紧咬着枯干的双唇。风儿嬉弄着她的灰发。

"现在轮到我哭了。一个小时前是你！"

"一个小时已经很长了。"

"来吧，"她牵起丈夫的手臂，"我们好好看看，因为这会是我们最后一次看了。"

"太阳几分钟后就会升起了，"那老人说道，"我们必须回去了。"

"就一小会儿。"那女人恳求道。

"太阳会晒死我们的。"

"那就让它晒死我好了！"

"你并没真的那么想。"

"我什么都没想，什么都没。"女人哭喊道。

太阳在快速升起。山谷中的绿色被灼烧殆尽。焚风从山崖上吹来。远处，太阳的光矢在轰击着山崖的城防，那些巨大的岩面上的附着物在晃动；一些没有完全碎落的崩岩正在松脱，像斗篷般落下。

"达克!"父亲喊道。女孩在山谷发热的地面上纵跃而来,回应了一声,她的头发在身后飘成了一面黑色的旗帜。她双手抓满了绿色的果子,跟父母会合。

太阳给地平线镶上了一层火焰的花边,空气随之开始危险地抽动着,发出呼啸声。

穴居者慌忙奔逃。他们喊叫着,抓起自己落下的孩子,扛着大包的果子和草叶回到了自己山崖深处的藏身之所。不一会儿山谷就空了。

只有一个不知谁家落下的小孩子除外。他在离山洞还远的平地上奔跑,但他还不够强壮。他才跑到山谷中间,噬人的热浪就已经从山崖上朝下扑来。

花朵被点燃,变成了似花非花的火团,草木像被烧焦的蛇一样缩回到岩石中。花的种子在骤然袭来的烈焰狂风中旋转,坠落,被远远地抛落到沟壑和峡谷中,等待着在今晚日落时分盛放,然后再度结子,死亡。

西姆的父亲望着那个孩子在外面的山谷地上独自奔跑。他、他的妻子和达克、西姆都安全地待在他们隧道的入口处。

"他跑不到了,"父亲说道,"别看了,婆娘。那可不好看。"

他们转过身去。但西姆没有,他的双眼望着远方一抹金属的闪光。他身体里的心脏在怦怦乱跳,他的眼睛模糊了。在远方,在一座小山顶上,一颗来自太空的金属种子反射出一道炫目的光澜!他在胎儿的时候做的那个梦仿佛变成了现实!一颗金属的太空种子,完好无损,未遭破坏,躺在一座山上!那里是他的未来所在!那里是他存活的希望!那里就是他几天后将要去的地方,到时候他已经是——想起来还真奇怪啊——一个成年人!

阳光投进了山谷，如融化的岩浆。

那个奔跑中的小孩尖叫起来，被阳光点着了，然后尖叫停止了。

西姆的母亲顿时又老了几分。她痛苦地走进隧道，停住脚步，伸手往上掰下最后两根昨夜形成的冰凌。她把一根递给丈夫，自己拿起另外一根。"我们来最后干一次杯吧。为了你，为了孩子们。"

"为了你，"丈夫朝妻子点点头，"为了孩子们。"他们举起冰凌。热气融化了冰，水往下流去，流进他们干渴的口中。

三

一整个白天太阳似乎都在朝着山谷喷吐光热。西姆看不到太阳，但他双亲思维中那些鲜明的图片已经足以证明这白昼的烈焰本质为何。

光线如水银泻地，炙烤着洞穴，向内延伸，但从不会伸得太深。它照亮了洞穴，让这些山崖中的空洞保持着惬意的温暖。

西姆竭力想要让自己的父母保持年轻。但无论他多么努力地用思维和想象搏斗，他们还是在他眼前变得越来越像干尸。他父亲看起来在从衰老的一个阶段走向下一个，渐渐走向死亡。很快这就会发生在我身上了。西姆恐惧地想着。

西姆自己也在长大。他能感到自己身体进行着的消化和排泄活动。他每分钟都要吃东西，他在不断吞咽，不停地吃。他开始为图像和过程找到对应的词汇。比如"爱"这个词，并不是一个抽象概念，而是一个过程，一次兴奋的呼吸，一股清晨空气的香味，一阵心脏的颤动，是搂住他的手臂的曲线，是母亲俯看着他的面容。他看见了这些过程，然后往她俯看过来的脸后面寻觅，于是在她的大脑中见到了这个现成的、随时可以取用的单词。他的嗓子准备好了说话。生命催促着他，推着他奔向灭亡。

他感觉到了自己的指甲在生长，细胞在调适，头发变得浓密，骨骼和肌腱在增长，脑部那些柔软的灰质上在添加沟槽。他的大脑在出生时曾像是一片冰层，纯净无瑕，但一瞬之后这冰层就被抛来的岩石砸中，碎裂，出现了痕迹，成百万思维和发现的裂隙勾勒成复杂的图案。

他姐姐达克跟其他暖房里的小孩子们在一起，跑进跑出，不停地在吃东西。他母亲抱着他在发抖，什么也没吃。她没有食欲，她的眼睛紧闭，眼角满是皱纹。

"太阳下山了。"他父亲最后说道。

白昼过去了。光芒渐渐消退，有风声响起。

他母亲站起身来。"我想再看一眼外面的世界……就一眼……"她茫然地瞪大眼睛，颤抖着。

他父亲还是闭着双眼，靠在墙边躺着。

"我站不起来，"他气息奄奄地说道，"我不行了。"

"达克！"母亲用沙哑的声音喊道。女孩跑了过来。

"接着，"然后西姆被递给了女孩，"抱着西姆，达克。喂他吃的，照顾好他。"她慈爱地最后抚摸了西姆一次。

达克一言不发，抱着西姆，她那双绿色的大眼睛闪着泪光。"这就去吧，"母亲说道，"带他在日落时分出去。好好享受自己的生命。去找食物，吃。玩。"

达克走开了，没再回头看一眼。西姆在她怀中挣扎着，从她肩膀上往后看去，眼神中尽是难以置信和悲伤。

他哭出来了，不知怎么地，他的双唇中就唤出了有生以来的第一个词："为什么……"

他看到母亲的身体僵硬了："那孩子说话了！"

"啊，"他父亲说道，"你听到他说什么了？"

"我听到了。"母亲平静地说道。

这是西姆最后一次看到他还在世的双亲。他母亲虚弱地摇晃着，慢慢在地上移动，然后躺倒在她已然沉默的丈夫身边。之后他们再也没有动弹。

四

夜晚来了，又走了，第二天开始了。

夜间死去的那些人的尸体全都被抬进了一条送葬队伍，朝着一座小山顶上行去。尸体很多，队列很长。

达克走在送葬的队伍中，一只手牵着刚刚能走路的西姆。在黎明前一小时，西姆才学会了走路。

在小山顶上，西姆又一次看到了远方那个金属种子。谁都没瞧它，谁也不谈它。为什么？有什么原因吗？莫非它是个幻象？为什么他们不跑到那边去？为什么不对它顶礼膜拜？为什么不试着登上它，飞向太空？

悼词念完了。尸体被摆在地上，几分钟后，阳光就会将它们焚化。

队伍于是掉头跑下山丘。人们忙着把握寥寥无几的自由时间，在甜美的空气中奔跑，嬉戏，欢笑。

达克和西姆像小鸟一样叽叽喳喳，在石丛中觅食，交流着他们对生活的认识。今天是西姆的第二天，达克的第三天。他们，一如既往地，被他们的生命那快得神奇的速度所驱使着。

他生命中新的一页展开了。

五十个年轻男子从山崖上跑下来，他们粗壮的手中抓着尖锐的石头和石制匕首。他们喊叫着朝远处一排黑色的低矮石崖冲去。

"战争！"

这念头出现在西姆的大脑中。他震惊不已，无法理解。这些人在奔跑，去战斗，去杀戮，去那边黑色的小山崖，其他人住着的地方。

可这是为什么？就算没有战斗和杀戮，生命不也已经够短暂了吗？

隔着老远他就听到了战斗的声音，这让他心中一片冰冷。"为什么，达克，为什么？"

达克也不知道。也许明天他们会明白的。现在重要的工作是吃东西，维持、支撑他们的生命。看着达克他仿佛看到了一只蜥蜴，总在弹动着粉红色的舌头，总是没吃饱。

一群脸色苍白的孩子在他们四周跑来跑去。一个男孩小步冲上岩石，像甲虫般横冲直撞，把西姆撞开，抢走了一颗特别甘美的红色浆果，那果子长在一块凸出地面的石头下边，是他刚发现的。

在西姆站稳脚跟之前，那孩子就匆忙吃光了果子。然后西姆摇晃着猛撞过去，两人一起滑稽可笑地跌作一团，在地上翻滚，直到达克大叫着把他们扯开。

西姆流血了。他心中有个部分抽离开来，像一个神祇般说道："不该这样。孩子们不该是这样子。这是不对的！"

达克挥舞着巴掌把那个闯过来的小男孩赶开。"滚！"她喊道，"坏家伙，你的名字是什么？"

"希翁！"那男孩大笑，"希翁，希翁，希翁！"

西姆瞪着他，小脸上摆出他从未有过的最凶狠的表情。他愤怒了。这是他的仇敌。好像除了环境仇敌之外，他还在等待一个人类仇敌。他已经理解了山崩、炙热、严寒，以及生命的短暂，但这些都是环境因素——无思想大自然的沉默、夸张表现，所有驱动来自引力和辐射。这里，此刻，在这个吵吵闹闹的希翁身上，他认识到了一个会思考的仇敌！

希翁飞也似的跑开了，离开一段距离之后他转过身来嘲弄道："明天我就会长大到能杀了你！"

然后他转到一块岩石后面，消失不见了。

别的孩子们从西姆身边跑过，咯咯笑着。他们当中哪些会成为朋友，哪些会成为敌人？在如此荒诞、匆忙的一生中，如何能结成朋友或者仇敌？两种关系都没时间形成，不是吗？

了解他在想着什么的达克把他拖走了。在他们觅食的时候，她在西姆耳边严厉地说道："仇敌会通过偷窃食物这种事形成，赠送长草就会交上朋友。仇敌同样也来自观念和思想。五秒钟内你就有了一个毕生的仇敌。生命如此短暂，结仇也得赶快啊。"她大笑起来。这样的尖刻讽刺对她这么年轻的人而言挺奇怪的，以她的日龄，她有些过于成熟了。"为保护自己你必须战斗。其他人，那些迷信的家伙们，会试图杀死你。有个观念，一个荒谬的观念，说是如果一个人杀死了另一个人，凶手就会分得死者的生命能量，于是可以多活一天。你明白了吗？只要有人相信这种事，你就处于危险之中。"

但西姆没有在听。来了一群纤美的女孩子，她们明天会长高，变得文静，后天会长出动人的体态，大后天会成婚嫁人。在其中出现了一个小姑娘，她的头发如一团蓝紫色的火焰，吸引了西姆的目光。

她跑过去时擦到了西姆，他们的身躯碰触了一下。她的双眼白得好像银币，朝他闪闪放光。这一刻西姆知道，他已经找到了一个朋友，一个爱人，一个妻子，一个从现在算起一周过后会跟他一起躺在火葬堆上，一起被阳光焚尽骨头上的皮肉的人。

只是这么一瞥，就让他们的动作暂且停顿在这一瞬间。

"你的名字？"西姆在她身后喊道。

"莱特！"她笑着回头叫道。

"我是西姆。"他手足无措，慌慌张张地回应道。

"西姆！"她重复了一遍，心领神会，"我会记住的！"

达克戳了戳他的肋骨。"拿着，快吃。"她对这个心不在焉的男孩说道，"不吃的话你永远也长不大，永远追不到她。"

希翁不知从哪里又冒了出来，从他们旁边跑过去。"莱特！"他嘲弄地模仿着，不怀好意地手舞足蹈，一路远去，"莱特！我也会记得莱特的！"

达克站在那儿，身材高挑，苗条如芦苇，摇着她那乌云般的黑檀色长发，悲哀地说道："我已经看到了摆在你前面的人生，小西姆。你很快就会需要武器来为这个莱特战斗了。哎，赶快——太阳要升起了！"

他们跑回了洞中。

五

他生命的四分之一已经过去了！婴儿期已经一去不返。他现在是个年轻男孩了！傍晚，狂暴的雨点鞭挞着山谷。他看着新的河道穿出山谷，流过那颗金属种子所在的山旁。他把这个知识好好记下，以备未来之用。每天夜里都会有一条新的河道、新的河床被冲刷出来。

"山谷外头有什么？"西姆好奇地问道。

"没人出去过。"达克解释道，"所有试图跑到平原上的人，要不被冻死，要不就是被烧焦了。我们只了解半小时路程之内的这块地方。半小时出去，半小时回。"

"就是说，没人曾到过金属种子那边？"

达克轻蔑地哼了一声："那些科学家，他们试过。愚蠢的傻瓜们。他们总不懂得罢手。可那没用。太远了。"

那些科学家。这个词在他心中激起了波澜。他几乎都要忘了他在出生之前和之后不久看到过的那些图像了。他的语气有些热切："那些科学家在哪儿？"

达克移开了眼神，不看着他："我知道也不会告诉你。他们会害死你的，实验！我不想让你去加入他们！好好活着，别因为试图跑到山头上那个愚蠢的金属玩意儿那边而让自己丧命。"

"那，我会从别人那里搞清他们在哪儿的！"

"没人会告诉你的！人们都恨科学家。你只能靠自己去找到他们。然后呢？你会拯救我们大家？是啊，拯救我们，小男孩！"她的脸色阴沉。她生命的一半都已经消逝了。

"我们不能光是坐着，聊天，吃东西，"西姆反驳道，"却不做点别的什么。"他一跃而起。

"去找他们吧！"达克尖刻地反唇相讥，"他们会帮你忘了的。是啊，是啊，"她直接点破了那件事，"忘了你的生命再过几天就会结束！"

西姆在隧道中奔跑，寻觅。有时候他似乎觉得已经猜到了科学家的所在。但只要他询问科学家们的洞穴在哪儿，周围的人就朝他投来一片愤怒的思潮，将他淹没在混乱与憎恶中。说到底，大家被丢到这个可怕的世界上，全是那些科学家们的错！西姆在咒骂和唾弃的连番轰炸下畏缩了。

他静静地在一个中央洞厅里找了个位置坐下，跟其他孩子们一起听成年人讲话。现在是教育的时候，讲课时间。无论他因进展迟缓而多么恼火，无论他多么不耐烦，哪怕是生命正从他身上飞快地溜走，死亡正如一颗黑色的陨星逼近，他还是知道，他的大脑需要知识。而今晚，是学校之夜。但他坐在那里也心神不安。只剩下五天的生命了。

希翁坐在西姆对面，他的嘴唇很薄，脸色傲慢。

莱特出现在他俩中间。刚过去的几个小时让她步态越发稳健，举止更为文雅，身材愈发高挑，头发的光泽也更明亮了。她微笑着在西姆身边坐下，对希翁视而不见。这让希翁的表情僵硬起来，他连东西也不吃了。

噼噼啪啪的对话声充满了房间。一分钟一千词，两千词，跟心跳一样迅速。西姆在学习，他的大脑在填充。他并没有闭上眼睛，却坠入了一场梦境，这几乎就像是他在母胎中的那些梦一样，懒洋洋的，迷迷糊糊，却又鲜明生动。背景里其他人的语声显得微弱，若隐若现，在他的头脑中编织起了一幅知识的绣帷。

他梦到了绿色的草原，没有石头，全是青草，很多很多，在风中悠然起伏，来回波动，迎接黎明的到来。冻结万物的严酷冰寒，或者一股煳味的石头、被烧焦了的巨岩，在这里都全无踪迹。他走在绿色的草原上。头顶上，那些金属的种子飞翔，穿过温度稳定、均衡的天空。一切都好慢，很慢，非常慢。

鸟儿在巨大的树木间徘徊徜徉，这些树需要一百、两百天，甚或五千天才能长成。万物各得其所，鸟儿们不会为日出的迹象不安地窜动，树木也不会在一缕阳光洒到它们身上时惊慌地缩回地里。

在这梦里，人们漫步徐行，很少奔忙，他们心跳的节律均衡迟缓，不会疯狂抽搐。

青草总在地上，没有化为火苗被烧毁。梦里的人们总在谈论明天的生活，而不是明天的死亡。一切看起来都是那么熟悉，以至于当西姆感觉到有人牵起他的手时，他也觉得只是这梦境的又一部分而已。

莱特的手依偎在他掌心里。"做梦了？"她问道。

"是的。"

"万物平衡。为了让一切均衡，为了平衡我们生活中的不公，我们的思维会转向我们自己的心中，去那里找到美好悦目的景象。"

他用手一下下捶打着石地。"这根本没有让事情公平起来！我讨厌这样！这提醒着我，世上有些更好的东西，我错过了的东西！为什么不能让我们一无所知呢！为什么不能让我们从生到死根本就不知道这样的生活是不正常的？"他的嘴巴半张，嘴唇收紧，喘着粗气。

"一切都有其目的，"莱特说道，"知道这些给了我们目标，让我们去工作，去筹划，去努力找到出路。"

西姆的眼睛仿佛是两颗炽热的祖母绿，嵌在他脸上："我走在一座长草的山丘上，走得非常慢。"

"一个小时前我走过的那座长草的山丘？"莱特问道。

"大概是吧。反正差不多。梦境比现实美好。"他挤了挤眼睛，然后眯起双眸，"我看着那些人，他们没在吃东西。"

"也不说话？"

"也没有在说话。而我们总是在吃，总是在说。梦境里的那些人有时候会懒洋洋地摊在那儿，闭着眼睛，肌肉一动不动。"

莱特凝视着他的面孔。这时发生了一件可怕的事情。西姆想象莱特的脸在变黑，在皱缩，在扭曲，显出衰老的疤痕。她耳旁飘飞出如雪的头发，她的睫毛变成了罗网，双眼好像是陷在其中的硬币，失去了色彩。她的牙齿从唇边深陷下去，手腕萎缩，那些纤美的手指像是被烧得焦黑的枯枝般垂在那里。她的美丽就在西姆的眼前耗尽并消逝。伸手去抓她的西姆大叫起来，因为他想象自己的手也在被侵蚀，然后，在恐惧中，他把又一声喊叫咽了回去。

"西姆，怎么了？"

咀嚼着那几个词的味道，他嘴里干巴巴的，没了唾液。

"还有五天……"

"科学家们。"

西姆骤然惊醒。谁在说话？在昏暗的光线下，一个高个子男人在讲话："那些科学家们让我们坠落到这个世界上。到现在他们已经浪费了数以千计的生命和他们的时间。没用。完全没用。容忍他们，但是绝不要花你自己的时间去帮助他们。记住，你只能活一次。"

这些被人憎恶的科学家们在哪儿？现在，在经过学习，经过了讲课时间之后，他已经准备好去找到他们了。现在，至少，他知道得够多了，可以开始他的战斗，为了自由，为了飞船！

"西姆，你去哪儿？"

但西姆已经离开了。他奔跑的足音消失在一条被磨得光溜溜的石头通道中。

看起来这个夜晚的一半都被浪费了。他十几次错误地走进了死胡同里。好多次他还被那些想要他的生命能量的年轻疯子攻击。他们那些迷信的胡言乱语在他身后回荡，他们渴求猎物的指甲让他身上遍布抓痕。

但他找到了他所寻觅的目标。

六个男人聚集在陡峭山脉深处一个小小的玄武岩洞穴中。在他们面前的一张桌子上放着些东西，虽然西姆不认识是什么，却在他心中激起了优美的和弦。

科学家们分组工作。老人做重要的工作，年轻人学习，提问，他们的脚下还有三个小孩。每组是一个序列。任何一个问题，每八天就会换上全新的一组科学家来研究。完成了的课题数量远远不够。富于创造力的阶段刚一开始，他们就越来越老，然后倒地而亡。任何个体，在其整个生命周期中，富于创造力的时间大概只有 12 小时。四分之三的人生都用在学习上，接着是个短暂的拥有创造力的区间，然后就是衰老，失智，死亡。

西姆进去的时候，那些人都转过身来。

"难道我们添了个生力军？"他们中最老的那个说道。

"我不相信，"另一个年轻些的人说道，"把他赶走。他多半是那些好战分子的一员。"

"不，不要。"年长者表示反对。他拖着那双赤脚，小步朝西姆走来。"进来，进来，小男孩。"他的眼神显得友善，不慌不忙，跟上面洞穴里那些行动迅速的居民大不相同，阴郁而平静，"你想要什么？"

西姆迟疑了一下，低下头。他无法面对那平静、温和的凝视。"我想要活下去。"他小声说。

老人无声地大笑起来。他按住西姆的肩膀。

"你是个新变种？你脑子有病吗？"他半开玩笑地问着西姆，"为什么你不去玩？为什么不去为自己恋爱、结婚和生育的时候做好准备？你不知道明天夜里你就差不多完全成年了？你没意识到一个不小心，你的一辈子就都溜走了吗？"他停了下来。

西姆听着每一个问题，眼珠来回转动。他望着桌子顶上放着的那些设备眨了眨眼。"我不该来这里？"他问道。

"当然！"老人声色俱厉地大喊道，"但你来了，这是个奇迹。我们已经有一千天没有任何来自群众的志愿者了！我们不得不抚养自己的下一代科学家，一个封闭的群体！看看我们的数量！六个！六个大人！三个孩子！我们的人可真不算少啊，嗯？"老人朝石地上啐了口唾沫，"我们去征求志愿者，人们就朝我们喊叫，'去找别人吧！'或者'我们没时间！'你知道为什么他们这么说吗？"

"不知道。"西姆有些踌躇。

"因为他们自私。没错，他们也想活得久一些，但他们知道，他们所做的一切，都不可能保证他们自己的生命多出些时间。也许可以保证他们未来的某些后代能寿命更长。但他们不会放弃他们的爱情，他们短暂的青春，放弃一次日出或者日落的间歇！"

西姆靠在桌旁，认真地说："我明白。"

"你真明白？"老人茫然地凝视着他。他叹了口气，轻轻拍了拍这孩子的胳膊，"是啊，当然了，你明白。如今已经很难指望有人能明白这些了。你真的难能可贵。"

其他人走过来，围着西姆和老人。

"我叫迪恩克。明天晚上这边的科特会站到我的位置上。到那时候我已经死了。后天晚上，另外的某人会取代科特，然后就轮到你，如果你能全心投入工作——不过首先，我要给你个机会。回到你的玩伴那里去吧，如果你乐意。你有没有喜欢的人？回到她身边去吧。生命短暂。你何必要在乎未来那些还没出生的人呢？你有权享受青春。愿意的话，现在就走吧。因为如果你留下来，你会没时间做任何别的事，只有工作和衰老，还有死在你的工作岗位上。但这是有益的工作。如何？"

西姆看着他来的隧道。在远处，风声呼啸，烹饪的香气和赤脚的吧嗒声传来，还有年轻人的笑声，让他越来越觉得好听。他摇了摇头，有些焦躁，他的双眼湿了。

"我会留下来。"他说。

六

第三个夜晚和第三个白天过去了。现在是第四个夜晚了。西姆在融入科学家们的生活。他学到了不少关于远方山上的金属种子的东西。他听说了当初那些种子——坠落下来的叫作"飞船"的东西，听说了幸存者们如何躲进了山崖中，挖掘洞穴，迅速变老，然后，在勉强求生的挣扎中，他们忘掉了所有的科学知识。在这样一个犹如坐落在火山口的文明当中，机械学之类的知识毫无保留下来的机会。对每个人来说都只有当下。

昨天无关紧要，明天在他们的面前紧盯着，鲜明无比。但不知怎的，加速他们老化的辐射也诱发了一种心灵感应的交流方式，新生代可以借此吸取观念和印象。种族记忆由此自然产生，保留下了另一个时代的记忆。

"为什么我们不到山上的飞船那里去？"西姆问道。

"太远了。我们需要防护阳光。"迪恩克解释说。

"你们试过制造防护吗？"

"软膏、膏油、用石头和鸟翅膀做防护衣，最近还用过粗炼金属。没一样管用的。再过一万代，也许我们会制造出一套金属制品，其中流着冷水，足以在前往那艘飞船的途中保护我们。但我们的工作进展太慢了，太盲目了。今天早上，我成年了，拿起了我的仪器。明天，我就快死了，又放下了它们。一个人在一天当中能做什么？如果我们有一万人，那问题早该被解决了……"

"我会去飞船那边的。"西姆说道。

"那你就会死。"老人说道。西姆这句话让整个房间陷入了沉默。众人都盯着他。

"你是个很自私的男孩。"

"自私！"西姆愤愤不平地叫道。

老人摆了摆手："这种自私的方式我喜欢。你想要活得更久，你为此什么都愿意做。你会试图抵达飞船。但我要告诉你，那没用的。不过，如果你想去，我也制止不了你。至少你不会像我们当中那些人一样，为了多活那么几天去打仗。"

"打仗？"西姆问道，"这里怎么还会打仗？"

他不寒而栗。他实在搞不懂。

"明天我们会有足够的时间来谈那事的，"迪恩克说，"现在，听我说。"

这个夜晚过去了。

七

早上。莱特从过道里出现，哭叫着奔入了他的怀抱。她又有了变化。又长大了些，更美丽了些。她颤抖着搂住他："西姆，他们来抓你了！"

有人光着脚沿着过道走来，出现在入口处。希翁怪笑着站在那里。他也长高了些，双手各拿着一块锋利的尖石。"噢，你在这儿啊，西姆。"

"滚开！"莱特转身朝他凶狠地叫道。

"我们把西姆带上就走。"希翁向她保证道。然后他对着西姆微笑着说："前提是，如果，他跟我们一起去战斗。"

迪恩克步履蹒跚地走到前头，虚弱地眨着眼睛，鸟爪似的双手在空中胡乱挥舞。"离开这里！"他愤怒地尖叫，"这小伙子现在是个科学家了。他跟我们一起工作。"

希翁不再微笑。"他有更好的事情要做。我们现在要去跟最那头的山崖里的人们战斗。"他眼神闪动，急切地问道，"当然，你会跟我们去的吧，西姆？"

"别去，别去！"莱特紧紧攥住他的胳膊。

西姆拍了拍她的肩，然后转向希翁："为什么你们要攻击那边？"

"跟我们一起去战斗的人会多出来三天。"

"三天！多活三天？"

希翁坚定地点点头："如果我们赢了，我们就能活十一天，而不是八天。他们住的那些山崖里面的矿物，里头有某种东西能保护你，抵御辐射！想想看吧，西姆，多活三个绵长、快乐的日子。你要加入我们吗？"

迪恩克打断了他，"你自己一个人走吧。西姆是我的弟子！"

希翁轻蔑地哼了一声："去死吧，老头子。今晚日落的时候你就只剩烧焦的骨骸了。你谁啊，还来命令我们？我们是年轻人，我们想要活久些。"

十一天。这话在西姆听来难以置信。十一天。现在他明白为什么会有战争了。为了把自己的整个生命延长几乎一半，谁会不乐意去战斗呢。多活那么多天！是啊。确实，为什么不呢！

"多三天。"迪恩克大声说道，声音刺耳，"如果你能活下来享受这三天。如果你没死在战斗中。如果。如果！你们还没赢过呢。你们一直都在输！"

"但这次，"希翁厉声宣称，"我们会赢的！"

西姆有些困惑："但我们都是来自同样的先祖。为什么我们所有人不一起分享最好的山崖呢？"

希翁大笑起来，摆弄着手里一块尖锐的石头："那些住在最好的山崖里的人觉得他们比我们优越。人拥有权力的时候态度就会如此。另外，那边的山崖比较小，里面的空间只能容纳三百人。"

多出三天。

"我跟你去。"西姆对希翁说。

"很好！"希翁对这个决定非常高兴，太过高兴了些。

迪恩克倒抽一口冷气。

西姆转身面对迪恩克和莱特："如果我去战斗，并且打赢了，我就离飞船近了半英里。而且我会多出三天，可以力争到达飞船。看起来我只能这么做了。"

迪恩克悲哀地点点头："只能如此了。我相信你。现在，去吧。"

"别了。"西姆说。

老人看起来有些吃惊，然后他笑了，仿佛是听到有人对他开了个小玩笑："没错——我不会再见到你了，是吧？那么，别了。"然后他们握了握手。

希翁、西姆和莱特一起出去了。其他人，所有正在迅速地成长为斗士的孩子，都跟在他们后头。希翁眼中的光芒看起来有些不善。

莱特跟他在一起。她为西姆挑选石头，并替他背着。无论西姆怎么恳求，她也不肯回去。太阳一越过地平线，他们就朝着山谷对面进发了。

"求你了，莱特，回去吧！"

"然后等着希翁回去？"莱特说道，"他计划着等你死了以后让我成为他的配偶。"她满不在乎地说着，抖了抖头发，那淡蓝色的卷发美好得不可思议。"但我会跟你在一起。要是你死了，我也死。"

西姆的面孔更加刚硬了些。他长高了。一夜之间，世界就变小了。一群孩子在嬉闹着搜寻食物。他看着他们，带着种异样的好奇：只不过是在四天以前，自己也是像这个样子？太奇怪了。在他的大脑中有种许多日子已经过去的感觉，就好像他其实已经活了一千天。在他的头脑中，累积着众多的事件和思想，这么厚重，这么多彩，这么千差万别，他简直无法相信这么多的事情可以发生在这么短的时间里。

参与战斗的男人们三两成群向前跑着。西姆看了看前方耸立着的那排黝黑的低矮山崖。他对自己说道，那么，这就是我的第四天了。而我丝毫也没能靠近我的目标，无论是那艘飞船，或者是别的什么，哪怕是——他听到了身旁莱特轻盈的脚步声——哪怕是她，为我背负武器，为我挑出成熟浆果的人。

他的生命已经消失了一半。或者是三分之一——如果他能赢得这场战斗。如果。

他轻快地奔跑着，抬起、放下他的双腿。这是我身体觉醒的日子。我边跑边吃；我边吃就边长大；我长大于是我把目光转向莱特，有种头晕目眩的感觉。

而她也看着我，带着同样的柔情蜜意。

这是我们的青春时光。我们是不是在把它虚度？我们是不是正在一场幻梦、一次愚行中失去它？

远远地传来了笑声。当他是个孩子的时候他问过那是怎么回事。

现在他理解了。这种特别的笑声是来自爬上高大的石头，摘取最鲜绿的草叶，啜饮最甘美的晨冰，咀嚼岩石上的果实，品尝正当妙龄的唇舌，带着全新的渴望。

他们靠近敌人所在的山崖了。

他看着莱特亭亭玉立的身形。她的脖颈再度令他吃惊，如果你摸上去，可以数出她的脉搏；她的那些手指，它们合拢在你自己的掌心中时是那么鲜活，那么柔软，总也不会静止下来；她那……

莱特猛地把头偏向一边。"看前面！"她喊道，"看前面有什么——盯着前方。"

他觉得他们仿佛是用生命中的一部分在奔跑，把他们的青春丢在了路旁，都没来得及看上一眼。

"老在看着石头，我眼睛都发花了。"他边跑边说。

"那就换块石头看！"

"我看到的石头——"他的声音柔软起来，柔软得就像是莱特的手。他脚下的大地飘浮起来。一切都好像是一阵美妙的轻风吹拂，如梦如幻。"我看到的石头形成了一道峡谷，其中遍地阴凉，那里石头上的果子密如露珠。你碰一下随便哪块大石头，浆果就无声地掉下来，就像是红色的山崩。下面的草非常柔软——"

"我可没看见！"莱特加快了脚步，把头转向另外一边。

他看着莱特的脖子，上面的绒毛就像是那些细小、轻巧的银色苔藓，它们生长在卵石的背阴侧，哪怕是最轻微的呼吸也会让它们飘动起来。他又看了看自己，他紧握双拳，将自己投向死亡。他的双手已经青筋毕露，充满活力。

莱特递给他些食物要他吃。

"我不饿。"他说。

"吃，别让你的嘴里空着，"她严厉地命令，"这样你打仗的时候才够有劲。"

"老天啊！"他痛苦地大吼一声，"谁在乎什么打仗啊！"

在他们前方，石块如冰雹般落下，砰砰作响。有个男人的颅骨被砸开了，倒在地上。战争开始了。

莱特把武器递给了他。他们再也没说什么，直奔那片杀戮场。

敌人的城垛上，巨石开始往下滚动，形成一场有组织的山崩！

此刻他的脑子里只有一个念头：去杀戮，去减少其他人的寿命，让自己能活下去，去在这里赢得一个落脚点，活得更长些，好试着抵达飞船。他俯身前冲，他左右闪躲，他抓住石头，把它们向上掷出。他的左手抓着一片扁平的石盾，用来把那些飞快坠下的石头挡开。到处都是争斗的声音。莱特伴着他奔跑，激励着他。他前面有两个人倒下了，被杀了，他们的胸口裂开，露出了骨头，他们的血喷涌而出，犹如怪诞的喷泉。

这是场无益的冲突。西姆瞬间意识到了这场冒险有多么无谋。他们绝不可能攻下山崖的。石落如雨，像是一堵毫无间隙的墙壁。十几个人倒下了，焦黑的碎片插进了他们的大脑，还有五六个人胳膊下垂，显然被打折了。有个人在尖叫，他的膝盖被连续两颗瞄得很准的花岗岩石弹命中，皮肉被扯掉了，白色的关节露了出来。人们东倒西歪，互相绊倒。

西姆脸颊上的肌肉绷紧了，他开始奇怪自己干吗要来。但他还是在手舞足蹈，东摇西晃，跳来跳去的时候抬起眼睛，视线一直在那山崖上逡巡。他非常非常想要住在那里，好有试试的机会。他本该坚持到底。可他已经失去了信心。

莱特尖叫一声。西姆心慌意乱地扭过头，看到她一只手软软地垂在手腕下方，指关节内侧有一个丑陋的伤口，血如泉涌。她把手夹到腋下好减轻疼痛。怒火在西姆心中升腾，炸裂。在狂怒中他朝前奔去，把手中的投石以致命的精准度扔了出去。他看到一个男人翻身倒下，手脚挣动着从一个平台上掉到了下面的一个洞穴中。他打中了目标。刚才他肯定一直在大叫，因为他的肺叶在猛烈翕张，他的喉咙生疼，在他奔跑的双脚下的大地仿佛在疯狂旋转。

一颗石头擦到了他的脑袋侧面，打得他头晕目眩，跟跄倒地。他吃了满嘴的沙。世界融化成了紫色的涡纹。他站不起来。他躺在地上，心里清楚，这就是他的末日了。他周围的战斗还在激烈进行，他迷迷糊糊地感觉到莱特趴在他身上，用清凉的双手抚摸着他的头。她努力想要把西姆拖出战圈，但他躺在地上，喘息着，让莱特离开。

"停！"一个声音高喊。整个战争看起来都暂停了。"撤！"那声音飞快地下令。然后侧躺在地上的西姆看到，他的战友们转过身去，朝家里奔逃。

"太阳快升起来了，我们没时间了！"他看着他们肌肉发达的背部，看着他们的双腿，移动，绷紧，闪动，抬起，落下。死者被丢在了战场上。伤者号呼求救。但没人有时间救他们。时间只够动作快的人们勉强逃离这片地狱，回到家中，带着被火热的空气灼痛的肺部，冲进他们的隧道里，赶在太阳把他们点燃、烧死之前。

太阳！

西姆看到另一个身影朝他跑来。是希翁！莱特正在边扶着西姆站起来，边轻声鼓励他。"你能走吗？"她问道。西姆呻吟着说："我觉得能。""那就走吧。"她说道。"先慢慢走，然后走快些，再快些。我们能做到的。慢点走，小心起步。我们能做到的。我相信我们可以的。"

西姆站了起来，还有些摇摇晃晃。希翁跑了上来，脸上有种奇特的表情，线条绷得紧紧的，眼神闪烁。他猛地把莱特推到一旁，抓起一块石头，结结实实地砸到了西姆的脚踝上，撕开了一大块皮肉。整个过程他都闷声不响。

然后他站起身，退后一步，还是没讲话，只是狞笑着，仿佛一只夜里从山中出来的野兽。他喘着粗气，胸膛一起一伏，看了看他造成的结果，又看了看莱特，再看西姆。他稳住了呼吸。"他永远也做不到了。"他朝着西姆点点脑袋，"我们只能把他留在这里了。走吧，莱特。"

莱特像一只凶猛的野猫朝希翁冲过去，伸手去挖他的眼睛，张着嘴，紧咬牙关，从牙缝里挤出嘶吼。她的手指在希翁的胳膊上挖出了一道道血口子，然后瞬间又同样抓伤了他的脖子。希翁急忙咒骂着躲开。莱特朝他扔去一块石头。

他嘟哝着躲开了石头，然后又跑开了几码。"愚蠢！"他转过来大声挖苦她，"跟我走吧。西姆再有几分钟就得死了。走吧！"

莱特转身背对着他："你背我的话我就走。"

希翁的脸色变了。他的目光黯淡下来："没时间了。如果我背着你，那我俩都会死的。"

莱特看着他的身后："所以，背着我吧，因为那正是我希望发生的事情。"

希翁一言不发，满怀恐惧地看了看阳光，就逃走了。他的脚步声迅速远去，听不到了。

"但愿他一跤跌断自己的脖子。"他绕过一道沟的时候，莱特盯着他的身影愤怒地低声说道。她回到西姆身边，"你能走吗？"

受伤的脚踝扯得他整条腿一阵剧痛。

他开玩笑似的点点头："我们走过去，只要两个小时就能回到洞里啦。我有个主意，莱特。你背我。"这个黑色笑话让他笑了笑。

莱特抓住他的胳膊："没关系，我们走。来吧。"

"不，"他说，"我们留在这里。"

"可……为什么？"

"我们是来这里找个地方住的。如果我们走，会死。

那我宁可死在这里。我们还有多少时间？"

他们一同估量了下太阳的高度。"几分钟。"莱特说话的声音平淡而忧郁。她紧紧搂住西姆。

阳光开始淹没整个世界，面前山崖黑色岩石的色泽随之变浅，成了深紫色和棕色。

他是怎样的一个傻瓜啊！他真该留在那边，跟迪恩克一起工作，思考，梦想。

他朝着山崖上的那些洞口狂吼，脖子上的筋肉凸出，一副挑衅的姿态。

"派个男人下来战斗！"

沉默。他的声音从山崖上反弹回来。空气热烘烘的。

"这没用，"莱特说道，"他们丝毫都不会在意的。"

他再度大叫。"听我说！"他靠那条好腿支撑全身重量站立着，那条伤腿随之一下一下地阵阵抽痛。他举起一只拳头摇晃着，"派个战士而不是懦夫的人下来！我不会转身跑回家去！我是来打一场公平的战斗的！派个愿意为自己的山洞而战的男人下来！我一定会杀死他！"

又一阵沉默。一阵热浪扫过大地，然后退去。

"噢，肯定的，"西姆嘲弄道，他双手放在光臂上，扭过头去，咧开嘴，"肯定你们当中会有一个不怕跟这个瘸子战斗的人的！"沉默。"没有？"沉默。

"那我是错估你们了。我错了。那么，我会站在这里，直到太阳把我的皮肉剥掉，把我的骨头烧成黑色的碎块。我会用难听的臭名称呼你们，你们实至名归。"

有人回答他了。

"我不喜欢背上臭名。"一个男人的声音回应道。

西姆俯身向前，暂时忘了他的跛脚。

一个大块头男子出现在第三层上的一个洞口。

"下来啊，"西姆催促道，"下来啊，大胖子，来杀了我啊。"

那男人认真地瞪着他的对手看了一小会儿，然后吃力地沿路走下来，他的双手空空，没有任何武器。瞬间上头的每个洞穴中都钻出了一堆人头——前来观看这出好戏的观众。

男人走近西姆："我们照规矩来打，如果你知道规矩。"

"我可以边打边学。"西姆答道。

这话让那男人一乐，他看向西姆的眼神警惕，但并不冷酷。"我要告诉你的是，"那男人慷慨地提出，"如果你死了，我会庇护你的配偶，她可以自由自在地生活，因为她是个好汉的妻子。"

西姆飞快地点头。"我准备好了。"他说道。

"规矩很简单。我们不互相接触，只用石头对掷。石头和太阳会将我们中的一个杀死的。现在是时候了——"

八

太阳在地平线上露出了头。"我的名字叫诺杰。"西姆的敌人边说边漫不经心地抓起一把卵石和石子，掂量了下。西姆也做了同样的事。他饿了。他好多分钟没吃东西了。饥饿是这颗行星上的居民无法摆脱的诅咒——空了的肚子会不断索求着食物，更多的食物。他的血气微微上涌，血管随着热和压力阵阵悸动，血液流过时有种刺痛感。他的胸廓迫不及待地外张，内缩，再外张。

"快点！"三百个观众在山崖上鼓噪。"快点！"他们吵闹着，男人、女人和小孩左右摇晃着，在岩架上喧嚷不休，"快啊！开始吧！"

仿佛收到了暗号，太阳升起了。它朝着两人投下重击，仿佛是投来一块扁平的、热得吱吱作响的石头。两个男人在这炽热的冲击下都站立不稳，汗珠子从他们赤裸的腰腿上和胳膊下面往外直迸。他们的脸上反着光，犹如纯净的玻璃一般。

诺杰挪了挪他庞大的身体，变换重心的位置，又看了看太阳，仿佛并不急着战斗。然后，默不作声，毫无预警地，他的拇指和食指像扳机似的一动，猛然弹出了一粒卵石。它正中西姆的脸颊，打得他往后一个趔趄，一阵无法忍受的剧痛像火箭一样从他的伤脚往上蹿，直冲他的心窝。他舔了舔脸颊上流出的血。

诺杰从容漫步。他神奇的手又弹动了三下，三粒小小的、看似毫无杀伤力的小石子像是发出哨声的小鸟般飞了过来。每颗都狠狠地击中了各自对准的目标。

目标是西姆身上的神经丛！一击打中了他的腹部，之前十个小时里吃的东西差点全都从他喉咙里滑出来。第二击命中了他的前额，第三发打到了他的脖子。他倒在炙热的沙地上。他的膝头在坚硬的地上发出扭曲的声音。他面无血色，用力眯起眼睛，颤抖着滚烫的眼睑把泪水挤出去。但就算是他已经倒地，他还是使出浑身力气，把手中的满把石子都甩了出去！

石头在空中呼啸而过。其中一颗，仅有一颗，击中了诺杰。正中他的左边眼球。诺杰呻吟一声，立刻用双手捂住了被打烂的眼睛。

西姆挤出一声悲哀的苦笑。他取得了如此的战果。他敌手的眼睛。那会给他增加些……时间。他肚子恶心欲呕，呼吸艰难，在心里想着：噢，老天啊，这可真是好长的一段时间啊。再给我多点时间，再一点就好！

独眼的诺杰疼得直晃荡，他还在不断攻击在地上扭动着的西姆，可他现在没了准头，石头老往一边偏，就算打中了，也虚弱无力，毫无效果。

西姆强迫自己半抬起身子。他眼角的余光看到了莱特，在等待着、凝视着他的莱特，她的唇中吐出激励和希冀的话语。他满身是汗，仿佛被一场大雨淋了个透。

太阳现在已经整个高出地平线了。你能闻到它的味道。石头像镜子一样闪着光，沙子开始跳动翻腾。山谷里到处都在出现幻象。他面前不再是诺杰这一个战士，而是足有一打，每个都站得笔直，准备再度投掷武器。十二个参差不一的战士，在白昼那可怕的金光中闪烁着，就像些被敲响了的青铜大锣，在同一个视野中颤抖着！

西姆拼命喘息着。他吸气的鼻孔张大得像喇叭，他的嘴巴如饥似渴地在吞咽——吸进去的仿佛不是氧气，而是火焰。他的肺叶好像是丝线编成的火炬，正在点燃他的身躯。汗水从他的毛孔里涌出，瞬间又被蒸发掉。他觉得自己在萎缩，越缩越小，他觉得自己看上去肯定就像是他的父亲，衰老，干瘪，瘦弱，枯萎！沙地在哪儿？他还能动吗？可以。世界在他脚下蠕动，但现在他站起来了。

接下来不会再有打斗了。

山崖上有人低声嘟哝。高处的那些观众的脸被阳光灼烧着，他们张大嘴巴，目不转睛，有些在嘲弄，有些在叫喊着，鼓励他们的斗士。"站直，诺杰，该节省你的力量了！昂首挺胸好出汗！"他们催促着他。诺杰站在那里，微微摇晃，晃得很慢，仿佛一个在天际吹来的凶猛焚风中晃动的钟摆。"别动，诺杰，节省精力，节省力气！"

"考验，考验！"高处的人们在说，"太阳的考验。"

这场战斗中最艰难的部分来了。西姆痛苦地眯起眼睛，看着山崖扭曲的幻象。他觉得自己看到了父母；他父亲还是那张沮丧的面孔，绿色的眼睛似乎在燃烧，他母亲的头发在滚热的风中飘荡，就像是一团灰烟。他必须赶到他们身边，去跟他们一起生活，照顾他们！

他听到身后莱特在悄声呜咽。传来肌肤在沙地上擦动的声音。她跌倒了。西姆不敢回头。转头所花的力气会让他径直跌倒，坠入黑暗和痛苦中。

他的膝盖弯曲了。如果我倒下……他想着，我会躺在这里，化为灰烬。诺杰在哪儿？诺杰在那里，离他几码远，弯身站立，大汗淋漓，看上去仿佛他的脊椎被一把凶恶的大锤在反复痛击。

"倒下吧，诺杰！倒下！"西姆想着，"倒啊，倒下啊！倒下好让我占据你的地盘！"

但诺杰没有倒下。他的左手渐渐松开，手里的石子一颗一颗坠落在灼热的沙地上，他的嘴渐渐张开，嘴唇干枯，他的眼神一片呆滞。但他没有倒下。他求生的欲望很强。就好像有根线吊着他，不让他倒下似的。

西姆单膝跪地了！

"哈！"山崖上响起一片早有预料的呼声。他们在欣赏死亡。西姆猛然扬起了头，呆板地笑笑，仿佛在扮演某个做了什么傻事的呆子。"不，不。"他迷迷糊糊地坚持着再度站立起来。太疼了，他全身都麻木了，耳边嗡嗡作响。地上到处都是呼呼声，嗡嗡声，噼啪声。在高处，一片岩石崩落，就像是哑剧里的落幕，寂然无声。一切都安静了，只剩下持续不变的嗡鸣。他现在看到了五十个诺杰的身影，身披汗水的甲胄，眼球痛苦地凸出，脸颊凹陷，嘴唇内缩，就好像是被晒干的水果皮。但那根线还吊着他。

"接下来，"西姆从泛着亮光的齿间被晒得滚烫的厚厚的舌头上吐出呢喃，"接下来我会倒下去，躺着，做梦。"他说这些话的时候带着种缓慢、若有所思的愉悦。他计划好了。他知道事情只能如此。他会精当地完成一切的。他抬起头，看看观众们是否还在观看。

他们不在了！

太阳把他们赶回了洞穴里。所有人，除了一两个胆大的之外。西姆大笑起来，昏沉如醉，看着汗水在自己枯死的双手上汇聚成珠，略微盘桓，从他手上落下，朝着沙土笔直坠去，然后在半途化为蒸汽。

诺杰倒下了。那根线断了。诺杰脸朝下笔直仆倒，一股血从他的嘴角汩汩涌出。他的眼睛翻白，眼神癫狂，毫无知觉。

诺杰倒下了。幻象中他那五十个复制品也一样。

在山谷中到处都是大风的呼啸和呻吟声，西姆看到了一片蓝色的湖泊，一条蓝色的河流汇入其中，在河边上有些低矮的白色房屋，有人来来往往，在屋子和一片高高的绿树之间。那些树比七个成年人还高，矗立在那河流的幻象旁边。

"现在，"最后，西姆对他自己解释道，"现在我可以倒下了。刚好——倒进——那片——湖里。"

他朝前倒去。

他在坠落的半途震惊地发现，几只手匆忙搀住了他，把他拉了起来，带着他飞快离去，一路把他高举在噬人的空气中，就像是举着一把火炬，摇晃着的明亮火炬。

死亡真是奇怪啊。他这么想着，然后黑暗吞没了他。

凉水流过他的脸颊，惊醒了他。他惶恐不安地睁开了眼睛。莱特把他的脑袋抱在怀中，她的手指上拈着食物，正往他嘴里送。

西姆饿得厉害，也累得厉害，但恐惧把这两种感觉驱走了。他挣扎着起身，打量着头顶上陌生的洞穴轮廓。

"现在是什么时候？"他询问道。

"决斗的同一天。安静。"莱特说道。

"同一天！"

她快乐地点点头："你的生命中并没有失落一段。这是诺杰的洞窟。我们在黑色山崖里面。我们可以多活三天。满意了？躺下吧。"

"诺杰死了？"他躺了回去，喘息着，心脏怦怦撞击着肋骨。他慢慢地放松下来。"我赢了，我赢了。"他喃喃说道。

"诺杰死了。我们也差点。他们险险地把我们从外头救了进来。"

西姆狼吞虎咽地吃着："我们没时间可以浪费。我们必须强大起来。我的腿——"他瞧了瞧那条腿，打量着它。那条腿上裹着一团长长的黄色草叶，疼痛已经消失了。就在他看着的当下，他身体那快得骇人的血液脉动也在继续起作用，将包扎下的污秽清除。到太阳落山的时候，它必须恢复力量，他想。必须恢复。

西姆站起身来，一瘸一拐地在洞中转悠，仿佛一头困兽。他感觉到莱特抬起了眼睛。他无法面对她的凝视。最终，他还是无奈地转过身去。

莱特没让他开口。"你想到那艘飞船上去？"她柔声问道，"今晚？等太阳下山的时候？"

他深吸了一口气，又把它吐尽："是的。"

"你不能等到早上？"

"不能。"

"那我跟你一起去。"

"不！"

"如果我落在了后面，别管我。这里没什么让我留恋的。"

他们久久凝望着对方。西姆没精打采地耸了耸肩。

"好吧，"他最后说道，"我没法阻止你，我早知道了。我们一起去。"

九

他们在自己新洞窟的洞口等着。太阳落山了。石头冷却下来，人们可以在上头行走了。差不多该是一跃而出，奔向远方山头那遥遥闪烁着光芒的金属种子的时候了。

很快就会下雨了。西姆回忆起他在每个夜里一次次看着雨水汇聚成溪水，汇聚成河流，冲刷出新的河道。第一个夜里会有条河流奔向北方，下一个晚上一条河奔往东北，第三夜中一条河正向西流。山谷的地面不断被激流切割，支离破碎。地震和山崩将旧有的河床掩埋。新的河道每天依次出现。河道和走向，他脑子里这个念头转了好久。也许，可能——嗯，他会等等看的。

他注意到这新山崖中的生活让他的脉搏减慢了，一切都减慢了。

某种矿物在起作用，它能帮助人们抵御太阳辐射。生命的脚步依然匆忙，但没之前那么匆忙了。

"现在，西姆！"莱特喊道。

他们起步飞奔。在被热死和被冻死之间飞奔。他们一同飞奔，离开山崖，向着远方，那召唤着他们的飞船。

他们这辈子从没像这样跑过。奔跑着的两双脚在大块的圆石上发出响亮的啪啪声，连成一片，传入下面的沟壑，撞上侧面的山壁，继续向前。他们拼命把空气吸进自己的肺部，而后又竭力呼出。在他们身后，山崖渐渐看不见了，现在他们已经再不可能回头了。

他们跑的时候没吃东西。他们在洞穴里吃到快要呕吐，就是为了节省时间。现在要做的只有奔跑，抬腿，甩动双肘平衡身体，猛力收缩肌肉，贪婪地吞下那一度炽热，此刻正渐渐冷却的空气。

"他们在看着我们吗？"

莱特上气不接下气的声音在他耳边响起，盖过了他怦怦的心跳。

他们是谁？不过他知道答案。

当然是住在山崖里的人们。多久没有这样的一场奔跑了？一千天？一万天？上次有人孤注一掷，在全体居民的目送下跑出去，冲进河谷，穿越正在冷却的平原，已经是多久以前了？后面有没有情侣们停下了调笑，凝视着这两个小点，一个男人和一个女人，朝着他们的命运奔跑？有没有孩子们吃着新生的果实，停下了嬉戏，看着这两个人跟时间赛跑？迪恩克还活着吗？他是不是又皱着黯淡的双眼上方浓密的眉毛，摇晃着一只伸不直的手爪，用微弱、嘶哑的声音冲着他喊叫？是不是有人在嘲笑他们？把他们叫作傻瓜、蠢货？而在这样的谩骂之中，是不是也有人在祈祷着他们能坚持下去，希望他们能抵达飞船？

西姆迅速地瞥了一眼天空。随着暮色降临，天色已经开始变暗了。不知从何而来的乌云汇聚，他们前方两百码处一道沟壑的对岸，一阵细雨落下。闪电打在远处的山头，动荡不安的空气中有股浓浓的臭氧味。

"一半路程了。"西姆喘息着。他看到莱特半转过脸，回头渴望地看着她正抛离的生活。"如果我们要回去，就得趁现在，我们还来得及。再过一会就太……"

山中响起了雷鸣。一场山崩，开始的时候不大，但结束的时候规模惊人，留下一道深深的鸿沟。细雨洒落在莱特光滑的白色皮肤上。不一会儿，她的头发就被雨水打湿了，闪闪发光。

"现在，太晚了。"莱特的赤脚在地上踩出吧嗒吧嗒的节拍，她高声叫喊，盖过了脚步声，"我们得继续向前！"

的确是太晚了。西姆估量了一下距离，确实，现在已经没有回头路了。

伤腿隐隐作痛。西姆迁就它放慢了脚步。一股疾风吹来。刺骨的寒风。但是从他们背后的山崖吹来的，对他们的帮助大过阻碍。这是个好兆头吗？他思索着。不是。

随着时间一分一秒过去，他越来越清楚自己对距离的估算错得有多厉害。他们的时间愈来愈少，可他们离飞船的距离依然遥不可及。他什么也没说，但他腿部的慢肌群疼痛，无能为力的感觉在他的眼中化为痛苦的热泪涌出。

他知道莱特的心里也在想着同样的事情。但她还在飞奔，像一只白色的鸟儿，仿佛根本就足不沾地。他听到了莱特喉咙里气流吸进呼出的声音，就像是一把明晃晃的尖刀在刀鞘里进进出出。

半边天都已经黑了。最初的一批星辰正从片片乌云后探出头来。闪电就在他们前方蜿蜒而下。瓢泼大雨加上狂暴的闪电，不折不扣的一场暴风雨朝他们落下。

卵石上长满青苔，滑溜溜的，他们脚下不稳，前后左右打滑。莱特跌倒了，挣扎着爬起来，发出一声愤怒的咒骂。她身上受伤了，沾满泥巴。雨水浇遍她的全身。

雨水带着刺耳的声音打在西姆身上，冲进了他的眼睛，在他的脊背上流成了河，让他很想跟雨水一起哭。

莱特跌倒了，这次没爬起来。她艰难地吸气，胸口在颤抖着。

西姆拉起她，搀扶着她："跑，莱特，拜托，跑啊！"

"放下我，西姆。前进吧！"雨水灌进了她的嘴里，到处都是水，"没用的。你一个人继续跑吧。"

他站在原地，寒冷，无力，思维似乎也在被雨水淋湿，希望的火苗摇摇欲灭。整个世界都是黑色的，到处都是冰冷的雨水倾泻而下，包裹一切，到处都是绝望。

"那我们就走过去，"他说道，"一直走，然后休息。"

他们往前走了五十码，很放松，很慢，就像是出去散步的孩子。他们前方的沟壑中装满了水，正迅速流向地平线那头，水声汹涌。

西姆大叫一声，拖着莱特朝前跑去。"一条新河道，"他指着那边说道，"每天雨水都会冲出一条新河道。这边，莱特！"他朝着洪流俯下身子。

西姆跳进水里，带着莱特。

洪水卷走了他们，就跟卷走两块小木片似的。他们挣扎着浮在水面上，水灌进了他们的嘴里，他们的鼻子里。两边的陆地飞快掠过。西姆死命扣紧莱特的手指，他觉得自己在没完没了地翻着跟头。高处电光忽闪，他心中一股新的热切希望油然而生。他们跑不动了——那好，可以让水帮他们跑。

这条临时新出现的河流携带着他们向前，速度飞快，让他们撞上了岩石，撞破了肩膀，擦伤了腿脚。"这边！"西姆在雷电齐鸣中高声叫喊，疯狂地朝着沟壑的另外一边挣动。那艘飞船所在的山头就在前面了。

他们绝不能错过它。两人在运送他们的洪流中奋力拼搏，然后被甩过去，撞上了对面的岸边。西姆一跃而起，抓住一块悬在头顶的突岩，用双腿夹紧莱特，双手交替把自己往上拽。

风暴停息了，就跟它降临时一样迅速。闪电消失了。雨停了。天空上的乌云也散去了。风声也低落下去，渐不可闻。

"飞船！"莱特躺在地上，"飞船，西姆。这就是飞船所在的山头！"

然后寒冷降临。能置人于死地的寒冷。

他们跌跌撞撞，勉强爬上了山顶。寒气就像是种化学药品，流进他们的肢体，潜入他们的血管，减慢他们的速度。

飞船就在他们前方，刚被冲刷过，光芒四射，如梦如幻。西姆简直难以置信，他们真的离飞船如此之近。200码。170码。

地面开始被冰层覆盖。他们脚底打滑，一而再，再而三地跌倒。在他们身后的河水已经被冻得结结实实，化作一条冰冷的蓝白色的巨蛇。不知从哪儿来了几点残雨，落下时就变成了坚硬的弹丸。

西姆扑倒在船壳上。他真的触摸到了飞船。触摸它！他听到莱特哽咽着发出的抽泣声。这就是金属，这就是飞船。在漫长的岁月中，其他人有几个曾触及它？他和莱特做到了！

然后，他的心变得一片冰冷，跟空气一样冰冷。

入口在哪儿?

你跑，你游，你险些溺毙，你咒骂，你流汗，你努力，你到达了山脚，你爬上了山巅，你捶打着金属，你欣慰地呼喊，然后——你找不到入口。

他竭力控制住自己。慢点，他告诉自己，但别太慢，绕着飞船转转。金属在他摸索的手掌下滑过，它是那么冰冷，冷得他流汗的手掌几乎要被冻在上头。再往另外一头转转。莱特跟着他移动。

寒气像是只把他们攥在掌心的巨手。开始收紧的巨手。

入口。

金属。冷冰冰，一成不变的金属。在密封点那儿有条细缝。

他抛开所有顾虑捶打着那里。他觉得自己的肚子里寒气上涌。他的手指冻麻了，他的眼球都快要被冻结在眼窝里了。他开始在金属门上边捶打边摸索，同时大声咆哮。"开啊！开啊！"他艰难地继续摸索。他碰到了什么东西……咔嗒一响！

气闸嘶嘶作响。随着金属在橡胶垫上摩擦的一声轻响，门朝旁边轻轻打开，消失不见了。

他看到莱特朝前跑去，捂着自己的喉咙，跌进了一个闪光的小房间。他脑子里一片空白，步履蹒跚地跟在她后头。

气闸门在他身后严丝合缝地关上了。

他无法呼吸了。他的心跳开始变缓，停滞。

现在他们被困在了这艘飞船里了，有什么事情正在发生。他跪倒在地，呼吸艰难。

他前来寻求拯救的这艘飞船此刻正在让他的脉搏减慢，让他的大脑昏昏沉沉，正在毒死他。带着一种即将断气的模糊恐惧，他意识到自己正在死亡。

一片漆黑。

他隐隐有些感觉，察觉到时间在流逝，自己在想着，在努力，让自己的心脏跳得快点，快点……好让自己的视线清晰。但他身体里的那些液体径自平静地在他安定的血管中缓缓流动，他能听到自己的脉搏：抽动，停歇，抽动，停歇，再抽动，中间的间隔令人昏昏欲睡。他动不了，一只手，一条腿，一根指头都动弹不得。他的眼皮仿佛重若千钧，抬一下都很吃力。他甚至都没法抬起头来，好看看躺在身边的莱特。

莱特的呼吸声很不规律，而且仿佛是从很远的地方传来的。听起来就像是一只受伤的鸟儿用自己干枯散落的羽毛弄出来的动静。她是那么近，西姆几乎都能感到她身体的热力；可她又似乎那么远，远隔千山。

我越来越冷了！他想着。这就是死亡了吗？我的心脏，我的血流放缓，我的身体变凉，我思维运转的速度变慢？

他盯着飞船的天花板，视线随着它内部管线和机器的复杂体系移动。这艘飞船的有关知识，它的用途，它的操作方式，渐渐渗入他心中。在一种慵懒的启示状态中，他开始渐渐明白他目光所及的每样东西都是什么。慢慢地。慢慢地。

那边有个仪器，上面有个明晃晃的白色表盘。

它的用途是？

他把思绪转向这个问题。很吃力，就像是人在水下移动。

人们使用过这个表盘。触摸过它。人们修理过它。把它装上。在触摸和使用之前，在修理之前，在安装之前，在制作之前，人们就幻想到了它的存在。这个表盘包含着使用和制造的记忆，它的形状本身就跟梦中的记忆一样，告诉了西姆人们为什么要制作它，为了什么目的。只要有时间，他看着任何一样东西，就能从中获得所需的知识。他心中某个隐微的部分伸展开去，把各种东西的组成分拆开来，进行分析。

这个表盘是衡量时间的！

数百万小时的时间！

但那怎么可能？西姆的眼睛激动地瞪大了，闪闪发光。什么地方的人们会需要这样一个仪器？

他眼中的血管在嘣嘣搏动。他闭上了双眼。

他恐慌起来。新的一天正在过去。他想着。我躺在这里，而我的生命正在逝去。我动不了。我的青春正在流逝。我还要多久才能动得了？

透过一个舷窗之类的东西，他看到一个夜晚过去了，白天来临，白天也过去了，又一个夜晚来临。星辰漠然起舞。

我会躺在这里四天，五天，躺着枯萎，凋零。他想。这艘船不肯让我移动。我要是留在我家乡的山崖中该有多好啊，我可以好好生活，享受这短暂的一生。来到这里，到头来有什么好处呢？我错过了所有那些暮色和曙光。我永远都没机会碰触莱特了，尽管她就在我身边。

精神错乱。他的心灵扶摇直上。他的思绪围绕着这艘金属飞船打转。他闻到了连接在一起的金属那锋锐的气息。他听到了船壳在夜里收缩，在白天舒张的声音。

黎明。

居然已是又一个黎明了！

今天我应该已经正当壮年了。他咬紧牙关。我一定要站起来。我一定要走动。我一定要享受这段时光。

但他没动。他感觉着自己的血液，懒洋洋地从一个心房被泵到另一个当中，接着上上下下流遍他僵死的身体，然后被他那些不断张收的肺叶净化。

飞船里暖起来。不知什么地方有个机器咔嗒一响。气温自动降了下去。一股人工控制的气流在房间里吹拂。

夜晚又来了。然后是又一个白天。

他躺在那里，眼睁睁看着他生命里的四天一去不回。

他没再试图挣扎。没用了。他的生命已经完了。

他现在都不想转头了。他不想看到莱特，不想看到她的脸变得像他饱经风霜的母亲——眼睑像是死灰的残片，眼睛像是被锤烂了的金属，脸颊像是被风化的石头。他不想看到犹如被晒干的一簇簇枯黄草叶的颈项，不想看到仿佛火堆上升起的黑烟绘成的双手，不想看到干瘪树皮一样的胸部，未经打理好似潮湿的杂草乱蓬蓬的灰色头发！

而他自己呢？他看上去又是什么样？他的下巴是不是已经脱垂，他的眼窝是不是已经凹陷，他的额头是不是已经被衰老摧残，满是皱纹？

他的体力开始恢复了。他感到自己的心脏跳动得非常之慢，慢得惊人。

每分钟一百次。

难以置信。他感觉如此清凉，如此舒适，如此安逸。

他的头转向一边。他盯着莱特。他惊讶地大叫起来。她还是那么年轻貌美。

莱特也正在看着他，只是她太虚弱了，说不出话来。她的双眸好似细小的银色徽章，她的颈项弯曲犹如孩童的臂膀。她的头发像团蓝色的火焰在她头上燃烧，燃料源自她那纤秀而充满活力的身体。

四天过去了，而她还这么年轻……不，比他们进入飞船时更年轻了。她还正值妙龄。

西姆简直无法相信。

莱特的第一句话是："这还会持续多久？"

西姆谨慎地回答："我不知道。"

"我们仍旧年轻。"

"飞船。它的金属包围着我们。它把阳光和随着阳光而来的那些让我们老化的东西给截断了。"

莱特若有所思地抬起眼睛："那，如果我们待在这里……"

"我们就会继续年轻。"

"多六天？十四天？二十天？"

"大概还会更多。"

莱特躺在那儿，沉默不语。过了很久之后她说："西姆？"

"我在。"

"我们待在这儿吧。不要回去了。如果我们之后回去，你知道我们会怎么样吧……"

"我不确定。"

"我们会再度开始变老，不是吗？"

西姆朝别处望去。他凝视着天花板，挂钟，钟上不停移动的指针。

"是的。变老。"

"如果我们变老——瞬间就老，在我们踏出飞船之后，那冲击不会太大吗？"

"也许。"

又是一阵沉默。西姆开始试着活动自己的四肢。

他很饿了。"其他人在等着呢。"他说道。

莱特的下一句话让他屏住了呼吸。"其他人都死了，"她说道，"或者要不了几个小时也就死了。那边我们认识的所有人都已经很老了。"

西姆试图想象那些人衰老的样子。达克，他的姐姐，弯腰驼背，老态龙钟。他晃了晃脑袋，把这幅画面赶走。

"他们也许会死，"他说，"但还有那些新出生的人。"

"我们压根不认识的人。"

"但，无论如何，也是我们的同胞，"他回道，"只能活八天，或者十一天的同胞们，除非我们去帮助他们。"

"但我们还年轻，西姆！我们可以一直年轻下去！"

他不想再听下去了。这些话听起来实在太有诱惑力了。留在这里。活下去。"我们已经拥有了比其他人更多的时间，"他说道，"我需要工作人员。需要人来修复这艘飞船。接下来我们要站起来，你和我一起，去找些食物，吃饱，然后看看这艘飞船还能不能动。我自己一个人不敢试着发动它。它太大了。我需要帮手。"

"但这意味着得跑回去那么远的距离！"

"我知道。"他虚弱地撑起身子，"但我会办到的。"

"你又要怎么带人回到这里呢？"

"我们可以利用那条河。"

"如果它还在原地的话。它有可能跑到别处去了。"

"那，我们就等到河道出现在原地。我一定要回去，莱特。迪恩克的儿子在等着我，我的姐姐，你的兄弟，现在都已经老了，快死了，他们在等待着我们的消息……"

过了好一会儿，西姆听到莱特移动的声音。她疲惫地拖着自己的身子靠向西姆，把自己的头靠在他胸口，闭着眼睛，抚摸着他的臂膀："对不起。原谅我。你必须回去。

我是个自私的傻瓜。"

西姆笨拙地触摸着她的脸颊："你这是人之常情。我理解你。没什么好对不起的。"

他们找到了食物。他们在飞船中漫步。这里空无一人。他们只在驾驶室里找到了一个男人的遗骸，肯定是驾驶员的。

显然其他人都乘着紧急逃生舱在太空中就脱离了飞船。这名驾驶员，孤身一人，坐在自己的驾驶座上，将飞船降落在了一座山头，和其他坠毁的飞船遥遥相望。它位于高处，让它躲过了洪水冲击。驾驶员自己在着陆后不久就死了，多半是因为心力衰竭。飞船就留在这里，几乎就在其他幸存者触手可及之处，完好无缺，就像一个巨大的完整的蛋，但沉寂了——几千个日夜？如果驾驶员当年活下来了，西姆和莱特的祖先可能会过着多么不一样的生活啊。西姆想到这里，感知到了远方那场战争的凶险交锋。世界之间的大战是如何爆发的？谁赢了？或者说两个星球都输了，于是再也没人肯费事来救起幸存者？谁对谁错？敌人是谁？西姆的同胞们是有罪的一方还是无辜的一方？他们或许永远都无法知晓了。

他急急忙忙检查着飞船。他完全不明白它的工作原理，但每当他走过其中的通道，拍打着其中的机器时，他都能了解些东西。飞船现在就差一组船员了。一个人根本不可能让所有设备再度运行起来。他把自己的手放在一个圆圆的长鼻头似的机器上。他猛地收回了手，就好像被烫到了一样。

"莱特！"

"怎么了？"

他又碰了碰那机器，抚摸着它。他的手剧烈地颤抖起来，他的眼中噙满了泪水，他的嘴巴张开又合拢，他瞧着那台机器，满怀热爱，然后看着莱特。

"用这台机器——"他说话的声音很轻，磕磕巴巴，难以置信，"用——用这台机器我可以——"

"可以什么，西姆？"

他把一只手伸进一个杯状的奇特装置中，那里头有根控制杆。透过他前方的舷窗，他能看到远方那些山崖的轮廓，"我们之前担心可能会再没有第二条河流经过这座山，是不是？"他欣喜若狂地问道。

"是啊，西姆，可——"

"这儿会有条河的。而我会回来的，就今晚！而且我会带人跟我一起回来的。五百人！因为用这台机器，我可以轰出一条河床，底部一路通到那边的山崖，水会沿着它冲过来，给我自己和那些人提供一条快捷、确实的返回通道！"他揉搓着机器那圆筒状的机身，"当我碰到它的时候，它的经历和使用方法就刻到了我心中！看着！"他压低那根控制杆。一束白热的火焰从飞船上射出，发出尖啸声。西姆开始稳定、精确地切出一条河道，好让暴雨中的降水流进去。光照之下，夜晚变成了白昼。

回到山崖的行动要由西姆独自进行。莱特得留在飞船里，以防万一。回去的旅程最初看起来似乎是不可能的。没有奔涌的河水帮他节约时间，朝着目的地一路推送他。他得在晨光中跑完全部路程，不等他安全抵达，阳光就会照到他身上，攫取他的性命。

"唯一能成功的办法就是在日出前出发。"

"但那样你会被冻死的，西姆。"

"瞧。"他调整了下刚刚在山谷底部的岩层中切好了河床的那台机器。他把这喷射器光滑的鼻头抬了起来，按下控制杆，松开手。一团火朝着山崖射去。他用手指摆弄了下射程控制，让火焰准确地中断在源头三英里之外。

搞定了。他转向莱特。"我还是没懂。"她说道。

西姆打开气闸室门："外面冷得很，到早上还有半个小时。如果我沿着这台机器射出的火焰跑，离它足够近……不会有太多热量，但总之足以维持生命了。"

"这听起来很不安全。"莱特表示反对。

"在这个世界上，就没什么是安全的。"他朝前走去，"我提前半小时出发。这样应该够抵达那边的山崖了。"

"可要是你还在沿着火流奔跑的时候，这台机器坏了呢？"

"我们别想这么不吉利的事情吧。"他说道。

片刻之后他已经在外头了。他颤抖着，仿佛肚子被人踢了似的。他身体里的心脏似乎快要爆开了。他所在世界的环境在逼迫他再度加速生存。他感觉到自己的脉搏在加快，沿着他的血管突突传递。

夜晚冷得要死。从飞船上喷出的热线划过山谷，嗡嗡作响，稳定，温暖。他移到它旁边，靠得非常近。跑的时候他只要踏错一步就会——

"我会回来的。"他朝莱特喊道。

他随着这道光芒出发了。

一大清早，洞穴里的居民们就看到了那根长长的、炽热的橙色手指，还有那个诡异的苍白色人形，它飘在那根手指旁边，沿着它跑动。

有人窃窃私语，有人哀鸣啜泣，还有许多人发出敬畏的叹息。当西姆最终抵达他孩提时居住的那片山崖时，他看到那里聚着一群陌生的人们。没有他认识的面孔。他随即意识到期待会有认识的面孔是一件愚蠢的事。有个老人居高临下地瞪着他。"你是谁？"他叫道，"你是从敌人的山崖那边来的吗？你的名字是？"

"我是西姆。老西姆的儿子！"

"西姆！"

山崖上头有个老女人发出一声尖叫。她踉踉跄跄地沿着石路下到跟前。"西姆，西姆，是你！"

他看着这女人，完全给搞糊涂了。"可我不认识你啊。"他喃喃说道。

"西姆，你认不出我了吗？噢，西姆，是我啊！达克！"

"达克！"

他心中一阵难受。达克倒在他怀里。这个衰老、颤抖着的女人是他的姐姐，她一双眼睛都已经快瞎了。

另一张脸出现在上头。是个老男人。一副残忍、怨毒的面孔。他看着下面的西姆，咆哮起来。"赶走他！"那老人叫道，"他是从敌人的山崖那边来的。他住在那里！他还年轻！那些去了那边的人决不能再回到我们当中！叛徒，畜生！"一块石头向下飞来。

西姆拉着老妇人跳到一旁。

人群中传来一阵怒吼。他们摇晃着自己的拳头朝西姆奔来。"杀了他，杀了他！"那个老男人在狂叫，可西姆根本不知道他是谁。"住手！"西姆伸出双手，"我是从飞船那边来的！"

"飞船？"人们放慢了脚步。达克紧紧抓着西姆，抬头看着他年轻的面容，对他光滑的肌肤困惑不已。

"杀了他，杀了他，杀了他！"那个老头嘶声喊叫着，又捡起了一块石头。

"我能让你们多活十天，二十天，三十天！"

人们停了下来。他们的嘴巴大张着，眼神里充满怀疑。

"三十天？"这句话在众人间一再重复，"怎么可能？"

"跟我一起回到飞船上去。在那里头的人可以活很久很久！"

那老头高高举起一块石头，然后他上气不接下气地往前栽倒，那样子像是中风了。他一路从山岩上滚落下来，躺倒在西姆脚下。

西姆弯下腰看了看这个老人，看着那双混浊死寂的眼睛，看着那张冷笑着的松弛嘴皮，看着这具被摔坏了、安静下来的尸体。

"希翁！"

"没错，"达克在他身后用他陌生的语调嘶声说道，"你的敌人希翁。"

那天夜里，两百人朝着飞船进发。水沿着新的河道奔流。一百人被淹死，或者在寒夜中掉队失踪了。余下的跟着西姆一起来到了飞船旁。

等待着他们的莱特立刻敞开了金属大门。

几个星期过去了。在山崖里，几代人生生死死，而科学家们和工人们则在飞船中忙碌，了解它的功能和结构。

在最后一天，有二十四个人在飞船里各就各位。如今，前方等待着他们的是一趟命运的旅程。

西姆抚摸着手指下的控制面板。

莱特揉着眼睛走过来，坐到他身边的地板上，懒洋洋地把头枕在了他膝盖上。"我做了个梦，"她说话的时候仿佛在凝望着远方的什么东西，"我梦到我住在一个山崖中的洞窟里，在一颗忽冷忽热的行星上，那里的人们长大，衰老，死去，一共只在八天之内。"

"多么荒诞的梦啊，"西姆说道，"人们是不可能活在那样的噩梦中的。忘了它吧。你现在醒来了。"

他轻轻地触摸那些金属板。飞船离地而起，进入太空。

西姆是对的。

噩梦终于过去了。

■ 雷·布拉德伯里（Ray Bradbury，1920—2012），美国科幻小说家。创作了数百篇短篇小说，出版近五十本书。小说被超过 1000 所美国公、私立学校选为教材或推荐读物。曾获世界奇幻文学协会终身成就奖、美国科幻小说作家协会大师奖等众多奖项。

神秘古庙畔的生命进化奇迹。

——韩松

雪山魔笛

童恩正

关于"雪山魔笛"的故事，以及喜马拉雅山区令人震惊的新闻，我想你们已经知道了。然而整个事件经历的过程，以及它带给我们这些当事人的紧张、悬念和兴奋，却不是三言两语所能概括的。在这里，我将根据我的工作日记，详细地将这远离人世的雪山深谷里发生的一切，从头到尾讲给你们听……

一、在天嘉林寺的废墟上

我们这一支小小的考古调查队在天嘉林寺的废墟上进行试掘，已经整整三个月了。天嘉林寺位于喜马拉雅山的支脉康格山东麓的坡顶上，面对风景如画的安林湖。在康格山的这一地区，西、北两面是高耸入云的大山，冰封雪积，亘古不化；山腰云雾缭绕，变幻莫测。东南方则是深陷的峡谷，灰色的花岗岩壁立千仞，寸草不生，狰狞可怖。唯有在安林湖周围数十千米的缓坡上，景色完全不同，橡树、赤杨、山毛榉、杉树，构成一片繁茂的原始森林。熊、鹿、猴子、狐狸、野兔、山羊、麝猫等动物，栖隐其间。湖畔绿草如茵，溪流潺潺，白色的天鹅悠然地游过水面，看来真像一座与世隔绝的天堂。

在古代，天嘉林寺曾经是宁玛派的圣地之一。在那繁荣的日子里，山间崎岖的小道上烧香拜佛的人络绎不绝。到17世纪中期，在当时格鲁派与宁玛派激烈的争权斗争中，天嘉林寺被支持格鲁派的厄鲁特人所焚毁。随着时间的流逝，这深山古刹逐渐为人所遗忘，它的残垣断壁几乎完全埋没在荒烟蔓草之中，只有那幸存的鎏金尖塔寂寞地映着落日的余晖。

在宁玛派的历史中，天嘉林寺似乎笼罩着一层神秘的色彩。其中流传最广的传说，是有关最后一届高僧拉布山嘉错的事迹。据说他精通巫术，能降魔伏鬼。他有一支魔笛，可以召唤山精现形，前来听他讲经。作为一个考古学家，我自然知道，过去西藏的奴隶主阶级惯于利用喇嘛的迷信活动欺骗人民，为他们的统治服务，因此在一般情况下，我是不会认真地去对待这类传说的。但是关于拉布山嘉错的魔笛和他召唤山精的故事，在17世纪前期曾经被很多拜访过天嘉林寺的人所目睹，他们之中有官吏、商人和旅行家，如果说这些人的记载全属虚构，那似乎也不合情理。因此，每天的工作结束以后，当我坐在帐篷前面的篝火旁，看着被夕阳染成红色的雪峰，晶莹清澈的湖水，青翠茂密的森林，以及天嘉林寺黑色的废墟，我的心中就会浮现出一种奇异的幻想：如果这里的湖山能够说话，在缓缓流逝的历史长河之中，它将向我们倾诉多少被人遗忘的故事呢？

在三个月的工作中，我们已经从废墟里找到了很多宝贵的经卷雕版、手抄文献、宗教法器，临摹了残存的壁画。由于宁玛派在西藏流传的历史非常悠久，保留了较多原始巫教的成分，因此这批资料对于研究西藏古代的神话、民族、历史等方面，都有重要的参考价值。这样，我们的工作就比预期要延长一些，至少要延到十月下旬。过去藏族曾经这样形容过本地区的交通情况："正二三，雪封山；四五六，淋得哭；七八九，正好走；十冬腊，学狗爬。"这就是说，从十月开始，地面的积雪已经很深，旅行的人只能像狗爬似的越过没膝的深雪。如果是在过去，我们老早就应当在大雪封山以前赶回拉萨去了。然而现在我们的国家已经用先进的装备保证了调查队的安全，我们每日都和在拉萨的大本营保持无线电联系，全天候喷气式直升机随时可以来支援我们，所以季节的变换并没有引起我们过多的考虑。

天嘉林寺剩下的比较完整的部分，除了经塔以外，还有中央的经堂。这里屋宇虽然已经残破，但是还没有完全倒坍。经堂里的佛像、神龛、经鼓等都大致无缺。很自然地，我们工作的重点，也就放到了这里。

经堂的中央，是宁玛派的主神之一降魔天尊的塑像。它的涂金彩绘已经剥落，肢体残缺，露出了泥胎，不过轮廓仍然清楚，瞪目咧嘴，手持法轮，脚踏妖魔，形象十分可怖。无论如何，这座塑像代表了较早期的宁玛派艺术的某些特征，所以我们仍然对它进行了测绘、照相。

进行这项工作的，是测绘员索伦和某大学派到我们这里来进行毕业实习的冯元。索伦这小伙子是调查队的活跃人物，头脑灵，反应快，生性诙谐，哪里有了他，哪里就少不了笑声。冯元是一个十分聪明伶俐的姑娘，除了参加业务工作，又兼任了调查队的护士，很受大家的欢迎。平日这两个青年人别出心裁的玩笑，往往为调查队的生活带来不少乐趣。

幽暗的经堂里被闪光灯所照亮，这是索伦和冯元结束了绘图，在给佛像摄影了。等到他们从各个角度拍完照片以后，我听到他们两人开始了一场议论。

"外部的工作已经完了，让我们把它的内脏掏出来看看。"索伦说。

"别干傻事，这是破坏文物。"冯元不同意。

"说不定它肚子里藏着什么宝贝。"

"你想发洋财是不是？"

"不是开玩笑，你看这儿，不是像有一扇小门吗？"

"咦，真是有点道理。"冯元回过头来喊我，"老王，你快过来看看！"

我和精通古藏语的次仁旺堆正在研究一块残存的壁画上的咒语，听到冯元的喊声，立即放下手边的工作，走过去一看，结果证明索伦的观察是正确的。在这尊佛像腹部的中央，有一块长方形的痕迹，在最初它可能完全被腰带的装饰所掩盖，现在由于表面的涂料脱落，现出了缝隙。根据我过去勘察藏传佛教寺庙的经验，可以断定这是修建佛像时故意留下的一个小龛，是喇嘛们保存圣物用的。

我用手铲轻轻地撬开泥胎，露出了一扇活门。打开活门以后，果然发现了一个很深的方龛，里面放着一个深褐色的铜盒。

我们谨慎地将铜盒取出，拂去灰尘以后，发现上面满布精美的莲花图案，就它本身而言，即堪称一件珍贵的艺术品。盒盖上贴着封条，上面写着"唵嘛呢叭咪吽"六字真言，还盖有法印。我们怀着强烈的好奇心打开了盒盖，在里面放着一支人骨制的笛子，一卷羊皮纸的手抄本，上面写着古老的藏文，这一切是什么意思呢？

二、雪地上的脚印

你见过西藏高原雪山冰湖的月夜吗？你能想象那种肃穆、含蓄、神秘的气氛吗？

当一轮明月高悬天际，用它那清澈的光芒普照大地时，银光闪闪的群山，盖着雪冠的森林，以及像明镜一样的湖泊，都似乎凝结在一层透明的薄雾之中，坠入了梦境。在白天看来如此美丽的景色，在月光下却呈现出另外一种气氛，好像使人进入了一种久已被人忘怀的童话世界。

然而在今天晚上，调查队里却没有人注意到这美妙的夜景。次仁旺堆正在帐篷里的灯下细心研究铜盒里的手抄文书，我们其余的人坐在旁边，屏住气息等待着这谜底的揭晓。

外面是一片深山里特有的寂静。偶尔一阵微风吹过以后，就连周围的云杉上掉下雪块的簌簌声，也清晰可闻。

次仁旺堆手中的放大镜慢慢地在羊皮纸上移动。虽然他是国内知名的研究佛教史和古藏文的专家，但是这份文件经过了二百多年的岁月，墨迹已经褪色，加上在字句之间，还穿插有一些巫术符号和已经失传的宁玛派的术语，所以看起来十分吃力。终于，次仁旺堆看完了最后一行，他抬起头来，习惯性地抬抬鼻梁上的眼镜，脸上出现了一种困惑之色。

"这是天嘉林寺毁灭的前夕一个喇嘛留下的记载，"他慢慢地说，"根据这一记载，保存在铜盒里的人骨笛，应该就是拉布山嘉错大师的魔笛。"

"什么？"好几个声音同时发出了惊呼。

"是的，这就是那支传说中的魔笛。"次仁旺堆又重复了一次，"这个喇嘛对于魔笛的作用是深信不疑的，他之所以要写下这份文书，就是警告后世得到这支魔笛的人，千万不可将它吹响，特别不可在黑夜吹响，因为太阳落山以后，正是山精活动的时候，只要听到笛声，他们马上就会出现……"

索伦扑哧一声笑了出来，做了一个鬼脸，惹得坐在帐篷口的冯元也笑了。我知道他们都觉得次仁旺堆的脸色过于严肃，似乎在讨论什么科学问题一样。

老实的次仁旺堆没有理会两个青年人的嘲笑，仍然继续说下去："写下这份文书的喇嘛本人，就曾经目睹过拉布山嘉错用魔笛召唤山精的情景。他发下了宁玛派中最重的誓言，证明他所说的全是事实。现在我把这几句翻译给你们听：

> 其时雪积满地，湖冰如镜，万籁俱寂，山林沉睡。拉布山嘉错大师端坐诵经，吹笛作法，山精鬼怪，接踵前来，僧俗诸众，合十膜拜，共叹佛法无边，神灵常在……"

又是一个目击者的证词！我知道庄严的誓言对于宁玛派的喇嘛具有何等的约束力，如果他确实没有亲眼看见这种怪现象的话，他是绝对不敢发誓的。这时，我所熟悉的有关拉布山嘉错召唤山精的传说，一桩桩又出现在脑际，难道这仅仅是一些迷信的传说吗？我从铜盒中取出这支笛子，再次将它仔细地观察了一番。这明显是用人的胫骨制成的，两端镶嵌着银饰。在旧社会喇嘛的法器中，人骨笛是常见的东西，除了这一支笛子制作得特别精致以外，我确实也看不出有什么特别之处。

次仁旺堆似乎看透了我的心思，他轻轻地说："老王，我始终觉得，在这支笛子里，可能隐藏着一桩什么秘密。"

我没有回答，我在沉思。

帐篷里又响起了冯元清脆的笑声："次仁旺堆同志，我看你是佛经读多了，着了迷。难道你真的相信有什么'魔笛'，有什么'山精'？"

次仁旺堆摇摇头："我当然不会迷信。但是这里面是不是会有其他的原因，其他的道理呢？你们看这支笛子，吹口的部分已经磨损，无疑是多次使用过的，如果它吹响以后而没有效果，拉布山嘉错能够那样受人崇拜？"

冯元不以为然地说："他骗人的嘛！"

"可是有那么多人亲眼看见的。"

"那只能说他骗术高明。"冯元调皮地说，"又回到老问题上来了，难道你准备用迷信的理由来解释？"

次仁旺堆抬抬眼镜："在旧社会，特别是落后的西藏农奴制社会里，当人们还没有掌握大自然的奥妙，还不可能了解它的规律时，很多科学的现象都被披上了迷信的外衣，并且被统治阶级有意歪曲来为他们的利益服务。我以为'魔笛'的问题，就可能属于这种性质。"

我觉得次仁旺堆的话是有道理的。但是我还没有来得及开口，索伦就从我手里接过笛子，笑着插嘴了：

"你俩别争了，我以为最好的办法，就是立刻吹响这支'魔笛'。现在正是夜晚，'万籁俱寂，山林沉睡'，一切条件都和传说相符合。如果笛声真的召来了'山精'，那就证明拉布山嘉错确实是佛法无边，让我们向他致敬；如果啥事也没有，那就证明这种传说只是一个骗局，而我们的次仁旺堆同志也上了当，一切让实践来回答吧。"

于是他将笛子举到唇边。次仁旺堆举起一只手来，似乎想要阻止他，但是索伦已经深深地吸了一口气，将笛子吹响了。

这笛子发出一种低沉的、呜呜的声音，与我们平日听惯了的笛声毫无共同之处，而像从人类喉咙深处发出的呼喊，在这寂静的夜空里，听起来使人产生一种粗犷、原始的感觉。

索伦吹了一阵以后，停下来，意味深长地望着次仁旺堆笑笑。

帐篷里没有人说话，周围仍然是深沉的寂静。

"也许吹一次不行吧，我可以吹三次。"索伦向冯元伸伸舌头，又一次吹响了笛子。

笛声延续了一两分钟之久，但是什么事也没有发生。于是索伦长长地吹了第三次，低沉的呜呜声，再一次在夜空中回响。

笛声停止以后，帐篷里仍然悄无声息。但是不知道是什么原因，每一个人都感到了一种紧张而期待的气氛。

索伦放下笛子，满脸都是揶揄的笑容。他刚要向次仁旺堆说点什么，但是当他的视线接触到冯元的时候，却突然怔住了。我们几乎同时都发现了冯元异常的神态，片刻之前还出现在她脸上的轻松的微笑不见了，她的双眉紧锁，神情紧张，两眼盯着帐篷的入口，一动也不动，似乎是在凝神倾听什么声音。

"小冯，怎么一回事？"我问道。

"我……我……"她的嘴唇颤抖着，"我好像听到帐篷外面有轻微的脚步声。"

"你一定听错了，"我说，"你也知道这附近一百多千米以内是没有人烟的，而调查队的同志全都在这帐篷里。"

"我没有听错。"冯元的眼睛里出现了一种恐怖的神情，"吃晚饭时我在帐篷旁边丢了一个空罐头，刚才我甚至听到有一只脚踩在这空罐头上的声音。"

"说不定是只什么野兽跑到营地来了。"

我走到帐篷门口，掀开挡布，用电筒四处照了照，然而除了周围皑皑的白雪和似乎已经沉沉入睡的云杉林以外，既无人影，也不见兽迹。

冯元仍然执拗地摇摇头："不是什么野兽，确实是人的脚步声。"

索伦把头朝后一仰，哈哈大笑起来："今天晚上你们是怎么的啦？首先是次仁旺堆同志，对于一段荒唐的传说将信将疑；现在又是你，居然听到了魔笛召来的山精的脚步声。我看是几个月来在这荒凉的环境里工作，已经开始影响到你们的神经了。"

"好啦，好啦，"我以为今天晚上对于这个题目的讨论已经够了，"同志们，夜深了，早点休息吧。"

第二天清晨，当我正在酣睡的时候，忽然被人急促地摇醒了，耳边有人低声喊着："老王！老王！"

我睁开眼睛，发现是索伦在喊我。这时天色刚刚黎明。从帐篷缝隙透进来的微光里，我看到他紧张的神色，立刻知道有什么意外的事件发生了。

"什么事？"我问道。

"老王，你快去看看！"

"看什么？"

"昨天小冯没有听错，帐篷外面是……是有人来过，雪地上留有他的脚印。"他又补充了一句，"可这是一种奇怪的脚印。"

"奇怪的脚印？"

任何人都看得出来，索伦这小伙子不是在开玩笑，而是严肃认真的。昨夜神秘的气氛似乎再一次笼罩了我。我钻出了睡袋，迅速披上衣服，跟着索伦来到帐篷外面。

"你看！"他指着雪地说。

我低下头看了一眼，不知道是由于凛冽的寒意还是由于紧张，不觉打了一个寒战。

雪地上，在昨夜我们自己践踏的脚印旁边，清晰地出现了两行脚印。这明显是一种两足动物的脚印，一左一右地排列。脚印分两行，一来一往，每一步的跨度在 40 厘米左右，似乎是一个用两足行走的生物异常谨慎地来到了帐篷门口，窥探以后，又走了回去。

我镇定下来，蹲下去仔细地观察了一番。这是赤足印在雪地上的痕迹，每个脚印长约 30 厘米，显示了一个短而宽的大拇指，不与其余四趾相并，而是单独向旁斜伸。其余的脚趾也很短，后跟圆而宽。从脚掌的细部来看，它有一定弧度的足弓，但又不像人类的那么明显。我立即判断出这不是人类的脚印，但又不是猿类的脚印，更不是其他动物的脚印。索伦的说法是对的，这是一组奇怪的脚印。难道"山精"真的出现了吗？

应当承认，冯元的听觉是十分敏锐的。就在离帐篷不远的地方，这个生物曾经踩在那个空罐头上，尖锐的铁皮可能划破了它的脚掌，所以在旁边还留下了几滴殷红的血迹。

这时调查队其他的人都已经起来了，大家看到这种奇怪的脚印以后，都面面相觑，不知道该怎么解释。

我们追踪这脚印，一直向山坡走去，脚印穿过我们帐篷旁边丛生的云杉，然后进入了一片灌木林，这里地面凹凸不平，而且枯枝很多，观察比较困难。出了树林，脚印就在坡地一些裸露的花岗岩上消失了。看样子，他是从山上的密林中下来的。

我虽然不能解释这种神秘的脚印的来历，以及它和"魔笛"的关系，但是却知道这是一项极为重要的科学发现。这时东方的朝霞已经映红了雪山，而峭劲的山风也开始刮过地面。为了保护这一珍贵的资料，我叫索伦选择了几组最清晰的脚印，绘图摄影以后，又浇注了石膏模型。就连罐头筒旁边的血迹，我们也连雪铲起，装进玻璃瓶密封起来。

接着，调查队的同志聚集在一起，商量下一步该怎么办。索伦主张在今天晚上再吹一次"魔笛"，同时埋伏几个人在树林里，看看来的究竟是什么东西，如果有可能，最好能捕获一个。"管它是人是鬼。"他最后还半开玩笑似的补充了一句。

"留下脚印的这个东西，自然不会是山精鬼怪，而是血肉之躯，是某种现在我们还缺乏认识的生物。"次仁旺堆抬抬眼镜，仍然是那样一本正经地说，"而且由于某种我们还不能解释的原因，它的出现和'魔笛'确实也有关系。根据我们调查队现在的人力和设备，要解决这个问题是很困难的。对待这种世界上罕见的科学现象，我们应当特别慎重，在缺乏进一步的研究和做出全面规划之前，我建议不要仓促采取行动，以免为今后的工作造成不必要的障碍。"

我和大多数同志都同意这个方案。通过无线电与有关领导汇报以后，领导也支持我们的想法。就在当天下午，一架喷气式直升机在湖畔降落，将"魔笛"、手抄本、脚印的照片和模型，以及血液的标本运到拉萨，并且立即转送到北京中国科学院的有关研究所去了。

三、他们生存在 100 万年以前

三个月以后的一天，办公桌上电视电话机的蜂鸣器，发出了急促的嗡嗡声，指示灯标明了电话的来源地——北京。我按了按电钮，从荧光幕上，出现了一个两鬓斑白的中年男子的脸，他戴着宽边眼镜，穿着白色工作服，正亲切却似乎略带疲乏地向我微笑。这个人的相貌，我觉得有点熟悉，但是一时却想不起在哪儿见过他了。

"王新同志吗？对不起，耽误你的工作了。"无疑他从荧光幕上看到了我手边堆积如山的书籍和稿纸，"我是朱苇。"

"朱教授，你好！"我高兴地说。现在我知道为什么对他有点面熟了，朱苇是全国闻名的人类学家，他的相片经常在报刊上出现。

朱苇点点头："王新同志，你还记得三个月以前你们在天嘉林寺废墟上发现的'魔笛'和脚印吗？"

"当然记得，是你在负责研究它们？"说真的，虽然我们的考古调查工作已经初步告一段落，而且近来室内整理工作非常繁忙，然而只要稍有余暇，我总要回忆起有关拉布山嘉错的神奇传说，静静的月夜，"魔笛"的呜呜，和令人难以置信的雪地上的脚印，并且尽力想要解释一下其中的奥妙。但是不论我从哪个角度考虑，都没有任何进展。这个无法解答的谜，日复一日地刺激着我强烈的好奇心，现在朱苇主动和我联系，我知道答案可能已经取得，我的心不由得狂跳起来。

朱苇简短地回答："是的。"

我的身后出现了沉重的呼吸声。我回过头一看，冯元和索伦不知道什么时候悄悄地走了过来，满脸压抑不住的兴奋的表情。平常很沉静的次仁旺堆，也带着期待的神色站在一旁。

我将他们一个一个地向朱苇做了介绍。他向同志们挥手致意："你们的名字，我都是熟悉的……"

朱苇的话还没有说完，冯元的问题就像连珠炮似的发了出来："那'魔笛'是怎么一回事？脚印究竟是什么动物留下的？它就是传说中的'山精'吗？"

看着这个性急的姑娘，在朱苇教授的脸上，又出现了那种疲乏的笑容："关于这些问题，我们已经有了一个初步的设想，但是这却不是在电话里讲得清楚的。我今天和你们联系的目的，是想请你们尽快来北京一次，在有关的科学会议上介绍当时的实际情况，并且研究下一阶段的工作。正式的邀请函件已经发给你们的单位了。不知道你们的意见怎样？"

我回答说："天嘉林寺考古调查资料的整理工作即将告一段落，如果领导同意，我们可以来。"

索伦和冯元高兴得在我身边鼓起掌来，朱苇教授又被他们逗笑了："那太好啦，我等你们。"

"谢谢，再见。"

"再见。"朱苇的形象从荧光幕上消失了。

科研单位的工作是非常注重效率的，领导很快就批准了我们的计划。两天以后，我们一行四人乘飞机到达了北京。

在科学院招待所安排了住处以后，我立刻给朱苇挂了一个电话。

"你们来啦，"他在荧光幕上向我打了个招呼，"明天上午九时，在我们研究所会议室，准备召开一次综合性的科学会议，请你们准时参加。八点半钟，会有车来接你们。"

短短的两次电话，我已经看出了这个科学家干练的作风，所以压下了再提几个问题的愿望，只是简单地说："好吧！"一句废话都没有，朱苇把电话挂断了。

第二天上午九点，我们四个人出现在某研究所宽敞明亮的会议室里。参加会议的一共有二十多人，只有当我把这些代表的专业弄清楚后，我才体会到朱苇教授所说的"综合性科学会议"的意义。原来这里面有人类学家、古生物学家、医学家、遗传学家、生理学家、无线电专家、雷达工程师、电视工程师……难道这一切都和解决雪山魔笛之谜有关吗？

朱苇教授从人群中认出了我们，他走过来亲切地和我们一一握手。在近处观察，他似乎还要苍老一些，而且显得严肃一些。只有当他脸上浮现出我所熟悉的笑容时，才使人感到这是一个单纯的、平易近人的科学家。

"你们送来的资料，比我们原来想象的要复杂得多。在上级党委的领导下，我们组织了一个包括多种专业的联合研究小组。"他的手向到场的科学家们挥动了一下，"经过大家的协同努力，现在已经有了初步的结果。但是要彻底解开这个谜，却还要做大量的工作。这就是我们今天开会研究的目的。你的发言安排在第一个，请准备一下。"

他来不及和我多谈，因为开会的电铃声已经响了。朱苇回到会议桌旁，宣布会议开始。

他简要地宣布了会议议程之后，满面笑容地对大家说："现在，我们欢迎从拉萨专程赶来参加会议的王新同志发言。"

代表们热烈鼓掌。我知道他们读过我写的情况报告，对于大致情况是清楚的。所以我就讲得比较详细，列举了各种有关拉布山嘉错的传说，描绘了天嘉林寺所处的环境、地形和周围动植物群的情况，再详细介绍了"魔笛"

的发现经过和手抄本的内容。大家都很感兴趣，听得十分专注。只有当我讲到索伦如何开玩笑吹响"魔笛"，而冯元听到脚步声以后又如何紧张时，会议室里才爆发了一阵笑声。这使得冯元涨红着脸，感到很不好意思。索伦也首次出现了窘态，有点忸怩不安。

我讲完以后，又请次仁旺堆将当时他的初步推测，做了一些补充。尽管他讲得很简短，措辞也很谦逊，但是看得出来，所有的代表对于这个藏族学者在事前产生的科学的预感，以及事后处理这个问题的慎重态度，都是十分佩服的。

我们的发言结束以后，就轮到朱苇教授汇报研究的结果，也就是揭露这延续了几个世纪的神秘事件的内幕。会议室里鸦雀无声，所有代表的眼睛，都紧紧地盯在朱苇教授身上。我的手上原来拿着一支钢笔和一个笔记本，然而当朱教授用一种平静的声音开始讲述以后，我却忘记了记录，也忘记了周围的一切，而完全被他讲话的内容所吸引。在我们的眼前，展示了世界科学史上最为奇妙的、几乎是难以置信的一页。

"关于拉布山嘉错魔笛的传说和这支魔笛发现的经过，以及它吹响以后带来的后果，刚才王新和次仁旺堆同志做了详细的说明。"朱苇教授说，"我们是科学工作者，是无神论者，当然不会用超自然的理由去解释它。这一些表面上看来似乎是不可思议的神奇的现象，其中必然蕴藏着我们还未发现的某些自然界的秘密，我们就是怀着这个信念开始工作的。

"我们要解决的第一个问题，就是这些脚印究竟是什么动物留下来的？根据王新同志给我们送来的脚印的照片和石膏模型，我们仔细地研究了脚趾的形状、它们分布的位置、足弓的角度、脚跟的大小等细节，发现各方面的测量数据都介于人类和猿类之间，确切一点说，它们与大约一百万年以前生存过的一种直立猿人相近。大家知道，这种猿人比北京猿人还要原始，它的化石是近年来在康滇古大陆的一部分——四川西昌地区发现的。

"单纯根据一些脚印，当然是不可能做出确切的结论的。幸运的是，王新同志还给我们送来了一些血液的标本，我们对血红蛋白 α 链上氨基酸的位置、血清蛋白朊等进行了分析，其结果都和脚印的测定一致，这种动物应该属于高级灵长类，无疑具有介乎人和猿之间的特征。

"生存在 100 万年以前的、公认为是早已灭绝了的一种猿人，居然到现在还有孑遗，这是可能的吗？带着这个问题，我们查阅了有关的文献资料，发现从战国时代开始一直到近代，有关青藏高原上'野人'的记载史不绝书。在两千多年的历史中，看到过'野人'的人很多，描绘也大致相同：身材高大，有棕色的毛。我们认为，这种记载中的'野人'可能就是藏族传说中的'山精'，实际上就是那种在 100 万年以前生存过的猿人。

"在两三百万年以前，也就是地质学上的第四纪开始的时候，喜马拉雅山的上升运动虽然早已开始，但是总的说来，上升的速度比较缓慢，这一地区的地形仍然比较平坦，气候温暖适宜，森林密布，因此有猿人在这里出现，是一件很自然的事。大约从 100 万年以前开始，喜马拉雅山造山运动逐渐加剧，上升速度达到每 100 年 1.2 米到 1.3 米，这就使现在的青藏高原，成了名副其实的'世界屋脊'。随着高度的增加，气候日趋寒冷干燥。崇山峻岭，冰雪覆盖。生活在这里的猿人，被迫向其他地方迁徙。不过在康格山深谷的温暖地带，在与世隔绝的原始森林中，却有一支猿人奇迹似的生活下来，只是由于环境的孤立和生活方式的守旧，它们的体质和文化并没有再向前发展，而是基本上陷于停顿。它们可以说是在从猿到人过程中走入歧途，面临灭绝危险的一支。附带讲一句，像这种远古的化石动物在青藏高原复杂的地形中幸存的情况，并不是绝无仅有的，如曾经与猿人同时生活的巨猿和大熊猫，就都有后代存活到现代。"

讲到这里，朱苇教授停顿了一下，点上一支香烟。

性急的冯元是无论如何按捺不住了，她的声音打破了寂静："朱教授，魔笛呢？那魔笛是怎么一回事？"

朱苇微微一笑，又继续讲了下去："这就是我们所要解决的第二个问题。魔笛和猿人究竟有什么关系呢？

"我们用录音机将魔笛的声音录下来，然后对现代生存的四种类人猿——大猩猩、黑猩猩、长臂猿和猩猩——进行了试验。结果电生理仪器告诉我们，在听到这种声音以后，类人猿立刻产生条件反射，胃液、唾液分泌增多，并且顺着发声的方向来寻找食物。而它们自己找到食物以后召唤同伴的声音，也大致和笛声相似。这就使我们有理由推测，拉布山嘉错的魔笛，实际上是模仿猿人觅食的声音而制造的，猿人听到笛声以后，以为这里有食物，自然就会应声前来。过去峨眉山寺庙的老僧呼唤猴群供人参观，也要模仿猴子的声音，这其中是并无神奇之处的。至于拉布山嘉错是怎么发现这个秘密的，当然我们已不得而知；但是他是有意识地巧妙利用了这一自然现象，为自己欺骗群众的迷信活动服务，这却是可以肯定的。两百多年来笼罩着天嘉林寺的神秘的色彩，原因也就在这个地方。

"那天晚上，当索伦同志开玩笑吹响了魔笛以后，可能有一个猿人正在帐篷的附近，他听到这种声音，以为是同伴的召唤，于是悄悄地走到帐篷外面窥探了一下，当他发现这里面都是一些陌生的东西时，立刻警惕地退了回去。但是他的脚印，却留在雪地上了。"

当朱苇教授讲完以后，会议室里一片激动的气氛，可以听到各种压抑不住的惊叹声。的确，就连我这个最早发现魔笛的人，听到事情竟然发展到如此出人意料的地步，也感到十分兴奋，不禁高声说道：

"朱教授，这群猿人现在一定还在天嘉林寺附近，我们应该迅速组织调查队，立即去寻找它们，这对于科学研究，该有多大的价值啊！"

"你的意见很对，今天请同志们来，就是想初步讨论一下调查的方案。"朱苇教授说，"由于考古调查队的同志在发现脚印以后，采取了非常谨慎的态度，没有继续惊动它们，这就使我们的调查，有很大的成功把握。根据上级党委的指示，要完成这项任务，必须运用最新的科学技术，先进的仪器设备，发挥社会主义的大协作。现在请同志们发表意见吧。"

接着就是一场热烈的讨论。概括起来，各个方面的专家发表的意见有以下几点：

生物学家的意见是，根据近年来对于想要逃避人类侵犯的大型哺乳动物的观察，它们多半是夜出的，这就是说，白天躲藏和休息，晚上行动觅食。南亚的象群就是这样生活的。猿人在这样长的时间中没有被发现，很可能就是这个原因，因此他们建议调查队要将行动时间重点放在夜间。

电生理专家建议用电子模拟发声装置模仿魔笛的声音，再参考现代类人猿喜怒哀乐的各种表情加以变化，使它包含的内容更加丰富，根据不同的条件加以运用，引诱猿人前来。

雷达专家建议使用小型毫米波雷达，装置在密林深处，探索猿人的行动规律。

电视专家主张使用他们最新发明的自动变焦距红外线夜间摄影机，当猿人出现在预定地点时，就可以在荧光幕上进行实地的观察。

声呐专家认为可以在安林湖畔广泛地空投一种简单而灵敏的声呐装置，它能自动分辨最轻微的两足动物的脚步声，并且向接收站发出信号，确定声源的位置。

一条一条的建议，一项一项的设想，逐渐地形成了一个完整的作战方案。它显示了集体的智慧，社会主义科学大协作的威力。

四、荧光幕上的奇观

我们的观测站设置在天嘉林寺废墟的经堂里，经过半个月紧张的筹备，一切仪器终于安置就绪。在旧日的佛龛上，装置着闪烁着红绿信号灯的操纵板，神怪的壁画前面，是大大小小的荧光幕。雷达和电视接收天线，矗立在屋顶的经幡之上。于是，古老和现代，迷信和文明，在这里形成了强烈的对比，这可以说是世界上气氛最为奇特的一座实验室了。

白昼已经消逝，在过去的 12 小时中，尽管我们不停地用雷达搜索着密林和山谷，但是除了丛林中常见的野生动物以外，没有发现异常情况，声呐装置也没有接收到大型两足动物的信号。看来生物学家的意见是正确的，猿人在白天没有外出，他们说不定正静静地躲在洞穴里休息。

计时器发出嘀嗒嘀嗒有韵律的声音，时间在流逝。虽然我们都已经值了一整天的班，可是却没有人愿意离开观察室，大家的眼睛，都集中地盯在发着淡绿色光芒的雷达荧幕上。

22 点。

22 点 30 分。

23 点。

……

没有情况发生。

已经是午夜了，坐在我旁边的朱苇教授，摸出烟盒，点上一支香烟，默默地抽了起来。从他那紧簇的双眉上，可以证明他在思索。而他所考虑的问题，应该是与我们每一个人所想的相同。难道我们的推测是错误的吗？难道我们的计划有什么漏洞吗？难道我们的行动不够小心，惊动了这群警惕性很高的猿人，使他们又迁徙到更深远的山谷里去了吗？

"朱教授，还要等下去吗？"冯元小声问。

"朱教授，是不是这群猿人的根据地在其他的地方？"索伦也不耐烦了。

朱苇教授没有回答，香烟头上的火光急促地明暗着。"同志们如果累了，可以先回帐篷去休息一下，"这是次仁旺堆平静的声音，"可是实验一定要坚持下去。我们要相信科学，相信科学的推理。"

"我同意。"朱苇教授斩钉截铁地说。

"注意！"俯身在荧幕前的雷达操纵员失声叫了出来。

在不断接收着回波的雷达荧幕上，出现了一个光点。操纵员调整了一下旋钮，光点迅速变成了一个微弯着腰的人形动物。戴着耳机的声呐员警告似的举起了一只手。接着，在扩音器里传出了清晰的两足踏在积雪上行走的簌簌的声音。

"方位一五零，距离 20 千米。"雷达员报告说。

微型电子计算机立即在立体地形图上标出了准确的位置，红色的指示灯亮了。

朱苇教授揉碎了手中的烟蒂："在 B 一区。看来他们的营地是在康格山峡谷的深处。大家注意，实验开始！"

他按了一个电钮。在 20 千米以外的一个预定地点，电子模拟发声装置发出了"魔笛"召唤猿人的声音。

电视机的荧幕亮了。虽然外面是漆黑的夜晚，可是由于新型十寸红外线摄影装置的作用，我们却清楚地看到，一棵棵盖着雪毡的高大杉树，像墙壁似的从四面包围着一块空地。在通过电子效应重现的幽暗而苍白的光辉之下，景色寂静而又荒凉，这种情况与真实的夜景迥然不同，好像使我们追溯到若干万年前的岁月，回到了那遥远的古代。

"魔笛"的声音一再重复着。

"来了！"朱苇教授平静地说。

一丛灌木几乎微不可见地动了一下，一切又恢复了原状。虽然我们的观察室离开现场还有 20 千米，大家都知道猿人是无论如何也听不到这里的声音的，可是每一个人都紧张得连大气也不敢出，生怕微微的一点声息，轻轻的一点动作就会惊动那躲在灌木后面的生物。观察室里静悄悄的，只有仪器发出嗡嗡的声音。朱苇教授调整了一下"魔笛"的音质，根据类人猿的习惯，这声音已经带有催促的意味了。

灌木又动了起来，枝叶逐渐分开，出现了一个人形的脸，小心地窥探着。

"魔笛"又发出了一次声音，表示安全和满意。

终于，在观察站十几个望眼欲穿的科学家面前，第一次出现了大自然隐蔽了一百万年之久的奥秘。一个人形的影子，慢慢地从灌木丛里钻了出来。开始是模糊的，然而随着他逐渐地走近镜头，形象就越来越清楚了。他的头上披着粗长的头发，除了脸部以外，全身都有茸毛。前额低平，向后倾斜，眉脊突出，鼻梁低而宽，下颌往后缩，脖子短而粗，整个头部向前伸，就像半低着头的样子。他的身躯十分强壮，两臂很长，相形之下，腿却很短，而且微微弯曲。他围着一块熊皮，一手持着一块拳头大的石制的刮削器。猿人，这就是早从自然界消失了的猿人，不是博物馆里根据几块化石复原的标本，而是活生生的实体。我的每一根神经都绷得紧紧的，我正在亲历一个具有历史意义的时刻。

　　猿人并不知道有这么多双眼睛在注视着他的行动。他慢慢地走到空地中央，一路上不停地左顾右盼，保持着高度的警惕，似乎一有风吹草动就准备逃走。然而黑夜仍然像帷幕似的掩护着他，周围仍然是死一般的寂静，他显然放心了。

　　在空地中央，我们有意识地堆放着一些粮食和牛肉。猿人发现了这么丰盛的食物以后，显然十分兴奋。他回过头去，发出了一种低沉的、音节分明的声音。

　　"语言，"我听见次仁旺堆轻轻地对朱教授说，"猿人是有语言的。"

　　"是的。"朱苇教授回答，"从他的行动来看，他们已经习惯夜间行动，这证明他们的视觉和嗅觉是发达的。"

　　随着这个猿人的召唤，丛林中又出来了另外几个猿人，有男的，也有女的。他们看到了食物以后，脸上都出现了惊喜的表情，互相用那种低沉的语言交谈着，还做着生动的手势。的确，这群长期和严峻的大自然进行生死搏斗的猿人，在隆冬的季节，能找到如此精美的食物，真是一件非同寻常的大喜事啊！

在对他们进行了比较细致的观察以后，在场的科学家们，已经无法抑制自己的激动，开始七嘴八舌讨论起来了。

"你看他们的手，大拇指已经很发达，和其余四指分得很开，这已经不是猿的前掌，而是和人手基本相似了。"

"是的，你再注意那脊椎骨的形态，这已经比猿类要挺直得多，而他们的腿也比猿类要直一些，要长一些。"

"看到他们手中握的刮削器没有？这是用石片打制成的。我国的旧石器时代文化，从它的早期阶段开始，就有着共同的性质，这就是主要使用石片石器，而少使用石核石器。像北京周口店猿人化石产地、周口店第十五地点、丁村旧石器时代遗址等处都是这样。这群猿人的时代比北京猿人还要早，这就证明使用石片石器的传统，比我们过去想象的要早得多！"

"还有他们围的熊皮上有烧焦的痕迹，这证明他们已经能够使用火了。"

"同志们的意见是正确的。"荧光幕前响起了朱苇教授的声音，这是我第一次发现这个冷静的科学家内心蕴藏着如此充沛的感情，"总的说来，他们已经能够制造工具，能够劳动，因此，他们已经不是猿，而是属于人的范畴了。劳动创造世界，劳动创造人，这一伟大的真理，现在又一次得到了确切的证明。同志们，我们现在所看到的，并不是简单的自然现象，而是自然辩证法的胜利，是马克思主义理论的胜利啊！"

朱苇教授的心情，我是能理解的。自从 1859 年英国生物学家达尔文发表《物种起源》一书，提出生物界进化论的观点；1863 年赫胥黎发表《人在自然界中的地位》，明确提出人是由猿猴进化的看法以来，在一个多世纪中，关于人类起源的问题，争论很激烈。尽管近十年来古人类化石的发现日益增多，研究日益深入，但是比之于一千多万年以来从猿到人无比丰富的历史内容，我们所掌握的资料仍然是非常贫乏的。现在我们的眼前竟然有一群活着的猿人，他们是沟通猿和人之间的环节，他们的体质构造、生活习惯和社会组织，都为我们复原了一幅幅一百万年以前发生过的生动画面，这在科学上的重大意义，是能用言语表达的吗？兴奋和喜悦的浪潮，淹没了我们每一个人。如果不是在观察站里，我相信我们是会欢呼起来的。

就在我们讲话的时候，猿人们已经扛上粮食、牛肉，慢慢地消失在密林深处了。但是这些朴实的大自然的儿女哪里会知道，在粮食和牛肉中，我们都装置了微型无线电发射机，根据电波再去追踪他们藏身的洞穴，那只是一件非常简单的事了。

我的故事就到此结束了。至于以后我们怎么用同样的方法找到了全部残存的猿人部落，怎样将康格山建设成一个人工保护区，让这些猿人自由而幸福地生活，同时也向我们提供了大量珍贵的科学资料，以至于全部从猿到人的历史，不得不做重大的修改和补充，这些都是你们所熟知的事，我就不罗唆了。

童恩正（1935—1997），考古学家、科幻作家。其作品《珊瑚岛上的死光》被评议为中国科幻小说重文学流派代表作，并曾在 80 年代初被拍摄成中国第一部科幻电影。代表作《雪山魔笛》《古峡迷雾》《石笋行》等。

> 地球的智慧文明本来有各种可能性，这
> 一种似乎早就该发生了，但又显得最为
> 诡异。
>
> ——刘慈欣

熊发现了火

特里·比森 著 / 罗妍莉 译 / 何锐 校

我正驾着车，与我弟弟和我侄子（传教士和传教士之子）一起，行驶在 65 号州际公路上，开到鲍灵格林[1]以北时，我们的车有只轮胎瘪了。当时是周日晚间，我们刚刚去养老院探望过母亲，开的是我的车。轮胎一瘪，引来一阵"我就知道会这样"的抱怨声，因为我是家里的老顽固——他们是这么说我的，我自己修轮胎，而我弟弟总是叫我去买子午胎，别再买老式轮胎[2]了。

但如果你自己知道如何安装和修理轮胎的话，那收拾起来几乎不费分文。

因为瘪掉的是左后胎，所以我把车靠左停下，泊在中央隔离带的草地上。一看我那辆凯迪拉克歪歪扭扭停下来的样子，我就估计轮胎是彻底废了。华莱士说："依我看，

1　Bowling Green，文中应指位于肯塔基州西南部的工业城市。

2　指斜交轮胎，子午胎相比而言不易爆胎。

根本用不着问你后备厢里带没带'胎瘪灵'。"

"给，孩子，拿着灯。"我对小华莱士说。他已经长到乐于帮忙的年纪，又还（暂时）没长大到自以为无所不知的地步。我如果真结婚生子的话，他就是我想要的那种孩子。

老凯迪拉克的后备厢一般都塞得满满当当的，像间小屋。我开的是 56 年款。我把杂志、渔具、木制工具箱、几件旧衣服、裹在草袋里的紧绳夹和烟草喷雾器全给拖到一边，好把千斤顶找出来，华莱士穿着周日的体面衬衫，所以此时没有主动帮忙。备胎看起来有点软。

灯熄了。"晃一下，孩子。"我说。

灯重新亮起。保险杠起重器早就不见了，但我带了个承重四分之一吨的液压小千斤顶。这个千斤顶是我在母亲1978—1986 年的《南方生活》旧杂志下面发现的，我本来想把那些杂志给丢到垃圾堆里去。要不是华莱士在的话，我原本会让小华莱士把千斤顶给放到车轴底下去，但我还是跪倒在地，亲自动手。让男孩子学学换轮胎没什么不好。即便不打算修理和安装轮胎，这辈子总还是要换那么几回轮胎的。我还没把车轮升离地面，灯就又熄了。我惊讶地发现夜色已深。10 月下旬，天气开始转凉。"再摇一摇，孩子。"我说。

灯光再亮，但很微弱，明灭不定。

"换成子午胎，就再也不会瘪了。"华莱士用同时面对许多人讲话的那种声音解释道，眼下就是对着小华莱士和我，"就算真瘪了，你也只需要用这种叫'胎瘪灵'的玩意儿喷一下，继续往前开就是了。3.95 美元一罐。"

"鲍比叔叔自己会修轮胎。"小华莱士说，我推测，他这么说是出于忠心。

"是自己。"我半截身子钻在车底下道。如果交给华莱士管教的话，这孩子说起话来就会像母亲提过的那种"山里来的乡巴佬"；但车上会装子午胎。

"再摇摇那盏灯。"我说。灯又快熄了。我拧动轮毂盖里的凸耳螺栓，把车轮卸下来——原来是靠着侧壁的地方爆了。"这个没法修了。"我说。我并不在意，堆在谷仓外面的废胎已经有一人高了。

灯又灭了，等重新亮起的时候，却比先前都要明亮，此时我正把备胎往凸耳螺栓上装。"好多了。"我说。一道朦胧的橙光涌来，闪烁不定。但当我转身去找凸耳螺母时，却惊讶地发现，男孩手中的电筒已经熄了，那道光来自两只熊，它们站在树林边上，持着火把。这是两头大熊，有 300 磅重，立起来大约有 5 英尺高。小华莱士和他父亲都看见了它们，正纹丝不动地站着。最好不要惊动熊。

我从轮毂盖里捞出螺母，拧上。平时我喜欢往上面涂点油，但这回还是算了。我将手伸进车底，放下千斤顶，再把它拉出来。见备胎高度足够，可以继续往前开，我松了口气。我把千斤顶、十字扳手和瘪掉的轮胎都放进后备厢。我没有换上轮毂盖，而是也塞进了后备厢。这段时间里，那两只熊一动也没动，只是擎着火把，不知是出于好奇，还是在给我帮忙，谁知道呢。貌似它们身后的树林里还有更多的熊。

我们立刻齐刷刷打开三扇车门，钻进车里，一溜烟开走了。华莱士第一个开口道："看来熊已经发现了火。"

大约 4 年前（也就是 47 个月前），华莱士和我第一次把母亲带到养老院时，她就告诉我们，她已经准备好迎接死亡了。"别替我担心，孩子们。"她悄声耳语，把我俩都拽得低下身来，免得被护士听见，"我已经开了 100 万英里的路，现在准备到彼岸去了。我不会在这儿逗留太久的。"她开加固校车开了 39 年。后来，华莱士离开后，她把她的梦想说给我听。一帮医生围坐成一圈，讨论着她的病情。其中一个说："能做的我们都已经替她做了，伙计们，咱们就让她走吧。"他们都举起手来，笑了。那年秋天她没死，她似乎很失望，尽管春天一到，她就把这事给忘了，老年人都这样。

　　除了每周日晚上带华莱士和小华莱士去看望母亲之外，我自己每周二、四也都会去。我去的时候，一般都见她坐在电视机前，却并没看。护士们任由电视一直开着，他们说老年人喜欢看跳动的影像，这让他们感到安心。

　　"我听说熊发现了火，这是怎么回事？"周二她问我。"是真的。"我一边说，一边用华莱士从佛罗里达给她带回来的贝壳梳子梳理她长长的白发。周一，《路易斯维尔信使报》曾经刊载过一篇新闻；周二，NBC[1] 还是 CBS[2] 的《晚间新闻》里也进行了报道。全州范围内都有人看到熊，弗吉尼亚州也有。它们已经不再冬眠，显然打算在州际公路的中央隔离带上过冬。弗吉尼亚州那些山里向来都是有熊的，但在肯塔基州西部这里却没见过熊，近百年来都没有。最后一只熊被杀掉的时候，母亲还是个小姑娘呢。按

1　美国全国广播公司。
2　哥伦比亚广播公司。

照《信使报》的说法，它们是沿着 65 号州际公路，从密歇根州和加拿大的森林里一路跑过来的。但来自艾伦县的一位老人说（他接受了全国性电视台采访），山里原来就一直有几只熊，既然它们已经发现了火，这几只熊，就跑出来，加入了大部队。

"它们不再冬眠了，"我说，"它们生了一堆火，整个冬天都一直燃着。"

"天哪！"母亲说，"它们下一步想干吗！"

护士过来拿走了她的烟，这是个信号，表示该上床睡觉了。

每年 10 月，他父母去露营的时候，小华莱士就和我待在一起。我知道这听着很落伍，但事实就是如此。我弟弟是个牧师，但他三分之二的收入都来自房地产。他和伊丽莎白去了南卡罗来纳的一家"基督成功静修院"，来自全国各地的人都在那里练习互相推销东西。我知道那是什么样，不是因为他们花工夫告诉了我，而是因为我在深夜的电视节目里看到了"循环股权成功计划"的广告。

周三，也就是他们离开的那天，校车在我家门口把小华莱士放下。这孩子跟我一起住的时候不必带太多东西，他在这里有自己的房间。作为家里的老大，我一直住在史密斯路附近祖辈传下来的老房子里。这地方日渐萧条，但小华莱士和我都不介意。他在鲍灵格林也有自己的房间，但因为华莱士和伊丽莎白每年都会搬家（这也是那个计划的一部分），他就把点 22 小口径手枪[1]和漫画书——那些对他这个年纪的孩子来说很重要的东西——存放在祖屋中他的房间里，这也是以前他父亲和我合住过的房间。

小华莱士今年 12 岁。下班回到家，我发现他坐在可以俯瞰州际公路的后门廊上。我的工作是卖农作物保险。

换好衣服后，我向他演示了拆卸轮胎胎圈的两种办法：一是靠锤子，二是倒车压过去。就像种高粱一样，手工修轮胎也成了一门行将消亡的艺术。不过这孩子学得很快。"明天我再教你怎么用锤子和撬胎棒来装轮胎。"我说。

"我希望能看到熊。"他说。他的目光越过田野，望向对面的 65 号州际公路，北向车道将我们的田地截掉了一角。晚上在家中听来，车流的声音有时恍若瀑布。

"白天看不见它们的火，"我说，"不过等到今晚你再看。"那天晚上，CBS 还是 NBC（我不记得哪家是哪家了）制作了一期关于熊的特别节目，这已然成了举国瞩目的新闻。肯塔基州、西弗吉尼亚州、密苏里州、伊利诺伊州（南部），当然还有弗吉尼亚州，都有人见过熊。弗吉尼亚一直有熊。节目中有些人甚至在大谈猎熊的事。一位科学家说，这些熊正去往有雪但又不多雪的各州，中央隔离带上有足够的木材，可以拿来当柴火。他切入一幅电视画面，但镜头拍到的却只是围坐在火堆旁的模糊身影。另一位科学家说，这些熊是被一种新品种灌木上的浆果吸引来的，这种灌木只生长在州际公路的中央隔离带上。他声称，这种浆果是近代历史上形成的第一个新品种，是由沿高速公路分布的不同种子混合而生的。他在电视上还吃了

1　大约相当于 5.56mm 口径。

一颗，做了个鬼脸，管它叫"新浆果"。一位气候生态学家说，暖冬（去年冬天纳什维尔没下雪，路易斯维尔也只下了一场暴风雪）改变了熊的冬眠周期，现在它们能够记起年复一年的事了。"也许熊早在几个世纪前就发现了火，"他说，"只是忘了。"还有种理论认为，几年前黄石公园起火的时候，它们发现（或者想起）了火。

电视画面中，大谈熊的人比熊还多，小华莱士和我就没了兴趣。晚饭后刷完了碗，我把这孩子带到房子后面，下到我们的围栏边。州际公路对面，隔着树林，我们可以看到熊的火光。小华莱士想回屋去拿他的点 22 手枪来打一只，我向他解释了那么做为什么不对。"而且，"我说，"对熊来说，点 22 手枪的效果也不怎么样，最多不过是让它发疯而已。"

"更何况，"我补充说，"在中央隔离带上打猎是违法的。"

一旦你把轮胎敲进或撬进轮辋之后，手工安装轮胎的唯一诀窍就在于嵌胎圈。办法就是竖起轮胎，坐在上面，趁空气进入的时候，让它夹在你双腿之间上下弹跳。胎圈卡进轮辋的时候，就会"砰"的一声发出令人满意的爆响。周四，我把小华莱士留在家里，没让他去上学，而是教他装轮胎，直到他弄明白了为止。然后我们就翻过围栏，穿过田野，看熊去了。

据《早安美国》报道，在北弗吉尼亚州，熊维持着它们的火焰终日不熄。然而，这里是西肯塔基，10 月下旬天气仍然暖和，它们就只有夜间才会待在火堆旁边。白天它们去了哪里、在干什么，我可不知道。或许它们就躲在长有新浆果的灌木丛里，望着我和小华莱士爬上政府设下的围栏，穿过北向车道。我扛着斧头，小华莱士则带着点22手枪，不是因为他想杀只熊，而是男孩子就喜欢带着枪，甭管是哪种枪。中央隔离带上，枫树、橡树和梧桐树下，灌木丛与藤蔓缠作一团。尽管我们的位置离房子只有100码远，但我从来没有来过这里，我也没听说别的人有谁来过。这里就像一片凭空创建的国度。我们在中央找到一条小径，沿路而下，穿过一段水流潺潺的短短溪流，水从一道格栅流出，又流进另一道格栅。灰泥上的爪印是我们初次看到的熊迹，有股霉味，但并不算太难闻。一棵中空的大山毛榉树下，一片空地上曾经生过火，我们除了灰烬之外一无所获。若干木头围成个不怎么标准的圆圈，那股气味更浓烈了。我在灰烬里搅动一番，发现剩下的煤足以重新燃起新的火焰，便又把它们按照原来的样子堆好。

我砍了点柴，撂在一边，只是为了睦邻友好。

兴许当时熊们就正在灌木丛里望着我们呢。无从得知。我尝了尝一颗新浆果，然后吐了出来。甜到发酸，正是想象中熊喜欢的那种味道。

那天晚饭后，我问小华莱士是否愿意陪我去探望我母亲。当他说"愿意"的时候，我并不惊讶。孩子们比大家认为的更体贴。我们见她坐在养老院前的水泥前门廊上，看着65号州际公路上的车辆驶过。护士说她一整天都很焦躁，我对此也并不感到诧异。每逢秋季，树叶变色，她就会变得坐立不安，也许传达出的消息是又有了希望。我把她带进休息室，为她梳理长长的白发。"电视里除了熊什么都没了。"护士抱怨道，一边切换着频道。护士离开后，小华莱士拿起遥控器，我们观看了 CBS 还是 NBC 的一辑特别报道，讲的是弗吉尼亚州一些猎人的房屋被付之一炬的事。电视台采访了一名猎人和他的妻子，他们的房子位于谢南多厄河谷¹，价值 11.75 万美元。妻子指责熊的恶行，丈夫没有怪熊，但他提起了诉讼，正向州政府申请赔偿，因为他拥有合法的狩猎许可证。州里的狩猎委员出现在屏幕上，他说，拥有狩猎许可证并不能阻止（我想他用的是"禁止"这个词）猎物进行反击。我认为这样的观点对于州委员而言堪称相当开明了。当然了，在不付赔偿款这一点上，他也属于既得利益者。我本人又不是猎人。

"星期天你就用不着来了，"母亲对小华莱士眨眨眼，"我已经开了 100 万英里的车，一只脚都踏进门槛里去了。"我已经习惯了听她说这样的话，尤其是在秋天，但我担心这孩子听到这话会心生不安。事实上，我们离开之后，他就面露忧色，我问他怎么了。

"她怎么可能开锅 100 万英里呢？"他问。母亲告诉他，39 年来，她每天要开 48 英里的路，他用计算器算了一下，合计应该是 336960 英里才对。

"不是开锅，是开过，"我说，"应该是早上 48 英里，下午 48 英里，另外再加上橄榄球之旅。还有，老年人喜欢说得夸张点。"母亲是州里的第一位女校车司机，她每天开车，养育了一个家庭。父亲只是个农民。

1　Shenandoah Valley，阿巴拉契亚大山谷的一部分，大部分在弗吉尼亚州境内。

我一般是在史密斯路那里拐下州际公路，但那天晚上，我一直往北开到霍斯凯夫，然后再折回来，这样小华莱士和我就能看到熊的火光了。没有电视里给人的感觉那么多——每隔六七英里才有一处，隐藏在树丛中或岩架下。很可能它们除了木材之外还要寻觅水源。小华莱士想停车，但在州际公路上停车是违法的，我担心州警会把我们赶跑。

信箱里躺着一张华莱士寄来的明信片，他和伊丽莎白都挺好，过得很开心。明信片上没有只言片语提到小华莱士，可这孩子似乎并不介意。像这个年纪的多数孩子一样，他并不喜欢和父母一起去什么地方。

周六下午，养老院给我的办公室（白肋烟草带[1]干旱及冰雹险）打来电话，留言说母亲走了。我当时正开着车在路上奔波。我每周六都上班，许多兼职农民只有这一天才在家。当我打进电话，听到留言时，心真真切切地漏跳了一拍，但也仅仅只是一拍而已。我早已做好了心理准备。"这是喜丧。"电话接通的时候，我对护士说。

"你没明白，"护士说，"是走了，不是去世了，这个走了是说不见了。你母亲逃跑了。"母亲趁着无人注意的时候穿过了走廊尽头的门，拿梳子抵在门上，还带走了养老院的一条床单。她的烟呢？我问。不见了。这是个明白无误的信号，说明她打算远走高飞。当时我还在富兰克

1　Burley Belt，应指跨越数州的一个烟草种植带。

林，不到一小时后，我便开车沿 65 号州际公路来到了养老院。护士告诉我，母亲最近表现得越来越糊涂了。他们当然会这么说。我们在养老院的院子里搜寻了一遍，这里占地仅有半英亩，位于州际公路和一片大豆田之间，没有树木。然后他们让我在警长办公室留了个言。我还得继续支付她的陪护费，直到她被正式列作失踪为止，也就是周一。

我回家时，天已经黑了，小华莱士正在鼓捣晚饭——只需要开几个罐头就行，早就挑好了，分门别类地用橡皮筋绑在一起。我告诉他，祖母走了，他点头道："她跟我们说过会这样的。"我往南卡罗来纳那边打了个电话，留了言，其他就没什么能做的了。我坐下来，想看看电视，但什么节目也没有。然后，我望向后门外，只见 65 号州际公路的北行车道对面，树丛中火光闪烁，这才意识到，我兴许知道该去哪里找她。

天肯定更冷了，我套上了夹克。我告诉那孩子在电话旁边等着，免得万一警长打来电话。可是等我穿过田野，走到一半，回头看时，他就在我背后，没穿夹克。我由着他追上来。他手里拿着那把点 22 手枪，我叫他把枪留下，靠在我们的围栏上。到了我这个年纪，要在黑暗中翻过政府的围栏，可比在白天要困难。我都 61 了。高速公路上川流不息，挤满了南行的轿车和北行的卡车。

穿过紧急停车带，我的裤腿翻边处就被长草打湿了，草叶已经浸透了露水。其实是六月禾。

刚走进林中几英尺，眼前一片漆黑，那孩子抓住了我的手。接着光线就明亮起来。起初我还以为是月亮，但其实是几道高高的光束，如同月光一样照在树梢，让小华莱士和我得以在灌木丛中摸索着前进。我们很快就找到了那条小径，闻到了熟悉的熊的气味。

我对于在晚上接近熊持谨慎的态度。如果我们留在小路上，说不定会在黑暗中遇到一只；但如果我们穿过灌木丛，就可能会被视为入侵者。我心想，也许我们不该带枪来的。

我们继续沿着小路前行，光犹如雨点般从树冠上洒落。这样走起来很容易，尤其是如果我们试着不用眼睛看路，而是用脚找路的话。

然后，透过树林，我看到了它们的火。

用来生火的主要是梧桐树和山毛榉的枝干，这类树枝发出的光和热很少，冒出的烟却挺多。熊对于木材的底细还没摸清楚；不过，它们倒是把火堆照料得还不错。一只看着像从北方来的棕黄色巨熊正拿着根棍子往火里捅，不时从身旁的一堆树枝里抽一根添上。其他熊围成一个松散的圆圈，坐在木头上。大多是体形较小的黑熊或蜜熊，其中还有一只带着幼崽的母熊。有些熊正从一个轮毂盖上抓浆果吃。母亲坐在它们中间，没有吃东西，只是看着火焰，肩上裹着养老院的床单。

即便熊已经注意到了我们，它们也没有表现出来。母亲拍了拍木头上紧挨着她的地方，我坐了下来。一只熊往旁边挪了挪，好让小华莱士坐在她的另一侧。

熊的气味很难闻，不过一旦习惯以后，倒也并不讨厌。不像牲口棚的气味，而是更具野性。我凑过去对母亲耳语了几句，她摇摇头：在这些不会说话的生灵身边窃窃私语是不礼貌的。母亲什么也没说，就让我明白了她的意思。小华莱士也沉默不语。母亲和我们共用一条床单，我们坐了似乎有好几个小时，只是盯着火瞧。

那只大熊照料着火堆，它折断枯枝的办法跟人一样，抓住一端，踩上一脚，树枝就断了。它很善于将火势维持得稳稳的。另一只熊不时地朝火里戳上一戳，但别的熊都不会去碰。看来只有少数的熊知道如何用火，也一边鼓励其他熊。但凡事不都如此吗？每隔一段时间，就有一只体形较小的熊抱着一堆木头，走进火光的圆圈中，将木头扔进火堆。中央隔离带的木头泛着银光，宛若浮木。

小华莱士不像好些孩子那样坐立不安。我觉得坐在那里盯着火看是件愉快的事。我接过母亲的一小片"印第安人牌"烟叶，尽管我一般不嚼。这跟去养老院探望她也没什么不同，只是更有趣，因为有熊，大概有八到十只。火光中也并非那么沉闷：熊熊燃烧的空间里，逐渐展开一幕幕小戏剧，又在火花碰撞中毁灭。我天马行空地随意想象着。我环视了一下周围的熊，好奇它们眼中看到的又是什么。有些熊闭上了眼睛。虽然围坐在一起，但它们的精神似乎仍然是孤独的，仿佛每只熊都是坐在自己的火堆前。

轮毂盖传过来了，我们都抓了些新浆果。我不知母亲怎么样，不过我假装把我那一份给吃下去了。小华莱士做了个鬼脸，把他嘴里的吐了出来。他睡着以后，我用那条床单把我们三个人统统裹住。天越来越冷了，我们又没有像熊一样长着皮毛。我准备回家了，母亲却不肯。她向上指了指树冠，那里有一束光正在扩散，然后又指了指她自己。她以为那是从天而降的天使吗？那不过是某辆南行卡车远光灯的灯光，不过她似乎相当高兴。我握着她的手，感觉它在我手中逐渐变得冰凉。

　　小华莱士拍拍我的膝盖，把我唤醒。天已破晓，他的祖母坐在我们中间的圆木上，已经与世长辞。火被盖住了，熊也不见了，有人正横冲直撞地径直穿过树林，没有理会那条小径。是华莱士，两名州警紧随其后。他穿着一件白衬衫，我才意识到现在是周日早上。得知母亲的死讯，在表面的悲伤之下，他显得颇为气恼。

　　那两位州警嗅着空气，点了点头。熊的气味仍然很浓。华莱士和我把母亲裹在床单里，开始抬着她的尸体往回走，向高速公路走去。州警们留在后面，把熊生的那堆火的灰烬撒到地上，将它们的柴火扔进灌木丛。这似乎是件微不足道的小事。他们跟熊也差不多，都是穿着各自的制服，独自行动。

　　中央隔离带上停着华莱士的那辆奥兹莫比尔 98，子午胎在草地上看着像被压扁了似的。车前是辆警车，旁边站着一名州警；车后是辆殡仪馆的灵车，也是辆奥兹莫比尔 98。

　　州警对华莱士说："这是我们接到的第一起这些家伙骚扰老人的报案。""根本就不是这样。"我说，但没人让我解释，他们有自己的程序要走。两名西装革履的男子走出灵车，打开后门。对我来说，这才是母亲离开人世的时刻。我们把她放进去之后，我搂着那个孩子。虽然天气没那么冷，他还是全身发抖。有时死亡是会造成这样的反应，尤其是在黎明时分，有警察在附近，草地湿漉漉的，即便死亡是作为朋友降临。

我们伫立了片刻，看着一辆辆轿车和卡车驶过。"这是喜丧。"华莱士说。早上 6 点 22 分居然有这么多车，真是令人诧异。

那天下午，我回到中央隔离带，砍了点柴来代替被州警扔掉的柴火。那个夜晚，我能透过树林看到火光。

葬礼结束后，又过了两晚，我回到了那个地方。就我所知，火焰还在燃烧，也还是先前那群熊。我在它们旁边略坐了一会儿，但它们似乎对此感到紧张，于是我就回家了。我从轮毂盖上抓了把新浆果，星期天，我和那孩子一起去上坟，把那些浆果摆放在母亲坟头。我又尝了一次，可还是不行，没法吃。

除非你是只熊。

■ 特里·比森（Terry Bisson，1942— ）美国科幻小说家，著有《第六日》《比利和蚂蚁》《熊发现了火》等。曾获"星云奖""雨果奖"等奖项。

人类文明在宇宙中生生不息。

——韩松

水星播种

王晋康

　　再宏伟的史诗性事件也有一个普通的开端。2032 年，正当万物复苏的季节。这天我和客户谈妥一笔千万元的订单，晚上在得意楼宴请了客户。回到家中已是 11 点，儿子早睡了，妻子田娅倚在床头等我。酒精还在血管中燃烧，赶跑了我的睡意，妻子为我泡了一杯绿茶，倚在身边陪我闲聊。我说："田娅，我这一生相当顺遂呀，年方三十四，有了 2000 万资产，生意成功，又有美妻娇子。人生如此，夫复何求！"妻子知道我醉了，抿嘴笑着没接话。

　　这时电话铃响了，拿起听筒，屏幕上显现出一个男人，身板硬朗，一头银发一丝不乱，目光沉静，也透着几分锐利。他微笑着问：

　　"是陈义哲先生吗？我是何俊律师。"

　　"我是陈义哲，请问……"

　　何律师举起手指止住我的问话，笑道："虽然我知道不会错，但我仍要核对一下。"他念出我的身份证号码，我父母的名字，我的公司名称，"这些资料都不错吧？"

"不错。"

"那么，我正式通知你，我的当事人沙午女士指定你为她的遗产继承人。沙女士是五年前去世的。"

我和妻子惊异地对看一眼："沙午女士？我不认识——噢，对了！"我突然想起来了，小时候在爸爸的客人中有这么一位女士，论起来是我的远房姑姑。她那时的年龄在四十岁左右，个子矮小，独身，没有儿女，性格似乎很清高恬淡。在我孩提的印象中，她并不怎么亲近我，但老是坐在角落里静静地观察我。后来我离开家乡，再没有听过她的消息。她怎么忽然指定我为遗产继承人呢？"我想起沙午姑姑了，对她的去世我很难过。我知道她没有子女，但她没有别的近亲吗？"

"有，但她指定你为唯一继承人。想知道为什么吗？"

"请讲。"

"还是明天吧，明天请允许我去拜访你，上午 9 点，可以吗？好，再见。"

屏幕暗下去，我茫然地看着妻子，这个消息太突然了。妻子抿嘴笑着："义哲先生，你的人生的确顺遂呀。看，又是一笔天外飞来的遗产，没准它有几个亿呢。"

我摇摇头："不会。我知道沙午姑姑是一名科学家，收入颇丰，但仍属于工薪阶层，不会有太丰厚的遗产。不过我很感动，她怎么不声不响就看中我呢？说说看，你丈夫是不是有很多优点？"

"当然啦，不然我怎么会在 50 亿人中选上你呢。"

我笑着搂紧妻子，把她抱到床上。

第二天，何律师准时来到我的公司。我让秘书把房门关上，交代下属不要来打扰。何律师把黑色皮包放在膝盖上，我想，他马上会拉开皮包，取出一份遗嘱宣读了。他没有这样做，而是轻叹道：

"陈先生，恐怕这是我一生中最困难的律师业务。为什么这样说？以后你会明白的。现在，先说说我的当事人为什么指定你继承遗产吧。"

他说："还记得你两岁时的一件事吗？那时你刚刚会说一些单音节的词。一天你父母抱着你出门玩，沙女士也陪着。你们遇到一家饭店正在宰牛，血流遍地，牛的眼睛下挂着泪珠。你们在那儿没有停留，大人们都没料到你会把这件事放到心里。回家后你一直怏怏不乐，反复念叨着：刀、杀、刀、杀。你妈妈忽然明白了你的意思，说：'你是说那些人用刀杀牛，牛很可怜，对不？'你一下子放声大哭，哭得惊天动地，劝也劝不住。从那之后，沙女士就很注意你，说你天生有仁者之心。"

我仔细回想，终于愧然摇头，这件事在我心中已没有一丝记忆。何律师又说："另一件事则是你七岁之后了。沙女士说，那时你有超出七岁的早熟，常常皱着眉头愣神，或向大人问一些古古怪怪的问题。有一天你问沙姑姑，为什么闭上眼睛后，眼帘上并不是空的，不是绝对的黑暗，而是有无数细小的微粒、空隙或什么东西飘来飘去，但无法看清它们。你常常闭上眼睛努力想看清，总也办不到，因为当你把眼珠对准它时，它会慢慢滑出视野。你问沙姑姑：'那些杂乱的东西是什么？是不是在我们看得见的世界背后，还有一个看不见的世界？'"

我点点头，心中发热，也有些发酸。童年时我为这个毫无意义的问题苦苦追寻过，一直没有答案。即使现在，闭上眼睛，我仍能看到眼帘上乱七八糟的麻点，它确实存在，但永远在你的视野之外。也许它只是瞳孔微结构在视网膜上的反映，或者是另一个世界（微观世界）的投影？现在，我已没有闲心去探求这个问题了，能有什么意义呢。但童年时，我确实为它苦苦寻觅过。

我没想到这件小事竟有人记得，我甚至有点凛然而惧：一个人的一生中，有多少双眼睛在默默地观察你啊。何律师盯着我眼睛深处，微笑道：

"看来你回忆起来了。沙女士说，从那时起她就发现你天生慧根，天生与科学有缘。"

我猜度着，沙姑姑的遗产大概与科学研究有关吧，可能她有某个未完成的重要课题等待我去解决。我很感动，但更多的是苦笑。少年时我确实有强烈的探索欲，无论是磁铁对铁砂的吸引，还是向日葵朝着太阳的转动，都能使我迷醉。我曾梦想做一个洞悉宇宙奥秘的科学家，但最终却走上经商之路。人的命运是不能全由自己决定的。

"谢谢沙姑姑对我的器重。但我只是一个商人，在商海中干得还不错。我没有接受过高等教育，即使我真的有慧根，这慧根也早已枯死了。"

"没关系，她对你非常信赖，她说，你一旦回头，便可立地成佛。"他强调道，"一旦回头，立地成佛，这是沙女士的原话。"

我既感动，也有些好笑，看来这位沙姑姑是赖上我啦！她就只差说"苦海无边，回头是岸"了。不过，如果继承遗产意味着放弃我成功的商业生涯，那沙姑姑恐怕要失望了。但我仍然礼貌地等客人往下说。老于世故的何律师显然洞悉了我的心理，笑道：

"我已经说过，这是我最困难的一次律师业务。你是否接受这笔遗产，务请认真考虑后再定夺，你完全可以拒绝的。"他歉然说："对不起，我现在还不能宣布遗嘱的内容。遵照我当事人的规定，请你先看看这本研究笔记，如果你对它不感兴趣，我们就不必深谈了。请你务必抽时间详细阅读，这是立遗嘱人的要求。"

他从黑提包里取出一本薄薄的笔记，郑重地递给我，然后含笑告辞。

这位狡猾的老律师成功地勾起我的好奇心，我匆匆安排了一天的工作，带上笔记本回到家中。家中没有人，我走进书房，关上门，掏出笔记本认真端详。封皮是黑色的，已有磨损，显然是几十年前的旧物。它静静地躺在我手中，就像是惯于保守秘密的沧桑老人。笔记本里究竟藏有什么秘密？

我郑重地打开它。不，没什么秘密，只是一般的研究笔记，是心得、杂记和一些试验记录。遣词用句很简练，看懂它比较困难，不过我还是认真看下去。后来，我看到一篇短文，一篇不足千字的短文，这篇短文影响了我的一生。

生命模板

20 世纪后半期，科学家费因曼和德雷克斯勒开启了纳米科学的先河。他们说，自古以来人们制造物品的方法都是"自上而下"的，是用切削、分割、组合的方法来制造。那么，为什么我们不能"自下而上"呢？可以设想制造这样的纳米机器人，它们能大量地自我复制，然后它们去分解灰尘的原子，再把原子堆砌成肥皂和餐巾纸。这时，生命和非生命、制造和成长的界限就模糊了，互相渗透了。

这当然是一个美好的设想，可惜其中有一个重大的缺陷——当纳米机器人大量复制时，当它们把原子堆砌成肥皂和餐巾纸时，它们所需的程序指令从何而来？毫无疑问，这个指令仍是自上而下的，因此就形成宏观世界到纳米世界的信息瓶颈。这个瓶颈并非不能解决，但它会使纳米机器人大大复杂化，使自下而上的堆砌烦琐得无法进行。

有没有简便的真正自下而上的方法？有。自然界有现成的例子——生命。即使最简单的生命，如艾滋病毒、大肠杆菌、线虫、蚊子，它们的构造也是极复杂的，远远超过汽车、电视机等机器。但这些复杂体却能按 DNA（脱氧核糖核酸）中暗藏的指令，自下而上地建造起来。这个过程极为高效，代价极为低廉。想想吧，如果以机械的办法造出一架功能不弱于蚊子的微型直升机，需要人们做出多么艰巨的努力！付出多少金钱！而蚊子的发育呢，只需要一颗虫卵和一池污水就行了。

由于生命体的极端复杂和精巧，人们常把它神秘化，认为它只能是由上帝所创造，认为生命体的建造过程是人类永远无法破译的黑箱。实际上并非如此，只要用还原论的手术刀去剖析它，就会发现它也是一种自组织过程，仅此而已。宇宙中的一切都是由自组织形成：宇宙大爆炸形成的夸克，宇宙星云中产生的星体，地球岩石圈的形成，石膏和氯化钠的结晶，六角形雪花的凝结，等等等等。宇宙中的四种力——强力、弱力、电磁力和引力，是万能的黏合剂，是它们促使复杂组织能自发地建造。

生命也是一种自组织，不过是高层面的自组织。

两者的区别在于：非生命物质的自组织过程是不需要模板的，或者说它也要模板，但这种模板很简单，宇宙中无处不有。所以，太阳和100亿光年外的恒星可以有相同的成长过程；巴纳德星系的行星上如果飘雪花，它也只能是六角，绝不会是五角。而生命体的自组织需要复杂的模板，它们只能产生于难得的机缘和亿万年的进化。但不管怎么说，生命体的建造本质上也是一种物理过程，是由化学键（实质上是电磁力）驱使原子自动堆砌成原子团，原子团变形、拓展、翻卷，直到生命体建造出来。

想造一台微型直升机吗？假如我们找到类似蚊卵的模板（当然不需要吸血功能），让它孵化、发育……这个工作该多么简单！

不过，以蛋白质为基础的生命体有致命的弱点：它太脆弱，不耐热，不耐冻，不耐辐射，寿命短，强度低，等等。那么，能否用硅、锡、钠、铁、铝、汞等金属原子，依照生命体的建造原理，"自下而上"地建造出高强度的纳米机器，或纳米生命呢？

经过30年的摸索，我想我已制造出了硅锡钠生命的最简单的模板。

也许我确实有科学的慧根，我马上被这篇朴实的文章吸引住了。它剖析了复杂的大千世界，轻松地抽出清晰的脉络。尤其是结尾那句简短的、平淡的宣布，纵然是科学的外行也能掂出它的分量。一种硅锡钠生命的模板！一种高强度的、完全异于现有生命形式的新生命！可以断定，我将得到的遗产肯定与之有关。

我立即打电话给何律师，直截了当地问他："何律师，那种硅锡钠生命是什么样子的？现在在哪儿？"

何律师在电话中大笑道：

"沙女士的估计完全正确！她说你会打电话来的。还说如果你不打来电话，律师就可以中断工作了。她没看错你。来吧，我领你去，那种新型生命在她的私人实验室里。"

沙女士的实验室在城郊的一座小山坡上，是一幢不大的平房，屋内有两名工作人员正在安静地工作。何律师引我参观着各屋的设施，耐心解释着。他说，给沙女士当了10年律师，自己已成半个纳米科学家啦。他领我到实验室的核心——所谓的生命熔炉。四周是厚厚的砖墙，打开坚固的隔热门，灼热的气浪扑面而来，里面是一个约有100平方米的大熔池，暗红色的金属液在其中缓缓地涌动。看不到加热装置，大概藏在熔池下面吧。透过熔池上方因高热而畸变的空气，能看到对面墙上有一幅金属蚀刻像，表现的是一位相貌普通的中年女人，何律师说那就是沙午女士了。她默默俯视着下面灼热的熔池，目光慈爱，又透着苍凉，就像远古的女娲看着她刚用泥土抟成的小人。

何律师告诉我，这是些低熔点金属（锡、铅、钠、汞等）的混合熔液，其中散布着硅、铁、铬、锰、钼等高熔点物质，这些高熔点物质尺寸为纳米级，在熔液中保持着固体形态。我们的变形虫——即沙女士说的新型生命——正是以这些纳米级固相原子团为骨架，俘获一些液相金属而组成的。熔池常年保持在 $490℃ ± 85℃$ 的范围，这是变形虫最适宜的生存环境。"现在，看看它们的真容吧。"

他按一下按钮，侧面墙上映出图像。图像大概是用 X

光层析技术拍的，画面一层层透过液体金属，停在一个微小的异形体上。从色度看，它和周围的液体金属几乎难以区分，但仔细看可以看出它四周有薄膜团住。它努力蠕动着，在黏稠的金属液中缓缓地前进，形状随时变化，身后留下一道隐约可见的尾迹，不过尾迹很快就消失了。

"这就是沙女士创造的变形虫，是一种纳米机器，或纳米生命。在这个尺度的自组织活动中，机器和生命这两个概念可以合而为一了。"何律师说，"它的尺度有几百纳米，能自我复制，能通过体膜同外界进行新陈代谢。不过它吃食物只是为了提供建造身体的材料（尤其是固相元素），并不提供能量。它实际是以光为食物，体膜上有无数光电转换器，以电能驱动它体内的金属'肌肉'进行运动。"

我紧紧盯着屏幕，喃喃地说："不可思议，真是不可思议！"

"是啊，和地球上的生命完全不同。它的死亡和繁衍更离奇呢。一只变形虫的寿命只有 12~16 天，在这段时期，它们蠕动、吞吃、长大，然后蜷成一团，使外壳硬化。在硬壳内的物质发生'爆灭'，重新组合成若干只小变形虫。至于爆灭时生命信息如何向后代传递，沙女士去世前还未及弄清。"

"它们繁殖很快吗？"

"不快，金属液中的变形虫达到一定密度时，就会自动停止繁殖。我想其内在原因是合适的固相材料被耗尽了。看！快看！镜头正好捕捉到一只快要爆灭的变形虫！"

屏幕上，一只变形虫的外壳显然固化了，在周围缓缓涌动的金属液中，它的形状保持不变。片刻之后，壳体内爆发出一道电光，随之壳内物质剧烈翻动，又很快平静下来，分成四个小团。然后硬壳破裂，四只小变形虫扭转着身体，向四个方向缓缓游走。

我看呆了，心中有黄钟大吕在震响，那是深沉苍劲的天籁，是宇宙的律动。我记得有不少科学家论述过生命的极限环境，但谁能想到，在500℃的金属液中，会有一种金属生命，一种不依赖水和空气的生命？这种生命模板的合成是多么艰难的事，那应该是上帝10亿年的工作，沙姑姑怎么能在几十年的研究中就把它创造出来？我瞻望着她的雕像，心中充满敬畏。何律师关上隔热门，领我回办公室。他说：

"这种生命还相当粗糙，它体内光电转换器的效率还不如普通的太阳能板呢。沙女士说，经过一代代进化后，它们也会像地球生命一样精巧，不过那肯定是几亿年以后的事了。至少在我接手后的五年里，这些慢性子的家伙们没有一点儿变化。"

我问："这是私人实验室？得不到政府的支持？"

"对，至于原因——我想你能猜到。从实用主义观点看，这种研究恐怕在几千万年内毫无价值。沙女士开始研究时，原是想创造某种能耐高温、有实用价值的纳米机器人。后来她阴差阳错地搞出了这种小变形虫，但一直没有为它找到实际用途。沙女士去世后，委托我用她的财产维持生命熔炉的运转，不过，这笔资金很快就要告罄了。"

他看看我，我看看他，我们都知道这句话的含义。沙女士留给我的，实际是一笔负资产，我一旦接下，就要向这座熔炉投入大量的资金，直到用尽家财。然后……然后该怎么办？再去寻找一个像我这样易于被感动的傻瓜？

但不管怎样，我无法拒绝。这些生命尽管粗糙，终究已脱离物质世界。它们是妙手偶得的孤品，如果生存下去，也许能复现地球生命的绚丽。我怎忍心让它们因我而死呢？童年的科学情结忽然复活了，就像是一泓春水悄悄融化着积雪。我叹口气："何律师，宣布遗嘱吧。"

"啊，不，"何律师笑道，"遵照沙女士的规定，还有第二道程序呢。请你先看完这封信吧。"

他从皮包中掏出一件封固的信，郑重地递给我。我狐疑地接过来，撕开。信笺上用手写体简单地写着两行字，其内容是那样惊世骇俗：

致我的遗产继承人：

　　真正的生命是不能圈养的，太阳系中正好有合适的放养地——水星。

我呆住了。我瞠目结舌，太阳穴的血管嘭嘭跳动。那个狡猾的律师似笑非笑地看着我，他一定料到了这封信对我的震撼。是啊，与这两行字相比，此前我看到的一切还值得一提吗？

索拉星
《圣书·创世记》

大神沙巫创造了索拉人。沙巫神是父星之独子，住在父星第三星上，那个星球曾是蓝色的，浸在水波之中。20个4152万年前，神来到索拉星上，他见索拉星是好的，光是好的，天地是好的。神说：好的天地，焉能没有活物呢？神伸展身躯，高579亿步，从父星的熔炉里舀出热的汤液，汤液中有小的活物。他把汤液洒遍索拉星的土地。20 个 4152 万年后，小活物长成索拉人。

沙巫神行完这件事，失去了父星的宠爱。父星发怒说：你怎敢代我行这件事？父星用白色的光剑惩罚了蓝星，毁灭了沙巫的家。沙巫神乘神车逃离蓝星，去了父星照不到的地方。

沙巫神在索拉星上留下化身，化身沙巫睡在北极的寒冰里，躲避着父星。每隔 4152 万年，化身沙巫醒来，乘神车巡视索拉星。他怜悯索拉人的愚昧，把智慧吹进索拉人的眼睛和闪孔。

沙巫神告诉索拉人：

我的孩子们啊，我偏爱你们，你们有福了。我造出你们的身体比我更强壮，不怕父星的惩罚；你们以光为食，不以生命为食；你们是金属做的身子，不是泥和水做的身子；你们身上有五窍，不是九窍；你们没有雌雄之分，免去做人的原罪。你们有福了啊。

沙巫神告诉索拉人：

我把神的灵智藏在《圣书》里，你们什么时候能看懂它呢？看懂《圣书》的人就能找到极冰中的圣府，神会醒来，带你蒙受父星大的恩宠。

水星素描

水星是离太阳最近的行星，距太阳 0.387 天文单位，即 5791 万千米。太阳光猛烈地倾泻到水星上，使它成了太阳系最热的行星。它的白昼温度可达 450℃，在一个名叫卡路里盆地的地方，最高温度曾达到 973℃。由于没有大气保温，夜晚温度可低至 -173℃。这个与太阳近在咫尺的星球上竟然也有冰的存在，它们分布于水星的两极，常年保持着 -60℃ 以下的温度。

水星质量为地球的 5.5%，磁场强度为地球的 1%。公转周期为 87.969 天，即 1000 地球年 =4152 水星年。水星自转周期为 58.646 天，是其公转周期的 2/3，这是由于太阳引力延缓了它的自转速度，造成了一定程度的引力锁定。

水星地貌与月球相似，到处是干旱的岩石荒漠，是陨星撞击形成的环形山（卡路里盆地就是一颗大陨星撞击而成）。地面上多见一种舌状悬崖，延伸数百千米，这种地形是由水星地核的收缩所形成。水星的高温使一些低熔点金属熔化，聚集在凹部和岩石裂缝内，形成广泛分布的金属液湖泊。由于水星缺少氧化性气体，它们一直保持金属态的存在。夜晚来临时，金属液凝结成玻璃状的晶体。当阳光伴随高温在 58.6 个地球日之后返回时，金属湖迅速开冻。

如此严酷的自然环境，毫无疑问是生命的禁区——可是，真是如此吗？

"疯了，"我神经质地咕哝道，"真的是疯了，只有疯子才这样异想天开。"

何律师安安静静地看着我："可是，历史的发展常常需要一两个疯子。"

"你很崇拜沙女士？"

"也许算不上崇拜，但我佩服她。"

我干笑着："现在我知道这笔遗产的内容了，是一笔数目惊人的负遗产。继承人要用自己的财产去维持生命熔炉的运转，维持到哪一年——天知道。不仅如此，他还要为这些金属生命寻找放生之地，一劳永逸地解决这个问题，而这么做，至少需要数百亿元资金，需要一二百年的时间。谁若甘愿接受这样的遗产，别人一定会认为他也疯了。"

何律师微笑着，简单地重复着："世界需要几个疯子。"

"那好，现在请你忘记自己的律师身份，你，我的一个朋友，说说，我该接受这笔财产吗？"

何律师笑了："我的态度你当然知道。"

"为什么该接受？对我有什么益处？"

"它使你得到一个万年一遇的机会，可以干一件前无古人的事。你将成为水星生命的始祖之一，它们会永远铭记你。"

我苦笑道："要让水星生命进化到会感激我，至少得1亿年吧，这个投资回收期也太长啦。"

何律师笑而不答。

"而且，还不光是金钱的问题。要到水星上放养生命——地球人能接受吗？毕竟这对地球人毫无益处，说不定还会给地球人类增加一个竞争对手呢。"

"我相信你，相信沙女士的眼力，所有困难你都有能力、有毅力去克服。"

我像是被蝎蜇似的叫起来："我去克服？你已坐定我会接受这笔遗产？"

那个狡猾的律师拍拍我的肩："你会的，你已经在考虑今后的工作啦。我可以宣读遗嘱了吧，或者，你和夫人再商量一次？"

　　六天后，我们举行了一个小小的正式仪式，我和妻子签字接受了这笔遗产。

　　我为这个决定熬煎了六天，心神不宁，长吁短叹。我告诉自己，只有疯子才会自愿套上这副枷锁，但海妖的歌声一直在诱惑我，即使塞上耳朵也不行。40亿年前，地球海洋中诞生了第一个能自我复制的蛋白质细胞，那是个粗糙的、微不足道的东西。如果真有上帝，恐怕他也料不到，这种小玩意儿会进化出地球生命的绚烂吧。现在，由于偶然的机缘，一种新型生命投到我的翼下。它是一位女上帝创造的，它能否在水星发扬光大，取决于我的一念之差。这个责任太重了，我不敢轻言接受，也不敢轻言放弃。即使我甘愿做这样的牺牲，还有妻儿呢？我没有权力把他们拖入终生的苦役中。妻子对此一直含笑不语，直到某天晚上，她轻描淡写地说：

　　"既然你割舍不下，接受它不就得了。"

　　她说得十分轻松，就像是决定上街买两毛钱白菜。我瞪着妻子："接下它——你知道这意味着什么？"

　　"意味着咱俩一生的苦役。不过，如果不能按自己的意愿和兴趣去生活，活一辈子又有什么意义？我知道，如果你这会儿放弃它，老来你一定会后悔的，你会为此在良心上煎熬一生。行了，接受它吧。"

　　那会儿我望着妻子明朗的笑容，泪水潸然而下。

　　现在妻子仍保持着明朗的笑容，陪我接受了沙姑姑的遗产。何律师今天很严肃，目光充满苍凉。我戏谑地想，这只老狐狸步步设伏，总算把我骗入毂中，现在大概良心发现了吧。沙午实验室的两名工作人员欣喜地立在何律师身后。屋里还有一个不露面的参加者，就是沙午女士，她正待在那座生命熔炉的上方，透过因高温而颤抖的空气，透过厚厚的墙壁在看着我们，我想她的目光中一定充满欣慰。我特意请来的记者朋友马万壮则是咬牙切齿。

"疯了！全疯了！"他一直低声骂着，"一个去世的女疯子，一对年轻的疯夫妻，还有一个装疯的老律师。义哲，田娅，你们很快会后悔的！"

我宽容地笑着，没有理他。不管怎样反对，他还是遵照我的意见把这则消息捅到新闻媒体中去。我想，行这件事，既需要社会的许可，也需要社会的支持。那么，就让这个计划尽早去面对社会吧。

老马把那篇报道捅出去之后，我立即接到一位朋友的电话，他兴高采烈地说："我见到报道了！金属生命，水星放生，一定是愚人节的玩笑吧。"

我说："不，不是。实际上，那篇报道原来确实打算在 4 月 1 日出台，但我忽然悟出 4 月 1 日是西方愚人节，于是通知报纸向后推迟四天。"

"正好推迟到 4 月 5 日啦，清明节，那这篇报道一定是鬼话喽！"

我苦笑着，慢慢放下话机。

此后舆论的态度慢慢认真起来，当然大多数是反对派。异想天开！地球人类的事还没办完呢，倒去放养什么水星生命！也有人宽容一些，说只要不妨碍人类的利益，人人都可干自己想干的事，只要不花纳税人的钱。

在这些争论中，我沉下心来全力投入实验室的接收工作。我以商人的精打细算，最大限度地压缩实验室的开支。算一算，我的家产能够维持它运转30年。这种生命很顽强，高温能耐到1000℃以下，低温则可耐受到绝对零度。在温度低于320℃时，它们会进入休眠。所以，即使因经费枯竭而暂时熄灭熔炉也没什么关系，只是暂时中断这种生命的进化。

不过，我不会让生命熔炉在我手里熄灭的。我不会辜负沙姑姑的厚望。

晚上，我和妻子常常来到生命熔炉，看那暗红涌动的金属液，或者把图像调出来，看那些蠕动的小生命。这是一些简单的、粗糙的生命，但无论如何，它们已超越物质的范畴。1亿年之后，10亿年之后，它们进化到什么样子，谁能预料到呢？看着它们，我和妻子都找到一种感觉，即从妻子腹中刚刚诞生一个小生命时的感觉。

老马很够朋友，为我促成一次电视辩论："或者你说服社会，或者让社会说服你吧。"

我、妻子和何律师坐在演播厅内，面对中央电视台的摄像镜头，聚光灯烤得人脸上沁出细汗。演播台另一边坐着七位专家，他们实际是这个道德法庭的法官，不过他们依据的不是中国的刑法，而是生物伦理学的教义。台前是一百多名听众，多数是大学生。

主持人耿越笑着说："节目开始前，首先我向大家致歉，这次辩论本来应放在水星上进行的，不过电视台付不起诸位到水星的旅费。再说，如果不配置空调，那儿的天气太热了一点。"

听众会心地笑了。

"'水星放生'这件事已是妇孺皆知，我就不再介绍背景资料了。现在，请听众踊跃提问，陈义哲先生将做出回答。"

一位年轻听众抢着问："陈先生，放养这种水星生命——这样做对人类有益处吗？"

我平静地说："目前没有，我想在 1 亿年内也不一定有。"

"那我就不明白了，劳神费力去做这些对人类无益的工作——为什么？"

我看看妻子和何律师，他们都用目光鼓励我，我深吸一口气说："我把话头扯远一点儿吧。要知道，生物的本质是自私的，每个个体要努力从有限的环境资源中争取自己的一份，以便保存自己，延续自己的基因。但是，大自然是伟大的魔术师，它从自私的个体行为中提炼出高尚。生物体在竞争中发现，在很多情况下合作更为有益。对于单细胞生命，各细胞彼此是敌对的。但单细胞合为多细胞生命时，体内各个单细胞就化敌为友，互相协作，各有分工，使它们（或大写的它）在生存环境中处于更有利的地位。于是，多细胞生命便发展壮大。概而言之，在生物进化中，这种协作趋势是无所不在的，而且越来越强。比如，人类合作的领域就从个体推至家庭，推至部族，推至国家，推至不同的人种，乃至人类之外的野生生物。在这些过程中，生命一步步完成对自身利益的超越，组成范围越来越大的利益共同体。我想，人类的下一步超越将是和外星生命的融合。这就是我倾尽家财培育水星生命的动机，我希望那儿进化出一种文明生物，成为人类的兄弟。否则，地球人在宇宙中太孤单了！"停顿了一下，我接着说："其实，在 1 个月前我还没有这些感悟，是沙女士感化了我。站在沙教授的生命熔炉前，看着暗红涌动的金属液中那些蠕动的小生命，我常常有做父母的感觉。"

一位中年男人讥讽地说："这种感觉当然很美妙，不过你不要为了这种感觉，而培育出人类的潜在竞争者。我估计，这种高温下生存的生命，其进化过程必定很快吧，也许 1000 万年后它们就赶上人类啦。"

我笑了："别忘了，地球的生命是 40 亿年前诞生的，如果担心地球生命竞争不过 40 亿年后才起步的晚辈，那你未免太不自信了吧。"

耿越说："说得对，40 亿岁的老祖父，1000 万岁的小囡囡，疼爱还来不及呢，哪里有竞争？"

观众笑起来，一位女听众问："陈义哲先生，我是你的支持者。你准备怎么完成沙女士的托付？"

我老实承认："不知道。至少到目前为止我还不知道。我的家产能在 30 年内维持生命熔炉的运转，但 30 年后怎么办？还有，怎样才能凑出足够的资金，把这些生命放养到水星上？我心里没有一点数。不管怎样，我会尽我的力量，这一代完不成，那就留给下一代吧。"

听证会进行了近两个小时，七名专家或称七名"法官"一直一言不发，认真地听着，不时在纸上记下一两点，从表情上看不出他们的倾向性。最后耿越走到演播台中央说："我想质询已相当充分了，现在请各位专家发表自己的意见吧。你们对水星放生这件事，是赞成、反对还是弃权？"

七位专家迅速在小黑板上写字，同时举起黑板，上面齐刷刷全是同样的字：弃权！听众骚动起来，耿越搔着头皮说：

"如此一致呀！我很怀疑七位裁判是否有心灵感应？请张先生说说，你为什么持这个态度。"

坐在第一位的张先生简短地说："这件事已远远超越时代，我们无法用现代的观点去评判将来的事。所以，弃权是最明智的选择。"

埋在索拉星北极冰层中的沙巫圣府快要露面了，透过厚厚的深绿色的极冰，已能隐约看到圣府中的微光。牧师胡巴巴进入了神灵附体的癫狂状态，向外发射着强烈的感情场，胸前的闪孔激烈地闪烁着，背诵着《圣书》旧约和新约篇的祷文。破冰机飞转着，一步一步向前拓展。胡巴巴俯伏在白色的冰屑中向化身沙巫遥拜，脑袋和尾巴重重地在地上叩击，打得冰屑四处飞扬。

科学家图拉拉立在他身后，不动声色地看着，助手奇卡卡背着两个背囊（那里有四个能量盒），站在他的身边。

这次的"圣府探察行动"是图拉拉促成的，他已经150岁了，想在"爆灭"前找到《圣书》中屡次提到的圣府——或者确认它不存在。他原以为教会要极力反对，但他错了，教会的反应相当平和，甚至相当合作。他们同意这次考察，只是派了牧师胡巴巴做监督。图拉拉想，也许教会深信《圣书》的正确？《圣书》说，化身沙巫睡在北极的极冰中；《圣书》说，能看懂《圣书》的人就能找到极冰中的圣府，唤醒大神，蒙受大的恩宠。千百年来，无数自认读懂《圣书》的信徒争着到北极去朝拜，但没有一个人活着回来。现在，教会可能想借科学的力量来证明《圣书》的正确。

想到这儿，图拉拉不禁微微一笑。近500年来科学的力量越来越强大，几乎能与教会分庭抗礼了。比如说，眼前这位虔诚的胡巴巴牧师就受惠于科学，他的尾巴上也装着一个能量盒，科学所发明的能量盒，否则，"以光为食"的他就不可能来到无光的北极。

这次向北极行进的路上，图拉拉看到了无数的横死者，他们是一代代虔诚的教徒，按《圣书》的教诲，沿着从圣坛伸向北极的圣绳，来寻找沙巫神的圣府。当他们逐渐脱离父星的光照后，体内能量渐渐耗竭，终于倒在路上。对于这些横死者，教会一直讳莫如深。因为，这些人死前没找到死亡配偶，没经过爆灭，灵魂不得超生，这是圣诫三罪（不得横死，不得信仰伪神，不得触摸圣坛和圣绳）中第一款大罪。但这些人又是可敬的殉教者。教会是该诅咒他们，还是褒扬他们呢？

图拉拉决定，从北极返回时，他要把这些横死者收集起来，配成死亡配偶，让他们在光照下爆灭。图拉拉倒不是相信灵魂超生，但总不能任这些人永远暴尸荒野吧。

破冰机仍在转着，现在已经能确定前面就是圣府了，因为极冰中露出的40根圣绳，在此汇聚到一块儿，向圣府延伸。圣府中射出白色的强光，把极冰照耀得璀璨闪亮。牧师胡巴巴让工人暂停，他率领众人做最后一次朝拜，诚惶诚恐地祈祷着。人群中只有图拉拉和奇卡卡没有跪拜。牧师愠怒地瞪着他们，在心中诅咒着，你们这些不尊崇沙巫神的异教徒啊，神的惩罚马上要降临到你们身上！

奇卡卡不敢直视牧师，也不敢正视自己的导师，他的感情场颤抖着，两个闪孔轻微地闪烁，像是询问自己的导师，又像是自语：难道化身沙巫真的存在？难道《圣书》上说的确实是真理？因为《圣书》说的圣府就在眼前啊。

图拉拉看到助手的动摇，他佯作未见，苍凉地转过身去。他一向知道奇卡卡不是一个坚强的无神论者，常常在科学和宗教之间踟蹰。图拉拉本人在100年前就叛离了宗教，麾下聚集了一大批激进的年轻科学家。他们坚信图拉拉在100年前提出的生物进化论，相信索拉人是由低等生物进化而来（这一点已有许多古生物遗体给出证明），坚信《圣书》上全是谎言。但是，在对宗教举起叛旗100年后，图拉拉本人反倒悄悄完成对《圣书》的回归。

他不信宗教，但相信《圣书》（指《圣书》的旧约篇），因为《圣书》中混杂着很多奇怪的记载，这些记载常常被后来的科学发展所确证。比如，《圣书》上说：索拉星是父星的第一星，蓝星是父星的第三星。这些圣谕被人们吟哦了数千年，从不知是什么含义。直到望远镜的出现刺激了天文学的发展，科学家才知道，索拉星和蓝星都是父星的行星，而其排列顺序完全如《圣书》所言！

又比如，《圣书·旧约》第39章中规定了索拉星的温度标定，以水的凝结为0℃，水的沸腾为100℃。可是，索拉星生命在几亿年的进化中从没有接触过水！只是在近代，科学家才推定在南北极有极冰存在。那么，《圣书》中为什么做这种规定，这种规定又是从何而来的呢？

难道真有一个洞察宇宙、知过去未来的大神吗？

还有，索拉星赤道附近的20座圣坛，也一直是科学家的不解之谜。在那些圣坛上，黑色的平板永不疲倦地缓缓转动，永远朝着父星的方向。每座圣坛都有两根圣绳伸出来，一直延伸到不可见的北方。《圣书》上严厉地警告，索拉人绝不能去触碰它，不遵圣诫的人会被狠狠击倒，只有伏地忏悔后才能复苏。图拉拉不相信这则神话，他觉得圣坛中的黑色平板很可能是一种光电转换器，就如索拉生物的皮肤能进行光电转换一样。问题是——是谁留下这些技术高超的设备？以索拉人的科学水平，500年后也无法造出它！

正是基于这个信念，他才尽力促成了对圣府的考察。现在已经可以确认圣府的存在了，《圣书》上那个神秘缥缈的圣府已经明明白白地摆在眼前。如果化身沙巫真的住在这里……图拉拉迫不及待想见到他。

最后一层冰墙轰然倒塌，庄严的圣府豁然显现。这是一个冰建的大厅，厅内散射着均匀的白光，穹顶很高，厅内十分空旷，没有什么杂物，只有大厅中央放着一辆——神车！《圣书》上提到过它，无数传说中描绘过它，3120年前的史书中记载过它。这正是化身沙巫的坐骑呀。神车上铺着黑色的平板，与圣坛上的平板一模一样。下面是四个轮子。神车上方是透明的，模样奇特的化身沙巫斜躺在里面。

化身沙巫真的在这里！洞外的人迫不及待地拥进去。以胡巴巴为首，众人一齐俯伏在地，用脑袋和尾巴敲击着地面，所有人的闪孔都在狂热地祷告着：至上的沙巫大神，万能的化身沙巫，你的子民向你膜拜，请赐福给我们！

跪伏的人群包括他的助手，似乎奇卡卡的祷告比别人更狂热。只有图拉拉一人站立着。众人合成的感情场冲击着图拉拉，他几乎也不由得想俯伏在地，但他终于抑制住自己，快步上前，仔细观看化身沙巫的尊容。

化身沙巫斜倚在神车内，模样奇特而庄严。他与索拉人既相似又不相似，他也有头，有口，有胳膊和双手，有双眼，有躯干；但他的尾巴是分叉的，分叉尾巴的下端也有指头。他身上有几处奇怪的凸起：脑袋正前方有两个长形凸起，其下有两孔；脑袋两侧两个扁形凸起，各有一孔；两条尾巴开始分叉的地方有一个柱形凸起，上面有一个孔。胸前没有闪孔，图拉拉惊讶地想，没有传递信息的闪孔，沙巫们如何互相交谈？他们都是哑人吗？不过把这个问题先放放吧。他现在要先验证《圣书》上最容易验证的一条记载。他仔细数了沙巫身体上的孔窍，没错，确实是九窍，而不是索拉人的五窍。

《圣书》又对了啊。图拉拉呆呆地立着，心中又惊又喜。

他又仔细观察神车内部。车前方放着一个金制的塑像，塑像只有半身，与沙巫神一样，头部有七窍，不过这尊塑像的头上有长毛，相貌也显然不同。这是谁？也许是沙巫神的死亡配偶？他忽然看到更令人震惊的东西，一本《圣书》！《圣书》是崭新的，但封面的字体却是古手写体，是 3000 年前索拉先人使用的文字。在图拉拉的一生中，为了击败教会，他曾认真研究过《圣书》，对《圣书》的渊源、版本和讹误知之甚清。他一眼看出这是第二版《圣书》，内容只有旧约而无新约，刊行于 3120 年前。这版《圣书》现在已极为罕见。

胡巴巴也看到了《圣书》，他的祈祷和跪拜也几近癫狂。等他抬起头，看见图拉拉已经打开车门，捧住《圣书》，胡巴巴立即从闪孔射出两道强光，灼痛了图拉拉的后背。

图拉拉惊异地转过身，胡巴巴疯狂地喊道："不许渎神者触摸圣书！"他挤开科学家，虔诚地捧起《圣书》，恶狠狠地说："现在你还敢说神不存在吗？你这个渎神者，大神一定会惩罚你的！"他不再理会图拉拉，转向众人说："我要回去请示教皇，把沙巫神的圣体迎回去。在我回来之前，所有人必须离开圣府！"

他捧着《圣书》领头爬出去，众人诚惶诚恐地跟在后面。奇卡卡负疚地看看自己的老师，低下脑袋，最终也去了。胡巴巴走到洞口时，看到留在洞中的科学家，便严厉地说：

"你，要离开圣府。化身沙巫不会欢迎一个渎神者。"

图拉拉不想与他争执，他的闪孔平和地发射着信息："你们回去吧，我不妨碍你们，但我要留在这里……向化身沙巫讨教。"

胡巴巴的闪孔中闪出两道强光："不行！"

图拉拉讥讽地说："胡巴巴牧师的脾气怎么大起来啦？不要忘了，你是在科学的帮助下才找到圣府的。如果你逼我回去，那就请把你尾巴上的能量盒取下来吧，那也是渎神的东西，《圣书》从未提到过它。"

牧师愣住了，他想图拉拉说得不错，《圣书》的任何章节中，甚至宗教传说中，都从未提到过这种能量盒。它是渎神者发明的，但它非常有用，在这无光的极地，没有了能量盒，他会很快脱力而死，而且是不得转世的横死。他不敢取掉能量盒，只好狂怒地转过身，气冲冲地爬走了。

那次电视辩论之后的晚上，何律师在我家吃了晚饭。席间他告诉我："义哲，你实际已经胜利了，对这件事，法律上的'不作为'就是默认和支持。现在没人阻挡你了，甩开膀子干吧。"

他完成了沙午姑姑的托付，心情十分愉快，那晚喝得酩酊大醉，笑嘻嘻地离开。这时电话铃响了，拿起话机，屏幕上仍是黑的，那边没有打开屏幕功能。对方问：

"你是陈义哲先生吗？我姓洪，对水星放生这件事有兴趣。"

他的声音沙哑干涩，颇不悦耳，甚至可以说，这声音引起我生理上的不快。但我礼貌地说：

"洪先生，感谢你的支持。你看了今天的电视节目？"

对方并不打算与我攀谈，冷淡地说："明天请到寒舍一晤，上午10点。"他说了自己的住址，随即挂断电话。

妻子问我是谁来的电话，说了什么，我迟疑地说："是一位洪先生，他说他对水星放生感兴趣，命令我明天去和他见面。没错，真的是命令，他单方面确定了明天的会晤，一点也不和我商量。"

我对这位洪先生印象不佳，短短的几句交谈就显出他的颐指气使。不仅如此，他的语调还有一种阴森森的味道。但是……明天还是去吧，毕竟这是第一个向我表示支持的陌生人。

后来我才知道，我这个勉强的决定是多么正确。

洪先生的住宅在郊外，一座相当大的庄园。庄园历史不会太长，但建筑完全按照中国古建筑的风格，飞檐斗拱，青砖青瓦，曲径小亭。领我进去的仆人穿一身黑色衣裤，态度很恭谨，但沉默寡言，意态中透着一股寒气。我默默地打量着四周，心中的不快更加浓了。

正厅很大，光线晦暗，青砖铺的地面，其光滑不亚于水磨石地板。高大的厅堂没有什么豪华的摆设，显得空空落落。厅中央停着一辆助残车，一个五十岁左右的矮个儿男人仰靠在车上。他高度残疾，驼背鸡胸，脑袋缩在脖子里。五官十分丑陋，令人不敢直视。腿脚也是先天畸形，纤细赢弱，拖在轮椅上。领我进屋的仆人悄悄退出去，我想，这位残疾人就是洪先生了。

我走过去，向主人伸出手。他看着我，没有同我握手的意思，我只好尴尬地缩回手。他说：

"很抱歉，我是个残疾人，行走不便，只好麻烦你来了。"

话说得十分客气，但语气仍十分冷硬，面如石板，没有一丝笑容。在他面前，在这个晦暗的建筑里，我有类似窒息的感觉。不过我仍热情地说：

"哪里，这是我该做的。请问洪先生，关于水星放生那件事，你还想了解什么情况？"

"不必了，"他干脆地说，"我已经全部了解。你只用告诉我，办这件事需要多少资金。"

我略为沉吟："我请几位专家做过初步估算，大约为200亿元。当然，这是个粗略的估算。"

他平淡地说："资金问题我来解决吧。"

我吃了一惊，心想他一定是把200亿错听为200万了。当然，即使是200万，他已是相当慷慨。为了不伤他的自尊心，我委婉地说：

"太谢谢你了！谢谢你的无比慷慨。当然，我不奢望资金问题一下子全部解决，200亿的天文数字呵，可不是200万的小数。"

他不动声色地说："我没听错，200亿，不是200万。我的家产不太够，但我想，这些资金不必一步到位吧。如果在十年内逐步到位，那么，加上十年的增值，我的家产已经够了。"

我恍然悟到此人的身份：亿万富翁洪其炎！这是个很神秘的人物，早就听说他高度残疾，丑陋过人，所以从不在任何媒体上露面，能够见到他的只有七八个亲信。他的口碑不是太好，听说他极有商业头脑，有胆略有魄力，把他的商业帝国经营得欣欣向荣，但手段狠辣无情，常常把对手置于死地。又说他由于相貌丑陋，年轻时没有得到女人的爱情，滋生了报复心理。几年前他曾登过征婚启事，应征女方必须夜里到他家见面，第二天早上再离开，这种奇特的规定难免会使人产生暧昧的猜想。后来，听说凡是应征过的女子都得到一笔数目不菲的赠款，这更使那些暧昧的猜想有了根据。不过这些猜想很可能是冤枉了他。应征女子中有一位年轻漂亮的女律师，大概是姓尹吧，她是倾慕洪其炎的才华而非他的财产。据说她去了后，主人与她终夜相对，不发一言，也没有身体上的侵犯。天明时交给她一笔赠款，请她回家，尹律师痛痛快快地把钱摔到他脸上。不过，这个举动倒促成了二人的友谊，虽说未成夫妻，但成了一对形迹不拘的密友。

虽说他是亿万富翁，但这种倾家相赠的慷慨也令我心生疑窦，关于他的负面传说更增加了疑虑的分量。也许他有什么个人打算？也许他因不公平的命运而迁怒于整个人类，想借水星放生实行他的报复？虽然一笔200亿的资金是万年难求的机缘，但我仍决定，先问清他有没有什么附加条件。

洪先生的锐利目光看透我的思虑——在他面前，我常常有赤身裸体的感觉，这使我十分恼火——他平淡地说：

"我的赠款有一个条件。"

我想，果然来了，便谨慎地问："请问是什么条件？"

"我要成为放生飞船的船员。"

原来如此！原来就这么一个简单的要求！我不由得看看他的腿，心中刹那间产生强烈的同情，过去对他的种种不快一扫而光。一个高度残疾者用200亿去购买飞出地球的自由，这个代价太高昂了！这也从反面说明，这具残躯对他的桎梏是多么残酷。我柔声说：

"当然可以，只要你的身体能经受住宇航旅行。"

"请放心，我这架破机器还是很耐用的。请问，实现水星放生需多长时间？"

"很快的，我已经咨询过不少专家，他们都说，水星旅行在技术上没有太大的难点，只要资金充裕，15至20年就能实现。"

他淡淡地说："资金到位不成问题，你尽量加快进度吧，争取在 15 年之内实现。这艘飞船起个什么名字？"

"请你命名吧。你这样慷慨地资助这件事，你有这个权利。"

洪先生没推辞："那就叫'姑妈号'吧。很俗气的一个名字，对不？"

我略为思索，明白了这个名字的深意：它说明人类只是水星生命的长辈而非父母，同时也暗含着纪念沙姑姑的意思。我说："好！就用这个名字！"

他从助残车的袋里取出一本支票簿，填上 5000 万，背书后交给我："这是第一笔启动资金，尽快成立一个基金会，开始工作吧！对了，请记住一点，飞船上为我预留一辆汽车的位置，就按加长林肯车的尺寸。我将另外找人，为我研制一辆适合水星路面的汽车。"他微带凄苦地说："没办法，我无法在水星上步行。"

我柔声说："好的，我会办到。不过，"我迟疑着，"可以冒昧地问一句吗？我想问：你倾尽家财以放养水星生命，是为了什么？只是为了到水星一游吗？"

他平淡地说："我认为这是件很有趣味的事，我平生只干自己感兴趣的事。"他欠欠身，表示结束谈话。

从此，洪先生的资金源源不断地送来。激情之火浇上金钱之油，产生了惊人的工作效率。当年年底，已经有 15000 人在为"姑妈号"飞船工作。对"水星放生"这件事，社会上在伦理意义上的反对一直没有停止，但它始终没有对我们形成阻力。

洪先生从不过问我们的工作。不过，每月我都要抽时间向他汇报工作进度，飞船方案搞好后，我也请他过目。洪先生常常一言不发地听完，简短地问：

"很好。资金上有什么要求？"

按洪先生要求，我对他的资助严格保密，只有我妻子和何律师知道资助人的姓名。当然实际上是无法保密的，"姑妈号"飞船需要的是数百亿元资金，能拿得出这笔资金的个人屈指可数，再加上洪先生不断拍卖其名下的产业，所以，这件事不久就成了公开的秘密。

"姑妈号"飞船有条不紊地建造着，到第二年，当我去洪先生家时，总是与一位漂亮的女人相遇。她有一种恬淡的美貌，就像薄雾笼罩着的一枝水仙，眉眼中带着柔情。她就是那位尹律师。她与洪先生的关系显然十分亲近，一言一行都显出两人很深的相知。不过，毫无疑问，两人之间是纯洁的友情，这从尹律师坦荡的目光可以确认。

尹律师已经结婚，有一个3岁的儿子。

在我向洪先生汇报进度时，他没有让尹律师回避。显然，尹律师有资格分享这个秘密。谈话中，尹女士常常嘴角含着微笑，静静地听着，偶尔插问一句，多是关于飞船建造的技术细节。我很快知道了这种安排的目的——是她负责建造洪先生将要乘坐的水星车。

那天尹律师单独到我办公室。这是我第一次单独与她会面。我请她坐下，喊秘书斟上咖啡，一边忖度着她的来意。尹律师细声细语地说：

"我想找你商量一下飞船建造的有关技术接口。你当然已经知道，我在领导着一项秘密研究，研制洪先生在水星上使用的生命维持系统。"

我点点头。她把水星车称作"生命维持系统"没有使我意外。要想在没有大气、温度高达450℃，又有强烈高能辐射的水星上活动，那辆车当然也可称作"生命维持系统"。但尹律师下面的话无疑是一声晴天霹雳，她说：

"准确地说，其主要部分是人体速冻和解冻装置。"

我从沙发上跳起来，震惊地看着她。洪先生要人体速冻装置干什么？在此之前，我一直把洪先生的计划看成一次异想天开的、挑战式的旅行，不过毫无疑问是一次短期旅行。但——人体速冻和解冻装置！

在我震骇的目光中，尹女士点点头："对，洪先生打算永远留在水星上，看守这种生命。他准备把自己冷冻在水星的极冰中，每1000万年醒一次，每次醒一个月，乘车巡察这种生命的进化情况，一直到几亿年后水星进化出'人类'文明。"

我们久久地用目光交换着悲凉，我喃喃地说："你为什么不劝他？让他在水星上独居几亿年，不是太残忍吗？"

她轻轻摇头："劝不动的，如果他能被别人劝动，他就不是洪其炎了。再说，这样的人生设计对他未尝不是好事。"

"为什么？"

尹女士叹息一声："恐怕没有人比我更了解他了。命运对他太不公平，给了他一个无比丑陋残缺的身体，偏偏又给他一个聪明过人的大脑。畸形的身体造就了畸形的性格，他心理阴暗，对所有正常人怀着愤懑；但他的本质又是善良的，天生具有仁者之心。他是一个畸形的统一体，仁爱的茧壳箍着报复的欲望。他在商战中的砍伐，他在征婚时对应征者的戏弄，都是这种矛盾心态的反映。不过这些报复都是低度的，是被仁爱之心冲淡过的。但是，也许有一天，报复欲望会冲破仁爱的封锁，那时……他本人深知这一点，也一直怀着对自身的恐惧。"

"对自身的恐惧？"我不解地看看她。她点点头，肯定地说："没错，他对自身的阴暗一面怀着恐惧，连我都能触摸到它。他对水星放生的慷慨资助，多少是这种矛盾心态的反映。一方面，他参与创造了一种新的生命，满足了他的仁者之心；另一方面，对人类也是个小小的报复吧。想想看，当他精心呵护的水星生命进化出文明之后，水星人肯定会把洪其炎的残疾作为标准形象，而把正常地球人看成畸形。对不？"

虽然心情沉重，我还是被这种情景逗得破颜一笑。尹律师也漾出一波笑纹，接着说：

"其实，想开了，他对后半生的设计也是蛮不错的嘛——居住在太阳近邻，与天地齐寿，独自漫步在水星荒原上，放牧着奇异的生命。每次从长达 1000 万年的大梦中醒来，水星上的生命都会有你预想不到的变化。彻底摒弃地球上的陈规戒律、庸俗琐碎、浑浑噩噩。有时我真想抛弃一切，抛弃丈夫和孩子，陪伴他到地老天荒——可是我做不到，所以我永远是个庸人。"她自嘲地说，语气中透着凄凉。

这件事让我心头十分沉重，甚至有说不清道不明的愤懑，只是不知道愤懑该指向谁。但我知道多说无益。我回想到，洪先生是在看过那次电视辩论仅仅两小时内就做出了倾家相赠的决定。这种性格果决的人，谁能劝得动呢。我闷声说："好吧，就成全他的心愿吧。现在咱们谈谈技术接口。"

第二天我和尹律师共同去见他，我们平静地谈着"生命维持系统"的细节，就像它是我们早已商定的计划。临告辞时，我忍不住说：

"洪先生，我很钦佩你。在我决定接受沙姑姑的遗产时，不少人说我是疯子。不过依我看，你比我疯得更彻底。"

洪先生难得地微微一笑："谢谢，这是最好的夸奖。"

众人走了，圣府大厅中只留下图拉拉。没有了恼人的喧嚣，他可以静下心来同化身沙巫交谈了，心灵上的交谈。他久久地瞻望着化身沙巫奇特的面容，心中充满敬畏。圣府找到了，化身沙巫的圣体找到了。牧师及信徒们喜极欲狂。不过，他们错了。化身沙巫的确存在，他也的确是索拉生命的创造者。但他不是神，而是来自异星的一个科学家。图拉拉为之思考多年，早就得出了这个结论。在他对化身沙巫的敬畏中，含着深深的亲近感。科学家的思维总是相通的，不管他们生活在宇宙的哪个星系，都使用同样的数字语言，同样的物理定律，同样的逻辑规则。所以他觉得，在他和化身沙巫之间，有着深深的相契。

他已经捋出化身沙巫的来历及经历：他来自父星系第三星（蓝星），是从20个4152万年前来的。（为什么是有零有整的4152万年？他悟到，4152万个索拉星年恰恰等于1000万个蓝星年，沙巫是按母星的纪年方式换算过来的）。那时他创造了一种新型的、与蓝星生命完全不同的生命——并不是创造了索拉人，而是一种微生命——将它撒播在索拉星上，然后把进化的权杖交还给大自然。为了呵护自己创造的生命，化身沙巫离开母星和母族，在索拉星的极冰中住了20个4152万年。不可思议的漫长啊。当他独自面对蛮荒时，他孤独吗？当他看着微生命缓慢地进化时，他焦急吗？当他终于看到索拉星生命进化出文明生物时，他感到欣喜吗？

从他神车中有 3000 年前的《圣书》来看，他大约在 3000 年前醒来过，那时他肯定发现索拉人有了二进制语言，有了文字。但那时的索拉人还很愚昧，被宗教麻木心灵。他无法以科学来启发他们的灵智，只好把一些有用的信息藏在《圣书》里，以宗教的形式去传播科学。

《圣书》说，只要看懂《圣书》，就能找到圣府，那时，化身沙巫就会醒来，带索拉人去蒙受父星大的恩宠——什么"大的恩宠"？一定是一个浩瀚璀璨的科学宝库，索拉人将在一夕间跃升几万年、几十万年，与神（化身沙巫）们平起平坐。

这个前景使图拉拉非常激动，开始着手寻找化身沙巫留下的交代。化身沙巫既然在《圣书》中邀请索拉人前来圣府，既然答应届时醒来，那他肯定留下了唤醒他的办法。图拉拉寻找着，揣摩着，忽然发现了一个秘密的冰室。门被冰封闭着，但冰层很薄，他用尾巴打破冰门，小心地走进去。冰室里堆着数目众多的圆盘，薄薄的，有一面发着金属的光泽。这是什么？他凭直觉猜到，这一定是化身沙巫为索拉人预备的知识，但究竟如何才能取出这些知识，他不知道，绞尽脑汁也想不出来。这不奇怪，高度发展的技术常常比魔术更神秘。

但墙上的一幅画他是懂得的，这是幅相当粗糙的画，估计是化身沙巫用手画成。画的是一个索拉人，用手指着胸前的两个闪孔。画旁有一个按钮，另有一个手指指着它。图拉拉对这幅画的含义猜度了一会儿，下定决心按下了这个按钮。

他的猜测是正确的，墙上的闪孔立即开始闪烁，明明暗暗。图拉拉认真揣摩着，很快断定，这正是二进制的索拉人语言。闪烁的节奏滞涩生硬，而且，其编码不是索拉人现代的语言，而是3000年前的古语言，但不管怎样，图拉拉还是尽力串出它所包含的意义。

"欢迎你，索拉人，既然你能来到无光的北极并找到圣府，相信你已经超越蒙昧。那么，我们可以进行理智的交谈了。"

巨大的喜悦像日冕的爆发，席卷他的全身。他终生探求的宝库终于开启了！那边，闪孔的闪烁越来越熟练，一个10亿岁的睿智老人在同他娓娓而谈，他激动地读下去。

"我就是《圣书》中所说的化身沙巫，来自父星系的蓝星。20个4152年前，蓝星系的科学家创造了一种全新的生命，我把它撒到水星上，并留下来照看它们的成长。我看着它们由单胞微生物变成多胞生物，看着它们离开金属湖泊而登陆，看着它们从无性生物进化出性活动（爆灭前的配对），看着它们进化出有智慧的索拉人。这时我觉得，10亿年的孤独是值得的。

"我的孩子们啊，索拉人类的进步要靠你们自己。所以，这些年来我基本没干涉你们的进化，只是在必要时稍加点拨。现在，你们已超越蒙昧，我可以教你们一些东西了。你们如果愿意，就请唤醒我吧。"

下面他介绍唤醒自己的方法。他的苏醒必须按照严格的程序，稍有违犯，就会造成不可逆的死亡。图拉拉这才知道，神圣的沙巫种族其实是一种极为脆弱的生命。他们须臾离不开空气，否则会憋死。他们还会热死、冻死、淹死、饿死、渴死、病死、毒死……可是，就是这么脆弱的生命，竟然延续数十亿年，并且创造出如此先进的科技！图拉拉感慨着，认真地读下去。他真想马上唤醒这位10亿岁的老人，对于索拉人来说，他可以被称作神灵了。

　　他忽然感到一阵晕眩，知道是能量盒快耗尽了。他爬过去找自己的背囊，那里应该有四个能量盒。但是背囊是空的！图拉拉的感情场一阵战栗，恐慌向他袭来。面前这个背囊是奇卡卡的，肯定是奇卡卡把自己的背囊带走了。他当然不是有意害自己，只是，在刚才的宗教狂热中，奇卡卡失去了应有的谨慎。

　　该怎么办？大厅中有灯光，但光量太弱，缺少紫外光以上的高能波段，无法维他的生命。看来，他要在沙巫的圣府里横死了。

　　《圣书》中有严厉的圣诫：索拉人在死亡前必须找到死亡配偶，用最后的能量进行爆灭，生育出两个以上新的个体。不进行爆灭的，尤其是死后又复苏的，将为万人唾弃。其实，早在《圣书》之前，原始索拉人就建立了这条伦理准则。这当然是对的，索拉人的躯体不能自然降解，如果都不进行爆灭，那索拉星上就没有后来者的立足之地了。

　　横死的索拉人很容易复生（只需让他接受光照），但图拉拉从没想过自己会干这种乱伦的丑事。不过，今天他不能死！他还有重要的事去办，还要按沙巫的交代去唤醒沙巫，为索拉人赢得"大的恩宠"，他怎么能在这时死去呢？头脑中的晕眩越来越重，已经不能进行有效的思考了，他必须赶紧想出办法。

　　他在衰弱脑力许可的范围内，为自己找到一个办法。他拖着身躯，艰难地爬到厅内最亮的灯光之下。低能光不能维持他的生存，但大概能维持一种半生半死的状态。他无力地倒下去，但他用顽强的毅力保持着意识不致沉落。闪孔里喃喃地念诵着：

　　"我不能死，我还有未了之事。"

　　2046年6月1日，在我接受沙午姑姑遗产的第十四年后，"姑妈号"飞船飞临水星上空，向下喷着火焰，缓缓地落在水星的地面上。

　　巨大的太阳斜挂天边，向水星倾倒着强烈的光热。这儿能清楚地看到日冕，它们向外延伸至数倍于太阳的外径。在太阳两极处的日冕呈羽状，赤道处呈条状，颜色淡雅，白中透蓝，舞姿轻盈，美丽惊人。水星的天空没有大气，没有散射光，没有风和云，没有灰尘，显得透明澄澈。极目之中，到处是暗绿色的岩石，扇状悬崖延伸数百千米，就像风干杏子上的褶皱。悬崖上散布着一片片金属液湖泊，在阳光下反射着强烈的光芒。回头看，天边挂着的地球清晰可见，它蓝得晶莹，美丽如一个童话。

　　这个荒芜而美丽的星球将是金属变形虫们世世代代的生息之地。

　　我捧着沙姑姑的遗像，第一个踏上水星的土地。遗像是用白金蚀刻的，它将留在水星上，陪伴她创造的生命，直到千秋万代。舱内起重机缓缓放着绳索，把洪先生的水星车放在地面上。强烈的阳光射到暗黑色的光能板上，很快为水星车充足能量。洪先生掌着方向盘，把车辆停靠在飞船侧面。他的头发已经花白，脸色仍如往常一样冷漠，但我能看出他内心的激动。

洪其炎是飞船上的秘密乘客，起飞前他已经"因心脏病突发，抢救无效而去世，享年64岁"。我们发了讣告，举行了隆重的葬礼，社会各界都一致表示哀悼。虽然他是个怪人，虽然他支持的"水星放生"行动并没得到全人类的认可，但毕竟他的慷慨和献身令人钦服。现在，他倾力支持的"姑妈号"飞船即将起飞，而他却在这个时刻不幸去世，这是何等的悲剧！而其时，洪先生连同他的水星车已秘密运到飞船上。洪先生说：

"这样很好，让地球社会把我彻底忘却，我可以心无旁骛，留在水星上干我的事了。"

飞船船长柳明少将指挥着，两名船员抬着一个绿色的冷藏箱走下舷梯。里面是20块冷凝金属棒，那是从沙午姑姑的生命熔炉中取出的，其中藏着生命的种子。飞船降落在卡路里盆地，温度计显示，此刻舱外温度是720℃。宇航服里的太阳能空调器嗡嗡地响着，用太阳送来的光能抵抗着太阳送来的酷热。如果没有空调，别说宇航员了，连那20块金属棒也会在瞬间熔化。

五个船员都下来了，马上开始工作。我们打算在一个水星日完成所有的工作，然后留下洪先生，其余人返回地球。五个船员将在这儿建一些小型太阳能电站，通过两根细细的超导电缆送往北极。电缆是比较廉价的钇钡铜氧化物，只能在-170℃以下的低温保持超导性，不过这在水星上已足以胜任了。白天，太阳能电站转换的电量将就近储存在蓄电瓶内；晚上，当气温降到-170℃时，电源便经超导电缆送到遥远的极地。在那儿它为洪先生的速冻和解冻提供能源。至于每个复苏周期中那长达 1000 万年的冷藏过程，则可以由-60℃的极冰自动制冷，不必耗用能源，所以，一个小型的 100 千瓦发电站就足够了。不过为了绝对保险起见，我们用 20 个结构不同的发电站并成一个电网。要知道，洪先生的一觉将睡上 1000 万年。1000 万年中的变化谁能预想得到呢？

我和柳船长乘上洪先生的跑车，三人共同去寻找合适的放生地。这辆生命之舟设计得十分紧凑，车身覆盖着太阳能极板，十分高效，即使在极夜微弱的阳光中，也能维持它的行驶。车后是小型食物再生装置和制氧装置，能提供足够一人用的人造食品和空气。下面是强大的蓄电瓶，能提供 10 万千瓦时的电量，其寿命（在不断充放电的条件下）可以达到无限长。洪先生周围是快速冷凝装置，只要一按电钮，便能在 2 秒钟内对他进行深度冷冻。1000 万年后，该装置会自动启动，使他复苏。他身下的驾驶椅实际是两只灵巧的机械腿，可以带他离开车辆，短时间出去步行，因为，放养生命的金属湖泊常常是车辆开不到的地方。

洪先生聚精会神地开着车，在崎岖不平的荒漠上寻找着道路，我和柳船长坐在后排。为了方便工作，我们在车内也穿着宇航服。老柳以军人的姿态端坐着，默默凝视着洪先生的白发，凝望着他高高突起的驼背和鸡胸，以及瘦弱畸形的腿脚，目光中充满怜悯。我很想同洪先生多谈几句，因为，在此后的亿万年中，他不会再遇上一位可以交谈的故人了。不过在悲壮的气氛中，我难以打开话题，只是就道路情况简短地交谈几句。

洪先生扭过头："小陈，我临'死'前清查了我的财产，还余几百万吧。我把它留给你和小尹了，你们为这件事牺牲太多。"

"不，牺牲最多的是你。洪先生，你是有仁者之爱的伟人。"

"伟人是沙女士。她，还有你，让我的晚年有了全新的生活，谢谢。"

我低声说："不，是我该向你表示谢意。"

车子经过一个金属湖，金属液发出白热的光芒。用光度测温计量量，这儿有620℃，对于那些小生命来说高了一些。我们继续前行，又找到一处金属湖，它半掩在悬崖之下，太阳光只能斜照它，所以温度较低。我们把车停下，洪先生操纵着机械腿迈下车，我和柳船长揣上两块金属棒跟在后边。金属湖在下方100米处，地形陡峭，虽然他的机械腿十分灵巧，但行走仍相当艰难。在迈过一道深沟时，他的身子趔趄一下，我下意识地伸手去扶，老柳摇摇手止住我。是的，老柳是对的。洪先生必须能独力生存，在此后的亿万年中，不会有人帮助他。如果他一旦失手摔下，只能以他的残腿努力站起来，否则……我鼻梁发酸，赶快抛开这个念头。

我们终于到了湖边，暗红的金属液面十分平静。我们测量出温度是423℃，熔液中含有锡、铅、钠、水银，也有部分固相的锰、钼、铬微粒，这是变形虫理想的繁殖之地。我们从怀中掏出金属棒交给洪先生，他把它们托在宇航服的手套里，等待着。斜照的阳光很快使它们熔化，变成小圆球，滚落在湖中，与湖面融合在一起。少顷，洪先生把一枚探头插进金属液中，打开袖珍屏幕，上面显示着放大的图像。探头寻找到一个变形虫，它已经醒了，慵懒地扭曲着、变形着、移动着，动作十分舒缓、十分惬意，就像这是它久已住惯的老家。

三个人欣慰地相视而笑。

　　我们总共找到 10 处合适的金属湖，把 20 块"菌种"放进去。在这 10 个不相连的生命绿洲里，谁知道会发生什么事？也许它们会迅速夭折，当洪其炎从冷冻中复苏过来后，只能看到一片生命的荒漠；也许它们会活下来，并在水星的高温中迅速进化，脱离湖泊，登上陆地，最终进化出智慧生命。那时，洪先生也许会融入其中，不再孤独。

　　太阳缓缓地移动着，我们赶往天光暗淡的北极。那儿的工作已经做完。暗绿色的极冰中凿出一个大洞，布置了照明灯光，40 根超导电缆扯进洞内，汇聚在一个接头板上，再与水星车的接口相连。冰洞内堆放着足够洪先生食用 30 年的罐头食品，这是为了预防食物再生装置一旦失效。只是我们拿不准，放置数千万年的食物（虽然是在 -60℃ 的低温下）还能否食用。

　　我们把洪先生扶出来，在冰洞中开了一次聚餐会。这是"最后一次晚餐"，以后洪先生就得独自忍受亿万年的孤独了。吃饭时洪先生仍然沉默寡言，面色很平静。几个年轻的船员用敬畏的目光看他，就像在仰望上帝。这种目光拉远了他同大伙儿的距离，所以，尽管我和老柳做了最大的努力，也没能使气氛活跃起来。

　　我们在悲壮的氛围中吃完饭，洪先生脱下宇航服，赤身返回车内，沙女士的金属像置放在前窗玻璃处。我俯下身问：

　　"洪先生，你还有什么话吗？"

　　"请接通地球，我和尹律师说话。"

　　接通了。他对着车内话筒简短地说："小尹，谢谢你，我会永远记住你陪我度过的日子。"

他的话语化作电波，离开水星，向1亿千米外的地球飞去。他不再说话，静静地等待着。10分钟后才传来回音，我们都在耳机中听到了，尹女士带着哭声喊道：

"其炎！永别了！我爱你！"

洪先生恬淡地一笑，向我们挥手告别。在这一刹那，他的笑容使丑陋的面孔变得光彩照人。他按下一个电钮，立时冷雾包围了他的裸体，凝固了他的笑容。2秒钟后他已进入深度冷冻。我们对"生命维持系统"做了最后一次检查，依次向他鞠躬，然后默默退出冰洞，向飞船返回。

五个地球日后，"姑妈号"飞船离开水星，开始长达一年的返程。不过，大家都觉得我们已经把自身生命的一部分留在这颗星球上了。

不知过了多长时间，图拉拉隐约感到人群回来了，圣府大厅里一片闹腾。他努力喊奇卡卡，喊胡巴巴，没人理他，也许他并没喊出声，他只是在心灵中呼喊罢了。闹腾的人群逐渐离开，大厅里的震动平息了。他悲怆地模模糊糊地想，我真的要在圣府中横死吗？

能量渐渐流入体内，思维清晰了，有人给他换了能量盒。睁开眼，看见奇卡卡正怜悯地看着他。他虚弱地闪道：

"谢谢。"

奇卡卡转过目光，不愿与他对视，微弱地闪道："你一直在低声唤我的名字，你说你有未了之事。我不忍心让你横死，偷偷给你换了能量盒。现在——你好自为之吧。"

奇卡卡像躲避魔鬼一样急急跑了，不愿意和一个丑恶的"横死复生者"待在一起。图拉拉感叹着，立起身子，看见奇卡卡为他留下四个能量盒，足够他返回到有光地带了。化身沙巫呢？他急迫地四处查看。没有了，连同他的神车都没有了。他想起胡巴巴临走说：要禀报教皇，迎回化身沙巫的圣体，在父星的光辉下唤他醒来。一阵焦灼的电波把图拉拉淹没，他已知道沙巫的身体实际上是很脆弱的，那些愚昧的信徒们很可能把他害死。他可是索拉人的恩人啊。

他要赶快去制止！这时他悲伤地发现，在经历了长期的半死状态后，他身上的金属光泽已经暗淡了。这是横死者的标志，是不可豁免的天罚。如果他不赶紧爆灭，他就只能活在人们的鄙夷和仇恨中。

但此刻顾不了这些。他带上能量盒，立即赶回卡路里盆地。那是索拉星上最热的地方，所有隆重的圣礼都在那儿举行。

他爬出无光地带，无数横死者还横亘在沿途。他歉然地想，恐怕自己已没有能力实现来时的承诺，无力收敛他们了。进入有光地带后，他看到索拉人成群结队向前赶，他们的闪孔兴奋地闪烁着：化身沙巫的复生大典马上要举行了！图拉拉想去问个详细，但人群立即发现他的耻辱印，怒冲冲地诅咒他，用尾巴打他。图拉拉只好悲哀地远远避开。

一个索拉星日过去了，他中午时赶到卡路里盆地的中央。眼前的景象令他瞠目，成千上万的索拉人密密麻麻地聚在圣坛旁，群聚的感情场互相激励，形成正反馈，其强度使每个人都陷于癫狂。连图拉拉也几乎被同化了，他用顽强的毅力压下自己的宗教冲动。

好在癫狂的人群不大注意他的耻辱印，他夹在人群中向圣坛近处挤去。神车停在那里，车门关闭着，化身沙巫的圣体就在其中，仍紧闭着双眼。人群向他跪拜，脑袋和尾巴猛烈地撞击地面。这种撞击原先是杂乱的，逐渐变成统一的节奏，竟使地面在一波波撞击中微微起伏。

教皇出来了，在圣坛边跪下，信徒的跪拜和祈祷又掀起一个高潮。这时，一个高级执事走上前，让大家肃静。这是奇卡卡！看来教皇对这个背叛科学投身宗教的人宠爱有加，他的地位如今已在胡巴巴之上了。奇卡卡待大家静下来，朗朗地宣布：

"我奉教皇敕令，去北极找到极冰中的圣府，迎来化身沙巫的圣体。此刻，沙巫神将在父星的光辉下醒来，赐给我们大的恩宠！教皇陛下今天亲临圣坛，跪迎沙巫大神复生！"

教皇再次叩拜后，奇卡卡拉开车门，僧侣上前，想要抬出化身沙巫的圣体。图拉拉此刻顾不得个人安危，闪孔里射出两道强光，烙在一名僧侣的背上，暂时制止住他。图拉拉发出强烈的信息：

"不能把他抬出来，那会害死他的！"他急中生智，又加了一句有威慑力的话，"是沙巫神亲口告诉我的，你们不能做渎神的事！"

人们愣住了，连教皇也一时无语。奇卡卡愤怒地转过身，大声说："不要听他的，他是一个横死者，不许他亵渎神灵！"

人们这才发现他的耻辱印，立刻有一条尾巴甩过来，重重地击在他的背上。他眼前发黑，但仍坚持着发出下面的信息：

"不能让化身沙巫受父星的照射，你们会害死他的！"

又是狂怒的几击，他身体不支，瘫倒在地。仍有人狠狠地抽击他。奇卡卡恶狠狠地瞪图拉拉一眼，举手让众人静下来。迎圣体的仪式开始了。四个僧侣小心地把化身沙巫抬出车，众人的感情场猛烈地迸射、激励、加强，千万双闪孔同时感颂着沙巫神的大德和大能。

这种感情场是极端排外的，现场中只有图拉拉的感情是异端，他头痛欲裂，像是被千万根针刺着神经。他挣扎着立起上身，从人缝中向里看。化身沙巫的圣体已被摆放在一个高高的圣台上，教皇领着奇卡卡、胡巴巴在伏地跪拜。图拉拉的神经抽紧了，他想可怕的事马上就要发生了。化身沙巫坐在圣台上，眼睛仍然紧闭着。在父星强烈的照射下，在 720℃ 的高温中，他的身躯很快开始发黑，水分从体内猛烈蒸发，向上方升腾，在他附近造成了一个畸变的透明区域。随之他的身体开始冒烟，淡淡的灰烟。然后，焦透的身体一块块迸脱，剩下一副焦黑的骨架。

教皇和信徒们都目瞪口呆，这是怎么回事？索拉人的金属身体从不怕父星的曝晒，那些未经爆灭的遗体能千万年保存下来。但化身沙巫的圣体为什么会被父星毁坏？人们想到刚才图拉拉的话："不能让他受父星的照射，你们会害死他的。"他们开始感到恐惧。千万人的恐惧场汇聚在一起，缓缓加强，缓缓蓄势，寻找着泄洪的口子。

教皇和奇卡卡的恐惧也不在众人之下——谁敢承担毁坏圣体的罪名？如果有人振臂一呼，信徒们会把罪人撕碎，即使贵为教皇也不能逃脱。时间在恐惧中静止。恐惧和郁怒的感情场在继续加强……忽然奇卡卡如奉神谕，立起身来指着那副骨架宣布：

"是父星惩罚了他！他曾逃到极冰中躲避父星，但父星并没有饶恕他！"

恐惧场瞬时间无影无踪，信徒们的神经一下子放松了。是啊，《圣书》中确实说过，化身沙巫失去父星的宠爱，藏到极冰中逃避父星的惩罚。现在大家也亲眼看见是父星的光芒把他毁坏了。奇卡卡抓住了这个时机，恶狠狠地宣布：

"杀死他！"

他的闪孔中闪出两道杀戮强光，射向沙巫的骨架。信徒们立即仿效，无数强光聚焦在骨架上，使骨架轰然坍塌。教皇显然仍处在慌乱中，他没有在这儿多停，起身摩挲着奇卡卡的头顶表示赞赏，随后匆匆离去。

信徒们也很快散去。虽然他们用暴烈的行动驱走恐惧，但把暴力加在化身沙巫的圣体上，这事总让他们忐忑不安。片刻之后，万头攒动的场景不见了，只留下圣坛上一副破碎的骨架，一辆砸扁了的神车，一尊白金雕像，还有地上一个虚弱的图拉拉。

图拉拉忍着头部的剧痛，挣扎着走到骨架边。灰黑色的骨架散落一地，头颅孤零零地滚在一旁，两只眼睛变成两个黑洞，悲愤地瞪着天边。片刻之前，他还是人人敬仰的化身沙巫，是一个丰满坚硬的圣体，转瞬之间被毁坏了，永远不可挽救了。图拉拉感到深深的自责。如果他事先能见到教皇，相信凭自己的声望，能说服他采用正确的方法唤醒沙巫——毕竟教皇也不愿圣体遭到毁坏呀。可惜晚了，来不及了，这一切都是由于缺少一个备用能量盒，是由于自己该死的疏忽。

他深深地俯伏在地，悲伤地向化身沙巫认罪。

他立起身，小心地收集化身沙巫的骨架。为什么这样做？不知道，他没有什么目的，只是想以这种下意识的动作来驱散心中的悲伤和悔恨。只是到了2000年后，当科学家根据基因技术（在沙巫留下的大批光盘里有详细的解说）从幸存的骨架中提取了化身沙巫的基因并使他复活之后，索拉人才由衷地赞叹图拉拉的远见。

此后1000年是索拉星的黑暗时期，狂热的教徒砸碎了和科学有关的一切东西，连索拉人曾广泛使用的能量盒，也被当作渎神的奇技淫巧被全部砸坏。羽翼未丰的科学遭到迎头痛击，一蹶不振，直到1000年后才慢慢恢复元气。

沙巫教则达到极盛。他们仍信奉沙巫，但化身沙巫不再被说成沙巫大神的使者，他成了一尊伪神，一个罪神。信徒的祈祷词中加了一句：

"我奉沙巫大神为天地间唯一的至尊，

"我唾弃伪神，他不是大神的化身。"

不过，沙巫教中悄悄地兴起一个小派别，叫赎罪派。据说传教者是一个横死后复生的贱民。他们仍信奉化身沙巫是大神的使臣和索拉人的创造者，他们精心保存着两件圣物，一件是焦黑的头骨，一件是白金制的塑像。赎罪派的教义中，关于沙巫之死的是非是这样说的：化身沙巫确实是沙巫的化身，原打算给索拉星带来无上的幸福。但他被索拉人错杀了，幸福也与索拉人交臂而过。

尽管新教皇奇卡卡颁布了严厉的镇压法令，但赎罪派的信徒日渐增多。因为赎罪派的教义唤醒了人们的良知，唤醒了潜藏内心深处的负罪感。对教廷的镇压，赎罪派从不做公开的反抗，他们默默地蔓延着，到处搜集与科学有关的一切东西：砸碎的能量盒、神车的碎片、残缺不全的图纸和文字等等。在那位 180 岁的赎罪派传教者去世后，再没人能懂得这些东西，但他们仍执着地收藏着，因为——传教者说过，等化身沙巫在下一个千禧年复活时，它们就有用了。

赎罪派只尊奉《圣书》的旧约篇而扬弃新约篇。他们在旧约篇上加了一段祷文：

"化身沙巫越权创造了索拉人，父星惩罚了他。

"索拉人杀死了化身沙巫，你们得到父星的授权了吗？

"索拉人啊，

"你们杀死了自己的生父，你们有罪了；

"你们要世世代代背负着原罪，直到化身沙巫复生。"

■ 王晋康（1948— ），知名科幻作家。迄今已发表短篇小说 87 篇，长篇小说 10 余篇，计 500 余万字。曾获 1997 年国际科幻大会颁发的"银河奖"、全球华语科幻"星云奖"终身成就奖。

不可思议的月球生存，在最硬的技术背景上展现人的意志和勇气。

——刘慈欣

追赶太阳

杰弗里·兰迪斯 著 / 罗妍莉 译 / 何锐 校

飞行员们有句箴言：能活下来的着陆就是漂亮的着陆。

桑吉夫也许会表现得更好一些，假如他还活着。崔茜已经尽力了。考虑到各方面的因素，这次着陆比她所能预期的要出色得多。

钛质支架细如铅笔，原本设计时，就没打算用它来承受着陆时的巨大冲击力。薄如纸片的耐压舱板已经变形粉碎，残骸飞到了太空中，散布在宽达 1 平方千米的月球表面上。撞击前的一瞬，她记起来要把燃料箱炸飞。着陆时倒没发生爆炸，但不管多么轻柔，"月影号"也不可能在着陆中保持完好。在一片诡异的寂静中，这艘脆弱的飞船像个被丢弃的铝罐一样，皱褶成了一团，四分五裂。

驾驶舱已经开裂，从飞船主体上脱落下来，这块残骸靠在一个环形山的山壁上，等它停住不动了，崔茜解开将她固定在驾驶座椅上的安全带，慢慢地滑向天花板。她让自己尽力适应着尚不习惯的引力，找到了一个完好无损的舱外活动装置，连接到自己的太空服上，然后从原本是生活舱接口位置那个形如锯齿的洞里爬出来，爬进了阳光里。

她站在灰蒙蒙的月球表面，睁大了眼睛。她的影子投在面前，仿佛一泓墨汁，被拉成了个奇形怪状的人形。这片崎岖不平的土地上没有半点生机，覆盖着光秃秃的灰黑色阴影。"壮丽的荒漠。"她轻声低语。在她身后，太阳悬在比山巅高一点的位置，钛和钢的碎片散落在坑坑洼洼的平原上，闪烁着细细微光。

帕特丽夏·杰伊·穆里根的目光扫过荒凉的月球表面，她竭力忍住哭泣。

要事先行。她从破碎的船员舱里取出无线电，试了试。什么信号也没有。这是意料之中的事：地球还位于月平线以下，而在地月之间又没有其他飞船。

略做了一番搜寻，她便找到了桑吉夫和特蕾莎。在低重力环境下，他们的遗体扛起来轻松得出奇。为他们安葬没什么意义，她便把他俩放在两块巨石之间的一隅，面对太阳，朝向西方，对着隐藏在一片黑色山脉后的地球。她想说上几句，却找不到合适的说辞。也许这样反而更好，反正她也不知道桑吉夫的告别仪式应该怎样举行。"别了，桑吉夫。别了，特蕾莎。我希望——我真希望事情没变成这样。我很抱歉。"她的声音几乎只是窃窃私语，"愿你们与主同行。"

她尽量不去想再过多久自己也会步他们的后尘。

她逼着自己思考。若是换了她姐姐会怎么做？活下来。凯伦会活下来。

第一：盘点手头的资源。她还活着，奇迹般地没有受伤。她的太空服还能照常使用。维生系统由太空服上的太阳能电池板供电；只要阳光还能照在她身上，她就有空气和水。她在残骸间翻找时，还发现了许多完好的食物包，应该饿不着。

第二：呼救求助。此时此刻，最近的救援力量位于25万英里之外，遥不可及。她需要一架高增益的天线，还有一座能望见地球的山峰。

"月影号"的电脑里本来搭载了有史以来最精良的月球地图，可惜没了。飞船上还有其他地图，如今也与残骸一起散落在各处。她倒是设法找到了一张云海详图——没用，还有一张小小的月面全图，可以提供大致的引导。一定得有用才行啊。照她尽力做出的估计，坠毁地点就在史密斯海的东部边缘附近，远处的群山应该就是那个月海的边缘，幸运的话，从山上可以看到地球。

她检查了一下太空服。随着指令的发出，太阳能电池板完全展开，犹如超大的蜻蜓翅膀，旋转着面向太阳，闪烁着五颜六色的光泽。她确认过太空服系统充电正常，便出发了。

走近后，她发觉这座山不像从坠毁地点望上去那般陡峭。低重力环境下，攀爬并不比走路困难多少，尽管宽达3米的碟形天线让她保持起平衡来有点勉强。崔茜登上山脊的时候，月平线上一小片蓝影映入眼帘，似是对她辛苦攀爬的奖赏，而山谷另一侧的群山仍隐没在黑暗中。她把肩上扛着的无线电抬了抬，开始穿越下一个山谷。

到达下一座山峰时，地球缓缓从月平线上升起，犹如一颗蓝白相间的弹珠，半掩于幽暗的山脉间。她打开架设天线的三脚架，小心地沿无线电反馈信号搜寻着。"喂？这里是'月影号'宇航员穆里根。紧急情况。重复，遭遇紧急情况。有人听见我说话吗？"

她把拇指从发送按钮上拿开，等待着回应，但除了太阳发出的低低的柔和静电杂音之外，什么也听不到。

"这是来自'月影号'的宇航员穆里根。有人听见吗？"她再次停顿，"'月影号'，呼叫任何人。'月影号'，呼叫任何人。遭遇紧急情况。"

"……'月影号'，这里是日内瓦控制中心。信号收到，虽然微弱，但很清晰。坚持住。"她蓦地长出了一口气，刚才甚至没意识到自己一直在屏住呼吸。

5分钟后，地球的自转使得地面天线离开了信号范围。就在这段时间内，在他们对"月影号"竟还有位幸存者表示惊奇之后，她也获悉了问题的关键所在。她着陆的地点非常接近日夜交替线，恰巧位于月球阳面的边缘地带。月球的自转虽然缓慢，却势不可当。3天后，就该日落了。月球上没有可供避难的场所，无处可供她等待长达14天的月夜结束。她的太阳能电池需要阳光才能保持空气新鲜。她搜索残骸时没能发现任何完好的储备罐，没有电池，也没办法贮存氧气。

而他们又不可能在月夜降临之前展开营救行动。

太多的不可能了。

她静静地坐在那里，目光越过那片起伏的平原，望向那一弯新月般纤细的蓝色星球，思索着。

几分钟后，金石地面站的天线随着自转进入了信号范围内，无线电噼噼啪啪地重新发出了声响。"'月影号'，收到吗？你好，'月影号'，收到了吗？"

"这里是'月影号'。"

她松开发送按钮，在一片寂静中等了很久，等待着她的话语被送往地球。

"收到，'月影号'。我们确认，开展营救行动的最早窗口时间是 30 天后。你能坚持那么久吗？"

她下定决心，按下了发送按钮，"'月影号'宇航员穆里根。无论如何，我都会在这里等你们。"

她等待着，但没有收到回答。金石地面站的接收天线不可能这么快就转到了信号范围之外。她检查起了无线电装置，揭开盖子的时候，她发现电源上的印刷电路板在坠毁时破损了一点，但她看不到任何明显位置不对的断裂导线或部件。她用拳头砸了砸无线电——这是凯伦电子设备第一规则，如果不好使，就敲——然后重新调整了天线的朝向，可是没用。显然里面有什么东西坏了。

要是凯伦会怎么做？她肯定不会坐以待毙。快点吧，老妹儿。等日落追上你的时候，你就死定了。

他们听到了她的回答。她只能相信他们听到了她的回答，会来找她。她要做的就是活下去。

碟形天线太过笨重，不便随身携带。除了最基本的生活必需品外，她什么也扛不起。太阳一落山，她的空气就没了。她放下无线电，开始走。

救援行动指挥官斯坦利目不转睛地盯着引擎的 X 光检测报告。现在是凌晨 4 点，他这晚再也没得睡了，按照日程安排，他会在 6 点飞往华盛顿，向国会作证。

"请您决定，指挥官，"引擎机师说，"我们在飞行引擎的 X 光检测中找不到任何瑕疵，但问题也可能很隐蔽。标称飞行剖面无须发动机运转到 120，所以即便存在问题，叶片也可以扛过来。"

"我们要是把发动机拆下来检查，会耽搁多久？"

"假设引擎没事，就一天；如果有事，就要两三天。"

斯坦利指挥官恼火地用手指敲打着桌面。他讨厌被迫仓促决定："要是按正常程序走呢？"

"一般我们都会希望重新检查。"

"那就照办。"

他叹了口气，又要耽搁了。天上有个地方，还有人指望他能及时赶到呢，如果她还活着，如果无线电信号突然中断不代表其他系统发生了灾难性故障。

如果她能找到办法，不靠空气也能活下去。

在地球上，这本该是一趟马拉松式的艰难跋涉；在月球上，却成了一次轻松的闲庭信步。经过 10 英里的长途行进，她终于找到了一种轻松的节奏：半是走，半是慢跑，半是像慢动作的袋鼠那样蹦蹦跳跳。她最大的敌人是无聊。

她在学院里的伙伴们——部分是出于对她优异成绩的忌妒，正因如此，她才成了他们班上第一个获选去执行任务的人——曾经毫不留情地取笑她要执行这么一趟任务，飞到离月球仅有几千米的地方，却不着陆。现在她有机会近距离更好地观赏一下月球了，比有史以来的任何一个人都近。她想知道同学们现在怎么想。她这下可有得讲了——如果她能活下来。

电压过低警报的鸣声让她从沉思中清醒过来，她开始逐项检查维护清单，一面查看了一下运行显示。舱外活动装置已运行时间：8.3 小时。系统功能：尚可，只有太阳能电池板的电流远低于正常值。没过多久，她就找到了症结所在：太阳能电池板上蒙了薄薄一层灰尘。算不上大问题，擦掉就好。如果找不到合适的前进姿势，能免于把灰尘踢到电池板上，那她只好每隔几小时就休息一下，掸掸灰尘。她重新检查了一下电池板，然后继续前行。

太阳在她前方一动不动，只有那弯令人昏昏欲睡的蓝色新月形地球，缓缓旋转着，不知不觉从月平线上滑落，她的心思游移起来。"月影号"执行的是一项被视为很简单的任务——为未来月球基地选址进行的一次低轨道测绘飞行。"月影号"从未有过着陆的打算，无论是在月球上，还是在其他任何地方。

而她终究还是着陆了，她别无选择。

向西穿过荒芜的平原，崔茜做了些噩梦，梦中鲜血淋漓、不断坠落。桑吉夫就在她身边死去，特蕾莎已经死在实验舱里了，硕大的月亮赫然出现在舱窗中，正以疯狂的角度旋转。停止旋转，瞄准日夜交替线——在太阳高度角较低的光线下，更容易看清粗糙的月面。要节省燃料，但也要记住，在与月面相撞前的瞬间立即炸飞燃料箱，以免发生爆炸。

已经结束了。专注当下吧。一脚在前，一脚在后。再走一步。再走一步。

欠压警报再度响起。这就积灰了吗？

她低头去看导航辅助设备，这才惊讶地发现，自己已经走了 150 千米。

无论如何，是该休息一下了。她在一块大石头上坐下来，从大背囊里取出个快餐包，将定时器设置在 15 分钟。按照设计，食品包装袋上的气密性简易封口与她面罩下半部分的端口正好匹配，要紧的是避免封口进砂。她检查了两次真空密封口，这才拆开包装，塞进太空服，推入食品棒，这样她就可以把头转过去，一块块地啃掉。食品棒硬邦邦的，略带点甜。

她向西望去，目光掠过平缓起伏的荒原。月平线看上去很平直，不真实，犹如一幅几乎触手可及的画面背景。在月球上，要保持每小时 15 甚至 20 英里的速度轻而易举——如果刨去睡眠时间，也许平均下来在 10 英里吧。她可以走很远很远。

凯伦会喜欢的，她向来喜欢在荒无人烟的地方徒步。"真漂亮，很特别，对吧，姐？"崔茜说，"谁能想到灰色竟有那么多种深浅不一的色泽呢？这里有的是人迹罕至的沙滩——遗憾的是到水边的路可太长啦。"

该往前走了。她继续穿过基本还算平坦的地带，尽管到处遍布着大大小小的陨石坑。月亮平坦得令人讶异，只有百分之一的月面坡度超过 15 度。她轻松地越过那些小丘，遇到少数几座大一些的，她便绕道而行。低重力环境下，这对行走并不构成什么实际的障碍。她继续前进。她不觉得累，但等查看读数时，才发现自己已经走了 20 个小时，于是逼着自己停下来。

睡觉是个问题。出于方便维护的设计初衷，太阳能电池板与太空服是分离的；然而一旦分离，却又无法为维生系统提供动力。最后，她总算找到了一个办法，将那根短短的电缆拉到足够的长度，这样她就能把电池板支在身边，可以躺下而不至于切断电源。她得小心不要翻身。弄好以后，她发现自己睡不着了。过了一阵，她才迷迷糊糊地打了个盹儿，没有像她以为的那样梦见"月影号"，而是梦见了她的姐姐凯伦，在梦里，她根本没有去世，只是在装死，跟她开玩笑。

她醒来时晕头转向，肌肉酸痛，然后突然记起自己身在何处。地球悬在月平线上方一掌高的地方。她站起身，打了个哈欠，朝西慢慢跑去，穿过灰如火药的沙地。她双脚与靴子摩擦的位置一碰就疼。她调整了步伐，从慢跑，到弹跳，再到袋鼠跳。这样虽然有点用，但还不够。她能感觉到脚上开始起泡，但也知道没办法脱下靴子来揉揉脚，甚至就连看一眼都办不到。

凯伦曾经逼着她在脚磨出了水泡时还要徒步，并且对她的抱怨和懈怠都毫不留情。她本该在这趟跋涉之前先穿着靴子磨合一阵的。在相当于地球六分之一的重力下，至少疼痛还可以忍受。

过了一会儿，她的脚完全失去了知觉。

遇到小丘，她就跳过；遇到大些的，她就绕过；遇到再大些的，她就只好翻过了。在史密斯海以西，她进入了一片崎岖地段，地形变得高低不平，她不得不放慢速度。山坡上倒是阳光充足，但陨石坑底和山谷仍隐在阴影中。

她脚上的水泡破了，靴子里一阵钻心的疼痛似在呐喊。她咬住嘴唇免得哭出来，仍然继续前进。又走了几百千米，她来到了泡沫海，路又变得好走起来。她穿过泡沫海，进入丰饶海北部；接着又穿过丰饶海，进入静海。在这趟跋涉的第六天，她必定经过了"静海基地"；她一边前行，一边在月平线上仔细搜寻，却一无所见。她猜测，她大概在几百千米之前就错过那边了；当时为了避开群山，进入汽海，她朝北方转，从尤利乌斯·恺撒撞击坑以北的一个隘口走了过去。那个古代的登月地点肯定是实在太小了，除非她刚好在那个位置走过，否则根本发现不了。

"这就好比，"她说，"一路走了这么远，方圆 100 英里内唯一的旅游景点还关门了。结局一般都这样，对吧，姐？"

没人被她的俏皮话逗乐，所以过了片刻，她自己笑了起来。

从迷惘的梦境中醒来，触目是黑暗的天空和静止的阳光，打着哈欠，还没有完全清醒就又开始赶路。啜饮寡淡的温水，尽量不去想这水是用什么回收来的。休息，小心翼翼地清理太阳能电池板，那可是你的命。走路，休息，又睡觉。太阳纹丝不动地悬在空中，和醒来时没有半点差别。第二天依然如此。日复一日，日复一日。

营养包虽是低残留的，但每隔几天还是得蹲下来解手。维生系统无法回收固体废物，所以只能等太空服对废物进行干燥处理，然后将松脆的棕色粉末撒入真空。粉末状沉积物标记出你的轨迹，与黑乎乎的月尘基本看不出差异。

向西走，一路向西，追光逐日。

地球高悬于空中，她若不伸颈仰头，就再也看不见它了。地球正好到天顶时，她停下来庆祝了一番，假装开了瓶看不见的香槟，向她想象中的旅伴敬酒。太阳此时高挂在月平线上。经过 6 天的跋涉，她绕着月亮走了四分之一。

她从哥白尼环形山南端经过，尽可能远离撞击形成的碎石区，又不必翻山越岭。此处地貌诡异，巨石大如房屋，与航天飞机的燃料箱尺寸相仿。有些地方踩上去并不稳固，颗粒状的风化层被乱石堆，以及数十亿年前剧烈撞击时飞溅出的辐射纹所取代。她尽量谨慎地挑选行进路径，任凭无线电打开着，边走边进行实况报道。"这儿得小心脚下，踩着不怎么稳当。出现了一座小丘，你觉得我们是该爬上去，还是绕着走？"

没人发表意见。她凝视着这座岩石嶙峋的山丘，有可能是个古老的火山泡，尽管她并不曾听说这个地区有火山活跃过。周边地域的情况兴许会很糟糕。若是爬到山顶上，她就能好好研究一下四周地形，以便寻找合适的前进路线了。"好吧，大家听好了。在这儿爬山可能很危险，所以跟紧点，看看我把脚踩在哪儿。别冒险——宁可慢点儿，但是安全；总好过爬得快，却挂了吧。有问题吗？"无人作答。"好，那好吧，爬到山顶，我们就休息 15 分钟。跟我来。"

穿过哥白尼环形山的碎石，风暴洋平滑如高尔夫球场。崔茜迈开步子，平稳滑行，慢跑着穿越沙地。凯伦和达奇曼似乎总是要么落在后面，要么就远远跑在前面，影子都看不见。这只笨狗还像小时候一样，跟着凯伦到处跑，尽管自从凯伦去上大学以后，每天都是崔茜给它喂食、给它添水。凯伦不肯紧跟在她身后，这让崔茜很恼火——她明明答应了让她领头的，但她还是控制住了自己的情绪。凯伦曾经说她是个讨厌的小鬼，她决心表现得像个成年人。不管怎么说，地图在她身上。如果凯伦迷路了，那就是她活该。

她再次稍稍向北偏移，地图上北边地势较为平坦，比较好走。她四下张望，想看看凯伦在不在，结果惊奇地发现，地球已变成了大半个球体，低低挂在月平线上。当然了，凯伦不在，多年前她就去世了。只有崔茜独自一人，身上臭烘烘的太空服磨得她发痒，快把她腿上的皮都蹭破了。她本该好好习惯一下这身衣服的，但谁又想得到她会穿着它跑步呢？

她不得不穿着太空服，而凯伦却不用穿，这不公平。凯伦干过很多她没干过的事，可她凭什么不用穿太空服呢？每个人都得穿，这是规矩。她转身质问凯伦，凯伦报以苦笑："我不用穿太空服，淘气的小妹妹，因为我死了。像虫子一样给压扁，然后埋了，记得吗？"

哦，对，没错。好吧，既然凯伦死了，那她就不用穿太空服了。又走了几千米，她都还觉得凯伦的话完全说得通。她们一团和气，一言不发，一起慢慢跑着，直到崔茜忽然冒出一个念头："嘿，等等，你要是死了，又怎么会在这儿？"

"因为我不在这儿啊，傻瓜，只是你的想象力太活跃了而已。"

崔茜大吃一惊，扭头看去。凯伦不在，凯伦一直都没在。

"对不起，请你回来吧，好吗？"

她一个趔趄，头朝下摔倒在地，沿着环形山的凹坑往下滑去，扬起一抔尘土。下滑的时候，她疯狂地扭动着身子，尽力保持脸朝下，以免滚动中压坏了背上翅膀般张开的脆弱的太阳能电池板。等到终于停下，耳边唯有一片寂静，她的头盔面板上添了一道长长的划痕，就像愈合得很差劲的伤疤。幸运的是，双层加固面板挺住了，否则她就没机会看到划痕了。

她检查了一下太空服，倒还算完好，但支撑着太阳能电池板左翼的钛质支架向后弯曲，几乎折断。居然没有其他地方损坏，简直是奇迹。她扯下电池板，仔细观察了一番损坏的支柱，尽可能把它掰还原位，用两根短电线将一根自动铅笔捆在接头处固定住。反正铅笔也只是额外多出来的负担而已，幸亏她没想过把它扔掉。她小心翼翼地检查了一下接头的地方，太大的压力是承受不起了，但只要她不弹跳得太厉害，就应该撑得住。不管怎么说，该休息一会儿了。

醒来时，她估量了一下自己的处境。不知不觉间，周围的山慢慢多了起来。下一段路应该会比刚才那段花的时间长。

"你该醒醒了，瞌睡虫。"凯伦说。她打了个哈欠，伸了个懒腰，回头看了看那一行脚印。这行长长的足迹尽头，地球就像月平线上一个小小的蓝色半球，离得根本不算太远，在一片四处灰蒙蒙的土地上，成了唯一色泽鲜明的一个点。她说："12 天的时间，绕着月亮走了半圈。不错啊，孩子。算不上太好，但也不差了。你是在练马拉松还是干吗？"

崔茜站起身，开始慢跑，双脚不由自主地恢复了固定节奏，一边从太空服回收器里呷了一口，想冲淡嘴里那股怪味。她冲着背后的凯伦喊了一声，没有转身："快点，我们还有地方要去呢。你来不来？"

阳光明媚，月面像洗过似的，几乎没有阴影，简直丧失了立体感。崔茜艰难地寻找着落脚点，在貌似平坦的地面几乎隐形的岩石上跌跌撞撞地走着。一脚在前，一脚在后。再走一步。再走一步。

长途跋涉的兴奋早已退去，只留下不屈不挠的胜利决心，而这种决心此刻也已逐渐变成了精神上的麻木。崔茜花时间跟凯伦聊天，把生活上的私密细节讲给她听，暗自希望凯伦会高兴，会说些什么，告诉她自己为她感到骄傲。忽然她注意到凯伦并没有在听，显然是趁她不注意的时候跟她走散了。

她在一条长而蜿蜒的月面谷边停下。它看起来就像河床，等待着暴风雨来填满，但崔茜知道这里从来就没见过水，覆盖谷底的唯有灰尘，干得像碎成了粉的骨渣。她慢慢爬到谷底，小心不要再跌跤，以免损坏她脆弱的维生系统。她抬头看了看谷顶，凯伦正站在边上向她招手。"来吧！别磨磨蹭蹭的，你这个懒虫——你想永远待在这儿吗？"

"着什么急？我们已经比原计划提前了。太阳还高挂在天上呢，我们都绕着月亮转了半圈了。我们会成功的，费不了什么劲儿。"

凯伦沿着斜坡下来，像滑雪一样滑过粉末般的尘埃。她把脸贴在崔茜的头盔上，紧紧盯着她的眼睛，带着一种近乎疯狂的紧张，差点把她吓坏了。"我的懒妹妹，当然着急了，你绕着月亮走了半圈，你已经走完了好走的部分，从这里开始，前面都是山岭和崎岖的地段，你有6000千米的路得走呢，到时候你的太空服也破了，你要是放慢脚步，让太阳超过了你，然后遇到一个微不足道的小问题，只要遇到一个，你就死定了，死定了，死定了，就像我一样。你不会愿意那样的，相信我。现在让你那懒惰的漂亮小屁股动起来，赶紧走！"

的确，前进速度放慢了。她不能再像从前那样弹跳下坡了，要不然损坏的支架就会失灵，她就必须停下来费劲地修理。再也没有平整的平原了，四周似乎要么是满地巨石，要么是撞击坑壁，要么就是山岭。到了第十八天，她来到一座巨大的天然拱门前，拱门高耸在她头顶，她敬畏地抬头望着它，好奇在月球上怎么会形成这样的结构。

"肯定不是风化形成的，"凯伦说，"要我说的话，应该是熔岩。熔穿了一道山脊，继续往前流，留下中间的孔洞；然后经过亿万年的微流星体撞击，粗糙的边缘给磨平了。不过还挺好看，对吧？"

"真是壮观。"

过了拱门，没走多远，她进了一片细针般的晶体形成的密林。起初很小，像草一样，被踩碎在她脚下，但到后来却矗立在她头顶上方，犹如一座座六边形尖塔，色彩斑斓。她在其间默默摸索着前行，被闪耀在蓝宝石塔尖之间的光芒晃得眼花缭乱。晶体丛林最终逐渐稀疏，取而代之的是一颗颗硕大的圆石形晶体，在阳光下闪耀着彩虹般的光辉。是祖母绿？是钻石？

"我不知道，孩子，可它们挡了我们的路。等把它们抛到我们身后，我会很高兴的。"

又走了一阵，那些闪耀的巨石也变得稀少起来，直至仅余她身边的山坡上几道零星的闪光，最后那些石头都变成了普通岩石，崎岖不平，坑坑洼洼。

到了代达罗斯环形山，月球背面的中央位置。这次她没有庆祝。太阳早已不再懒洋洋地升起，而是不知不觉地朝着她们前方的月平线落下。

"你是在跟太阳赛跑,孩子,太阳不会停下来休息的。你落后了。"

"我累了。你没看见我累了吗?我觉得我是病了。我全身都受了伤。别管我了,让我歇会儿呗。再多歇几分钟,行吗?"

"你死了就可以歇了。"凯伦尖声笑了起来,跟被谁掐住了脖子似的。崔茜突然意识到,她快要歇斯底里了。她突然不笑了。"赶紧接着走,孩子。快走!"

月面在她身下掠过,犹如一台不规则的灰色跑步机。

不管她走得多努力、愿望多美好,也掩盖不了太阳跑到了她前头的事实。每天醒来的时候,太阳就比前一天掉得稍低一点,阳光射入她眼中的角度也略为水平一些。

在她前方,炫目的阳光下,她看到了一片绿洲,不毛荒漠中一座有草有树的小岛。她已能听到蛙鸣:"呱,呱,呱!"

不对,没有什么绿洲,这是故障警报的声音。她停下脚步,晕头转向。过热。太空服的空调坏了。她花了半天的时间才找到堵塞的冷却阀,又汗流浃背地努力了三个小时,才摸索出一种既能把它疏通开来,又不让宝贵的冷却液泄漏到太空的方法。太阳又朝月平线下落了一巴掌宽的距离。

此时阳光直射在她脸上,岩石的阴影向她爬过来,如同饥肠辘辘的触手,即便是最小的一道黑影也显得饥渴而不怀好意。凯伦又在身边与她同行,但现在她默然不语,闷闷不乐。

"你为什么不说话?我做错事了吗?我说错话了吗?告诉我吧。"

"我不在这儿,妹妹,我已经死了。我想现在是该你自己勇敢面对的时候了。"

"别这么说，你怎么可能死了？"

"你脑海里是我理想化的形象。让我走。让我走！"

"不行，别走。嘿——你还记不记得，咱们那回攒了一年的零花钱，好买匹马的事？我们发现了一只病得很重的流浪猫，把装满零花钱的鞋盒和小猫带到兽医那儿，他把小猫治好了，却一分钱也不肯收吗？"

"对，我记得。可不知怎么搞的，我们还是一直没攒够买马的钱。"凯伦叹了口气，"你以为跟个讨厌的妹妹一起长大，我去哪儿她都跟着，不管我干吗她都有样学样，我容易吗？"

"我又不讨厌。"

"你讨厌得不得了。"

"不，我才不讨厌呢，我可乖了。我敬慕你。"是这样么？"我崇拜你啊。"

"我知道你崇拜我。告诉你吧，孩子，那我也不轻松啊。你以为当人家偶像很轻松吗？时时刻刻都得充当表率很轻松吗？天啊，整个高中那几年，我每次想过把瘾的时候，都只好偷偷地溜出去，悄悄地干，我就知道，要不然我那可恶的妹妹也会跟着学。"

"你没有，你从来没干过。"

"该长大了，孩子。我当然干过。你老是寸步不离地紧跟着我。甭管我干点啥，我知道你马上就要学样。我得费好大的劲才能保持领先，而你呢，可恶的家伙，学起我来居然毫不费力。你比我聪明——你也知道，对吧？——你以为这让我心里是个什么滋味？"

"好吧，那我呢？你以为我容易吗？跟死去的姐姐一起长大——不管我做什么，别人都要说：'真遗憾，你就不能多学学凯伦的样子吗'，'凯伦可不会那么干'，'要是凯伦的话……'你以为我心里又是什么滋味，哈？你倒是轻松了——我却只好照着见鬼的天使标准来活。"

"够倒霉的，孩子，可总比死了强。"

"凯伦，我爱过你，我爱你。你为什么要走？"

"我知道，孩子。我也没办法，对不起。我也爱你，但我得走了。你能让我走吗？你现在能不能做回你自己，别再想当我了？"

"我……我试试吧。"

"别了，小妹。"

"别了，凯伦。"

她孑然一身，在一片空旷的平原上，缓缓逼近的阴影笼罩了她。在她前方，太阳几乎已经挨上了山脊。被她踢起的尘土很是奇怪，不是落到地上，而是在离地面半米的地方飞舞。她对此感到迷惑不解，接着看到周围的尘土都无声无息地从月面飘起，一时还以为又是幻觉，后来才意识到是某种静电效应。她继续前行，穿过升起的尘雾。红日如血，天空变成了深紫。

黑暗像魔鬼一样向她扑来。在她身后，阳光只照亮了山尖，山脚则隐没在阴影中。她前方的地面上布满一汪汪墨迹，只能小心找路绕行。无线电定位器开着，但接收到的却只有静电干扰。只有等她所在的位置能看到坠毁地点，才能收到"月影号"发出的定位信标。她肯定离"月影号"不远了，但四周的景物看上去却没有半分熟悉之处。前方——那是她爬上去向地球发送无线电信号的那座山脊吗？她分辨不出。她爬了上去，却不见那颗蓝色弹珠的踪影。是下一座山吗？

黑暗蔓延到及膝处，她不断被隐在黑暗中的岩石绊倒。她的脚步踏在岩石上，蹭出了火花，在她身后，脚印发出微弱的光芒。摩擦发光，她心想，以前还从来没人见过。她现在不能死，已经胜利在望了。但是黑暗不会等待。黑暗伏在她周围，犹如一片未知的海洋，一块块岩石从潮池中凸起，探入残阳余晖。随着涌起的暗潮没过她身上的太阳能电池板，欠压警报声又重新响起。坠毁地点肯定就在附近，必定如此。也许是定位信标坏了？她爬上山脊，进入阳光下，绝望地四下寻找着线索。难道现在救援队伍不是应该已经派出了吗？

只有山顶上还有阳光。她穿过黑暗，朝目力所及处最近的那座最高峰走去。她在墨海中踉跄地爬行，就像是一个渴望空气的泳者，终于把自己拽进了阳光里。她蜷缩在这座岩石之岛上，眼看着黑暗之潮慢慢向她涌来，心中一片绝望。他们在哪里？他们在哪里？

地球上，救援行动的相关工作飞速进行着。各项内容都经过了一而再再而三的检查——在太空中，偷工减料无异于自寻死路——但营救任务仍然饱受各种小问题和小延误的困扰。此次执行的若是普通任务，那这些问题不过都属于司空见惯；而由于任务紧急，这些问题就显得格外艰巨。

此次行动期限之紧，几乎是不可能完成的任务——准备工作本应耗费 4 个月时间，而非 4 周。计划休假的技术人员们主动加班加点，而供应商通常要花上数周时间才能交付的零部件，这次一夜之间就交清了。替换"月影号"的飞船起初被命名为"探索号"，现在则仓促地改称"拯救号"，最后阶段的整合工作加快了，"月影号"坠毁后还不到两周，运载飞船就已发射到了空间站，比原定时间提前了好几个月；满满装了两架航天飞机的推进剂随即跟上，运载飞船也与减速伞进行了匹配和测试。当救援人员在模拟器上演习可能出现的各种场景时，着陆器（引擎已经过检查和更换）则进行了紧急改装，以便在升空过程中容纳第三个人，并接受了测试，然后发射到与"拯救号"的会合地点。坠毁事故发生4周后，相关设备已经加满燃料、准备就绪，机组人员接受了详细训令，航行路线也已计算完毕。载有机组人员的航天飞机在大雾中发射升空，与轨道上的"拯救号"会合。

在来自月球的意外信号显示"月影号"探险队有一位幸存者之后30天，"拯救号"离开了轨道，直奔月球。

在坠毁地点以西的山顶上，斯坦利指挥官再次将探照灯扫过飞船的残骸，敬畏地摇了摇头。"驾驶员真了不起，"他说，"看来她用了地球转移轨道发动机来刹车，然后又用反冲姿态控制系统微调降落。"

"难以置信，"坦尼娅·娜科拉喃喃道，"可惜这样也救不了她。"

帕特丽夏·穆里根的去向被记录在了残骸周围的土壤上。救援队搜完残骸后，只找到了唯一一行脚印，通往正西方，穿过山脊，消失在月平线后。斯坦利放下望远镜。"看不到脚印返回的迹象，看来她是想趁着空气耗尽之前好好看看月亮。"他边说边在头盔里慢慢摇了摇头，"不知道她走了多远？"

"她有没有可能还活着？"娜科拉问道，"她可是个机灵鬼。"

"那也不可能机灵到能在真空里呼吸啊。别自欺欺人了——这次营救任务从一开始就是一场政治作秀，我们根本就没机会在这儿找到活人。"

"话虽是这么说，可我们还是得试一试，对吧？"

斯坦利摇摇头，拍了拍头盔，"等一下，我这该死的无线电出毛病了，我听见了反馈杂音——听着简直有点像人声。"

"我也听到了，指挥官，但是这说不通啊。"

无线电里传来的声音很微弱："不要关灯。拜托，求你了，别关灯……"

斯坦利转向娜科拉："听见了……？"

"我听见了，指挥官……可我不相信。"

斯坦利拿起探照灯，开始扫过月平线。"喂？'拯救号'呼叫宇航员帕特丽夏·穆里根。见鬼，你到底在哪儿？"

太空服原先是纯白的，现在已被月尘染得灰扑扑的了，只有她背上弯弯曲曲、凹凸不平的太阳能电池板被小心擦拭得一尘不染。太空服里的人几乎跟这身衣服一样狼狈。

吃过一顿饭，洗过一次澡后，她恢复了精神，开始解释。

"多亏有山顶。我爬上山顶，待在阳光下，我所在的高度也就刚能勉强听到你们无线电的声音。"

娜科拉点点头，"这一点我们倒还猜得出来，但剩下的——上个月，你真的绕着月球走了一整圈？11000 千米？"

崔茜点点头，"我只能想到这一个办法。我估摸着，差不多就是从纽约到洛杉矶一个来回的距离吧——反正有人曾经走完那么远的距离还活着。步行速度还差一点到每小时 10 英里。背面最难走——反正比正面要难走多了，但在某些地方却很奇特，美得出奇，你们不会相信我看到了什么。"

她摇摇头，无声地笑了："我看到的有些东西连我自己都不相信。月球真是广袤——我们现在还只是刚有些蜻蜓点水式的探索。我还会回来的，指挥官。我向你保证。"

"我相信你会的，"斯坦利指挥官说，"我相信你会的。"

飞船从月球上升起时，崔茜向着月面投去最后一瞥。一时间，她还以为自己看见了一个孤独的身影，站在月面上，正向她挥手告别。她没有挥手还礼。

她又望了一眼，那儿什么也没有，唯有一片壮丽的荒漠。

■ 杰弗里·兰迪斯（Geoffrey A. Landis，1955— ）美国科幻小说家。供职于美国航空航天局格林研究中心，"火星探路者"计划的首席电池专家，2013 年新型金星漫游车的设计者。著有《狄拉克海上的涟漪》《进入蓝色的深渊》等多篇科幻作品，并摘得"雨果奖"与"星云奖"，2014 年获海因莱因奖。

一曲太空乡愁、生死、友谊和青春的
咏叹。

——韩松

沧桑

吴岩

忧郁漫长的火星夏季开始的时候，在利库得荒原小小
的水晶谷里，翡翠色的野花还没有完全凋谢。春日里，那
席卷了整个西半球的干燥风暴，如今已销声匿迹。从两极
吹来的和煦的微风，已经带上了浓厚的潮气。相思河的水
位越涨越高，发着柠檬色荧光的火星水母，在寂静的溪水
中荡漾。

林清爽第一次来到水晶谷的时候，还不那么喜欢这个
地方。那时候她才五个火星岁。由于火星的一年等于地球上
的两年，这样，她的大小已经相当于地球上整整十岁的姑
娘。和火星女孩的结实活泼相比，细高个子的林清爽长得清
丽白净，纤巧笔直的鼻梁，配着两只永远雾气蒙蒙的忧郁眼
睛，只有那一头披肩的长发，还透露出些许孩童的个性。

清爽的童年一直没有离开过父母。在得知自己的爸爸
妈妈将要到地球以外的地方度过两年"外星假期"的时候，
她曾极力要求一同前往。就这样，他们远涉星空，来到奥
林匹斯东侧的火星空气监测站，一待就是一个火星年。就

在她的父母即将完成对火星大气的考察任务，准备返回地球故乡的那一个星期，高耸入云的金属观测塔突然发生了坍塌，正在塔的半腰工作的清爽的父亲和母亲，和高塔一起陡然摔向奥林匹斯深谷。惊呆了的清爽觉得自己的身体有好半天都无法动弹。后来，她奔出重重的金属门，循着塌落的方向爬到谷底，终于在一片残骸中找到了双亲。可惜一切都已为时太晚。她的父亲没来得及对她讲什么，就匆匆辞世，而她的母亲则困难地给了些关于怎样联系亲友和怎样回到地球的嘱托。但林清爽手忙脚乱地哭着、叫着，什么也没有听到。小小的心灵受到了重创，在随后的一个火星年里，她就这么孤零零地生活在高塔倒塌的地方，想象着父母奇迹般地复活，带着她回到遥远的故乡。

是舅舅带着他的女儿米露霞和另一个叫洛桑巴拉的男孩子来接林清爽的。露霞和清爽同岁，但她长得结实而粗壮。她是火星上那种典型的漂亮姑娘，有很厚的嘴唇和很粗的眉毛，还有好看的分成两半的下巴。

"水晶谷会比奥林匹斯山好得多。喂，你听我的。真的会好很多。"露霞一本正经地告诉表妹，"你可以有许多朋友。我们可以一起去学校念书，那会比整天待在奥林匹斯有意思得多。你知道，就在水晶谷外，在欧门德斯山脊的后面，还有一片神秘的火箭林呢！"

"那又怎么样？"林清爽对问话显得毫无兴致。

"你说火箭林？你用这样的口气谈火箭林？巴拉，她真的无可救药了。"

叫巴拉的男孩子于是慢慢地讲起了火箭林的故事。那是1000年以前，人类的祖先从地球上来到火星时发射的许许多多火箭遗骸。这些残存的古董曾经散布在火星各地。后来，突然在一个早晨，当人们拉开窗帘的时候……

露霞抢着说道："人们惊奇地发现，在远方的地平线上，在即将升起的太阳面前，一片金属的丛林冒出了地面。一夜之间，所有分布在火星上的飞船碎片全部被集中到了这里，它们并排站立着，用闪光的外壳，反射着红色黎明。"

"是这样，"巴拉接过话茬，"到现在大家也还不知道，究竟是谁做了这样的事情。人们只是猜测，也许，是某个奇怪的老人干的？他只是太老了，再也没有力气去地球旅行了，于是就做起了这样的古怪事情？也许……"

很多年以后，林清爽还记得这次谈话，记得当时巴拉和露霞的表情。他们是绝好的一对儿，配合得那么默契。巴拉的沉静、露霞的火暴，还有，他们对所讲的东西的那种深信、痴迷和虔诚，所有这些，都让清爽觉得，这是她完全可以信赖的人。而在内心的深处，她也感到了某种即将到来的情感纠葛的先声。

她告别了奥林匹斯，跟着舅舅和露霞翻过悬崖，来到水晶谷。舅妈是一个相当娴静的女人，她对清爽像对待自己的孩子一样。而露霞和巴拉，更是像两个卫士，死死地捍卫在清爽的身旁。他们共同去上学，共同去爬高高的帕蒂特峰。在寒冷的山顶，他们紧紧地偎依在一起，靠着各自的体热温暖对方。三个人的友谊像三滴晶亮的水珠一样，在火星的阳光下发着纯净的光。露霞是个正直豪爽的姑娘，她常常无法忍受等待，这使得她和清爽之间总是发生摩擦。她的决断常常给林清爽深刻的印象。露霞的理想，是让火星地下所有的冬眠生物，都愉快地重返地面。这样，她就可以建立起自己的火星动物管理站。和露霞的马虎率直相比，林清爽显得聪慧细致，幻想丰富。她常常对某些事情思虑过多，还总是让自己沉浸在回到地球故乡的幻想之中。

洛桑巴拉是那种与世无争的男孩子，天生一副大哥哥的样子。他不像两个女孩那样富于主见，常常是露霞和清爽命令的执行者。当然，他总是将工作执行得超乎预料的好。巴拉有一个奇怪的职业梦想：当个雕塑家。"你能当雕塑家？那我可能是世界上最好的油画大师了！"露霞经常当着大家的面这么讲。每到这时，清爽总是觉得，巴拉和露霞的谈话中包含着某种超过友谊的东西。那是些什么呢？为什么这样的语气总是让自己心情抑郁呢？

直到很久之后，她才找出了答案。那时她已经七个半火星岁了。她已经在学校的信息库中读过了所有关于男人和女人的故事。她知道自己也染上了青梅竹马的情感"疾病"。但是，那个她倾注了许多细腻关怀的对象却仿佛一直置于露霞的金属光环之下。只有过一两次，当她和巴拉单独在一起的时候，她才真正感到在巴拉心里，有着一个属于自己的空间。

但是，这个空间很快就被事实彻底地粉碎了。那是高中生活的最后一个学期，有一天，她突然发现自己的书包遗失在学校门口的那只旧火箭船里。这火箭船是多年以前从火箭林中搬来的纪念品。孩子们曾在其中有过很多秘密的约会。他们知道其中许多他人无法知道的暗门和通道。

在第一个货舱，没有她的书包。

第二个货舱里也没有。但她找到了另外两个书包。

第三个舱显得崎岖狭窄，可能是当时的过渡舱。她折过这个难走的部分，来到第四个可能是被充当贮藏室的小舱房。漆黑中她听到了窸窸窣窣的响动。她睁大眼睛，借着被舷窗切成豆腐块似的几束柱状的阳光，她看见，露霞的嘴唇正在轻轻地凑近巴拉……

一周后狂欢节的那个夜晚，洛桑巴拉和露霞都没有回来。清爽一个人在家里收拾行装。她已然做出了决定，要回到地球家乡。

推开房间厚重的金属房门，她来到潮湿的小道。节日烟火的余晖在天空中形成的久不散去的淡黄云雾，遮挡了繁星。礼花炸弹的焦煳味道，浓密地渗透在火星的大气中。

她真的买了一张回地球的飞船票，把它认真地收好。然后，她朝黑夜里一片苍茫的公墓园走去，决定最后一次凭吊自己的父母。

她好不容易才找到墓群，由于黑，她无法看清碑上的文字，只得凭借感觉，一点一点用手摸索。蓦地，她的手缩了回来，因为，她分明触摸到了一个活生生的发热的身体。她差一点惊叫了出来。

一双温暖的手抱住了她。

"天哪，巴拉，是你？你在这儿干吗？"林清爽大吃一惊。

"我一直在等你，想和你谈谈。"巴拉放开她的身体，但仍然拉着她的手。

"你，你不是和露霞去看烟火了吗？怎么会在这儿？"

"清爽，我已经想了好久了，我觉得不能不告诉你……"

"告诉我什么？是你和露霞的事吗？我都看见了。没有什么可说的，反正我就要回地球去了。"

"不，清爽。我要告诉你的不是这个。那天的事情，其实都是意外……"

"意外？"

"对。我根本没有想吻她。你知道，这些年里，我心里喜欢的一直是……你！比喜欢露霞还喜欢你！"

"我不听！"

"你要听。听吧！听我说，清爽。听我告诉你为什么。"巴拉急急地解释，"我之所以这么长时间没有告诉你，是因为我一直不能肯定自己是不是可以放弃家乡。我们洛桑巴拉家族属于火星最先期的移民，1000 年来，我们的家族在火星上已经享有极高的声誉。我虽然讨厌这个家族的名号，却无法不受制于家族的规章，不过，"他略微停顿了一下，好像做出了最后的决定，"我已经想通了，为了你，我可以放弃自己的一切。我今天在这儿就是为了等待你告诉你这一切。我已经到了自己闯事业的时候了。为了你，我可以到任何地方，你的家乡就是我的家乡！我会很快把实话告诉露霞。她是个坚强的姑娘，她会理解我的心情。和她比起来，你才是真的需要我照顾的人。"

往事在清爽的心头重新浮现。她知道如果没有巴拉，她一定很久以前就已经离开火星飞往地球了。但即使到了那里，她也还是会永远永远怀念着巴拉。

"巴拉，我很感激你。但我也知道，没有你显赫的家族名声，在地球上你将一事无成，你会寸步难行。不必了。为了爱情的牺牲是每个人应该做的事情。我们哪儿也不去，就留在火星上。我会跟定你，到北极的土地，到南极的荒原，到所有你想去的地方。早晚有一天，你会发现自己的能力，会找到灵感，然后塑造出让全世界叹为观止的超级伟大的艺术品。"

他们在黑漆漆的火箭林中站立了很久很久。名叫浮波斯和德莫斯的两个火星月亮，在他们的上方一前一后地升起。遥远的地球，像一颗蓝色的水晶，在红色的火星夜空中闪闪发亮。

在他们身后不远处，因为不放心林清爽一个人而特地被舅妈派来看望的露霞把这一切都看在了眼里。也不知道怎的，平时火暴的露霞，这一次居然没有从树林中冲出来。她小心翼翼地转回身，慢慢地蹭出公墓园，走出峡谷，翻过山岗。当她到达宇航站的时候，已经是深夜2点。卖票的叔叔睡意蒙眬地盯住她问："你怎么……哭了？"

"我没有。"露霞擦了擦眼角，"我会哭吗？"

"谁知道。狂欢节里谁知道会发生什么事情？刚刚你的表妹来买票，她的眼睛也这么泪蒙蒙的。"

"是吗？"

"我不骗你。你们要同去地球旅行？"

露霞摇了摇头说："不，清爽会来退票的。她已经决定永远留在火星上了。"

"那你又干吗走呢？"

她没有回答，静静地走出灯光，返回夜色中。在相思河面，柠檬黄色的水母已经升到了半空。它们曲曲弯弯地连成一线，远远望去，就像是地球上灿烂夺目的绚丽极光。

林清爽与巴拉以迅雷不及掩耳的速度结了婚。他们完全沉浸在相爱的欢乐中，希望有一个仅仅属于自己的天地。这样，他们急急地告别了露霞的父母，赶上火星一号环球列车，用了将近35个小时来到新的住址——南极圈内澳大利亚峡谷中的西澳尔村。

清爽不太喜欢西澳尔村的房子。这房子坐落在米洛环形山靠近南极的那个缺口上。正常日子的早晨，阳光从缺口的缝隙处蓦地照进来，刺得眼睛生疼。可一俟下午，3点不到，这阳光又会在缺口的另一面陡地消失，收回它的热量。于是，一种新的怅然的忧伤就会出现在林清爽的心里。她又开始想奥林匹斯，想水晶谷，想正在飞往蓝色地球的露霞。

巴拉也觉得自己的决定显得过分仓促。为了迅速地离开水晶谷，他暂时放弃了自己理想的艺术工作，在南极的火星生命考察站当了一名小小的生命探测员。可笑的是，这份工作正是露霞曾经朝思暮想的。工作让他整天忙忙碌碌。他从最近的科学杂志上找到了科学家们关于南极生命的最新推测，然后，按照推测的地点，在极地的干冰中打出深深的探测井。这项计划最初很难得到西澳尔村管理机构的批准。但是他终于还是说服了他们。但是那厚厚的、整日被轻烟缭绕着的二氧化碳干冰层，却不是轻易可以征服的。他在冰层最薄的地方下手，又足足花费了两个月的时间，才打出洞来。事实很快证明，第一个洞穴毫无收获，整个儿报废了。第二个洞穴又没有任何进展。五个月之后，化石海岸的冰面已经让他打得千疮百孔，一切还是毫无结果。他的信念和毅力都受到了极大的打击。11 月的一个傍晚，当他正在为第 16 个井洞奋战时，干冰与钻头之间的摩擦引爆了冰下不知什么物质。轰隆一声巨响，所有人都被震得飞上了天。巴拉的一只耳朵和一条胳膊受了重伤。

24 个月过后，巴拉的意志处于严重的衰退之中。冰层下的搜寻毫无结果，但科学家们则越来越相信他们对南极海岸的分析是没有错误的。这使巴拉个性中对自己能力的怀疑越发加剧。火星实行与地球上不同的方针。任何一个中学毕业生都要在工作数年之后，用自己的实践成绩，获得一份进入火星红沙湾大学深造的通知书。从目前的状态看来，巴拉的通知书是难以得到了。对短时期转入自己喜好的艺术领域的憧憬，也显得没有现实基础。他就这么苦恼着。回到家里，林清爽又时常显得任性。她做不好饭，更不会安慰丈夫。她的脾气本来就显得神经质，结婚之前的那种小心谨慎现在全部丢失了。她给自己找到的业余职业是当个作家，可她根本没有写出什么作品，更不知道创作的艰辛。少年时代就已经具有的那种自视过高的毛病，使她觉得，生活像是专门与自己作对似的。这样，她的全部烦恼就转移到巴拉的身上。

有一天，她无意中得到一个发现：通过他们的家用电脑网络，巴拉一直在与露霞通信！而这件事巴拉从没告诉过自己。在那些往返于地球航班飞船和火星之间的电子邮件中，露霞用一种特别欢快的语气谈论到她在封闭的金属世界中的种种见闻。她对越来越接近地球表现出极大的热情。"淡蓝色的星球——宇宙中最美的景象正呈现在我的面前。我已经等不及了。我已经在这封闭的飞船中念了近两年大学，终于觉得'某些人'的看法是正确的，只有地球才是人类的古老家园，才是宇宙文化的根基。巴拉，你真的应该坐下一班飞船到这里来。火星太渺小了。火星的文化和地球上的文化相比，简直是沙尘和瀚海的比较。过去还想把自己永远固守在火星上，这有多愚昧呀！"

这些信中除了"某些人"的称谓，没有一处正式提到清爽。

洛桑巴拉没有一次提到过这样的信的存在。当林清爽有意试探性地向巴拉问到露霞的情况的时候，巴拉又表现出了一副一无所知的样子。

于是，清爽开始了她的动辄吵闹。

露霞离开火星的时候，确实是巴拉开车送她去火箭发射场的。整个送行的路上，露霞一直用那富有感染力的眼睛看着巴拉，似乎在无声地说："我并不反对你们的爱情，可是，如果没有我，你俩真的能应付这个世界吗？"

这眼神，这潜在的问话，将在洛桑巴拉的记忆中永远地刻下烙印。

也许一切都是错的，巴拉想。我本该更喜欢露霞的。她的个性一直是软弱的自己的一种依靠，而且，出于不知道什么力量的驱使，她对自己一直就是迁就的。但是，清爽那种来自异域的忧郁的美又是无法抵抗的。这是一场难以分清胜负的赌博性的选择。100个人中有99个会不知所措。

冷空气从房间的四周咻咻地开始涌进的时候，巴拉和林清爽都知道，他们已经进入了火星极地的冬季。火星的冬天，是长毛动物频繁出没的时期。四处奔走的是火星独角兽；那毛茸茸的、像一团慢吞吞的棉花球的，是火星上的闪电熊；还有专门在厚厚的二氧化碳干冰中凿洞的西澳尔冰獭……巴拉决定暂时忘掉自己的工作，他要与清爽共同找些欢乐。他们开上车子，在原驰蜡象的火星极地上追赶着这些快活的越冬生物。情感的波折被暂时忘怀了。狩猎打开了林清爽的创作灵感，她开始追忆父母曾经讲过的地球上的童话，并有意将其发展起来，变成一幅幅火星冰原上的风情画。

然而，情感是一个可以控制或忘却的东西吗？

当火星的天空逐渐由彤红转向淡蓝的时候，漫长的冬季就快要结束了。设在全球的254座环形山内的氧气补给站，将火星地下深处构造中存储的游离的氧，一吨一吨地打入火星的大气层。1000年里，火星上的氧气从不到0.1％，增加到接近33％。大气层的加厚，像给火星盖上了一层棉被，这棉被保住了从遥远的太阳辐射来的热量，于是，火星的气温持续升高，昼夜的温差逐年减小。今天，要是再看到一个阳光下头戴氧气面罩、身穿厚厚宇航服的旅客，没有人不会由衷地感到意外和惊奇。

冬季狩猎的兴致在林清爽和巴拉之间持续了不到两个月，生活又重归旧日的模样。清爽的童话随着空气的变暖又写不下去了。巴拉的新的开掘计划不敢轻易展开。这样，争吵和冲突重新回到生活中间，口角和对抗越来越扩大。巴拉觉得林清爽真是变了一个人。她时而和蔼关怀，时而把巴拉说成是世界上最无能的男子。她还无中生有地硬说巴拉在自己的房间中一天三次做着祈祷，祈求露霞早点回来。

这样的争吵终于在某个日子停止下来。那是一个火星上阴暗的下午。巴拉从工地回来，随意地打开电脑。蓦地，一连串加急信号出现在屏幕的正中。由于很久没有打开电脑，这加急电讯几乎每一小时重复一次地由地球发来，存储在网络分区中。

尊敬的洛桑巴拉先生：

我们不得不万分悲痛地通知您，您的朋友米露霞小姐乘坐的地球航班经过 764 天的航程，在地球标准时间 GMT0540 到达中国光茅城宇航港。在降落的过程中由于飞行员操纵失误，飞船从 450 米空中失速坠毁。1500 名乘客全部遇难。在她的身上，我们找到的唯一物件，是一张没有烧焦的照片。我们将照片扫描在这里，请核对照片上的人并一一代为转达噩耗。

照片是洛桑巴拉再熟悉不过的：荒凉的帕蒂特峰顶。

初升太阳橘红色的光线正透过乌黑的云层，放射线似的倾泻出来。三个紧紧偎依在一起的人的剪影。

那是他们永远引以为豪的童年的欢乐。电脑还扫描出了照片背后的一行字迹：

无论怎样，我不怪你！

然后，是另一种笔迹，写于另一个时间：

但愿有一天我们会和好如初！

这句话没有署名，也不知道是写给谁的。但洛桑巴拉觉得是写给自己的。他站起身来到清爽的门前，发现门死死地关着。他轻轻拍了拍，没有回答。他大声地叫清爽，告诉她应该做些事情。但房间里仍然没有些许回音。

难道，她出去了？不会呀！清爽出门从来不会关掉自己房间的房门。那么，她从其他地方得到了这个消息？突然，一种不祥的预感涌上洛桑巴拉的心头。他从工具间找来一把板斧，狠狠地在门锁上击打了三下。

门闩砰然落地。

他推开破碎的房门，发现清爽直挺挺地躺在床上，她的脸色发白，两眼大睁着，直瞪着天花板。她已经昏迷了很久了。

巴拉冲上去抱起她，使劲地叫："清爽，清爽，你怎么了？"

断断续续地，他听到了一点点回答。

"巴拉……听我讲……我没有害她……"

"天哪，这不是你的错，这又不是你造成的，你何苦要这样？唉，你到什么时候才能真正像个大人一样去思考问题呀！"

他放下妻子，手忙脚乱地去打电话叫救护车。

那个夜晚，西澳尔村的五位大夫很久都没有离开急诊室。他们使用各种手段使林清爽复苏。她服用的对免疫系统的破坏性药物作用被消除之后，林清爽的全身红肿，紧接着，又发起了高烧。用火星清水做的冰块用完了几大包；地球上来的柴胡注射液、火星美林公司最新的生物制剂 MM107，甚至中国传统的放血疗法也试过了，但是，毫无用处。清晨 4 点，主治大夫走到门口，叫来双手抱着头苦坐着的巴拉，告诉他去通知清爽的所有亲属，林清爽在自杀性的药物使用过程中失去了抵抗力，染上了火星极地特有的杀手微生物"红魔菌"。这种红魔菌在火星上生存了至少 1 亿年，它的功能是准确地破坏生物体细胞间的信息介质的浓度平衡。

"可这才刚刚几个小时，我们的房间又是洁净的。"

大夫摇了摇头："没有一个房间是完全洁净的。再说，这孩子偏偏吃的是消除免疫系统功能的药物。"

"就算是染上了红魔菌，可我们是人类，我们不是火星上的生物！我们的构造与它们完全不同，怎么会受到它们的破坏？你们要想尽所有办法。你们的能力不够，还有在斯基雅帕雷利的火星中心康复医院，再不行，还有远在亿万千米之外的地球上的几千万的大夫……你们可以救她一命，我不能失去一个又失去另一个。我求求你们了！"巴拉简直想给这位戴着眼镜、口罩，穿着防护服的大夫跪下。

"还有一个最后的办法，"大夫只等着他说要跪下才开口，"目前虽然还没有办法制止红魔菌的破坏作用，但我们可以设法暂时中止它的活动。有一种像冷冻剂似的药物，它可以将红魔菌暂时'冻住'。但是，这样的处理实际上并没有将病菌从她的身上拔除，只是暂时缓解了矛盾，等待着新的医疗办法……问题是这种药物我们也没有十分的把握。有的接受药物的人至今已经生活了十多个火星年，一切正常；但有的不到十天，药物就失去了效力。这样，生命只不过被短短地延续，并没有完全……你知道那是一种在阴影下的生活……"

巴拉木呆呆地半天没有答话。隔了很久，他才问："这肯定是唯一的办法？"

大夫怜悯地点了点头。

"就这样吧！我会去通知她的家属。"

站在西澳尔村医院的高大建筑的窗口向外面望去，最后一场火星冬雪正在飘落。这雪片不像地球上的雪，是洁白无瑕的，它略带淡淡的粉红色。这样的雪花，只有在林清爽脑海中早就构思的，但从来没有能够付诸笔下的关于地球的想象的童话中才会出现。

五个火星年后的一个清晨，林清爽将自己疲惫的身子轻轻地靠在巴拉的身上，他俩就这样坐在初升太阳的河岸上，静静地看着那遥远的红光怎样在淡淡的暑气中逐渐变亮，看着四野的一切怎样从深黑转而棕褐，再变成橘黄；山峦的纹理变得依稀可辨，河流在视野中伸向逐渐模糊的远方。

"嘿，巴拉，你看那儿！"

第一只水母在太阳升起前夕砰然落入水中，它那柠檬黄色的荧光随即消逝在清水里。然后，又是一只，一只接一只。这些用光亮清谈了整夜的动物，开始回到自己最初的生活地，它们将在水中上下沉浮着，睡过另一个火星的白昼。

"有时候我觉得咱们的爱情就像这相思河中的水母一样，总是在上下沉浮。"林清爽靠在巴拉的怀里，扬起头，透过黎明的阳光看着他。

"你别瞎想了。"

巴拉用手拂弄起她的头发，她的身体软软的，被药物和火星红魔菌大肆消耗的抵抗力明显地无法完全恢复。她的嘴唇神经仍然麻木，影响发音和讲话。

"我仍然觉得，是我害了你的露霞。"她用眼睛看着他。

"别瞎说了，你非要让刚刚好了一点的心情都消失吗？"

"不过一切都会很快地结束的，我从她的手里夺走了你，现在红魔菌也不会放过我的。这样，我虽然没能还给你一个露霞，可我也为自己的错付出了代价。"

"清爽，我们早就是大人了，不是吗？永远这样悲哀和苦痛到底有什么意思呢？我时常想，世界上的一切原本都是好的，只是我们自己把它弄坏了。而弄坏这一切的原因，又是我们觉得世界上有永远无法用完的时间供我们挥霍。人生太短暂了，只应做一些有意义的事情。几个月里，我已经清清楚楚地想通了这个问题。露霞已经走了这么多年了，早已是无法挽回。为什么不让你我的心回到轻松和快乐中呢？"

"我很快乐，因为想到死……"

"不对，清爽，这是变态心理在作怪。人的快乐是因为可以活着，可以去做更多的事情。你不该为别人承担那么多的责任。露霞的死与你与我都没有关系，那是她自己选择的生活和命运。而我们的爱情应该是属于我们自己的。清爽，还记得你自己童年的梦想吗？"巴拉用手指了指初升的太阳旁边那颗依然闪亮的蓝色的星星，"该重新回到儿时的梦幻时光了。"

林清爽终于疲惫地笑了起来："地球吗？谢谢你的好意，巴拉，可惜我已经再也无法拾回这个梦了。我身上的火星红魔菌是地球海关身体检疫站的头号敌人。我会永远待在火星上的。"

"真的？"巴拉的脸上露出一种神秘的微笑。

"怎么？"清爽有些奇怪。

"现在我就带你去个地方。那里有我给你的会令你吃惊的礼物。我希望，这是凝聚了我一生力量所能给你的最好的礼物。"

巴拉抱起纤瘦得几乎轻飘飘的清爽，把她安置在火星车的右前方座位上，然后盖好毯子，回到左边的驾驶室。他驾驶小车迅速地翻过山脊，眼前的一切使清爽大吃一惊。

在他们左边遥远的地平线上，火星的极昼要持续好几个月，橘红色的太阳要在这地平线不高的空中整整转上一周。在他们的右方，巨大的维什尼阿克环形山倾斜地插向繁星镶嵌的彤红色的空中。在他们的正前方，在方圆数平方千米广漠的、原本是一片沙石的坎坷的化石海岸边，成堆的建筑雕塑耸立在那儿：长城、金字塔、自由女神、埃菲尔铁塔，还有在地球历史中早已消逝的太阳神庙和空中花园；南美平原上细长的地面画、中非草原上圆滚滚的石球……这些建筑和古迹的雕塑，自然地错落在一起，它们表面那反光的金属涂层，把原来荒凉的化石海岸变得光怪陆离，异彩纷呈。

"哦，我的天，这一切……巴拉，这都是你的作品吗？我简直都不敢相信，巴拉……"林清爽在车子里倒向自己的丈夫，心中充溢着由衷的感动。

"还不仅仅是这些，清爽。你看见建筑群中央的粗大的金属管道喷口了吗？那儿，就在金字塔和复活节岛雕像的上方，黑色的，周围有一圈小的分流口的那只。"

"嗯，怎么样？"清爽问。

巴拉把她的身体重心推回到座位上："自己坐一会儿。"他起身到车子的后备厢中，取出一杆大口径的火枪。

"你这是干什么？"清爽不解。

"别多问。你看见这里的扳机了吗？这儿，喏！我替你拿着这枪，对准那个粗大的金属管口，你来开一枪。"

"为什么？"

巴拉用手指堵住她的嘴："嘘！不要问，开枪！"

她使出全身力气，扣动了扳机，霹雳呼啸的子弹恰巧从粗大的金属管口上方一寸的地方通过，只听轰的一声，一只巨大的藏蓝色的火气球在金属管口升腾起来，一分钟以后，这火球就充溢到了房间大小。那火球表面滚动着洁白烟雾造成的云彩，在云蒸霞蔚的大气层之下，地球表面七大洲的大陆、次大陆都逼真地呈现在林清爽的面前。

巴拉扶着清爽站起来："从今以后，这颗用天然气做成的活的雕塑，将是我俩生活中的太阳。"

他深情地看着清爽那几乎被疾病夺去了活力的眼睛。这一次，那眼中又恢复了激情，反射着彤红色的天光。

古老的火星黎明下，孤立着两个人影，他们的身前身后，是悠远的时间、生锈的土地，以及过往百万年的无尽沧桑。

■ 吴岩（1962— ），南方科技大学人文科学中心教授兼科学与人类想象力研究中心主任，中国科普作家协会副理事长，世界华人科幻协会创始人之一。著有《心灵探险》《生死第六天》等长篇小说。

后人类的乌托邦。

——韩松

微纪元

刘慈欣

回归

先行者知道，他现在是全宇宙中唯一的一个人了。

他是在飞船越过冥王星时知道的，从这里看去，太阳是一个暗淡的星星，同 30 年前他飞出太阳系时没有两样。但飞船计算机刚刚进行的视行差测量告诉他，冥王星的轨道外移了许多，由此可以计算出太阳比他启程时损失了 4.74% 的质量，由此又可推论出另外一个使他的心先是颤抖然后冰冻的结论。

那事已经发生过了。

其实，在他启程时人类已经知道那事要发生了，通过发射上万个穿过太阳的探测器，天体物理学家确定了太阳将要发生一次短暂的能量闪烁，并损失大约 5% 的质量。

如果太阳有记忆，它不会对此感到不安，在那几十亿年的漫长生涯中，它曾经历过比这大得多的巨变。当它从星云的旋涡中诞生时，它的生命的巨变是以毫秒为单位的，在那辉煌的一刻，引力的坍缩使核聚变的火焰照亮星云混沌的黑暗……它知道自己的生命是一个过程，尽管现在处于这个过程中最稳定的时期，偶然的、小小的突变总是免不了的，就像平静的水面上不时有一个小气泡浮起并破裂。能量和质量的损失算不了什么，它还是它，一颗中等大小，视星等为-26.8的恒星。甚至太阳系的其他部分也不会受到太大的影响，水星可能被熔化，金星稠密的大气将被剥离，再往外围的行星所受的影响就更小了，火星颜色可能由于表面的熔化而由红变黑，地球嘛，只不过表面温度升高至4000℃，这可能会持续100小时左右，海洋肯定会被蒸发，各大陆表面岩石也会熔化一层，但仅此而已。以后，太阳又将很快恢复原状，但由于质量的损失，各行星的轨道会稍微后移，这影响就更小了，比如地球，气温可能稍稍下降，平均降到零下110℃左右，这有助于熔化的表面重新凝结，并使水和大气多少保留一些。

那时人们常谈起一个笑话，说的是一个人同上帝的对话：上帝啊，一万年对你是多么短啊！上帝说：就一秒钟。上帝啊，一亿元对你是多么少啊！上帝说：就一分钱。上帝啊，给我一分钱吧！上帝说：请等一秒钟。

现在，太阳让人类等了"一秒钟"：预测能量闪烁的时间是在一万八千年之后。这对太阳来说确实只是一秒钟，却可以使目前活在地球上的人类对"一秒钟"后发生的事采取一种超然的态度，甚至当作一种哲学理念。影响不是没有的，人类文化一天天变得玩世不恭起来，但人类至少还有四五百代的时间可以从容地想想逃生的办法。

两个世纪以后，人类采取了第一个行动：发射了一艘恒星际飞船，在周围100光年以内寻找带有可移民行星的恒星，飞船被命名为"方舟号"，这批宇航员都被称为先行者。

"方舟号"掠过了 60 颗恒星，也是掠过了 60 个炼狱。其中只有一颗恒星有一颗卫星，那是一滴直径 8000 千米的处于白炽状态的铁水，因其液态，在运行中不断地改变着形状……"方舟号"此行唯一的成果，就是进一步证明了人类的孤独。

"方舟号"航行了 23 年，但这是"方舟时间"，由于飞船以接近光速行驶，地球时间已过了两万五千年。

本来"方舟号"是可以按预定时间返回的。

由于在接近光速时无法同地球通信，必须把速度降至光速的一半以下，这需要消耗大量的能量和时间。所以，"方舟号"一般每月减速一次，接收地球发来的信息，而当它下一次减速时，收到的已是地球 100 多年后发出的信息了。"方舟号"和地球的时间，就像从高倍瞄准镜中看目标一样，瞄准镜稍微移动一下，镜中的目标就跨越了巨大的距离。"方舟号"收到的最后一条信息是在"方舟时间"自启航 13 年，地球时间自启航一万七千年时从地球发出的，"方舟号"一个月后再次减速，发现地球方向已寂静无声。1 万多年前对太阳的计算可能稍有误差，在"方舟号"这一个月，地球这 100 多年间，那事发生了。

"方舟号"真成了一艘方舟，但已是一艘只有诺亚一人的方舟。其他七名先行者，有四名死于一颗在飞船四光年处突然爆发的新星的辐射，二人死于疾病，一人（是男人）在最后一次减速通信时，听着地球方向的寂静开枪自杀了。

以后，这唯一的先行者曾使"方舟号"保持在可通信速度很长时间，后来他把飞船加速到光速，心中那微弱的希望之火又使他很快把速度降下来聆听，由于减速越来频繁，回归的行程拖长了。

寂静仍持续着。

"方舟号"在地球时间启程两万五千年后回到太阳系，比预定的晚了九千年。

纪念碑

穿过冥王星轨道后，"方舟号"继续飞向太阳系深处，对于一艘恒星际飞船来说，在太阳系中的航行如同海轮行驶在港湾中。太阳很快大了亮了，先行者曾从望远镜中看了一眼木星，发现这颗大行星的表面已面目全非，大红斑不见了，风暴纹似乎更加混乱。他没再关注别的行星，径直飞向地球。

先行者用颤抖的手按动了一个按钮，高大的舷窗的不透明金属窗帘正在缓缓打开。啊，我的蓝色水晶球，宇宙的蓝眼珠，蓝色的天使……先行者闭起双眼默默祈祷着，过了很长时间，才强迫自己睁开双眼。

他看到了一个黑白相间的地球。

黑色的是熔化后又凝结的岩石，那是墓碑的黑色；白色的是蒸发后又冻结的海洋，那是殓布的白色。

"方舟号"进入低轨道，从黑色的大陆和白色的海洋上空缓缓越过，先行者没有看到任何遗迹，一切都被熔化了，文明已成过眼烟云。但总该留个纪念碑的，一座能耐4000℃高温的纪念碑。

先行者正这么想，纪念碑就出现了。飞船收到了从地面发来的一束视频信号，计算机把这束信号显示在屏幕上，先行者首先看到了用耐高温摄像机拍下的两千多年前的大灾难景象。能量闪烁时，太阳并没有像他想象的那样亮度突然增强，太阳迸发出的能量主要以可见光之外的辐射传出。他看到，蓝色的天空突然变成地狱般的红色，接着又变成噩梦般的紫色；他看到，纪元城市中他熟悉的高楼群在几千摄氏度的高温中先是冒出浓烟，然后像火炭一样发出暗红色的光，最后像蜡一样熔化；灼热的岩浆从高山上流下，形成了一道道巨大的瀑布，无数个这样的瀑布又汇成一条条发着红光的岩浆的大河，大地上火流的洪水在泛滥；原来是大海的地方，只有蒸汽形成的高大的蘑菇云，这形状狰狞的云山下部映射着岩浆的红色，上部透出天空的紫色，在急剧扩大，很快一切都消失在这蒸汽中……

当蒸汽散去，又能看到景物时，已是几年以后了。这时，大地已从烧熔状态初步冷却，黑色的波纹状岩石覆盖了一切。还能看到岩浆河流，它们在大地上形成了错综复杂的火网。人类的痕迹已完全消失，文明如梦一样无影无踪了。又过了几年，水在高温状态下离解成的氢氧又重新化合成水，大暴雨从天而降，灼热的大地上再次蒸汽弥漫，这时的世界就像在一个大蒸锅中一样阴暗、闷热、潮湿。暴雨连下几十年，大地被进一步冷却，海洋渐渐恢复了。又过了上百年，因海水蒸发形成的阴云终于散去，天空现出蓝色，太阳再次出现了。再后来，由于地球轨道外移，气温急剧下降，大海完全冻结，天空万里无云，已死去的世界在严寒中变得很宁静。

先行者接着看到了一个城市的图像：先看到如林的细长的高楼群，镜头从高楼群上方降下去，出现了一个广场，广场上一片人海。镜头再下降，先行者看到所有的人都在仰望着天空。镜头最后停在广场正中的一个平台上，平台上站着一个漂亮姑娘，好像只有十几岁，她在屏幕上冲着先行者挥挥手，娇滴滴地喊："喂，我们看到你了，像一个飞得很快的星星！你是'方舟一号'？"

在旅途的最后几年，先行者的大部分时间是在虚拟现实游戏中度过的。在那个游戏中，计算机接收玩者的大脑信号，根据玩者思维构筑一个三维画面，这画面中的人和物还可根据玩者的思想做出有限的活动。先行者曾在寂寞中构筑过从家庭到王国的无数个虚拟世界，所以现在他一眼就看出这是一幅这样的画面。但这个画面造得很拙劣，由于大脑中思维的飘忽性，这种由想象构筑的画面总有些不对的地方，但眼前这个画面中的错误太多了：首先，当镜头移过那些摩天大楼时，先行者看到有很多人从楼顶窗子中钻出，径直从几百米高处跳下来，经过让人头晕目眩的下坠，这些人平安无事地落到地上；同时，地上有许多人一跃而起，像会轻功一样一下就跃上几层楼的高度，然后他们的脚踏上了楼壁上伸出的一小块踏板（这样的踏板每隔几层就有一个，好像专门为此而设），再一跃，又飞上几层，就这样一直跳到楼顶，从某个窗子中钻进去。仿佛这些摩天大楼都没有门和电梯，人们就是用这种方式进出的。当镜头移到那个广场平台上时，先行者看到人海中有用线吊着的几个水晶球，那球直径可能有一米多。有人把手伸进水晶球，很轻易地抓出水晶球的一部分，在他们的手移出后晶莹的球体立刻恢复原状，而人们抓到手中的那部分立刻变成了一个小水晶球，那些人就把那个透明的小球扔进嘴里……除了这些明显的谬误外，有一点最能反映造这幅计算机画面的人思维的变态和混乱：在这城市的所有空间，都飘浮着一些奇形怪状的物体，它们大的有两三米，小的也有半米，有的像一块破碎的海绵，有的像一根弯曲的大树枝，那些东西缓慢地飘浮着，有一根大树枝飘向平台上的那个姑娘，她轻轻推开了它，那大树枝又打着转儿向远处飘去……先行者理解这些，在一个濒临毁灭的世界中，人们是不会有清晰和正常的思维的。

这可能是某种自动装置，在这大灾难前被人们深埋地下，躲过了高温和辐射，后来又自动升到这个已经毁灭的地面世界上。这装置不停地监视着太空，监测到零星回到地球的飞船时就自动发射那个画面，给那些幸存者以这样糟糕透顶又滑稽可笑的安慰。

"这么说后来又发射过方舟飞船？"先行者问。

"当然，又发射了12艘呢！"那姑娘说。不说这个荒诞变态的画面的其他部分，这个姑娘造得倒是真不错，她那融合东西方精华的姣好的面容露出一副天真无比的样子，仿佛她仰望的整个宇宙是一个大玩具。那双大眼睛好像会唱歌，还有她的长发，好像失重似的永远飘在半空不落下，使得她看上去像身处海水中的美人鱼。

"那么，现在还有人活着吗？"先行者问，他最后的希望像野火一样燃烧起来。

"您这样的人吗？"姑娘天真地问。

"当然是我这样的真人，不是你这样用计算机造出来的虚拟人。"

"前一艘'方舟号'是在730年前回来的，您是最后一艘回归的'方舟号'了。请问你船上还有女人吗？"

"只有我一个人。"

"您是说没有女人了？！"姑娘吃惊地瞪大了眼。

"我说过只有我一人。在太空中还有没回来的其他飞船吗？"

姑娘把两只白嫩的小手儿在胸前绞着，"没有了！我好难过好难过啊，您是最后一个这样的人了，如果，呜呜……如果不克隆的话……呜呜……"这美人儿捂着脸哭起来，广场上的人群也是一片哭声。

先行者的心沉到底，人类的毁灭最后证实了。

"您怎么不问我是谁呢？"姑娘又抬起头来仰望着他说，她又恢复了那副天真神色，好像转眼忘了刚才的悲伤。

"我没兴趣。"

姑娘娇滴滴地大喊："我是地球领袖啊！"

"对，她是地球联合政府的最高执政官！"下面的人也都一齐闪电般地由悲伤转为兴奋，这真是个拙劣到家的制品。

先行者不想再玩这种无聊的游戏了，他转身要走。

"您怎么这样？！首都的全体公民都在这儿迎接您，前辈，您不要不理我们啊！"姑娘带着哭腔喊。

先行者想起了什么，转过身来问："人类还留下了什么？"

"照我们的指引着陆，您就会知道！"

首都

先行者进入了着陆舱，把"方舟号"留在轨道上，在那束信息波的指引下开始着陆。他戴着一副视频眼镜，可以从其中的一个镜片上看到信息波传来的那个画面。

"前辈，您马上就要到达地球首都了，这虽然不是这个星球上最大的城市，但肯定是最美丽的城市，您会喜欢的！不过您的落点要离城市远些，我们不希望受到伤害……"画面上那个自称地球领袖的女孩还在喋喋不休。

先行者在视频眼镜中换了一个画面，显示出着陆舱正下方的区域，现在高度只有一万多米了，下面是一片黑色的荒原。

后来，画面上的逻辑更加混乱起来，也许是几千年前那个画面的构造者情绪沮丧到了极点，也许是发射画面的计算机的内存在这几千年的漫长岁月中老化了。画面上，那姑娘开始唱起歌来：

啊，尊敬的使者，你来自宏纪元！
辉煌的宏纪元，
伟大的宏纪元，
美丽的宏纪元，
你是烈火中消逝的梦……

这个漂亮的歌手唱着唱着开始跳起来，她一下从平台跳上几十米的半空，落到平台上后又一跳，居然飞越了大半个广场，落到广场边上的一座高楼顶上，又一跳，飞过整个广场，落到另一边，看上去像一只迷人的小跳蚤。她有一次在空中抓住一根几米长的奇形怪状的飘浮物，那根大树干载着她在人海上空盘旋，她在上面优美地扭动着苗条的身躯。

下面的人海沸腾起来，所有人都大声合唱："宏纪元，宏纪元……"每个人轻轻一跳就能升到半空，以至整个人群看起来如撒到振动鼓面上的一片沙子。

先行者实在受不了了，他把声音和图像一起关掉。他现在知道，大灾难前的人们嫉妒他们这些跨越时空的幸存者，所以做了这些变态的东西来折磨他们。但过了一会儿，当那画面带来的烦恼消失一些后，当感觉到着陆舱接触地面的震动时，他产生了一个幻觉：也许他真的降落在一个高空看不清楚的城市中？当他走出着陆舱，站在那一望无际的黑色荒原上时，幻觉消失，失望使他浑身冰冷。

先行者小心地打开宇宙服的面罩，一股寒气扑面而来，空气很稀薄，但能维持人的呼吸。气温在零下 40℃左右。天空呈一种大灾难前黎明和黄昏时的深蓝色，但现在太阳正在当空照耀着，先行者摘下手套，没有感到它的热力。由于空气稀薄，阳光散射较弱，天空中能看到几颗较亮的星星。脚下是刚凝结了两千年左右的大地，到处可见岩浆流动的波纹形状，地面虽已开始风化，仍然很硬，土壤很难见到。这带波纹的大地伸向天边，其间有一些小小的丘陵。在另一个方向，可以看到冰封的大海在地平线处闪着白光。

先行者仔细打量四周，看到了信息波的发射源，那儿有一个镶在地面岩石中的透明半球护面，直径大约有一米，半球护面下似乎扣着一片很复杂的结构。他还注意到远处的地面上还有几个这样的透明半球，相互之间相隔二三十米，像地面上的几个大水泡，反射着阳光。

先行者又在他的左镜片中打开了画面，在计算机的虚拟世界中，那个恬不知耻的小骗子仍在那根飘浮在半空中的大树枝上忘情地唱着扭着，并不时向他送飞吻，下面广场上所有的人都在向他欢呼：

……

宏伟的宏纪元！

浪漫的宏纪元！

忧郁的宏纪元！

脆弱的宏纪元！

……

先行者木然地站着，深蓝色的苍穹中，明亮的太阳和晶莹的星星在闪耀，整个宇宙围绕着他——最后一个人类。

孤独像雪崩一样埋住了他，他蹲下来捂住脸抽泣起来。

歌声戛然而止，虚拟画面中的所有人都关切地看着他，那姑娘骑在半空中的大树枝上，突然嫣然一笑。

"您对人类就这么没信心吗？"

这话中有一种东西使先行者浑身一震，他真的感觉到了什么，站起身来。他突然注意到，左镜片画面中的城市暗了下来，仿佛阴云在一秒钟内遮住了天空。他移动脚步，城市立即亮了起来。他走近那个透明半球，俯身向里面看，他看不清里面那些密密麻麻的细微结构，但看到左镜片中的画面上，城市的天空立刻被一个巨大的东西占据了。

那是他的脸。

"我们看到您了！您能看清我们吗？去拿个放大镜吧！"姑娘大叫起来，广场上人海再次沸腾起来。

先行者明白了一切。他想起了那些跳下高楼的人们，在微小环境下重力是不会造成伤害的，同样，在那样的尺度下，人也可以轻易地跃上几百米（几百微米？）的高楼。那些大水晶球实际上就是水，在微小的尺度下水的表面张力处于统治地位，那是一些小水珠，人们从这些水珠中抓出来喝的水珠就更小了。城市空间中飘浮的那些看上去有几米长的奇怪东西，包括载着姑娘飘浮的大树枝，只不过是空气中细微的灰尘。

那个城市不是虚拟的，它就像两万五千年前人类的所有城市一样真实，它就在这个一米直径的半球形透明玻璃罩中。

人类还在，文明还在。

在微型城市中，飘浮在树枝上的姑娘——地球联合政府最高执政官，向几乎占满整个宇宙的先行者自信地伸出手来。

"前辈，微纪元欢迎您。"

微人类

"在大灾难到来前的一万七千年中，人类想尽了逃生的办法，其中最容易想到的是恒星际移民，但包括您这艘在内的所有方舟飞船都没有找到带有可居住行星的恒星。即使找到了，以大灾难前一个世纪人类的宇航技术，连移民千分之一的人类都做不到。另一个设想是移居到地层深处，躲过太阳能量闪烁后再出来。这不过是拖长死亡的过程而已，大灾难后地球的生态系统将被完全摧毁，养活不了人类。

"有一段时期，人们几乎绝望了。但某位基因工程师的脑海中闪现了一个这样的火花：如果把人类的体积缩小10亿倍会怎么样？这样人类社会的尺度也缩小了10亿倍，只要有很微小的生态系统，消耗很微小的资源就可生存下来。很快全人类都意识到这是拯救人类文明唯一可行的办法。这个设想是以两项技术为基础的，其一是基因工程，在修改人类基因后，人类将缩小至10微米左右，只相当于一个细胞大小，但其身体的结构完全不变。做到这点是完全可能的，人和细菌的基因本来就没有太大的差别。另一项是纳米技术，这是一项在20世纪就发展起来的技术，那时人们已经能造出细菌大小的发电机了，后来人们可以在纳米尺度造出从火箭到微波炉的一切设备，只是那些纳米工程师做梦都不会想到他们的产品的最后用途。

"培育第一批微人类似于克隆：从一个人类细胞中抽

取全部遗传信息，然后培育出同主体一模一样的微人，但其体积只是主体的十亿分之一。以后他们就同宏人（微人对你们的称呼，他们还把你们的时代叫作宏纪元）一样生育后代了。

"第一批微人的亮相极富戏剧性，有一天，大约是您的飞船启航后一万两千年吧，全球的电视上都出现了一个教室，教室中有 30 个孩子在上课，画面极其普通，孩子是普通的孩子，教室是普通的教室，看不出任何特别之处。但镜头拉开，人们发现这个教室是放在显微镜下拍摄的……"

"我想问，"先行者打断最高执政官的话，"以微人这样微小的大脑，能达到宏人的智力吗？"

"那么您认为我是个傻瓜喽？鲸鱼也并不比您聪明！智力不是由大脑的大小决定的，以微人大脑中的原子数目和它们的量子状态的数目来说，其信息处理能力是像宏人大脑一样绰绰有余的……嗯，您能请我们到那艘大飞船上去转转吗？"

"当然，很高兴，可……怎么去呢？"

"请等我们一会儿！"

于是，最高执政官跳上了半空中一个奇怪的飞行器，那飞行器就像一片带螺旋桨的大羽毛。接着，广场上的其他人也都争着向那片"羽毛"上跳。这个社会好像完全没有等级观念，那些从人海中随机跳上来的人肯定是普通平民，他们有老有少，但都像最高执政官一样一身孩子气，兴奋地吵吵闹闹。这片"羽毛"上很快挤满了人，空中不断出现新的"羽毛"，每片刚出现，就立刻挤满了跳上来的人。最后，城市的天空中飘浮着几百片载满微人的"羽毛"，它们在最高执政官那片的带领下，浩浩荡荡向一个方向飞去。

先行者再次俯身在那个透明半球上方，仔细地观察着里面的微城市。这一次，他能分辨出那些摩天大楼了，它们看上去像一片密密麻麻的直立的火柴棍。先行者穷极自己的目力，终于分辨了那些像羽毛的交通工具，它们像一杯清水中漂浮的细小的白色微粒，如果不是几百片一群，根本无法分辨出来。凭肉眼看到人是不可能的。

在先行者视频眼镜的左镜片中，那由一个微人摄像师用小得无法想象的摄像机实况拍摄的画面仍很清晰，现在那摄像师也在一片"羽毛"上。先行者发现，在微城市的交通中，碰撞是一件随时都在发生的事。那群快速飞行的"羽毛"不时互相撞在一起，撞在空中飘浮的巨大尘粒上，甚至不时迎面撞到高耸的摩天大楼上！但飞行器和它的乘员都安然无恙，似乎没有人去注意这种碰撞。其实这是个初中生都能理解的物理现象：物体的尺度越小，整体强度就越高，两辆自行车碰撞与两艘万吨轮船碰撞的后果是完全不一样的，如果两粒尘埃相撞，它们会毫无损伤。微世界的人们似乎都有金刚之躯，毫不担心自己会受伤。当"羽毛"群飞过时，旁边的摩天大楼上不时有人从窗中跃出，想跳上其中的一片，这并不总是能成功的，于是那人就从几百米处开始了令先行者头晕目眩的下坠，而那些下坠中的微人，还在神情自若地同经过的大楼窗中的熟人打招呼！

"呀，您的眼睛像黑色的大海，好深好深，带着深深的忧郁呢！您的忧郁罩住了我们的城市，您把它变成一个博物馆了！呜呜呜……"最高执政官又伤心地哭了起来，别的人也都同她一起哭，任他们乘坐的"羽毛"在摩天大楼间撞来撞去。

先行者也从左镜片中看到了城市的天空中自己那双巨大的眼睛，那放大了上亿倍的忧郁深深震撼了他自己。"为什么是博物馆呢？"先行者问。

　　"因为只有在博物馆中才有忧郁，微纪元是无忧无虑的纪元！"地球领袖高声欢呼，尽管泪滴还挂在她那娇嫩的脸上，但她已完全没有悲伤的痕迹了。

　　"我们是无忧无虑的纪元！"其他人也都忘情地欢呼起来。

　　先行者发现，微纪元人类的情绪变化比宏纪元快上百倍，这变化主要表现在悲伤和忧郁这类负面情绪上，他们能在一瞬间从这种情绪中跃出。还有一个发现让他更惊奇：由于这类负面情绪在这个时代十分少见，以至于微人们把它当成了稀罕物，一有机会就迫不及待地去体验。

　　"您不要像孩子那样忧郁，您很快就会发现，微纪元没有什么可忧虑的！"

　　这话使先行者万分惊奇，他早看到微人的精神状态很像宏时代的孩子，但孩子的精神状态还要夸张许多倍才真正像他们。"你是说，在这个时代，人们越长越……越幼稚？"

　　"我们越长越快乐！"领袖女孩说。

　　"对，微纪元是越长越快乐的纪元！"众人大声应和着。

　　"但忧郁也是很美的，像月光下的湖水，它代表着宏时代的田园爱情，呜呜呜……"地球领袖又大放悲声。

　　"对；那是一个多美的时代啊！"其他微人也眼泪汪汪地附和着。

　　先行者笑起来："你们根本不知道什么是忧郁，小人儿，真正的忧郁是哭不出来的。"

"您会让我们体验到的！"最高执政官又恢复到兴高采烈的状态。

"但愿不会。"先行者轻轻地叹息说。

"看，这就是宏纪元的纪念碑！"当"羽毛"群飞过另一个城市广场时，最高执政官介绍说。先行者看到那个纪念碑是一根粗大的黑色柱子，有过去的巨型电视塔那么粗，表面覆盖着无数片车轮大小的黑色巨瓦，叠合成鱼鳞状，高耸入云，他看了好长时间才明白，那是一根宏人的头发。

宴会

"羽毛"群从半球形透明罩上的一个看不见的出口飞了出来，这时，最高执政官在视频画面中对先行者说："我们距您那个飞行器有100多千米呢，我们还是落到您的手指上，您把我们带过去快些。"

先行者回头看看身后不远处的着陆舱，心想他们可能把计量单位也都微缩了。他伸出手指，"羽毛"群落了上来，看上去像是一小片细小的白色粉末飘落在了手指上。

从视频画面中先行者看到，自己的指纹如一道道半透明的山脉，降落在其上的"羽毛"飞行器显得很小。最高执政官第一个从"羽毛"上跳下来，立刻摔了个四脚朝天。

"太滑了，您是油性皮肤！"她抱怨着，脱下鞋子远远地扔出去，光着脚丫好奇地来回转着，其他人也都下了"羽毛"，手指上的半透明山脉间现在有了一片人海。先行者粗略估计了一下，他的手指上现在有1万多人！

先行者站起来，伸着手指小心翼翼地向着陆舱走去。

刚进入着陆舱，微人群中就有人大喊："哇，看那金属的天空，人造的太阳！"

"别大惊小怪，像个白痴！这只是小渡船，上面那个才大呢！"最高执政官训斥道，但她自己也惊奇地四下张望，然后又同众人一起唱起那支奇怪的歌来：

> 辉煌的宏纪元，
> 伟大的宏纪元，
> 忧郁的宏纪元，
> 你是烈火中消逝的梦……

在着陆舱起飞飞向"方舟号"的途中，地球领袖继续讲述微纪元的历史：

"微人社会和宏人社会共存了一个时期，在这段时间里，微人完全掌握了宏人的知识，并继承了他们的文化。同时，微人在纳米技术的基础上，发展起了一个十分先进的技术文明。这宏纪元向微纪元的过渡时期大概有，嗯，二十代人左右吧。

"后来，大灾难临近，宏人不再进行传统生育了，他们的数量一天天减少；而微人的人口飞快增长，社会规模急剧增大，很快超过了宏人。这时，微人开始要求接管世界政权，这在宏人社会中激起了轩然大波，顽固派们拒绝交出政权，用他们的话说，怎么能让一帮细菌领导人类。于是，在宏人和微人之间爆发了一场世界大战！"

"那对你们可太不幸了！"先行者同情地说。

"不幸的是宏人，他们很快就被击败了。"

"这怎么可能呢？他们一个人用一把大锤就可以捣毁你们一座上百万人的城市。"

"可微人不会在城市里同他们作战的。宏人的那些武器对付不了微人这样看不见的敌人，他们能使用的唯一武器就是消毒剂，而他们在整个文明史上一直用这东西同细菌作战，最后也并没有取得胜利。他们现在要战胜的是有和他们一样智力的微人，取胜就更没可能了。他们看不到微人军队的调动，而微人可以轻而易举地在他们眼皮底下腐蚀掉他们的计算机芯片，没有计算机，他们还能干什么呢？大不等于强大。"

"现在想想是这样。"

"那些战犯得到了应有的下场，几千名微人的特种部队带着激光钻头空降到他们的视网膜上……"领袖女孩恶狠狠地说。

"战后，微人取得了世界政权，宏纪元结束了，微纪元开始了！"

"真有意思！"

着陆舱进入了近地轨道上的"方舟号"，微人们乘着"羽毛"四处观光，这艘飞船之巨大令微人们目瞪口呆。先行者本想从他们那里听到赞叹的话，但最高执政官这样告诉他自己的感想：

"现在我们知道，就是没有太阳的能量闪烁，宏纪元也会灭亡的。你们对资源的消耗是我们的几亿倍！"

"但这艘飞船能够以接近光速的速度飞行，可以到达几百光年远的恒星，小人儿，这件事，只能由巨大的宏纪元来做。"

"我们目前确实做不到，我们的飞船目前只能达到光速的十分之一。"

"你们能宇宙航行？！"先行者大惊失色。

"当然不如你们。微纪元的飞船队最远到达金星，刚收到他们的信息，说那里现在比地球更适合居住。"

"你们的飞船有多大？"

"大的有你们时代的，嗯，足球那么大，可运载十几万人；小的嘛，只有高尔夫球那么大，当然是宏人的高尔夫球。"

现在，先行者最后的一点优越感荡然无存了。

"前辈，您不请我们吃点什么吗？我们饿了！"当所有"羽毛"飞行器重新聚集到"方舟号"的控制台上时，地球领袖代表所有人提出要求，几万个微人在控制台上眼巴巴地看着先行者。

"我从没想到会请这么多人吃饭。"先行者笑着说。

"我们不会让您太破费的！"女孩怒气冲冲地说。

先行者从贮藏舱拿出一听午餐肉罐头，打开后，他用小刀小心地剜下一小块，放到控制台上那一万多人的旁边，他能看到他们所在的位置，那是控制台上一小块比硬币大些的圆形区域，那区域只是光滑度比周围差些，像在上面呵了口气。

"怎么拿出这么多？这太浪费了！"地球领袖指责道，从面前的大屏幕上可以看到，在她身后，人们涌向一座巍峨的肉山，从那粉红色的山体上抓出一块块肉来大吃着。再看看控制台上，那小块肉丝毫不见减少。屏幕上，拥挤的人群很快散开了，有人还把没吃完的肉扔掉，领袖女孩拿着一块咬了一口的肉摇摇头。

"不好吃。"她评论说。

"当然，这是生态循环机中合成的，味道肯定好不了。"先行者充满歉意地说。

"我们要喝酒！"地球领袖又提出要求，这又引起了微人们的一片欢呼。先行者吃惊不小，因为他知道酒是能杀死微生物的！

"喝啤酒吗？"先行者小心翼翼地问。

"不，喝苏格兰威士忌或莫斯科伏特加！"地球领袖说。

"茅台酒也行！"有人喊。

先行者还真有一瓶茅台酒，那是他自起航时一直保留在"方舟号"上，准备在找到新殖民行星时喝的。他把酒拿出来，把那白色瓷瓶的盖子打开，小心地把酒倒在盖子中，放到人群的边上。他在屏幕上看到，人们开始攀登瓶盖那道似乎高不可攀的悬崖绝壁，光滑的瓶盖在微尺度下有大块的凸出物，微人用他们上摩天大楼的本领很快攀到了瓶盖的顶端。

"哇，好美的大湖！"微人们齐声赞叹。从屏幕上，先行者看到那个广阔酒湖的湖面由于表面张力而呈巨大的弧形。微人记者的摄像机一直跟着最高执政官，这个女孩先用手去抓酒，但够不着，她接着坐到瓶盖沿上，用一只白嫩的小脚在酒面上划了一下，她的脚立刻包在一颗透明的酒珠里，她把脚伸上来，用手从脚上那颗大酒珠里抓出了一颗小酒珠，放进嘴里。

"哇，宏纪元的酒比微纪元的好多了。"她满意地点点头。

"很高兴我们还有比你们好的东西，不过你这样用脚够酒喝，太不卫生了。"

"我不明白。"她不解地仰望着他。

"你光脚走了那么长的路，脚上会有病菌什么的。"

"啊，我想起来了！"地球领袖大叫一声，从旁边一个随行者的手中接过一个箱子，她把箱子打开，从中取出一个活物，那是一个足球大小的圆家伙，长着无数只乱动的小腿，她抓着其中一只小腿把那东西举起来。"看，这是我们的城市送您的礼物！乳酸鸡！"

先行者努力回忆着他的微生物学知识，"你说的是……乳酸菌吧！"

"那是宏纪元的叫法，这就是使酸奶好吃的动物，它是有益的动物！"

"有益的细菌。"先行者纠正说，"现在我知道细菌确实伤害不了你们，我们的卫生观念不适合微纪元。"

"那不一定，有些动物，呵，细菌，会咬人的，比如大肠杆狼，战胜它们需要体力，但大部分动物，像酵母猪，是很可爱的。"地球领袖说着，又从脚上取下一团酒珠送进嘴里。当她抖掉脚上剩余的酒珠站起来时，已喝得摇摇晃晃了，舌头也有些打不过弯来。

"真没想到人类连酒都没有失传！"

"我……我们继承了人类所有美好的东西，但那些宏人却认为我们无权代……代表人类文明……"地球领袖可能觉得天旋地转，又一屁股坐在地上。

"我们继承了人类所有的哲学，西方的、东方的、希腊的、中国的！"人群中有一个声音说。

地球领袖坐在那儿向天空伸出双手大声朗诵着："没人能两次进入同一条河流；道生一，一生二，二生三，三生万……万物！"

"我们欣赏凡·高的画，听贝多芬的音乐，演莎士比亚的戏剧！"

"活着还是死去，这是个……是个问题！"领袖女孩又摇摇晃晃站起，扮演起哈姆雷特来。

"但在我们的纪元，你这样的女孩是做梦也当不了世界领袖的。"先行者说。

"宏纪元是忧郁的纪元，有着忧郁的政治；微纪元是无忧无虑的纪元，需要快乐的领袖。"最高执政官说，她现在看起来清醒了许多。

"历史还没……没讲完，刚才讲到，哦，战争，宏人和微人间的战争，后来微人之间也爆发过一次世界大战……"

"什么？不会是为了领土吧？"

"当然不是，在微纪元，要是有什么取之不尽的东西的话，就是领土了。是为了一些……一些宏人无法理解的事，在一场最大的战役中，战线长达……哦，按你们的计量单位吧，100多米，那是多么广阔的战场啊！"

"你们所继承的宏纪元的东西比我想象的多多了。"

"再到后来，微纪元就集中精力为即将到来的大灾难做准备了。微人用了5个世纪的时间，在地层深处建造了几千座超级城市，每座城市在您看来是一个直径2米的不锈钢大球，可居住上千万人。这些城市都建在地下8万千米深处……"

"等等，地球半径只有6000千米。"

"哦，我又用了我们的单位，那是你们的，嗯，800米深吧！当太阳能量闪烁的征兆出现时，微世界便全部迁移到地下。然后，然后就是大灾难了。

"大灾难发生400年后，第一批微人从地下城中沿着宽大的隧道（大约有宏人时代的自来水管的粗细）用激光钻透凝结的岩浆来到地面，又过了5个世纪，微人在地面上建起了人类的新世界，这个世界有上万座城市，180亿人口。

"微人对人类的未来是乐观的，这种乐观之巨大之毫无保留，是宏纪元的人们无法想象的。这种乐观的基础，就是微纪元社会尺度的微小，这种微小使人类在宇宙中的生存能力增强了上亿倍。比如您刚才打开的那听罐头，够我们这座城市的全体居民吃一到两年，而那个罐头盒，又能满足这座城市一到两年的钢铁消耗。"

"作为一个宏纪元的人，我更能理解微纪元文明这种巨大的优势，这是神话，是史诗！"先行者由衷地说。

"生命进化的趋势是向小的方向变化，大不等于伟大，微小的生命更能同大自然保持和谐。巨大的恐龙灭绝了，同时代的蚂蚁却生存下来。现在，如果有更大的灾难来临，一艘像您的着陆舱那样大小的飞船就可能把全人类运走，在太空中一块不大的陨石上，微人也能建立起一个文明，创造一种过得去的生活。"

沉默了许久，先行者对着他面前占据硬币般大小面积的微人人海庄严地说："当我再次看到地球时，当我认为自己是宇宙中最后一个人时，我是全人类最悲哀的人，哀莫大于心死，没有人曾面对过那样让人心死的境地。但现在，我是全人类最幸福的人，至少是宏人中最幸福的人，我看到了人类文明的延续，其实用文明的延续来形容微纪元是不够的，这是人类文明的升华！我们都是一脉相传的人类，现在，我请求微纪元接纳我成为你们社会中一名普通的公民。"

"从我们探测到'方舟号'时起我们已经接纳您了，您可以到地球上生活，微纪元供应您一个宏人的生活还是不成问题的。"

"我会生活在地球上，但我需要的一切都能从'方舟号'上得到，飞船的生态循环系统足以维持我的残生了，宏人不能再消耗地球的资源了。"

"但现在情况正在好转，除了金星的气候正变得适于人类外，地球的气温也正在转暖，海洋正在融化，可能到明年，地球上很多地方将会下雨，将能生长植物。"

"说到植物，你们见过吗？"

"我们一直在保护罩内种植苔藓，那是一种很高大的植物，每个分支有十几层楼高呢！还有水中的小球藻……"

"你们听说过草和树木吗？"

"您是说那些像高山一样巨大的宏纪元植物吗？唉，那是上古时代的神话了。"

先行者微微一笑，"我要办一件事情，回来时，我将给你们看我送给微纪元的礼物，你们会很喜欢那些礼物的！"

新生

先行者独自走进了"方舟号"上的一间冷藏舱，冷藏舱内整齐地摆放着高大的支架，支架上放着几十万个密封管，那是种子库，其中收藏了地球上几十万种植物的种子，这是"方舟号"准备带往遥远的移民星球上去的。还有几排支架，那是胚胎库，冷藏了地球上十几万种动物的胚胎细胞。

明年气候变暖时，先行者将到地球上去种草，这几十万种种子中，有生命力极强、能在冰雪中生长的草，它们肯定能在现在的地球上成活。

只要地球的生态能恢复到宏时代的十分之一，微纪元就拥有了一个天堂中的天堂，事实上地球能恢复的可能性远不止于此。先行者沉醉在幸福的想象之中，他想象着当微人们第一次看到那棵顶天立地的绿色小草时的狂喜。那么一小片草地呢？一小片草地对微人意味着什么？一片草原！一片草原又意味着什么？那是微人的一个绿色的宇宙了！草原中的小溪呢？草根下清澈的小溪在他们眼中是何等壮丽的奇观啊！地球领袖说过会下雨，会下雨就会有草原，就会有小溪的！还一定会有树，天啊，树！先行者想象一支微人探险队，从一棵树的根部出发开始他们漫长而奇妙的旅程，每一片树叶，对他们来说都是一片一望无际的绿色平原……还会有蝴蝶，它的双翅是微人眼中横贯天空的彩云；还会有鸟，每一声啼鸣在微人耳中都是一声来自宇宙的洪钟……是的，地球生态资源的千亿分之一就可以哺育微纪元的 1000 亿人口！现在，先行者终于理解了微人们向他反复强调的一个事实。

微纪元是无忧无虑的纪元。

没有什么能威胁到微纪元，除非……

先行者打了一个寒战，他想起了自己要来干的事，这事一秒钟也不能耽搁了。他走到一排支架前，从中取出了 100 支密封管。

这是他同时代人的胚胎细胞，宏人的胚胎细胞。

先行者把这些密封管放进激光废物焚化炉，然后又回到冷藏库仔细看了好几遍，他在确认没有漏掉这类密封管后，回到焚化炉边，毫不动感情地，他按动了按钮。

在激光束几十万摄氏度的高温下，装有胚胎的密封管瞬间汽化了。

1999 年 7 月 20 日

于娘子关

■ 刘慈欣（1963— ），著名科幻作家，高级工程师，中国科幻小说代表作家之一。作品蝉联 1999—2006 年中国科幻小说"银河奖"，2015 年凭借科幻小说《三体》第一部获得世界科幻小说最高奖项——"雨果奖"最佳长篇小说奖，2017 年凭借《三体 3：死神永生》获得世界级科幻奖——"轨迹奖"最佳长篇小说奖。

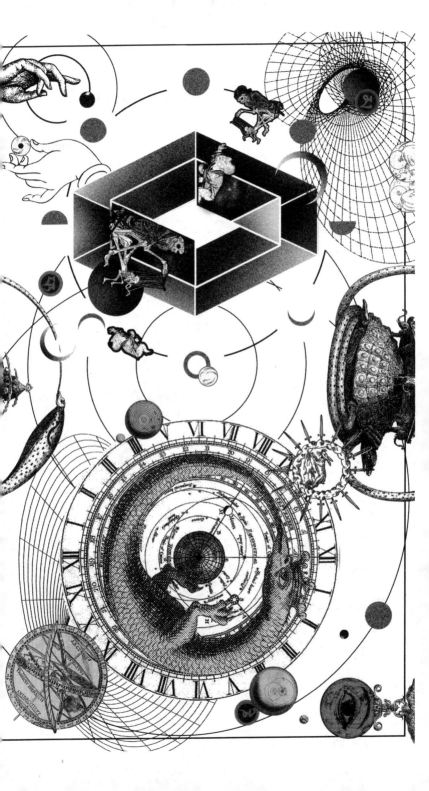

对宇宙和生命深刻的感受和领悟，余韵悠长。

——刘慈欣

宇宙墓碑

韩松

上篇

我 10 岁那年，父亲认为我可以适应宇宙航行了。那次我们一家去了猎户座，乘的当然是星际旅游公司的班船。不料在返航途中，飞船出了故障，我们只得勉强飞到火星着陆，等待另一艘飞船来接大家回地球。

我们着陆的地点，靠近火星北极冠。记得当时大家都心情焦躁，船员便让乘客换上宇航服出外散步。降落点四周散布着许多旧时代人类遗址，船长说，那是宇宙大开发时代留下的。我很清楚地记得，我们在一段几千米长的金属墙前停留了很久，跟着墙后面出现了意想不到的场面。

现在我们知道，那些东西就叫墓碑了。但当时我仅仅被它们森然的气势镇住，一时裹足不前。这是一片辽阔的平原，地面显然经过人工平整。大大小小的方碑犹如雨后春笋一般钻出地面，有着同一的黑色调子，散发出寒意，与火红色的大地映衬，着实奇异非常。火星的天空掷出无数雨点般的星星,神秘得很。我的少年之心突然悠荡起来。

大人们却都变了脸色,不住地面面相觑。

我们在这个太阳系中数一数二的大坟场边缘只停留了片刻,便匆匆回到船舱。大家的表情很严肃,略带不安,而且有一种后悔的神态,仿佛是看到了什么不该看的东西。我不敢说话,却无缘无故有些兴奋。

终于有一艘新的飞船来接我们了。它从火星上启动的一刹那,我悄声问父亲:

"那是什么?"

"哪是什么?"他仍愣着。

"那面墙后面的呀!"

"他们……是死去的太空人。他们那个时代,宇宙航行比我们困难一些。"

我对死亡的概念很早就有的感性认识,大约就始于此时。我无法理解为什么大人们的神态会刹那间改变,为什么他们在火星坟场边一下子感情复杂起来。死亡给我的印象,是跟灿烂的旧时代遗址紧密相连的,它是火星瑰丽景色的一部分,对少年的我拥有绝对的魅力。

15年后,我带着女朋友去月球旅游。"那里有一个未开发的旅游区,你将会看到宇宙中最不可思议的事物!"我又比又画,心中却另有打算。事实上,背着阿羽,我早跑遍了太阳系中的大小坟场。我伫立着看那些墓碑,达到了入痴入迷的地步。它们静谧而荒凉的美跟寂寞的星球世界吻合得那么融洽,而墓碑本身也确是那个时代的杰作。我得承认,儿时的那次经历对我心理的影响是微妙而深远的。

我和阿羽在月球一个僻静的降落场离船,然后悄悄向这个星球的腹地走去。没有交通工具,没有人烟。阿羽越来越紧地攥住我的手，而我则一遍遍翻看那些自绘的月面图。

"到了，就是这里。"

我们来得正是时候，地球正从月平线上冉冉升起，墓群沐在幻觉般的辉光中，仿佛在微微颤动着，正纷纷醒来。这里距最近的降落场有 150 千米。我感到阿羽贴着我的身体在剧烈地战栗。她目瞪口呆地望着那幽灵般的地球和其下生机勃勃的坟场。

"我们还是走吧。"她轻声说。

"好不容易来，干吗想走呢？你别看现在这儿死寂一片，当时可是最热闹的地方呢！"

"我害怕。"

"别害怕。人类开发宇宙，便是从月球开始的。宇宙中最大的坟场都在太阳系，我们应该骄傲才是。"

"现在只有我们两人来光顾这儿，那些死人知道吗？"

"月球，还有火星、水星……都被废弃了。不过，你听，宇宙飞船的隆隆声正震撼着几千光年外的某个无名星球呢！死去的太空人地下有灵，一定会欣慰的。"

"你干吗要带我来这儿呢？"

这个问题让我不知怎么回答才好。为什么一定要带上女朋友万里迢迢来欣赏异星坟茔？出了事该怎么交代？这确是我没有认真思考过的问题。如果我要告诉阿羽，此行原是为了寻找宇宙中爱和死永恒交织与对立的主题和情调，那么她必定会以为我疯了。也许我可以用写论文来做解释，而且我的确在搜集有关宇宙墓碑的材料。我可以告诉阿羽，旧时代宇航员都遵守一条不成文的习俗，即绝不与同行结婚。在这儿的坟茔中你绝对找不到一座夫妻合葬的墓。我要求助于女人的现场灵感来帮助我解答此谜吗？但我却沉默起来。我只觉得我和阿羽的身影成了无数墓碑中默默无言的两尊。这样下去很醉人。我希望阿羽能悟到，但她却只是紧张而痴傻地望着我。

"你看我很奇怪吧？"半晌，我问阿羽。

"你不是一个平常的人。"

回地球后阿羽大病了一场，我以为这跟月球之旅有些关系，很是内疚。在照料她的当儿，我只得中断对宇宙墓碑的研究。这样，一直到她稍微好转。

我对旧时代那种植墓于群星的风俗抱有极大兴趣，曾使父亲深感不安。墓碑吗？那是很久以前的事了，现代人几乎把它淡忘了，就像人们一股脑儿把太阳系的姊妹行星扔在一旁，而去憧憬宇宙深处的奇景一样。然而我却下意识地体会到，这里另有一层意象。我无法回避在我查阅资料时，父亲阴郁地注视我的眼光。每到这时我就想起儿时的那一幕，大人们在坟场旁神情怪异，仿佛心灵中某种深沉的东西被触动了。现代人绝对不旧事重提，尤其是有关古代死亡的太空人。但他们并没从心底忘掉他们，这我知道，因为他们每碰上这个问题时，总是小心翼翼地绕着圈子，敏感得有些过分。这种态度渗透到整个文化体系中，便是历史的虚无主义。忙碌于现时的瞬间，是现代人的特点。或许大家认为昔日并不重要？或仅是无暇去回顾？我没有能力去探讨其后可能暗含的文化背景。我自己也并不是个历史主义者。墓碑使我执迷，在于它给我的一种感觉，类似于诗意。它们既存在于我们这个活生生的世界之中，又存在于它之外，偶尔才会有人光临其境，更多的时间里它们保持缄默，旁若无人地沉湎于它们所属的时代。这就是宇宙墓碑的醉人之处。每当我以这种心境琢磨它们时，蓟教授便警告我说，这必将堕入边界，我们的责任在于复原历史，而不是为个人兴趣所驱，我们要使现时代一切庸俗的人重新认识到其祖先开发宇宙的艰辛与伟大。

蓟教授的苍苍白发常使我无言以对，但在有关墓碑风俗的学术问题上，我们却可以争个不休。在阿羽病情好转后，我和教授会面时又谈到了墓碑研究中的一个基本问题，即该风俗突然消失在宇宙中的原因。

"我还是不同意您的观点。在这个问题上，我一直是反对您的。"

"年轻人，你找到什么新证据了吗？"

"目前还没有，不过……"

"不用说了。我早就告诫过你，你的研究方法不大对头。"

"我相信现场直觉。故纸堆已不能告诉我们更多的信息，资料太少。您应该离开地球到各处走一走。"

"老头子可不能跟年轻人比啊，他们太固执已见了。"

"也许您是对的，但是……"

"知道新发现的天鹅座 α 星墓葬吗？"

"无名之坟，仅镌有年代。它的发现将墓碑风俗史的下限推后了 50 年。"

"如果我没记错，技术决定论者的《行星宣言》就是在那前后不久发表的。墓碑风俗的消失跟这没有关系吗？"

"您认为是一种文化规范的兴起替代了旧的文化规范？"

"我推测我们不能找到年代更晚的墓葬了。技术决定论者一登台，墓碑风俗便神秘地隐遁在宇宙中了。"

"您不觉得太突然了吗？"

"恰恰如此，才能解释时间上的巧合。"

"……也许有别的原因。那时技术决定论者还太弱，而墓葬制度的存在已有数万年历史，宇宙墓碑也矗立上千年了。没有东西能够一下子摧毁这么强大的风俗。原因很简单，它沉淀在古人心灵中，可以叫它集体潜意识吧？"

蓟教授摊了摊手。合成器这时将晚餐准备好了。吃饭时我才注意到教授的手在微微颤抖，毕竟是 200 多岁的人了。一种复杂的情绪在我心头翻腾。死亡将夺去每一个人的生命，这可能是连技术决定论者也永远无法回避的问题。死后我们将以何种方式存在，仍然是每个人心灵深处悄悄猜度着的谜。宇宙中林立的墓碑展示出旧时代的人类早已在思考答案，或许他们业已将心得和结论喻入墓茔？现代人不再需要墓葬了，他们读不懂古墓碑文，也不屑一读。人们跟先辈相比，难道产生了本质上的不同吗？

死是无法避免的，但我还是担心蓟教授过早谢世。这个世界上，仅有极少数人在探讨诸如宇宙墓碑这样的历史问题。他们默默无闻，而且常常是毫无结果地工作着，这使我忧心忡忡。

我不止一次地凝神于眼前的全息照片，它就是蓟教授提到的那座坟。它在天鹅座 α 星系中的位置是如此偏僻，以至于直到最近才被一艘偶然路过的货运飞船发现。墓碑学者普遍有一种看法，即这座坟在向我们暗示着什么，但没有一个人能够猜出。

我常常被这座坟奇特的形象打动，从各个方面，它都比其他墓碑更契合我的心境。一般而言，宇宙墓碑都群集着，形成浩大的坟场，似乎非此不足以与异星的荒凉抗衡。而此墓却孑然独处，这是以往的发现中绝无仅有的一例。它建址于该星系中一颗极不起眼的小行星上，这给我一种经过精心选择的感觉。从墓址所在的区域望去，实际上看不见星系中最大的几颗行星。每年这颗小行星都以近似彗星的椭圆轨道绕天鹅座 α 运转，当它走到遥遥无期的黑暗的远日点附近时，我似乎也感到了墓主寂寞厌世的心情。这一下子便产生了一个很突出的对比，即我们看到，一般的宇宙墓群都很注意选择雄伟风光的衬托，它们充分利用从地平线上跃起的行星光环，或以数倍高于珠穆朗玛峰的悬崖做背景。因此即便从死人身上，我们也体会到了宇宙初拓时人类的豪迈气概。此墓却一反常规。

这一点还可以从它的建筑风格上找到证据。当时的筑墓工艺讲究对称的美学，墓体造得结实、沉重、宏大，充满英雄主义的傲慢。水星上巨型的金字塔和火星上巍然的方碑，都是这种流行模式的突出代表。而在这一座孤寂的坟上，我们却找不到一点这方面的影子。它造得矮小而卑琐，但极轻的悬挑式结构，却有意无意中使人觉得空间被分解后又重新组合起来。我甚至觉得连时间都在墓穴中自由流动着。这显然很出格。整座墓碑完全就地取材，由该小行星上富含的电闪石构成，而当时流行的做法是从地球本土运来特种复合材料。这样做很浪费，但人们更关心浪漫。

另一点引起猜测的便是墓主的身份。该墓除了镌有营造年代外，并无多余着墨。常规做法是，必定要刻上死者姓名、身份、经历、死亡原因以及悼亡词等。由此出现了各种各样的假说。是什么特殊原因，促使人们以这种不寻常的方式埋葬天鹅座 α 星系的死者？

由于墓主几乎可以断定为墓碑风俗结束的最后见证人，神秘性就更大了。在这一点上，一切解释都无法自圆其说。因为似乎是这样的，即我们不得不对整个人类文化及其心态做出阐述。对于墓碑学者来说，现时的各种条件锁链般限制了他们。我倒曾经计划过亲临天鹅座 α 星系，却没有人能够为我提供这笔经费。这毕竟不同于太阳系内旅行。而且不要忘了，世俗并不赞成我们这么做。

我一直未能达成天鹅座 α 之旅，似乎是命里注定。生活在发生意想不到的变化，我个人也在发生变化。在我100岁时，刚好是蓟教授去世70周年的忌日。当我突然想起这一点时，也就忆起了青年时代和教授展开的那些有关宇宙墓碑的辩论。当初的墓碑学泰斗们也早跟先师一样，形骸坦荡了。追随者们纷纷弃而他往。我半辈子研究，略无建树，夜半醒来常常扪心自问：何必如此耽迷于旧尸？先师曾经预言过，我一时为兴趣所驱，将来必自食其果，竟然言中。我何曾有过真正的历史责任感呢？由此才带来今日的困惑。人至百年，方有大梦初醒之感，但我意识到，知天命恐怕是万万不能了。

我年轻时的女朋友阿羽，早已成了我的妻子，如今是一个成天唠叨不休的老太婆。她大概是在将一生不幸怪罪于我。自从那次我带她参观月球坟场，她就受惊得了一种怪病。每年到我们登月的那个日子，她便精神恍惚，整日呓语，四肢瘫痪。即便现代医术，也无能为力。每当我查阅墓碑资料，她便在一旁神情黯然，烦躁不安。这时我便悄悄放下手中活计，步出户外。天空一片晴朗，犹如70年前。我突然意识到自己已有许多年没离开过地球了。余下的日子，该是用来和阿羽好好厮守了吧？

我的儿子筑长年不回地球，他已在河外星系成了家，他本人是宇宙飞船的船长，驰骋于众宇，忙得星尘满身。我猜测他一定莅临过有古坟场的星球，不知他做何感想？此事他从未当我面提起，而我也暗中打定主意，绝不首先对他言说。想当初父亲携我，因飞船事故偶处火星，我才得以目睹墓群，不觉唏嘘。而今他老人家也已150多岁了。

由生到死这平凡的历程，竟导致古人在宇宙各处修筑了那样宏伟的墓碑，这个谜就留给时空去解吧。

这样一想，我便不知不觉放弃了年轻时代的追求，过了几年平静的日子。地球上的生活竟这么恬然，足以冲淡任何人的激情，这我以前从未留意过。人们都在宇宙各处忙碌着，很少有机会回来看一看这个曾经养育过他们而现在变得老气横秋的行星，而守旧的地球人也不大关心宇宙深处惊天动地的变化。

那年筑从天鹅座 α 星系回来时，我都没意识到这个星球的名字有什么特别之处了。筑因为河外星系引力的原因，长得奇怪地高大，是彻头彻尾的外星人了，并且由于当地文化的熏染而沉默寡言得很。我们父子见面日少，从来没多的话说。有时我不得不这么去想，我和阿羽仅仅是筑存在于世所临时借助的一种形式。其实这种观点在现时宇宙中一点也不显得荒谬。筑给我斟酒，两眼炯炯发光，今日奇怪地话多。我只得和他应酬。

"心宁他还好？"心宁是孙子名。

"还好呢，他挺想爷爷的。"

"怎么不带他回来？"

"我也叫他来，可他受不了地球的气候。上次来了，回去后生了一身的疹子。"

"是吗？以后不要带他来了。"

我将一杯酒饮干，发觉筑正窥视我的脸色。

"父亲，"他终于开始在椅子上不安地扭动起来，"我有件事想问您。"

"讲吧。"我疑惑地打量着他。

"我是开飞船的，这么些年来，跑遍了大大小小的星系。跟您在地球上不同，我可是见多识广。但至今为止，尚有一事不明了，常萦绕心头，这次特向您请教。"

"可以。"

"我知道您年轻时专门研究过宇宙墓碑，虽然您从没告诉我，可我还是知道了。我想问您的就是，宇宙墓碑使您着迷之处，究竟何在？"

我站起身来，走到窗边，背对着筑。我没想到筑要问的是这个问题。那东西，也闯入了筑的心灵，正像它曾使父亲和我的心灵蒙受巨大不安一样。难道旧时代人类真在此中藏匿了魔力，后人将永远受其阴魂侵扰？

"父亲，我只是想随便问问，没有别的意思。"筑嗫嚅起来，像个小孩。

"对不起，筑，我不能回答这个问题。嗬，为什么墓碑使我着迷？我要是知道这个，早就在你很小的时候就告诉你一切一切跟墓碑有关的事情了。可是，你知道，我没有这么做。那是个无底洞，筑。"

我看见筑低下了头。他默然，似乎深悔自己的贸然。为了使他不那么窘迫，我压制住感情，回到桌边，给他斟了一杯酒。然后我审视着他的双目，像任何一个做父亲的那样充满关怀地问道：

"筑，告诉我，你到底看见了什么？"

"墓碑。大大小小的墓碑。"

"你肯定会看见它们。可是你以前并没有想到要谈这个嘛。"

"我还看见了人群。他们蜂拥到各个星球的坟场去。"

"你说什么？"

"宇宙大概发疯了，人们都迷上了死人，仅在火星上，就停了成百上千艘飞船，都是奔墓碑去的。"

"此话当真？"

"所以我才要问您墓碑为何有此魅力。"

"他们要干什么？"

"他们要掘墓！"

"为什么？"

"人们说，坟墓中埋藏着古代的秘密。"

"什么秘密？"

"生死之谜！"

"不！这不可当真。古人筑墓，可能纯出于天真无知！"

"那我可不知道了。父亲，你们都这么说。您是搞墓碑的，您不会跟儿子卖什么关子吧？"

"你要干什么？要去掘墓吗？"

"我不知道。"

"疯子！他们沉睡 1000 年了。死人属于过去的时代。谁能预料后果？"

"可是我们属于现代啊，父亲。我们要满足自己的需求。"

"这是河外星系的逻辑吗？我告诉你，坟墓里除了尸骨，什么也没有！"

筑的到来，使我感到地球之外正酝酿着一场变动。在我的热情行将冷却时，人们却以另外一种方式耽迷于我所耽迷过的事物。筑所说的使我心神恍惚，一时做不出判断。曾几何时，我和阿羽在荒凉的月面上行走，拜谒无人光顾的陵寝，其冷清寂寥，一片穷荒，至今在我们身心上留下不可磨灭的痕迹。记得我对阿羽说过，那儿曾是热闹之地。而今筑告诉我，它又将喧哗不堪。这种周期性的逆转，是预先安排好的，还是谁在冥冥中操纵呢？继宇宙大开发时代和技术决定论时代后，新时代到来的预兆已经出现于眼前了吗？这使我充满激动和恐慌。

我仿佛又重回到了几十年前。无垠的坟场历历在目，笼罩在熟悉而亲切的氛围中。碑就是墓，墓即为碑，洋溢着永恒的宿命感。

我思考着筑话语中的内涵，不得不承认他有合理之处。墓碑之谜即生死之谜，所谓迷人之处，也即此吧，不会是旧人魂魄摄人。墓碑学者的激情与无奈也全出于此。其实是没有人能淡忘墓碑的。我又恍惚看见了技术决定论者紧绷的面孔。

然而掘墓这种方式是很奇特的，以往的墓碑学者怎么也不会考虑用这种办法。我现在的疑虑却在于，如果古人真的将什么东西陪葬于墓中，那么，所有的墓碑学者就都失职了。而蓟教授连悔恨的机会也没有。

在筑离开家的当天，阿羽又发病了。我手忙脚乱地找医生。就在忙得不可开交的当儿，我居然莫名其妙地走了神。我突然想起筑说他是从天鹅座 α 星系来的。这个名字我太熟悉了。我仍然保存着几十年前在那儿发现的人类最晚一座坟墓的全息照片。

下篇

——录自掘墓者在天鹅座 α 星系小行星墓葬中发现的手稿

我不希望这份手稿为后人所得，因为我实无哗众取宠之意。在我们这个时代，自传式的东西实在多如牛毛。一个历尽艰辛的船长大概会在临终前写下自己的生平，正像远古的帝王希望把自己的丰功伟绩标榜于后世。然而我却无心为此。我平凡的职业和平凡的经历都使我耻于吹嘘。我写下这些文字，是为了打发临死前的寂寞时光。并且，我一向喜欢写作。如果命运没有使我成为一名宇宙营墓者的话，我极可能去写科幻小说。

今天是我进入坟墓的第一天。我选择在这颗小行星上修筑我的归宿之屋，是因为这里清静，远离人世和飞船航线。我花了一个星期独力营造此墓。采集材料很费时间，而且着实辛苦。我们原来很少就地取材——除了为那些特殊条件下的牺牲者。通常发生了这种情况，地球无力将预制件送来，或者预制件不适于当地环境。这对于死者及其亲属来说都是一件残酷之事。但我一反传统，是自有打算。

我也没有像通常那样，在墓碑上镌上自己的履历。那样显得很荒唐，是不是？我一生一世为别人修了数不清的坟墓，我只为别人镌上他们的名字、身份和死因。

现在我就坐在这样一座坟里写我的过去。我在墓顶安了一个太阳能转换装置，用以照明和供暖。整个墓室刚好能容一人，非常舒适。我就这么不停地写下去，直到我不能够或不愿意再写了。

我出生在地球。我的青年时代是在火星上度过的。那时世界正被开发宇宙的热浪袭击，每一个人都被卷进去了。我也急不可耐丢下自己的爱好——文学，报考了火星宇宙航行专门学校。结果我被分在太空抢险专业。

我们所学的课程中，有一门便是筑墓工程学。它教导学员，如何妥善而体面地埋葬死去的太空人，以及此举的重大意义。

记得当时其他课程我都学得不是太好，唯有此课，常常得优。回想起来，这大概跟我小时候便喜欢亲手埋葬小动物有一些关系。我们用三分之一的时间学习理论，其余都用于实践。先是在校园中搞大量设计和模型建造，而后进行野外作业。记得我们通常在大峡谷附近修一些较小的墓，然后移到平原地带造些比较宏大的。临近毕业时我们进行了几次外星实习，一次去水星，一次去小行星带，两次去冥王星。

我们最后一次去冥王星时出了事。当时飞船携带了大量特种材料，准备在该行星严酷的冰原条件下修一座大墓。飞船降落时遭到了流星撞击，死了两个人。我们都以为活动要取消了，但老师却命令将演习改为实战。你今天要去冥王星，还能在赤道附近看见一座半球形的大墓，那里面长眠着的便是我的两位同学。这是我第一次实际作业。由于心慌意乱，坟墓造得一塌糊涂，现在想来还内疚不已。

毕业后我被分配到星际救险组织，在第三处供职。去了后才知道第三处专管坟墓营造。

老实说，一开始我不愿干这个。我的理想是当一名飞船船长，要不就去某座太空城或行星站工作。我的许多同学分得比我好得多。后来经我手埋葬的几位同学，都已征服好几个星系了，中子星奖章得了一大排。在把他们送进坟墓时，人们都肃立致敬，独独不会注意到站在一边的造墓人。

没想到我在第三处一干就是一辈子。

写到这里，我停下来喘口气。我惊诧于自己对往事的清晰记忆。这使我略感踌躇，因为有些事是该忘记的。也罢，还是写下去再说吧。

我第一次被派去执行任务的地点是半人马座 β 星系。这是一个拥有七个行星的太阳系。我们的飞船降落在第四颗上面。当地官员神色严肃而恭敬地迎接我们，说："终于把你们盼来了。"

一共死了三名太空人。他们是在没有防护的情况下遭到宇宙射线的辐射而丧生的。我当时稍稍舒了一口气，因为我本来做好了跟断肢残臂打交道的思想准备。

　　这次第三处一共来了五个人。我们当下二话没说便问当地官员有什么要求。但他们道："由你们决定吧。你们是专家，难道我们还会不信任吗？但最好把三人合葬一处。"

　　那一次是我绘的设计草图。首次出行，头儿便把这么重要的任务交给我，无疑是培养我的意思。此时我才发现我们要干的是在半人马座 β 星系建起第一座墓碑。我开始回忆老师的教导和实习的程序。一座成功的墓碑不在于它外表的美观华丽，更主要的在于它透出的精神内容。简单来说，我们要搞出一座跟死者身份和时代气息相吻合的墓碑来。

　　最后的结果是设计成一个巨大的立方体，坚如磐石。它象征宇航员在宇宙中不可动摇的位置。其形状给人以时空静滞之感，有永恒的态势。死亡现场是一处无垠的平原，我们的碑矗立其间，四周一无阻挡，只有天空湖泊般垂落。万物线条明晰。墓碑唯一的缺憾是未能表现出太空人的使命。但作为第一件独立作品，它超越了我在校时的水平。我们实际上干了两天便竣工了。材料都是地球上成批生产的预制件，只需把它们组合起来就行。

　　那天黎明时分，我们排成一排，静静地站了好几分钟，向那刚落成的大坟行注目礼。这是规矩。墓碑在这颗行星特有的蓝雾中新鲜透明，深沉持重。头儿微微摇头，这是赞叹的意思。我被惊呆了。我不曾想到死亡可以这么富有存在的个性，而这正是通过我们几人的手产生的。坟茔将在悠悠天地间长存——我们的材料能保持数十亿年不变形。

这时死者还未入棺。我们静待更隆重的仪式的到来。在半人马座 β 星升上一臂高时，人们陆续地来到了。他们都裹着臃肿的服装，戴着沉重的头盔，湮没了自己的个性。而这样的人群散发出的气氛是特殊的，肃穆中有一种骇人的味道。实际上来者并不多，人类在这个行星上才建有数个中继站。死了三个人，这已了不得。

我已经记不太清楚当时的场面了。我不敢说究竟是当地负责人致悼词在先，还是我们表示谢意在前。我也模糊了现场不断播放的一支乐曲的旋律，只记得它怪异而富有异星的陌生感，努力想表达出一种雄壮。后来则肯定有飞行器隆隆地飞临头顶，盘旋良久，掷出铂花。行星的重力场微弱，铂花在天空中飘荡，经久不散，荡气回肠。这时大家都拼命鼓掌。可是，是谁教给人们这一套仪式的呢？到最后，为什么要由我们万里迢迢来给死人筑一座大坟呢？

送死者入墓是由我们营墓者来进行的。除头儿外的四人都去抬棺。这时一切喧闹才停下来。铂花和飞行器都无影无踪了。在墓的西方，也就是现在朝着太阳系的一方，开了一个小门洞。我们把三具棺材逐次抬入，祝愿他们能够安息。然而就在这时我觉得不对头了。但当时我一句话也没说。

返回地球的途中，我才问一位前辈：

"棺材怎么这么轻？好像学校实习用的道具一般。"

"嘘！"他转眼看看四周，"头儿没告诉你吧？那里面没人呢！"

"不是辐射致死吗？"

"这种事情你以后会见惯不惊的。说是辐射致死，可连一块人皮都没找到。骗骗 β 星而已。"

骗骗 β 星而已！这句话给我留下一生难忘的印象。我以后目睹了无数的神秘失踪事件。我们在半人马座 β 星的经历，比起我后来经历的事情，竟是小巫见大巫呢。

我的辉煌设计不过是一座衣冠冢！可好玩之处在于，无人知晓那神话般外表下面的中空内容。

在第三处待久了，我逐渐熟悉了各项业务。我们的服务范围遍及人类涉足的时空，你必须了解各大星系间的主要封闭式航线，这对于以最快速度抵达出事地点是很必要的。但实际上这种做法渐渐显得落后起来，因为宇航员在太空中的活动越来越分散。因此我们先是在各星设点，而后又开展跟船业务，即当预知某项宇航作业有较大危险时，第三处便派出筑墓船跟行。这要求我们具备航天家的技术。我们处里拥有好几位第一流的船长，正式的宇航员因为甩不掉他们而颇为恼火和自认晦气。我们还必须掌握墓碑工业的各种最新流程，以及其中的变通形式，根据各星的情况和客户的要求采取特殊做法，同时又不违背统一风格规定。最重要的是，作为一名营墓者，必须具备非凡的体力和精神素质。长途奔波，马不卸鞍地与死亡打交道，使我们都成了超人。第三处的人都在不知不觉中戒绝了作为人应具备的普通情感。事实上，你只要在第三处多待一段时间，就会感到普遍存在的冷漠、阴晦和玩世不恭。全宇宙都以死为讳，而只有我们可以随便拿它来开玩笑。

从到第三处的第一天起，我便开始思索这项职业的神圣意义。官方记载的第一座宇宙墓碑建在月球上。这个想法来得非常自然。没有谁说得上是突发灵感要为那两男一女造一座坟。后来有人说不这样做便对不起静海风光，这完全是开玩笑。这里面没有灵感。其实在地球上早就有专为太空死难者修建的纪念碑了。这种风俗从一开始进入浩繁群星，便与我们远古的传统有天然渊源。宇宙大开发使人类再次抛弃了许多陈规陋习，唯有筑墓风一阵热似一阵，很是耐人寻味。只是我们现在用先进技术代替了殷商时代的手掘肩扛，这样才诞生了使埃及金字塔相形见绌的奇迹。

第三处刚成立的时候有人怀疑这是否值得，但不久就证明它完全符合事态的发展。宇宙大开发一旦真正开始，便出现了大批的牺牲者，其数目之多，使官僚和科学家目瞪口呆。宇宙的复杂性远远超出了人们论证的结果。然而开发却不能因此停下来。这时如何看待死亡就变得很现实了。我们在宇宙中的地位如何？进化的目的何在？人生的价值焉存？人类的使命是否荒唐？这些都是当时大众媒介众声喧哗的话题。不管口头争吵的结果如何，第三处的地位却日益巩固起来。在头两年里它狠赚了一笔钱。更重要的是它得到了地球和几个重要行星政府的暗中支持。直到神圣的方碑和金字塔形墓群首先在月球、火星、水星上大批出现，反对者才不再说话了。这些精心制造的坟茔能承受剧烈的流星雨袭击。它们的结构稳重，外观宏伟，经年不衰。人们发现，他们的同胞飘移于星际间的尸骨重有了归宿。死亡成了一件很值得骄傲的事情。墓碑或许代表了一种人定胜天的古老理念。第三处将宇宙墓碑风俗从最初的自发状态转化为一种自觉的功利行为，的确是一大杰作。这样持续了很长一段时间，直到人心甫定，墓碑制度才又表露出雍容大度的自然主义风采。

现在已经没有人怀疑第三处存在的意义了。那些身经百难的著名船长见了我们，都谦恭得要命。墓葬风俗已然演化为一种宇宙哲学。它被神秘化，那是后来的事。总之我们无法从己方打起念头，说它荒唐。那样的话，我们将面临全宇宙的自信心和价值观的崩溃。那些在黑洞白洞边胆战心惊出生入死的人的唯一信仰，全在于地球文化这坚强的后盾。

如果有问题，它仅仅出在我们内部。在第三处待的日子一长，其内幕便日益昭然。有些事情仅仅是我们这个圈子里的人才知道的，从来没有流传到外面去。这一方面是清规戒律的严格，另一方面出于我们心理上的障碍。每年处里都有职员自杀。现在我写下这一句话时，心仍蹦跳不止，有如以刀自戕。我曾悄悄就此问过同事。他说："嗪声！他们都是好人，有一天你也会有同感。"言毕鬼影般离去。我后来年岁大了，经手的尸骨多了，死亡便不再是一个抽象的概念，而成为一个具象在我眼前浮着。我想意志脆弱者是会被它唤走的。但我要申明，我现在采取的方式在实质上却不同于那些自戕者。

有一段时间处里完全被怀疑主义气氛笼罩。记得当时有人提了这么一个问题，即我们死后由谁来埋葬。此问明显受那些自杀者的启发，而里面包含着实际不止一个问题。我们面面相觑，觉得不好回答，或答之不详，遂作悬案。此时发生了上级追查所谓"劝改报告"的事，据说是处里有人向总部打了报告，对现行的一套做法提出异议。其中一点我印象很深，即有关墓碑材料的问题。通常无论埋葬地点远近，材料都毫无例外从地球运来，这关系到对死者的感情和尊重。更重要的，它是一种传统，风俗就该按风俗办理。这一点在《救险手册》里规定得一清二楚。因此谁也不能忍受报告中的说法，即把我们迄今做的一切斥为浪费精力和理性犬儒主义。报告还不厌其烦地论证了关于行星就地取材的可行性和技术细节。其结果大家都知道了。打报告的人被取消了离开地球本土的资格。我们私下认为这份报告充满了反叛色彩，而且指出了我们从不曾想到的一个方面。我们惊诧于其用语，震惊于其大胆，到后来竟有人暗中试行了其主张。某日有船载运墓料去仙女座一带，途中燃料漏逸。按照规定，只能返航。但船长妄为，竟抛掉墓料，以剩余的燃料推动空船飞往目的地，用当地的岩浆岩造了一座坟，干出了骇世之举。此坟后来被毁掉重建，当事者亦受到处分。这是后话。

要花上一些篇幅将我们的感受说清是很困难的。我还是继续讲我们工作中的故事吧。我仍旧挑选那些我认为是最平凡的事来讲，因为它们最能生动地体现我们事业的特点。

有一次我们接到一个指令，与以往不同的是，它没有交代具体的星球和任务，只是让筑墓飞船全副武装到火星与木星之间某处待命。我们飞到那里后，发现搜索处和救险处的船只已经忙碌开了。我们问他们："喂，你们行吗？不行的话，交给我们吧。"但是没有回话。对方船上似乎有一层焦灼气氛。末了我们才知道有一艘船在小行星带失踪了，它便是大名鼎鼎的"哥伦布号"，人类当时最先进的型号之一。不用说其船长也就是哥伦布那样的人物了。船上搭乘着五大行星的首脑人物。

我们在太空中待了三天，搜索队才找回一舱飞船的碎片。这下我们有事干了。虽然要从这些碎片中找出人体的部分是一件很烦琐的活儿，大伙仍然干得十分出色。最后终于能够拼出三具尸身。"哥伦布号"上面仅船员就有八名。出事的原因基本可以判明为一颗300多千克的流星横贯了船体，引发了爆炸。在地球家门口出事，这很遗憾。但惨状却是宇宙中共同的。

"他们太大意了。"宇航局局长在揭墓典礼上这么总结。我们第三处的人听了都哭笑不得。人们在地球上都好好的，一到太空中都小孩般粗心忘事，为此还专门成立了个第三处来照顾他们。这种话偏偏从局长口中说出来！然而我们最后都没敢笑。那三具拼出来的尸体此刻虽已进入地穴，但又分明血淋淋地透过厚墙，神色冷峻，双目睁开，似不敢相信那最后一刻的降临。

有一种东西，我们也说不出是什么，它使人永远不能开怀。营墓者懂得这一点，所以总是小心行事。天下的墓已修得太多了，愿宇宙保佑它们平安无事。

那段时间里，我们反常地就只修了这么一座墓。

在一般人的眼中，墓的存在使星球的景观改变了。后者杀死了宇航员，但最后毕竟做出了让步。

写到这里，我看了看我用笔的手，也即造墓的那只手。我这双老手，青筋暴起，枯干如柴，真想象不到那么多鬼宅竟由它所创。它是一双神手，以至于我常常认为它已摆脱了我的思想控制，而直接禀领天意。

所有营墓者都有这样一双手。我始终认为，在任何一项营墓活动中，起根本作用的，既非各样机械，也非人的大脑。十指有直接与宇宙相通的灵性，在大多数场合，我们更相信它的魔力。相对而言，思想则是不羁的，带偏见和怀疑色彩的，因而对于构造宇宙墓碑来说，是危险的。

在营墓者身上，我们常常看见一种根深蒂固的矛盾。那些自杀者都悲观地看到了陵墓自欺欺人的一面，但同时最为精美的坟茔又分明出自其手，足以同宇宙中任何自然奇观媲美。我坚信这种矛盾仅仅存在于营墓者心灵中，而世人大都只被墓碑的不朽外观吸引。我们时感尴尬，而他们则步向极端。

接下来我想说说另外一件并不重要但也许大家感兴趣的事：关于我的恋爱。

小时候在地球上看见同我一般大的小姑娘一无所知地玩耍，我便有一种填空的感觉。我相信此时此刻天下有一个女孩一定是为我准备的，将来要填充我的生命。这已注定了，就是说哪怕安排这事的人也改变不了它。我是一个奇怪的人不是？稍微长大后我便迷上了那些天使般飞来飞去的女太空人。她们脸上身上胳膊上腿上洋溢着一层说不清是从织女星还是仙女座带来的英气，可爱透顶，让人销魂。那时我也注意到她们的死亡率并不比男宇航员低，这愈发使我心里滚滚发烫。

我偷偷在梦中和这些女英杰幽会时，火星宇航学校还没对我打开大门。这就决定了我命运的结局。当晚些时候我被告知宇航圈中有那么一条禁忌时，我几乎昏了过去。太空人和太空人之间只能存在同事关系，非此不能集中精力应付宇宙中的复杂现象。大开发初期有人这么科学地论证，而竟被当局小心翼翼地默认了。这事起初在一般宇航员心中疙疙瘩瘩的，但并没经过多长时间，飞船上的男人都开始认为找一个宇宙小姐必将倒霉。于是我们所说的禁忌便固定了下来。你要试着触犯它吗？那么你就会"臭"起来，伙伴们会斜眼看你，你会莫名其妙找不到活儿干，从一名大副变为司舵，再降为掌舱，最后贬到地球上管理飞船废品站之类。我以为宇航学校最终会为我实现儿时愿望提供机会，但结果恰恰相反。可是那时我已身不由己了。宇宙就是这么回事，不由你选择。

我独人独马，以营墓者的身份闯荡了几年星空后，才慢慢对圈子中的这种风俗有所理解。有关女人惹祸的说法流行甚广，神秘感几乎遍生于每个宇航员的心灵。我所见到的人，几乎都能举出几件实例来印证上述结论。

此后我便注意观察那些女飞人，看她们有何特异之象。然而她们于我眼中，仍旧如没有暗云阻挡的星空一样明朗，怎么也看不出大祸袭来的苗头。她们的飞行事实使我相信，在某些事变面前女人确比男人更能应付自如。

有一年，记得是太阳黑子年，我们一次埋葬了十名女太空人。她们死于星震。当时她们刚到达目的地，准备进入一家刚竣工的太空医疗中心工作。幸存者是她们的朋友和同事，多为女性。我们按要求在墓上镌上死者生前喜爱的东西：植物或小动物，手工艺品，首饰。纪念仪式开始时，我听身边一个声音说："她们本不该来这儿。"

我侧目，见是一位着紧身宇航服的小巧少女。

"她们不该这么早就让我们来料理，连具完尸也没有。"我无限怜悯。

"我是说我们本不该到宇宙中来。"她声音沉着，我心一抽。

"你也认为女子不该到宇宙中来？"

"我们太弱。那是你们男人的世界。"

"我们倒不这么看。"我冷冷地说，不觉又打量了她一眼。我以前还没真正跟一个女太空人说过话呢。这时在场的男人女人都转过头来瞧着我俩。

这就是我认识阿羽的经过。写到这里我停下笔来，闭上眼睛，无限甜美而又无限辛酸地咀味了好几分钟。

认识阿羽后我就意识到自己要犯规了。童年时代的感觉再度溢满心中。我仍然相信命中注定有个女孩等我等了好久，她是个天生丽质的女太空人。

阿羽是护士小姐。即便在这个时代，我们仍需要那些传统的职业。所不同的是，今天的白衣天使正乘坐飞船，穿梭于星际，潇洒不俗而又危险万分。

当我坐在坟茔中写这些字时，我才猛然注意到自己竟一直忽略了一个事实，即我和阿羽职业上的矛盾性。总是我把她拯救过来的人重又埋入陵墓中。她活着时我不曾去想这个，她死了我也就不用想它了。可为什么直到此时才意识到呢？我觉得应该把我俩的结识赋予一个词：坟缘。我要感谢或怪罪的都是那十具女尸。

在那天回程的途中我心神不定，以至于同伴们大声谈论的一件新闻也没有听进。他们大概在讲处里几天前失踪的一名职员，现在在某太空城里找到了尸体。他在那里寻花问柳，莫名其妙被一块太阳能收集器上剥落的硅片砸死了。我觉得这事毫无意思，只是一个劲儿地回想那坟地边伫立的宇装少女和她的不凡谈吐。这时舷窗外一个卫星的阴影正飘过行星明亮的球面，我不觉一震。

我和阿羽偷偷摸摸地书信来往了两个月，而实际见面只有三次。其间发生的几件事有必要录下，它们一直困惑着我的后半生，并促使我走进坟墓。

首先是我生病了。我得的是一种怪病，发作时精神恍惚，四肢瘫痪，整日呓语，而检查起来又全身器官正常，无法治疗。我不能出勤。往往这时就收到阿羽发来的信件，言她正被派往某某空域出诊。等她报告平安回到医疗中心站时，我的病便突然好起来。

我不能不认为这是天降之疾，但它又似乎与阿羽有某种关系。但愿这是巧合。

跟着发生了第三处设立以来的大惨案。我们的飞行组奉命前往第七十星区，途中刚巧要经过阿羽所在的星球。我便撺掇船长在那星球做中途泊系，添加燃料。他一口答应。领航员在计算机中输入目的地代码。整个飞行是极普通的。但麻烦不久后便发生了。我们分明已飞入阿羽所在的星区，却找不到那颗星球。无线电联络始终清晰无比，表明该星球导引台工作正常，就在附近。可是尽管按照它指引的方向飞，飞船仍像陷在一个时空的圆周里。

我从来没有见过船长如此可怖的脸色。他大声叫喊着，驱使大家去检查这个仪器，搬弄那个仪器。可是正像我的怪病一样，一切都无法解释和修正。终于人们停下不动了。船长吊着一双眼睛逼视大家，说：

"谁带女人上船了？"

我们于是迟疑地退回自己的舱位，等待死亡。良久，我听见外面的吵嚷声停止了，飞船仿佛也飞行平稳了。我打开舱门四顾。我难以置信地发现飞船正在地球上空绕圈子，而船上除了我一人外，其余七人都成了僵尸。我至今已记不住各位同伴的死态了，唯看见他们的手，还一双双柴荆般向上举着。

此事引起了处里巨大震动。调查了半年，最后不了了之。在此后一段时间里，我耳边老回响着船长绝望的叫声。我不认为他真相信船上匿有女子。航天者都爱这么咒骂。然而我却不敢面对如下事实：为什么全船的人都死了，唯有我还活着？事件为什么恰好发生在临近阿羽工作的星球的那一刹那？又是什么力量遣送无人控制的飞船准确无误回到地球上空的呢？

女人禁忌的说法又在我心中萌动起来。但另一个声音在企图拼命否定它。

不久后我见到了阿羽。她好生生的，看见我后惊喜异常。我一见面便想告诉她我差点当了死鬼，但不知为什么忍住了没说。我深深地爱着她，不在乎一切。我坚信如果真有某种存在起作用，我和阿羽的生命力也是可以扭转其力矩的。

我不是活下来了吗？

前面已经说过，我和阿羽相识仅有两个月。两个月后她就死了。她要我带她去看宇宙墓碑，并要看我最得意的杰作。这女孩心比天高，不怕鬼神。我开始很犯愁，但拗不过她。她死得很简单。我让她参观的墓并不是最好的，但仍有一些东西很特别。我们爬上三百米高的墓顶，顶上有一直径数米的孔洞直通底部。我兴致勃勃地指给她看："你沿着这儿往下瞄，便会——"她一低头，失了重心，便从孔中直摔到了底部。

后来我才知道她有眩晕症。

一丝星光正在远处狡黠地笑着。有一艘飞船正从附近掠过，飞得如此小心翼翼。此后一切静得怕人。

我让一个要好的同事帮我埋了阿羽。为什么我不自己动手？我当时是如此害怕死。同事悄悄问我她是什么人。

"一个地球人，上次休假时结识的。"我撒谎说。

"按照规定，地球人不应葬在星际，也不允许修造纪念性墓碑。"

"所以要请你帮忙了。墓可以造小一点。这女孩，她直到死都想当太空人，也够可怜的。"

同事去了又回。他告诉我，阿羽葬在鲸鱼座 β 星附近，并且他自作主张镌上了她的宇航员身份。

"太感谢了。这下她可以安心睡去了。"

"幸亏她不是真正的太空人，否则，大概是为你修墓了。"

很久我都不敢到那片星区去，更谈不上拜谒阿羽的坟茔。后来年岁渐长，自以为参透了机缘，才想到去看望死去多年的女友。飞船降落在同事所说的星上，我逡巡半日后，心不安得紧。我待了一阵，重跳上飞船，奔回地球。随后我拉上那位同事一起来到鲸鱼座 β 星。

"你不是说，就在这里吗？"

"是呀，一起还有许多墓呢！"

"你看！"这是一个完全荒芜的星球，没有一丝人工的遗迹。阿羽的墓，连同其他人的墓，都毫无踪迹。

"奇怪，"同事说，"肯定是在这里。"

"我相信你。我们都搞了几十年墓葬了，这事蹊跷。"

黑洞洞的宇宙却从背景上凸现出来，星星神气活现地不避我们的眼光，眨巴眨巴地挑逗。我和同事突然忘了脚下的星球，对着那星空出起神来。

"那才是一座真正的大墓呢！"我指指点点地说，全身寒意遍起，双腿也成了立正姿势。

我那时就想到我在第三处可能待不长了。

第三处的解散事先毫无一点迹象，就像它的出现一样神秘。在它消失之前宇宙中发生了多起奇异事件。大片大片的墓群凭空隐遁了，仿佛蒸发在时空中，这是不可思议的事情，真相一直被掩饰着，不让世人知晓，但营墓者却惶惶不可终日。那些材料不是几十亿年也不变其形的吗？仍然有一部分墓遗下，它们主要分布在太阳系或靠近太阳系的星区。这些地方，人的气息最为浓郁。第三处后来又在远离人类文化中心的地方修了一些墓，然而它们也都很快失踪了，不留任何痕迹。星球拒绝了它们，还是接受了它们呢？

似乎是偶然间触动了某个敏感部位，宇宙醒了。偏激的人甚至认为它本来就是醒着的，只不过早先没有插手。

那些时候我仍周期性地发病，神志不清中往往见到阿羽。

"我害了你。"我喃喃道。她沉默。

"早知道我们跟它这么合不来，就不去犯忌了。"

她仍沉默。

"这原来是真的。"

她沉默再三，转身离去。

这时我便感到有个强烈的暗示，修一座新墓的暗示。

于是就有了现在的情形。天鹅座 α 星是一个遥远的世界，比那些神秘消失的墓群所在的星球还要遥远。我是有意为之。我筑了一座格调迥异的墓，可以说很恶心，看不出任何伟大意义。在第三处你要是修这样一座墓，无疑是对死者的亵渎。我觉得我已知道了宇宙的那个意思。这个好心的老宇宙，它其实要让我们跟它妥帖地走在一起、睡在一块儿，天真的人自卑的人哪里肯相信！

这我懂得。但我的矛盾在于我虽然反叛了传统，但归根结底却仍选择了墓葬。我还有一点点虚荣心在作怪。

写到这里我就觉得再往下写没什么意思了。

我要做的便是静静地躺着，让无边的黑暗来收留我，去和阿羽相会。

韩松（1965— ），著名科幻作家，当代中国科幻"四大天王"之一。新华社对外新闻编辑部副主任兼中央新闻采访中心副主任。代表作品有《红色海洋》《宇宙墓碑》《地铁》《驱魔》等。多次在海内外获得大奖，包括中国科幻"银河奖"、全球华语科幻"星云奖"、世界华人科幻艺术奖等。

科幻的想象力有时具有上帝的力量，
能够创造出一个想象世界并使其生动
地运转，本篇就是这方面最为震撼的
作品。

——刘慈欣

巴比伦塔

特德·姜 著 / 李克勤 译

巴比伦塔这座塔如果放倒在示拿[1]的平地上，需要两天
两夜才能从塔的这一端走到另一端。竖立起来，从塔底攀
到塔顶需要足足一个半月。这还是不带东西，空手上塔。
问题是，上塔的人没有谁空着两只手。大多数人都拉着运
砖头的拖车，步伐于是慢了下来。把一块砖放进这种拖车
以后，要过四个月的时间，它才会被人从拖车上搬下来，
砌进塔身，成为这座塔的一部分。

这次远行之前，希拉鲁姆一直居住在以拦[2]，从来没
有离开过。他对巴比伦几乎一无所知，只知道那儿的人购

1　位于幼发拉底河以东，《圣经》和合本译为"示拿地"。后改称巴比
伦(巴别)，位置在今天的伊拉克首都巴格达附近。
2　又译埃兰，位于今天的伊朗西南部，底格里斯河东部，与幼发拉底河
流域的交流十分频繁。

买以拦出产的铜。从卡伦河[1]顺流而下驶向大海的船只载着以拦的铜锭，将它们运往幼发拉底河流域。希拉鲁姆和其他矿工没有乘船，他们走的是陆路。一同上路的还有一支满载货物的驮驴商队。大家沿着一条灰扑扑的道路走下高原，穿过一块块平原，来到田野翠绿、沟渠交错的幼发拉底河畔。

他们中间，没有谁见过那座塔。还在好些里格[2]之外，它便进入了大家的视野。在热腾腾的、闪烁着微光的空气中，它就像一束细细的麻线，飘飘荡荡，从宛如一个泥壳的巴比伦城升腾而上。随着他们越走越近，那个泥壳渐渐变成了那座城市的城墙。城墙巍峨，可他们眼中却只有那座塔。许久之后，大家总算能放低视线，望向河流冲积而成的平原，于是看见了高塔在这座城市之外留下的印记：宽阔的幼发拉底河床深深地凹陷下去，那条大河在深沟底部流淌着——这是挖掘河泥烧砖造成的后果。还有城池之南那一排又一排早已不再升火冒烟的砖窑，它们同样也是高塔的印记。

大家走近城门。现在，那座塔显得愈加庞大，比希拉鲁姆能想象出来的任何东西都更加庞大。它是一根粗大的独柱，跟一整座神殿一样大，却越升越高，渐远渐小，终于看不见。所有的人都一边走，一边仰着脑袋，在阳光下眯缝着眼睛，仰望着高塔。

希拉鲁姆的朋友南尼用手肘碰了碰他，满怀敬畏地说："咱们要攀的就是那个？攀到顶？"

1　伊朗西南部大河，注入阿拉伯河后流向波斯湾。

2　旧时长度单位，1里格约等于5千米。

"咱们矿工应该朝下钻。爬上去开挖，感觉有点……逆天。"

矿工们来到西面城墙的中门，另一支商队正从这里离开城池。大伙儿挨挨挤挤，拥向城墙投下的窄窄的阴影。领头的彼利对城门塔上的守门人喊道："我们是从以拦应召唤而来的矿工。"

守门人兴奋起来，其中一个叫道："要上去凿开天堂地窖的就是你们吗？"

"正是。"

整座城市都在欢庆。八天前，最后一批砖上路，庆祝就此开始。它还将持续两天。全城都在欢笑、舞蹈、宴饮，没日没夜。

和制砖工们一起庆贺的是拉车汉。攀登高塔的工作让他们的双腿筋肉虬结，像一条条绞缠的绳索。每天早晨都有一队拉车汉启程登塔，攀爬四天以后，他们将货物交给下一队拉车汉，第五天拉着空车回到下面的城市。就这样，一队队拉车汉接力向上，直到塔顶。只有最下面的一队能和这座城市的人们一同欢庆，但住在塔上的人也有足够的酒肉。这些食物已经在早些时候送了上去，好让盛宴一路向上，贯穿全塔。

晚上，希拉鲁姆和其他以拦矿工坐在陶土凳子上，面前是摆满食物的长桌。城市广场上，到处都是这样的长桌。矿工们和拉车汉聊天，向他们打听高塔的事。

南尼说："听说在塔顶工作的泥水匠如果失手掉落一块砖，他们会扯着头发痛哭号啕，因为四个月后才能补上这块砖；可如果一个人坠塔而死，谁都不会在意。请问这是真的吗？"

一个比较健谈的拉车汉路加图姆摇头道："哦，不是这样，这只是大家编的故事罢了。运砖的车队一支接一支上塔，持续不断，每天都有几千块砖送上塔顶。掉落一块砖，泥水匠根本不当回事。"他朝矿工们倾过身子，"不过还是有真正贵重的东西，比命还宝贵：砖刀。"

"砖刀有什么宝贵的？"

"如果哪个泥水匠把自己的砖刀掉下去了，他就没法干活儿了，只有干等着，直到人家把新砖刀给他送上来。一连几个月，他没法挣到自己的吃食，只能借债度日。丢了砖刀，那才会让人好好哭几场呢。但是，如果有谁失足坠塔，他的砖刀还好端端地留在塔顶，其他人就会暗自庆幸——下一个弄丢砖刀的人就可以拿起这把多出来的砖刀继续干活，用不着求帮告贷了。"

听了这话，希拉鲁姆吓坏了，慌忙计算他们这批矿工一共带了多少把镐头。但他马上明白过来。"这不可能。为什么不事先多送些砖刀上去？跟送上去的那么多砖头相比，这些砖刀的分量可以忽略不计。还有，损失工人肯定会大大影响进度吧，除非他们能事先在塔顶安排多余的人手，这个人还得正好是个熟练的泥水匠。没有多余人手的话，那份工作只能暂停，直到另一个泥水匠从塔底爬到塔顶。"

拉车汉们哄堂大笑。"咱们骗不了这个人。"路加图姆高兴地说。他转向希拉鲁姆，"这么说，庆祝活动一结束，你们就开始登塔？"

希拉鲁姆从碗里喝了口啤酒，"是的。我听说有一批打从西边来的矿工和我们一起上路，可我还没见到他们。你知道那些人吗？"

"知道，他们来的那个地方叫埃及。但他们跟你们不一样，你们是采矿的，他们是采石的。"

"我们在以拦也干过采石的活儿。"南尼满嘴猪肉，呜呜噜噜地说。

"跟他们干的没法比。他们能凿花岗岩。"

"花岗岩？"以拦人采的是石灰石、大理石，花岗岩可对付不了。"你说真的？"

"去过埃及的商人说，那边有石头砌的金字塔和神殿。石灰石、花岗石，全是大块大块的石料。他们还用花岗石凿出了许多巨大的雕像。"

"可花岗岩加工起来是多么困难啊。"

路加图姆耸耸肩，"在他们手里不难。国王的建筑师们觉得，等你们够着天堂地窖的时候，这么能干的石匠说不定能派上用场。"

希拉鲁姆点点头。有这种可能。那时需要什么手艺，现在谁能说得准。"你见过他们吗？"

"没。他们还没到呢，还得再等几天。庆祝活动结束时如果他们还没到，你们以拦人就只好自己登塔了。"

"你们不是会和我们一起上去吗？"

"对，但只能陪你们走头四天，然后我们就得掉头向下了。你们这些有福气的才能继续向上。"

"为什么说我们有福气？"

"我一直盼着能爬到塔顶。以前我在上面更高的队里拉车，到过十二天的高度。但我最高只到过那儿。你们会上得更高，高得多。"路加图姆有些伤感地笑了笑，"真羡慕你们啊，你们可以够到天堂的地窖。"

够到天堂的地窖，然后用镐头把它凿开。这个念头让希拉鲁姆惴惴不安。"其实用不着羡慕我们——"他开口道。

"没错。"南尼说，"等我们干完了活儿，所有人都可以够到天堂的地窖。"

第二天早上，希拉鲁姆去观察那座塔。他站在围绕塔基的巨大的院子里。塔基一侧过去一点的地方建了一座神庙。如果没有高塔，它肯定是一座雄伟的建筑；可现在，它就那么缩在塔边，一点都不起眼。

他能感受到这座高塔是多么坚固——无与伦比地坚固。关于这座塔有很多说法，所有说法都一致认定：没有哪座金字塔像它一样，如此厚重，如此坚实。这是由建造方法决定的。它从里到外都是烧制的火砖，而普通金字塔用的不过是太阳晒干的泥砖，仅仅在表面贴一层火砖。此外，砌砖的砂浆以沥青为主料，它能渗进火砖，将砖块牢牢地黏合起来，牢固程度不亚于砖块本身。

高塔基座很像一般金字塔的最底下两层。最下面是一个巨大的方形平台，边长 200 肘尺[1]，高 40 肘尺。平台朝南的一面有三组梯级，中间一组通向上面另一座较小的平台，高塔塔身便矗立在这第二座平台上。

塔身呈正方形，边长 60 肘尺，撑天挂地，仿佛支撑着天堂的全部重量。一条平缓的坡道镶嵌在塔身周遭，像缠绕在鞭子手柄上的皮条。不对，仔细端详之下，希拉鲁姆发现坡道其实有两条，彼此交错。每条坡道的外缘都竖立着密密麻麻的梁柱。这些柱头并不太粗，但很宽大，给坡道内侧提供了些许屏障。视线沿塔身向上，希拉鲁姆看到的是无数梁柱形成的镶边、坡道、砖墙，然后又是坡

1　肘尺，古代长度单位，自肘至中指端的长度为1肘尺，相当于43-56厘米。

道、砖墙……循环往复，最后变成无法辨别的浑然一体。浑然一体的高塔继续向上，向上，伸向目力不及的高处。希拉鲁姆的眼睛眨巴着，眯缝着，直到头晕目眩。他踉踉跄跄地后退了几步，打了个寒噤，转开了视线。

希拉鲁姆想起了儿时听过的故事，讲述的是大洪水之后的世界。故事说道，洪灾过后，人类重新在世界各地拓殖、生活，占据的土地比洪水之前更加广阔。他们还航行到世界边缘，看见大洋如何从世界边缘泻向下面雾霭沉沉、黑水横流的深渊。人类就此知道了这个世界的边界。他们觉得自己所处的世界太过狭小，渴盼着世界之外的东西，想见识耶和华的一切造物。他们将目光投向苍天，想象着耶和华的居所，那个建造在天堂水面之上的美好所在。于是，许多个世纪之前，人们开始建造这座高塔，这座通向天堂的巨柱，可以让人类缘柱而上，一窥耶和华的杰作。而耶和华也可以缘柱而下，看看人类的成就。

千千万万人辛苦劳作，无休无止，同时满怀喜悦，因为这份工作最终会让他们更加亲近耶和华。一想到这个场面，希拉鲁姆就无比振奋。当巴比伦人到以拦招募矿工时，他是多么兴奋啊。可现在，站在这座巨塔的底座，一种抵触情绪油然而生：世上不应该存在如此高大的东西。仰望高塔的时候，他只觉得自己所处的仿佛并非世间。

这样一个东西，是他应该攀爬的吗？

登塔的那个早上，第二层平台上到处是构造坚固的两轮拖车，排成一列又一列，把整个平台挤得满满的。许多车上装载的并非建筑材料，而是各种食物：一袋袋大麦、小麦、扁豆、洋葱、椰枣、黄瓜、面包和鱼干，还有数不清的大陶罐，里面盛着清水、椰枣酿的酒、啤酒、羊奶和棕榈油。还有些车子里的货物完全可以拉到市场上出售：

青铜容器、草编篮子、一卷卷亚麻布、木头桌凳。车上甚至还有一头育肥的公牛和一只山羊，几个僧侣正用布蒙上它们的眼睛，让它们看不见高塔两侧，免得上塔时受惊。到了塔顶以后，它们将被用作献祭的牺牲。

对了，还有些车子载着矿工们的镐头和锤子，以及一个小锻炉所需的全部工具。工头事先还做好了安排，将大批木材和一捆捆芦苇装车上塔。

路加图姆站在一辆车边，系紧捆扎木材的绳索。希拉鲁姆走了过去。"这些木头是打哪儿来的？自从我们离开以拦，这一路上我没见过森林。"

"这里北面有片森林，里面的树都是开始建塔时种下的。砍伐的木材顺着幼发拉底河漂流而下。"

"你们种植了一整片森林？"

"这座塔开工的时候，建筑师们就知道砖窑需要大量木头做燃料。这里找不着那么多木头，于是他们种植了一片森林。好些人的工作就是给森林浇水。还有，每砍掉一棵树，那些人就会补种上一棵新的。"

希拉鲁姆惊叹不已，"所有木头都是这么来的吗？"

"大多数吧。北边还有其他很多森林也被砍了，木头顺流漂下来。"他检查拖车的轮子，拿出随身带着的一个皮革囊，拔下瓶塞，往轮子和车轴上倒了一点油。

南尼走了过来。他望着从他们眼前伸展开去的巴比伦城，道："就这儿已经够高的了。我还从来没爬到过这么高的地方，可以俯瞰一座城市。"

"我也是。"希拉鲁姆说。路加图姆却只是笑。

"走吧。车子都准备好了。"

没过多久，所有矿工都两两成组，每两个人拉一辆车。拖车上有两个桩子，上面系着拉车纤绳，两个矿工一人一根。矿工的车和拉车汉的车混编在一起，这样才能保证整个队伍的速度。路加图姆和另一个拉车汉负责的车紧跟在希拉鲁姆和南尼的车后。

"记住，"路加图姆说，"和前车保持 10 肘尺的距离。转弯的时候左纤放松，整辆车子全交给右纤。每小时换一次边。"

前面的拉车汉们已经拉着拖车上了坡道。希拉鲁姆和南尼躬下身子，将纤绳甩上后背，一人搭在左肩，一人搭在右肩。两个人同时直起身来，将拖车前端抬离地面。

"拉吧。"路加图姆喊道。

他们向前倾身，拽紧纤绳。车子开始滚动。动起来以后轻松多了。他们绕过平台，来到坡道。到了这里，两人不得不再次深深地伏低身体，向前拉拽。

"他们把这算作轻载车？"希拉鲁姆从牙缝里嘀咕。

坡道的宽度能容纳一辆车加一个人，必要时可以人车交错。路面铺砖，车辆通行数百年后，坡道上碾压出了两道深深的车辙。他们头顶是梁柱支撑的天花板，向上升起，呈穹窿形，方形砖块彼此重叠，在中央位置合拢。右侧的梁柱十分宽大，让坡道显得有点像一条隧道。只要别往边上看，几乎不会感到这是一座高塔。

"你们挖矿的时候唱歌吗？"路加图姆问道。

"只在活儿不重的时候唱。"南尼说。

"那么，唱首你们采矿的歌吧。"

这个要求上下传递到其他矿工耳朵里。没过多久，所有矿工都唱了起来。

影子越来越短，他们上得越来越高。这里有屏挡遮住阳光，周围是清爽的空气，比塔底城市的狭窄小巷凉快得多。在下面的城市，正午的时候，温度高得能把急匆匆爬过街道的四脚蛇热死在半道上。朝旁边望去，矿工们能看到沉沉流动的幼发拉底河，还有绿色的田地，延伸到许多里格之外的远方，横贯其间的条条沟渠映着阳光，熠熠生辉。巴比伦城则是一幅由街巷和建筑织成的极其繁复的图样，阳光下，建筑上的石膏涂料闪闪发亮。登塔的人愈行愈高，城市也越来越模糊。它好像在不断收缩，越来越靠近塔基。

希拉鲁姆再一次换到右纤，紧挨着坡道外缘。就在这时，他所在的上行坡道的下一层传来了叫喊声。他想停下脚步，看看下面是怎么回事，但又不想破坏步伐的节奏。再说就算真的去看，他也看不清下面坡道的情况。"底下出什么事了？"他朝身后的路加图姆喊道。

"你们有个矿工害怕了，恐高。第一次登塔的队伍中，偶尔会出现这么一位。这种人会死死趴在地下，没法往上爬了。不过这么早就吓成这样，还真少见。"

希拉鲁姆知道是怎么回事了。"我们那儿也有一种惊吓症，跟这个差不多。初次下井的新手矿工中间，有的人怎么也不肯进矿井，害怕会被活埋在里头。"

"还有这种事？"路加图姆喊道，"我从来没听说过。你们自己怎么样？在高处没问题吗？"

"我完全没问题。"但他瞥了南尼一眼。究竟如何，他们自己清楚。

"手心直冒汗，对不对？"南尼悄声道。

希拉鲁姆在粗糙的纤绳上擦了擦手，点点头。

"我也一样。早些时候，我靠外缘的时候。"

"或许咱们也该在脑袋上套个套子，跟那头牛和那只山羊一样。"希拉鲁姆嘟哝着开了个玩笑。

"上到更高的地方以后，咱们会不会也恐高？你觉得呢？"

　　希拉鲁姆想了想。他们的一个同伴这么快就被高度吓坏了，这可不是个好兆头。他晃晃脑袋，甩掉这个念头。上塔的人数以千计，他们并没有害怕。一个矿工受惊，然后整队矿工都被传染——这实在太傻了。"咱们只是不习惯而已。还得爬几个月，咱们有的是时间来习惯高处。等到了塔顶之后，说不定还巴不得它更高些呢。"

　　"不会，"南尼说，"我肯定不会盼着继续拉这辆车子。"两人都笑了起来。

　　晚餐是大麦、洋葱和扁豆，睡觉的地方是深入高塔内部的一条条巷道。第二天早晨醒来时，矿工们的腿疼得几乎连路都走不动了。拉车汉们看得大笑不已，给矿工一些药膏按摩肌肉，还重新分配了拖车里的货物，减轻矿工的负担。

　　到了这里，从坡道边缘望下去，希拉鲁姆吓得双腿发软。这个高度上，风已经是持续不断。他估计再往上爬，风力还会继续增强。他想，不知道有没有人一个不小心，被大风刮下高塔。这一路坠落，距离可不短啊，撞上地面之前能念完一段祷词。这个念头让希拉鲁姆打了个哆嗦。

　　除了腿疼之外，对矿工们来说，第二天的经历跟第一天差不多。现在的视野更加开阔，一眼望去，大地辽阔得让人震惊。他们甚至能望见田野之外的沙漠，那边的一支支商队看上去就像一行行小虫子。这一天没再有哪个矿工过于害怕，不敢继续上行，登塔的过程十分顺利。

　　第三天，矿工们的腿疼一点也没有好转，希拉鲁姆觉得自己活像个瘸腿老头子。到了第四天，腿疼有所缓解，矿工们重新接过拉车汉替他们分担的货物，车子的载重恢复到了出发的时候。傍晚时分，他们与负责上面一段的拉车汉会合了。后者拉着空车，轻快地从下行坡道走下来。上行和下行坡道互相缠绕，却从不交叉，只通过塔身内部的巷道相连。负责不同高度的一队队拉车汉绕着塔身或上或下，完成各自的路段以后再横穿巷道，交换载重车和空车。

矿工们被介绍给第二队拉车汉，当天晚上，大家一起吃饭聊天。第二天一早，头一队拉车汉整理好空车，准备返回巴比伦。路加图姆向希拉鲁姆和南尼道别。

"照顾好你们的车子。它可是上上下下爬过整座高塔的，来回的次数比任何人都多。"

"你不会也羡慕这辆车吧？"南尼问。

"不。它每次到了塔顶，还得一路爬下来。我可受不了这个。"

一日将尽，第二队拉车汉停住脚步。负责希拉鲁姆和南尼身后那辆车的拉车汉走上前来，想让他们看点新鲜东西。他的名字叫作库答。

"你们还没在这么高的地方看过日落呢。来，看看吧。"这个拉车汉走到塔边，一屁股坐下，两条腿搭在塔外。见两人迟疑不前，他说："来吧。害怕的话，你们可以先跳下来，再朝塔外看。"希拉鲁姆不愿意表现得像个胆怯的小孩子，但他实在鼓不起勇气就那么坐在塔边，脚下就是几千肘尺的绝壁，于是只好肚皮贴地趴下，只把脑袋探到塔边。南尼也照他的样子做了。

"太阳快落下去的时候，朝塔下看。"希拉鲁姆只向下瞥了一眼，赶紧将目光转向地平线。

"这里的日落有什么不一样吗？"

"好好想想。太阳落到西边那些山巅后面的时候，示拿的平原就变成了黑夜。可在这儿，我们比那些山更高。所以哪怕太阳落到了山后，我们还是能看见它。要让我们这儿变成黑夜，太阳必须落到更远的地方。"

希拉鲁姆听懂了，不由得感到震惊。"那些大山投下影子，下面就变成了黑夜。在地面，黑夜来得比这里更早。"

库答点点头。"你们可以眼看着黑夜顺着这座塔爬上来，从地面爬到天空。爬得很快，但你们还是能看见这个过程。"

他观察着球状的红色太阳，过了一会儿，又朝下方望去，然后手一指，"快看！"

希拉鲁姆和南尼向下望去。在巨塔的塔基，小小的巴比伦城已经笼罩在阴影中。紧接着，阴影顺着塔身向上蔓延，像一把华盖向上撑开。一开始，它爬得不是很快；希拉鲁姆觉得自己可以数清流逝的时间。但随着阴影接近，它变得越来越快。希拉鲁姆还没来得及眨一下眼睛，阴影已经掠过了他。他们身处黄昏之中了。

希拉鲁姆翻过身来，向上望去，刚好赶上看见夜色飞快地漫过上面的塔身。慢慢地，太阳朝遥不可及的世界的边缘沉了下去，天空黯淡下来。

"真壮观，对吧？"库答说。

希拉鲁姆什么也没说。平生头一次，他真正明白了黑夜是什么——它是这个世界投下的影子，投射在天空中。

继续攀登。又过了两天，希拉鲁姆渐渐习惯了高处。这里高出地面差不多 1 里格，他却可以鼓起勇气站在坡道边缘，向塔下张望。希拉鲁姆抱紧边缘处的一根梁柱，小心翼翼地仰起身子，向上望去。他发现这座塔不再像一根光溜溜的柱子了。

他问库答："上头的塔身好像变宽了。这怎么可能？"

"看仔细些。那是伸在塔身外面的木头阳台。柏木做的，用亚麻绳子吊在塔上。"

希拉鲁姆眯缝着眼睛仔细打量。"阳台？要阳台干什么？"

"上面铺着土，可以种蔬菜。这个高度缺水，种得最多的是不需要多少水的洋葱。更高的地方雨水比较多，还能种豆子呢。"

南尼问："既然比这儿高的地方有雨，雨水怎么不落到这里来？"

库答有些奇怪地看着他。"这还用问吗？没等落下来就蒸发了呗。"

"哦，确实如此。"南尼耸了耸肩。

第二天结束的时候，他们来到了那些阳台所在的地方。所谓阳台，其实只是平台，上面种满了洋葱。阳台用粗绳子吊在上面的塔身上，那些绳索上方则是上一层阳台。每一层阳台对应的塔身内部都有一些狭小的房间，拉车汉们的家就安在这里。妇女们坐在房门口缝缝补补，或者在外面的菜地里拾掇洋葱。小孩子沿着坡道上下追逐，在拖车间穿梭来往，绕着那些阳台边缘奔跑——毫无惧色！这些高塔里的居民一眼就认出了新来的矿工，所有人都朝他们微笑和招手。

晚餐时间到了。拖车全都停放妥当，食品和其他货物从车上卸下，供应给这里的居民。拉车汉们问候过家人，邀请矿工们共进晚餐。希拉鲁姆、南尼和库答一家子一同用餐。晚餐很丰盛，有干鱼、面包、椰枣酒和水果，大家吃得十分尽兴。

就希拉鲁姆所见，高塔的这一段已经形成了一个小小的镇子，分布在上行下行两条坡道之间。镇子里有一座神庙，可以举办各种节日庆典和仪式。这里有排解纷争的治安官，有各种商店，它们的货物来自拖车队。整个镇子与车队是不可分割的，没有其中一个，另一个也无法存在。不过，从本质上说，车队意味着旅行，从一个地方开始，到另一个地方结束。所以，从一开始，这个小镇就不是一个永久性的居住地，它仅仅是一次长达数百年的旅行的一部分。

晚餐之后，他问库答和他的家人："你们有谁去过下面的巴比伦吗？"

库答的妻子阿丽特姆回答道："没去过。我们去那里干什么？需要爬上爬下那么多天，再说我们这儿什么都不缺。"

"你们就不想实实在在地在大地上走一回吗？"

库答耸耸肩，"我们住在通往天堂的大道上，我们所做的一切都是为了延伸这条大道。就算要离开这座塔，我们也会走上行坡道，走向天堂，而不是向下。"

时间一天天过去，矿工们不断攀登。到了这一天，他们发现从这里的坡道边缘探头望去，无论是朝上看还是朝下看，两个方向的高塔成了一个模样。往下看，塔身渐渐收缩，越来越小，最后消失。它从视线中消失的地方离地面还远着呢。向上也是一样，矿工们仍旧远远望不到塔顶。上下两个方向，能看到的都只有长长的塔身。仰视和俯视都令人惶恐——让人心里踏实的连续性消失了，他们不再是大地的一部分。这座塔完全可能是悬在半空中的一段线头，向下踏不着大地，向上挨不着天堂。

在这一路段的攀行过程中，希拉鲁姆时常感到苦闷。他觉得自己身处异地，和整个世界隔绝开来。大地似乎因为他的不忠抛弃了他，而天堂又不屑于接纳他。他多么希望耶和华能显示一个征兆，让大家知道他支持他们的冒险之旅。如果没有一点好兆头，他们如何能在这样一个让人极度苦闷的地方坚持下去？

这个高度的高塔居民却一点也不觉得这里有什么不对劲。他们总是热情地迎接客人，祝矿工们挖掘天堂窖底时一切顺利。这些人生活在潮湿的云雾中，上下两个方向都能看到暴雨，还在空中收割庄稼——却完全不觉得人类不应该住在这种地方。这些居民并没有获得来自上苍的许诺或者鼓励，却丝毫也不担心，泰然自若地生活着。

一周又一周过去了。现在，每一天攀爬时，他们都觉得太阳和月亮比前一天升得低了些。银色的月光泻在高塔南壁，闪闪发亮，仿佛耶和华的眼睛在观察他们。没过多久，他们便和月亮的运行轨道齐平了。这是他们够到的第一尊天体。大家侧着脑袋，注视着坑坑洼洼的月面，赞叹地看着它不依靠任何支撑优雅地移动。

接下来，他们靠近了太阳。时值夏季，太阳的位置几乎在巴比伦城的正上方，也就是说十分接近高塔的这一段。这个高度没有居民，也没有种植蔬菜的阳台，因为这里的太阳能把大麦烤熟。这里黏合塔砖的也不再是沥青，而是黏土。沥青会被烤软烤化，黏土只会越烤越硬。为了遮挡白天的高温，坡道的梁柱也大大加宽，几乎成了一道连续不断的墙壁，把坡道变成了一条隧道，只留下一条条窄缝，透进呼啸的狂风和一片片利刃般的金色阳光。

这个路段之前，各队拉车汉的间隔一直很均匀，现在却不得不做出调整。启程上路的时间一天比一天更早，好在拉车时多一点阴凉，少一点日晒。到了与太阳齐平的路段，他们已经完全改在晚上拉车了。白天的时候，热风吹着，大家赤裸着身体，大汗淋漓，极力想睡一会儿，却又担心睡着了被烤死。不过拉车汉们在这个路段来往过许多次，没有热死过一个人。终于，他们爬到了高于太阳的地方，情况总算跟太阳下方的路段一样了。

现在，白昼的天光变成从下向上照耀，这个景象简直反常到了极点。阳台上的有些板子被抽掉了，好让下面的阳光透上来，照射上面的泥土，以及泥土上的庄稼。这些庄稼也不再向上生长，而是横生蔓长，或者向下生长，弯曲着茎叶伸向阳光。

接下来，他们接近了星辰的高度。星星四面散布，像一个个小小的火球。希拉鲁姆原本以为它们会比较稠密，事实却并不是这样。即使多了许多在地面上无法看到的小星星，它们仍旧显得十分稀薄。星星们也不是处于同一高度，而是高低错落，分布在他们上方几里格的位置上。由于不知道这些星星的大小，很难判断它们离大家是远是近。偶尔也会有一颗运行到非常接近大伙儿的位置，这时就能看出它们的速度快得惊人。希拉鲁姆意识到，所有来往于天空中的天体，其速度都大致相若；只有这样，它们才能在一天之内，从世界的一边运行到另一边。

白天的时候，天空的蓝色比在地面上看到的淡得多。这表明他们已经接近天堂窖底了。细看之下，希拉鲁姆吃惊地发现有些星星居然大白天也能看见。由于太阳的照耀，在地面上无论如何也看不见它们。可在这个高度，这些星星清晰可辨。

一天，南尼急急忙忙地找到他，说："有颗星星撞到塔上了。"

"什么！"希拉鲁姆四下张望，大惊失色。他觉得头昏脑涨，好像脑袋上挨了重重一击似的。

"不，不是现在。很久以前的事，一个多世纪以前。有个住在这儿的人这么说来着，他的祖父当时在场。"

两人走进巷道，只见好几个矿工围坐在一位枯瘦的老人家身边。"……射进塔砖，就在这上头大概半里格的地方。现在还能看见留下的大疤呢，像出水痘留下的一个老大麻点。"

"那颗星星怎么样了？"

"它卡在墙里，烧得哧哧响，亮得让人不敢正眼看它。大伙儿本打算把它撬松，说不定它还能接着飞。可它实在太烫了，没法靠近，大家又不敢往上浇水。过了好几个星期，它才冷却下来，变成了一大块疙疙瘩瘩、来自天堂的黑色金属，有一个人双臂合抱那么大。"

"那么大？"南尼的声音里透着敬畏。有些星星的运行轨道会让它们最终坠向地面，人们有时能捡到小块的天堂金属。这些金属比最硬的青铜还硬，无法熔化重铸，只能加热后锻打。护身符就是用这种材料制作的。

"一点没错。地面上，这么大块的天堂金属听都没听说过。想想看，用它能打成多少工具！"

"你们不会当真用它打造工具吧？"希拉鲁姆震惊不已。

"哦，不，不。大家碰都不敢碰它。所有人都下了塔，等待着耶和华的惩罚，因为他们惊扰了神圣的造物。他们等了好几个月，却什么兆头都没等来。最后大家回到这里，把那颗星星撬了下来。现在它被供奉在下头城市的一座神庙里。"

一片寂静。过了一会儿，一个矿工开口了，"这座塔有那么多故事，怎么从来没有人跟我提起这一个？"

"这是个罪过，不能随便讲的。"

他们越爬越高，天空的蓝色也越来越淡。到最后，一天早晨，希拉鲁姆醒来后站到塔边，抬头一看，吓得大叫起来：之前看着还是苍白的天空，现在的样子却好像白色的天花板，扣在他们头顶，伸向无尽的远方。这说明他们已经非常接近天堂的地窖，可以看清它的底部——那个拱形窖底就像一片硬壳，将整个天空容纳其中。所有矿工都压低嗓音窃窃私语，不断抬头看天，活像一群白痴，逗得此地的高塔居民捧腹大笑。

继续攀登时，他们才吃惊地意识到自己是多么接近目的地。窖底一片空白，让他们的眼睛无法判断，辨不清远近。可突然间，它已经近在咫尺，就在他们头顶。现在，与其说他们是爬向天空，不如说他们正攀向一片毫无特征、白茫茫的大平原。这片平原向各个方向延伸开去，大得无边无际。

这幅景象让希拉鲁姆的所有感官都变得颠倒错乱。有时候，望着上面拱形的窖底，他觉得这个世界好像不知怎的翻了个个儿；如果不小心失足，他不会摔向下面，而会坠向上方的窖底。有时候，窖底总算好端端地待在他的上方，却又显得沉甸甸的，压得人喘不过气来。它就像一片岩层，其重量堪比整个世界，偏偏却没有任何支撑，这让希拉鲁姆产生了一种他身在矿井之下时从未有过的恐惧：害怕拱顶坍塌，把他埋在下面。

还有的时候，那片窖底又像一片壁立的峭壁，从他眼前向上升起，高得无法想象；而他身后黯淡的大地仿佛变成了另一片相似的绝壁。这时的高塔则成了一根夹在两堵峭壁之间的缆绳，抻得紧绷绷的。还有一种情形比上面的种种更加可怕。在某个瞬间，"上"和"下"好像不存在了，他完全不知道自己在朝哪个方向爬行。这种感觉很像对高度的恐惧，只是比那个吓人得多。他时常从惊悸不安的睡眠中猛然惊起，浑身是汗，十指抽搐，拼命想抠住铺砖的地面。

南尼和其他许多矿工同样整天眼神涣散，但谁都不说自己晚上做了什么噩梦。和工头彼利的预想相反，攀登的速度变慢了。窖底在望不但没有起到激励作用，反而让大家提心吊胆。同行的拉车汉对矿工的表现很不耐烦。希拉鲁姆不禁心想，能够生活在这样的地方，这些都是什么人啊？他们是怎么保持理智，不堕入疯狂的？他们怎么习惯这一切？出生在这种固态"天空"下的孩子，看到下面的大地时会不会吓得尖叫起来？

也许人类本来就不该生活在这样的地方。如果人类的天性限制了他们，不让他们过分接近天堂，那么，人类或许应该好好待在地面才是。

他们登上了塔顶。方位错乱的感觉逐渐消失，也许是因为大家慢慢习惯了。站在这里，站在塔顶的方形平台上，矿工们举目望去，他们看到的是人类有史以来所见过的最壮丽的景色：在他们下面无比遥远的地方，透过云雾，铺开了一张由大地和海洋织成的地毯，向四下展开，直伸向视野的尽头。而悬在他们上方的，则是底下这个世界的屋顶，人间所谓"天"的极顶。天顶之下的他们，立身所在，正是这个世间的最高处。在这里，耶和华的造物中，能为人类所理解的，尽在眼底了。

僧侣们带领大家向耶和华祈祷，感谢他允许他们看到这么多；然后乞求他的原谅，因为他们还想看到更多。

塔顶在砌砖。大锅熬煮着一团团沥青，熔化的沥青散发出浓重刺鼻的焦油味儿。四个月来，这是矿工们闻到的最富于尘世气息的味道。他们翕动着鼻翼，抢在它被大风卷走之前多嗅一点儿。这种从大地罅隙渗出的黏稠液体混合着砖头，在高高的塔顶凝结，固定，仿佛大地本身长出了一截肢体，伸进天空。

泥水匠人就在这里工作。他们将拌合着砂浆的沥青抹到需要砌砖的位置，然后熟练地砌好沉重的砖头，位置不差分毫。泥水匠们绝不能像其他人那样，被上面的窖底弄得头晕眼花，影响自己的工作。高塔必须保持绝对垂直，不能允许哪怕一指宽的偏差。现在，泥水匠的劳作已接近尾声，历时四个月登上塔顶的矿工即将开始他们的工作。

没过多久，埃及人上来了。他们都是小个子，深色皮肤，下颌留着稀疏的胡须。他们的拖车载着石锤、青铜工具和木头楔子。埃及人的工头名叫森穆特，如何凿穿拱形窖底的问题要由他和以拦工头彼利协商决定。埃及人用带来的材料建了一座锻炉，以拦人也一样。开凿过程中，青铜工具会磨损，必须回炉重铸。

天堂的窖底就在上面，伸直手臂，指尖就能触到。跳起来摸一把，感觉又光又凉。它的材质似乎是打磨得极其光滑的白色花岗石，没有丝毫瑕疵，没有任何与别处不同的特异之处——问题就出在这里。

许久以前，耶和华放出了大洪水，让大水从上下两个方向奔涌而出。来自深渊的水从地面的泉眼喷出，来自天堂的水从天堂地窖的闸门泻下。而现在，人们在近处打量窖底，却找不到一点闸门的痕迹。大家从各个角度仔细观察，看到的仍是光秃秃的花岗石：没有开孔，没有窗口，没有任何缝隙。

看样子，他们的塔顶正好位于天堂的数个水窖之间。其实这是好事。如果能在上面看见闸门，凿穿窖底就要冒打破水窖，让大水涌出的危险。对下面的示拿平原来说，这就意味着倾盆大雨。下的季节不对，而且比冬雨更大，整个幼发拉底河流域都会暴发洪灾。被破坏的水窖泻空积水以后，大雨按说就该结束，但人们无法排除另一种可能：耶和华会惩罚他们，让暴雨持续倾泻，最后冲毁高塔，将巴比伦化为一片泥浆。

尽管看不见任何闸门，危险仍旧存在：或许闸门还是有的，只是凡人的眼睛无法看见，所以浑然不知自己头顶上方正好就是一座水窖。又或许，天堂的水窖极其庞大，就在他们上方，只不过闸门离得远，离他们最近的也在许多里格以外，无法看见。

究竟应该怎么着手，大家争执不休。

"耶和华肯定不会冲垮这座塔。"一个名叫奎杜萨的泥水匠争辩道，"如果它是对神明的不敬，耶和华早就毁掉它了。这么多世纪以来，我们一直在建它，却从没发现耶和华有一点点不高兴。完全没有这种征兆。如果上面是水窖，没等我们凿穿，耶和华就会先把它排干的。"

"如果耶和华真的赞赏我们做这种尝试，那他早就在地窖给我们安排好一架梯子了。"以拦人厄鲁提反驳道，"耶和华既不会帮助我们，也不会阻挠我们。如果凿穿了水窖，我们必将面对倾泻而下的大水。"

这个时候，希拉鲁姆再也无法压制心中的疑虑，无法继续沉默下去。"还有，如果大水无休无止，那该怎么办？"他问，"也许耶和华不会有意惩罚我们，但耶和华或许会让我们承担自己的错误判断所造成的后果。"

"以拦人，"奎杜萨说，"虽说你们是新来的，也该多少了解一些情况。我们的劳作是出于对耶和华的爱。我们把一生都奉献给了耶和华，还有我们的父辈、祖辈，无数代先辈。虔诚如我辈，是不会被苛责的。"

"我们的目标最纯洁不过，这是事实，但目标的纯洁并不一定意味着手段的明智。大地的泥土塑造了我们，我们却决定让自己的生活脱离这片土地，高于这片土地。这是正确的道路吗？耶和华从来没有对这种选择表示过赞许。现在，虽然知道上方也许就是天堂的水窖，可我们还是准备凿开天堂。如果这条路根本就是错误的，我们怎么能够相信耶和华会保护我们，让我们免遭自身错误带来的伤害？"

"希拉鲁姆建议我们谨慎行事，我同意。"彼利说，"我们一定要确保不给这个世界带来第二次洪灾，连让暴雨降落到示拿的大地都不行。我和埃及人森穆特讨论的时候，他给我看了一些方案，他们曾经用那些办法封闭埃及国王们的陵寝。我相信，开凿工作开始以后，他们的方案会确保安全。"

僧侣们举行了仪式：献祭牛羊，诵经，焚香。然后，矿工们开始工作。

早在矿工登顶之前很久，人们已经得出了结论：用锤镐硬挖拱顶显然行不通。那样的花岗石，就算水平凿进，一天最多只能凿开两指宽，更别说向上开挖了。进展会非常非常缓慢。大家准备采用火烧法。

矿工们在拱顶下方选好位置，用带来的木柴生了一大堆火。他们不断添柴，让大火烧了一整天。火焰的热量迸裂了拱顶的石头，让它们不断剥落。大火熄灭之后，矿工们往石头上浇水，加速迸裂进程。这样，他们就可以把上面的石头一大块一大块地撬下来，让它们重重地落在塔上。火烧一天，他们差不多能凿开 1 肘尺。慢慢地，一条向上的隧道渐渐成型。

这条隧道并不是竖直向上。它像楼梯一样，有一定的坡度。人们又从塔上筑了一条带梯级的坡道与它衔接。用火烧法凿开的隧道的洞壁过于光滑，大家于是做了木头框架放在脚下，里面是踏脚的地方，这样就不会脚底打滑，向后溜回去了。随着隧道延伸，人们在最里头的地方用砖块砌了火台，继续举火燃烧。

隧道凿进拱顶 10 肘尺以后，他们把它改平、加宽，形成一个房间。矿工们把被大火烧裂的石头全部撬下来，然后，埃及人上场了。他们的采石工作不用火烧，工具也仅仅是石头做的大锤和小锤。用这些工具，他们着手制作一扇花岗石滑动门。

埃及人首先做的是采石，他们将一块巨大的花岗石从一堵石壁上抠下来。希拉鲁姆和其他矿工想帮忙，却发现采石工作难度太大。埃及人采石不是砸碎石头，而是用錾子在石头上敲敲打打，开出沟槽。这项工作要求用力均匀，始终保持同样的力量敲打，太轻太重都不行。

几个星期以后，这块石头已经准备就绪，可以撬下来了。它比一个人高些，宽度更是超过了高度。为了让它和壁面分离，他们在石头基脚处錾开许多槽子，又将干燥的木头楔子砸进这些槽子。接下来，他们在大木楔中砸进许多更薄的楔子，让大木楔裂开，最后再往裂缝中浇水，让木头膨胀。几小时后，木头上的裂纹扩展到了石头上，整块花岗石脱离了石壁。

在这个房间尽头靠右手那一侧，矿工们用火烧法凿出了一条狭窄的、倾斜向上的巷道。他们又在这条巷道口挖出一条向下的坡道，从房间地面向下凹进约 1 肘尺。这样一来，从巷道口到房间入口就有了一条平滑、连续的斜坡道，贯穿整个房间，止于房间入口稍微偏左一点的地方。埃及人把挖下来的那一大块花岗石拉上斜坡道。他们拉呀推呀，把它弄上那条旁支巷道。石头勉勉强强立在巷口，埃及人用大块泥砖将它撑在巷道口的左壁，就像在坡道上方放了一根大柱头。

有了这块滑动挡水石，矿工们就可以放心大胆地继续向上掘进了。如果他们凿穿一座水窖，天堂的水向下冲向隧道，矿工们只消砸掉起支撑作用的泥砖，挡水石便会顺着坡道滑下来，进入房间地面上的凹槽，堵死房间入口。如果水势极大，一下子就把矿工冲出隧道，那也没关系。泥砖会渐渐溶开，挡水石还是会滑下来。大水被控制住以后，矿工们就可以避开水窖，另外选一个方向，重新凿一条巷道。

矿工们在房间尽头继续掘进，采用的仍旧是火烧法。为了加快巷道里的空气流动，人们把牛皮绷在高大的木框上，呈对角立在塔顶的隧道口，将天堂地窖底下方持续不断的强风往上引，引进隧道。风力让大火熊熊燃烧，并在大火熄灭后驱散烟雾，让矿工们可以继续凿石，不至于吸入烟尘。

装好滑动挡水石的埃及人并没有停止工作。矿工们在巷道尽头挥舞镐头的时候，他们忙着在后面坚硬的石地上凿梯级，替换矿工临时凑合用的踏脚木框。埃及人做这个活计时用的仍旧是木楔，他们从倾斜的石地上撬走一块块石头，留下的便是一道道梯级。

矿工们就这样工作着，让隧道渐渐延伸。隧道始终向上，但每隔一段距离，它都会变个方向。它就像一根穿进针鼻的线头一样，在巨大的布匹上不断来回。一路上，他们建了好些配备滑动挡水石的房间；就算挖穿水窖，被淹没的也只有最上方的那一段隧道。他们还在窖底拱顶的表面凿出承重孔、承重桩，悬挂吊索，吊住下面的索道和平台。这些悬挂式平台远远地离开了高塔的塔身。人们又以这些平台为立脚点，向上凿出旁通隧道，与深入拱顶的主隧道相连。大风进出于几个隧道，形成通风效果，即便是最里面隧道中的烟尘也能被清除干净。

一年又一年，他们的劳作持续进行。一队队拉车汉们向上搬运的已经不再是砖头，而是火烧法所不可或缺的木柴和水。深入拱顶内部的隧道里有了长住居民，他们在悬挂式平台上种植向下生长的蔬菜。矿工们在这个天堂边缘之地扎了根，住下了。其中一些人结了婚，生养小孩。几乎没有人再次踏上地面。

脸上蒙着湿布的希拉鲁姆踩着踏脚木框下到下面的石头台阶上。他刚给隧道尽头的火堆添了柴。大火会烧好几个小时，他只能在底下的隧道里等着，这儿没有上头那么浓的烟。

就在这时，远处传来一阵咔咔的开裂声，就像一座石山从中间迸裂。接着是持续不断、越来越响亮的咆哮。一股激流从隧道汹涌而下。

一时间，希拉鲁姆吓得无法动弹。水流冰凉，寒彻骨髓，撞击着他的双腿，将他冲倒在地。他挣扎着爬起来，大口喘息，死命抓紧台阶，躬身对抗激流。

他们凿开了一座水窖。

他得赶紧往下逃，逃到位置最高的那道滑动挡水石下面——抢在它封死退路之前。两条腿恨不得连蹦带跳地往下跨，但他知道，真要那么做，他不可能稳住脚步；怒涛会把他冲倒，他很可能会被激流活活拍死。他鼓起勇气，能走多快走多快，但一次只下一级台阶。

他滑倒了几次，每次都一下子滑下十几级台阶。石阶擦伤了他的后背，可他一点也没感觉到疼痛。一路上他都以为隧道马上就要坍塌，把他砸死在下面；或者整个拱顶会忽地敞开，让他脚下除了天空之外别无一物，让他和来自天堂的暴雨一块儿坠落地面。耶和华的惩罚来了，第二次大洪水来了。

他离滑动挡水石还有多远？隧道好像永无尽头，水流却越来越急。疾步变成小跑，他在梯级上跑了起来。

突然间，他脚下一绊，摔进一个浅水洼，搅得水花四溅。这是梯级的尽头，他栽进了挡水石所在的房间。这里的积水已经高过他的双膝。

他站起来，看见两个矿工同伴达姆奇亚和渥尼，两人正呆呆地望着他。他们站在挡水石前，挡水石已经堵死了出口。

"不！"他大吼一声。

"他们放下了挡水石！"达姆奇亚狂叫道，"他们没有等我们！"

"上面还有人下来吗？"渥尼绝望地喊道，"我们一道，说不定能搬开石头。"

"上面没有人了。"希拉鲁姆回答道，"他们能从下面把挡水石推开吗？"

"他们听不见我们。"渥尼用锤子狠狠砸了一下那块花岗石，在水流的咆哮声中，一点动静都听不见。

希拉鲁姆四下打量这个小房间，这才发现有个埃及人脸朝下泡在水里。

"从台阶上摔下来，摔死了。"达姆奇亚喊道。

"咱们难道一点办法都没有了吗？"

渥尼仰头望着上方，"耶和华，饶恕我们吧。"

站在水面不断攀升的积水中，三人拼命祈祷，但希拉鲁姆知道，这一切都是徒劳。他的大限到了。耶和华没有让人们修建这座塔，也没有让他们凿穿拱顶。做出这些决定的是人，也只有人。而人们将在自己的这一奋斗过程中死去，正如他们在地面上的种种奋斗过程中死去一样。尽管态度无比虔诚，他们仍将面对自己的行为带来的所有后果。

水升到了他们的胸口。"向上，咱们往上去。"希拉鲁姆喊道。

他们顶着洪流，竭尽全力攀登隧道。在他们身后，水面不断上升，咬着他们的脚跟不放。为隧道照明的火把早已熄灭，他们在一片黑暗中向上攀爬，同时低声祷告，尽管祷告声连他们自己都听不见。上方隧道的踏脚木框被冲了下来，卡在下面的隧道里。他们爬过这些木框，一直爬到木框原来所在的光滑的石坡上。他们在那里停下，等着上升的水面将他们托向更高处。

祷词已经念完，他们默默地等待着。希拉鲁姆想象着自己正站在耶和华黑漆漆的食道里，而那位全能的神祇正大口地畅饮天堂之水，准备一口吞掉他们这些罪人。

水涌上来了，带着他们涌向上方，直到希拉鲁姆抬起双手便能摸到拱顶。大水从中泻下的那道巨大裂缝就在他旁边。水面上升，只有一小块地方还残留着一点空气。希拉鲁姆喊道："水满到顶的时候，我们就游向天堂。"

他不知道另外两人听见没有。水面升至拱顶，他吸进他的最后一口空气，向上游进那道裂缝。他将死于天堂近旁，比之前的任何人离天堂更近。

裂缝向上延伸，不知有多少肘尺。希拉鲁姆一游进去，刚才攀着的拱顶的岩石便从他指尖消失了，奋力摆动的肢体丧失了一切可以依靠之处。有一阵子，他感觉到一股水流带动着他，但过了一会儿，他又觉得似乎不是这样。四周一片漆黑，他又一次感受到了最初接近拱顶时所产生的那种眩晕——辨不清方向，连上下都无法区分。他又踢又蹬，却连自己究竟是否在移动都不知道。

无依无靠。也许他正漂浮在静止的水中，也许他正被水流裹挟冲刷。除了让身体麻木的刺骨冰冷，他什么都感觉不到。他看不见一丝光，难道这个水窖根本没有所谓的水面，他永远不可能浮起来了吗？

就在这时，他撞到石头上，他的双手摸到了某种东西表面的一道裂缝。他正被冲回原点吗？水流推动着他，而他完全没有力气对抗。他被水流拉进隧道，在隧道壁上撞来撞去。好深的隧道，好像最深最深的矿井。他的肺憋得快炸开了，但隧道仍旧长得没有尽头。终于，他再也屏不住呼吸了，不由自主地张嘴吸气。他在溺亡，黑暗包围了他，伸进他的肺中。

但猛然间，洞壁向四面敞开。一股湍流拥着他冲向前方，他感觉到了水面之上的空气！紧接着，他什么也感觉不到了。

醒来时，他的脸紧紧贴在一块湿漉漉的石头上。他什么也看不见，但能感觉到附近是水。他翻了个身，呻吟起来。肢体没有一处不疼，他全身赤裸，身上大片擦伤，没有擦伤的皮肤被水泡得起皱。尽管如此，他能呼吸到空气。

　　过了不知多久，他总算能站起身来。水流过他的足踝，流得很急。他朝一边迈了一步，立即踏进了深水。另一边则是干燥的岩石，从触觉判断，应该是砂岩。

　　四下里伸手不见五指，好像没有火炬照明的矿井。他用伤痕累累的十指摸着地面，一点点向前摸索。地面抬升成了岩壁。他像盲人一样缓缓地爬前爬后，发现流水原来来自地面上的一个大洞。想起来了！之前，正是从这个孔洞，水流挟着他冲出了水窖。他继续爬着，摸索着，似乎过了好几个小时。如果他所在的地方是个洞窟，那它一定非常大。

　　在某个地方，地面向上隆起，形成一个缓坡。这是通向上方的通道吗？也许它可以将他带入天堂。

　　希拉鲁姆爬呀，爬呀。他不知道自己爬了多长时间，也不记得自己爬行的路线。但他一点也不在乎，因为他不可能掉头而行，回到他来时的地方。溺水的时候，他灌了一肚子水，多到他不敢相信，可现在他重新觉得渴了，而且饿了。

　　他终于看到了光线，于是全力向外面冲去。

　　亮光刺得他睁不开眼睛。他跪倒在地，攥得紧紧的拳头遮挡着脸庞。这是耶和华发出的光明吗？他凡人的眼睛能看到这种光明吗？过了几分钟，他睁开双眼。希拉鲁姆看到的是沙漠。他从中跑出的洞窟坐落在某个山脚下，眼前则是无尽的岩石和黄沙，一直伸向天边。

　　天堂的模样怎么会和世间没有区别？难道耶和华的殿堂就是这样的地方？又或许，这里不过是耶和华所创造的另一个世间，他所生活的人世之外的又一个人世，而耶和华的居所高居于这一切之上？

太阳倚在他身后的山巅。是日出还是日落？这个世界也有昼夜之分吗？

希拉鲁姆眺望着这片沙漠。天边处，一行什么东西在移动。是商队吗？

他朝那个方向跑去，一边跑一边用焦渴的嗓子放声大喊，直到他喘不过气，喊不出声。商队末尾的一个身影看见了他，整个商队停了下来。希拉鲁姆继续跑着。

发现他的那一个应该是人，而非精灵，一身沙漠行旅打扮，手里还举着一个水袋。希拉鲁姆大口猛喝，不时剧烈喘息一阵子。

他把水袋交还给那个人，一边喘一边问："这是什么地方？"

"你是遇上强盗了吗？我们正要朝以力¹去。"

希拉鲁姆瞪着他。"你骗我！"他叫道。那人退了一步，小心地打量着他，好像他是个被太阳晒昏了头的疯子。希拉鲁姆看见商队那边又走来一个人，过来看看发生了什么事。"以力在示拿！"

"对，确实在示拿。你不是去示拿的吗？"对方问道，准备重新上路。

"我就是从——我本来就在——"希拉鲁姆打住了，"你们知道巴比伦吗？"

"哦，你是去那儿的吗？巴比伦在以力北边，从以力过去很方便。"

"我是说那座塔。你们听没听说过那座塔？"

"当然听说过，通向天堂的巨柱嘛。据说塔顶的人正

---

1 《圣经·创世记》："他国的起头是巴别、以力、亚甲、甲尼，都在示拿地。"

在天堂地窖的拱顶里打洞,想钻穿拱顶。"

希拉鲁姆一头栽倒在沙地上。

"你怎么啦?"两个商队驮手低声说了几句,又去和其他人商量。希拉鲁姆顾不上他们了。

他在示拿。他回到了世间。他穿过了天堂的水窖,来到水窖之上,却又回到了地面。是耶和华把他送来这里,好让他无法上到天堂的更高处吗?可希拉鲁姆没有看到任何征兆,没有任何东西表明耶和华注意到了他。他没有感受到任何神迹,表明是耶和华把他安置在这里。就他所知,他不过是拼命游泳,向上游出水窖,却钻进了下面的山洞。

不知怎么回事,上面天堂的地窖竟然在大地之下。尽管这两者相隔无数里格,却又仿佛紧紧相连,叠放在一起。这怎么可能?两个相距如此遥远的地方怎么可能紧挨着?这是多么奇特的事啊,希拉鲁姆想破脑袋也想不明白。

接着,他豁然开朗:雕花滚筒!用这样的滚筒在一块柔软的泥版上一碾,就会留下一个花纹印记。滚筒上不同侧面的花纹会留下不同的印记。光看泥版,两个不同的花纹完全可能一个在这头,一个在那头。可在滚筒上,这两个花纹却紧紧挨在一起。宇宙万物就相当于这样的滚筒。在人类的想象中,天堂和地面仿佛各在泥版的一端,中间横着天空和星辰。可事实上,天堂与地面通过某种不可思议的途径卷成了一个圆筒,在圆筒上,天与地相接相连。

他明白了耶和华为什么不击倒那座高塔,为什么不惩罚人类,因为他们妄想冲破为他们划定的边界。原因就是:人类所能迈过的最长旅程并不能让他们冲破边界,而只会带领他们回到最初的出发点。数百年的劳作并不会多向人类透露一丁点造物的秘密，多于他们现在的所知。但经过这一番努力，人类会看到天堂与人间是多么巧妙地联系在一起，并由此窥见耶和华神奇得难以形容的造物手段。用这种方式，耶和华将他的造物展示在人类眼前；与此同时，又将他的造物隐藏于人类眼前。

于是，人类将懂得安分守己。

希拉鲁姆站起来。对耶和华的敬畏让他的双腿颤抖不已。他走向商队的驮手们。他要回到巴比伦。也许他会再次见到路加图姆。他会带话给那些仍在塔上的人，他会告诉他们宇宙万物的存在方式。

后记

这个故事的缘起是一次和朋友聊天，他说他在希伯来学校里学过另一个版本的巴别塔（又称巴比伦塔）故事。关于那座塔，当时我只知道《圣经·旧约全书》中的叙述；知道而已，并没有留下多么深刻的印象。但在更加详尽的希伯来版本中，那座塔高耸入云，需要一年时间才能爬到塔顶。如果有人坠塔摔死，没有人哀悼；但如果掉下去的是一块砖，砌砖的人会难过得掉眼泪，因为要一年后才能补上这块砖。

巴别塔的故事讲述的是挑衅上帝的下场，可它却在我脑海中激发出了一连串形象：一座富于幻想色彩的天空之城，类似于雷尼·马格利特[1]那幅《比利牛斯山巅的城堡》。我被这座想象中的城市迷住了，于是开始琢磨这种城市里

1　雷尼·马格利特(1898—1967)，比利时超现实主义画家。

的生活究竟是什么样子。

汤姆·迪希称这个故事是"巴比伦人的科学幻想小说"。我动笔写作的时候并没有这么想过——巴比伦人已经对物理和天文有所了解，所以他们肯定能看出这是一篇幻想之作——但我马上明白了他的意思。小说里的人物虔信宗教，但他们依靠的并不是祈祷，而是工程技术。小说中没有出现任何神祇，里面发生的每一件事都可以用纯粹的机械术语解说清楚。从这个意义上说，小说所描写的世界与我们的世界并没有多大区别，尽管它在其他许多方面截然不同于现在的世界。

■ 特德·姜（Ted Chiang，1967— ）美国当代最优秀的华裔科幻作家之一。代表作有《巴比伦塔》《你一生的故事》《软件体的生命周期》等。曾获"雨果奖""星云奖""斯特金奖""坎贝尔奖"等多种科幻大奖。

时间加快，一切皆变。

——韩松

异域

何夕

一

我跨了进去，而后便觉得大脑中嗡嗡地乱响一通，起初眼前那种微微闪烁的白亮忽然间就变成了黄昏。四周长满了高大得给人以压迫感的植物，有种不应该有的慌乱掠过我的心头，我不自觉地回头看了眼蓝月，她似乎没有什么不适的感受，于是我又觉得有一丝惭愧。戈尔在我身后不远处整理设备，仪器已经开始工作，当前的坐标显示我们正好处在预定区域。身后20米开外有一团橄榄形的紫色区域，那里是我们完成任务后撤离的密码门。

我始终认为这次行动是不折不扣的小题大做，从全球范围紧急调集几百名尖端人才来完成一个低级任务，这无论如何都显得过分。我看了眼手中最新式的M-42型激光枪，它那乌黑发亮的外壳让所有见到的人都不由得生出一丝敬畏。但一想到这样先进的武器竟会被用作宰牛刀，我心里就有股说不出的滑稽感。

"2号，你跟在我身后，千万不要落下。"蓝月在叫我。说实话，她的声音不是我喜欢的那种，也就是说不够温柔，尤其是当她用这种口气对我下命令的时候。

"我叫何夕，不叫2号，我也不想叫你1号。"我不满地看她一眼，老实讲我的语气里多少有点酸溜溜的味道。在演习时输给她的确让一向心高气傲的我有些沮丧，我本以为凭自己的力量是不会遇到什么对手的。

蓝月有些意外地看着我，微风把她额前的短发吹得有几分凌乱，而她那双黑白分明的眸子不知怎的竟然让我感到一丝慌张。如果站在客观的立场上来评价（当然我现在根本做不到这一点），蓝月的确可算是具有东方气质的美人儿，就连我们穿的这种古里古怪的特警服，到了她的身上似乎也成了今秋最流行的时装，让人很难相信她竟会是那个又黑又瘦的蓝江水教授的女儿。从基地出发的时候，蓝江水特意赶来给蓝月送行，一副猥猥琐琐的样子。在这个人才济济的全球最大的科研基地里，蓝江水是个没有出过成果的名不见经传的人物，我听说只是因为他曾经是基地的最高执行主席西麦博士的老师，所以才勉强担任了一个次要部门的负责人。蓝江水显然对女儿的远行不甚放心，一直牵着蓝月的手依依不舍。我想他应该知道我们此去的任务是什么，别说是危险了，恐怕连小刺激也说不上。当然，做父母的心情我多少也能体谅些。

之后西麦博士开始谈笑风生地给我们第一批出发的特警交代此去应注意的一些问题，他的话不时被掌声打断。在此之前我从未这样面对面地见到过西麦博士，他看上去比平时我们在媒体上见到的西麦博士要亲切得多，言谈举止间都显现出大科学家特有的令人折服的风采。我知道西麦博士是我们时代的传奇人物，正是他从根本上解决了全球的粮食问题，现在世界上能养活300亿人跟他的研究成果密不可分。像我这样的外行并不清楚那是些什么成果，但我和这个世上的所有人都知道，正是从"西麦农场"源源不断运出的产品给予了我们富足的生活。西麦农场是这个世界上唯一的农场，像我这种年龄的人几乎从出生开始就承受恩泽。西麦农场最初规模并不大，但如今的面积已经超过了澳大利亚。多年以来，位于基地附近的西麦农场几乎已经成为人类心中的圣地。当然与此同时，西麦博士的声望也如日中天，他现在是地球联邦的副总统，不过普遍的观点是他将在下届选举中毫无疑义地当选为总统。在西麦博士讲话的时候，我无意中瞟了蓝江水一眼，发现他眉宇间的皱纹变得很深，目光也有些飘忽地看着远处，仿佛那里有一些令他感到很不安的东西。这个场景并没有激起我任何探究的念头，我只是个警察，对与己无关的事情没有知道的兴趣。

　　这时戈尔叼着一支雪茄走了过来，他是我们这个小组里的3号。戈尔是我讨厌的那种人，尽管现在世界上多数人都和他一样。好烟酒，爱吃肥肉和减肥药，不到50岁的人居然已经有了九个孩子，而且听说其中有三个还是特意靠药物生下的三胞胎。当初分组的时候我就不太情愿跟他在一组。戈尔是我们这个小组之中体格最健壮的一个，背的装备也最多，就这一点还算让我对他有那么一丝好感。戈尔是我们小组中唯一参加过真正的战争的人，那是20多年前的事了，当时几个国家为了粮食以及能源之类的问题打得不可开交。有意思的是，后来西麦博士出现了，一场战争在快要决出胜负的时候失去了意义。戈尔于是从军人变成了警察，他时时流露出没能成为将军的遗憾，不过我觉得他没有一点将军相。我记得从被选中参加这项任务时起，戈尔的脸上就一直罩有一团红晕，兴奋得像头猎豹，他甚至还宣布戒了酒。在这一点上我有些瞧不上他，不就是打猎嘛，何必那么紧张。西麦博士说过我们的任务就是到西麦农场去把那些逃逸了的家畜赶进圈栏，必要时可以就地消灭。不过说实话，我到现在仍然没看出这个地方哪一点像是农场，在我看来这里树高林茂，活脱脱是片森林。远处浓密的植被间不时跳出几只牛羊来，看见我们就惊慌地跑开。我叹口气，连最后一丝抓枪把的欲望也失去了。

"4号、5号、6号以及第5小组在我们附近，他们暂时未发现目标。"戈尔熟练地浏览着便携式通信仪上的信息。他的声音突然高起来，"等等，6号发出紧急求援信号，他们遭到攻击。好像有什么东西……"

"我们快赶过去。"蓝月说着话已经冲了出去。我抽出激光枪紧随其后。

眼前是一片狼藉，三名队员倒在血泊中。我不用细看便知道他们都已不治，因为那实际上是三具血糊糊的彼此粘连的残躯。遍地是血，肌肉以及内脏组织的碎末飞溅得四处都是，骨骼在断裂的地方白森森地支棱着。我下意识地看了眼蓝月，她正掉头看着相反的方向，我看出她是强忍着没有当场吐出来。周围立时就安静下来了，我从未想到西麦农场安静下来的时候会这样可怕。我清楚地听到了自己的心跳声，空气中弥漫着强烈的死亡气息。尽管我不愿相信，但眼前的情形明白无误地告诉我，他们竟然是被——吃掉的。我检查了一下，有一位队员的激光枪曾经发射过，但现场没什么东西有曾被激光灼烧过的痕迹。

戈尔的嘴唇微微发抖，他满脸惊惧地望着四周，手里的枪把捏得紧紧的，与几分钟前已判若两人。其实我又何尝不是，事情的发生得太过突然，从我们接到报警到赶到现场绝没有超过 10 分钟，但居然有种东西能在这样短的时间里袭击并吞吃掉三名全副武装的特警战士，世界上难道真有所谓的鬼魅。

差不多在一刹那间，我们三个人已经背靠背地紧挨在了一起，周围的风吹草动也突然变得让人心惊肉跳。我这时才发现周围的景物是那样陌生而怪异，那些树！天哪，那都是些什么大树啊？几乎在同时，蓝月和戈尔也都转过头来，我们三人面面相觑。

良久之后还是蓝月打破了沉默，她有些艰难地笑了笑："这里果然是个农场。"

蓝月说的是对的，这里的确是个农场，而我们正好就在农场的某块田地里。那些先前我们以为是树的植物竟然都是——玉米。

二

戈尔在前面探路，他故意发出一些很大的声音，我想这是他原先就设计好的行为。因为这是猎人驱赶野兽时常用的一招。只是我不知道现在这招是否仍然管用，三名特警的死状让我甚至怀疑自己到底是猎人还是猎物。我们这一批特警的任务是到 7000 米外的管理中心查修设备，那里是西麦农场的中枢所在。本来每隔几分钟西麦农场就会向外界输出一批产品，但一天前这个惯例突然被打破了。也许我们心中的所有谜团都要在那里才能找到答案。行动之前我们给其他四个小组发出了通知，但一直都没有收到任何回音。当然，我们谁也不愿去深想这一点意味着什么。

蓝月一路上显得心事重重，她的嘴一直紧抿着，似乎还没从刚才那可怕的一幕中挣脱出来。她的这副模样让我心中不由得生出一些柔软的东西，我走上前从她肩上取下补给袋放到自己的背包里。她看了我一眼，似乎想推辞，但我坚持了自己的意思。蓝月看了看前面咋咋呼呼一路吆喝的戈尔，脸上的心事显得更重了。

"别太紧张了，"我用满不在乎的口气说，"刚才我给基地发了讯号，援助人员就快到了。"

"援助？"蓝月突然用一种很奇怪的声音重复了我的话，"你真认为会有援助人员？"

我意外地看着她，"当然会有。出发时西麦博士不是说过当遇到危险时我们可以发求援信号吗？你忘了？"

蓝月深深地看我一眼，她没有搭腔，而是低下头去，似乎在想什么问题。过了一会儿她抬起头来，仿佛下了很大决心般地说："不会有什么援助部队的，那是根本不可能的事情。"

我大吃一惊："你的话我不太明白，连我们在内这次只派出了五个小分队，大部分特警都在基地待命，怎么会派不出援兵？"

蓝月没有回答，她拿出张纸条递给我："这是我父亲在我临出发前偷偷给我的，你看看吧。"

我接过纸条，上面的字迹很潦草，看得出是匆匆而就："西麦农场里很可能发生了超出人类想象的可怕事件，万望小心从事。如遇危险速逃，绝对不可抵抗。切记，切记。"

"这是什么意思？"我问道，"科学家的话好难懂。"

"说实话我也不太明白。"蓝月若有所思地说，"也许是有什么难言之隐再加上当时的时间实在太紧，他才会写下这么几句莫名其妙的话。不过有一点我是可以肯定的，基地是不会派遣援兵的。"

"为什么？"

"虽然我所知不多，但我能确定基地不可能收到我们的求救信号，无线电波无法在基地和西麦农场之间穿越。"蓝月很肯定地说。

我如坠迷雾："可我们就在基地附近呀，要是没记错的话，我觉得基地和西麦农场中间好像只隔了一道墙而已。"

"可你知道这道墙隔着什么东西吗？这些奇怪的玉米树，还有那种在10分钟里吃掉三个人的……"蓝月语气一顿，看来她也不知该用什么词汇来描述那个东西，"你不觉得这一切太不正常了吗？"

"你是说……"

"是的，我要说的就是，这根本不是常理中的地方。"蓝月的语气越来越怪，"或者说，这根本不是我们的那个世界。"

"可这会是哪儿？"我差点要大叫起来，蓝月的话语中暗示的东西让我感到某种未知的恐惧，"我们到底在什么地方？"

戈尔突然在前面喊道："你们快跟上来，我们到达中心了。"

三

周遭安静得过分，中心的大门敞开着，安全系统显然早已失去了作用。我们径直由大门进入，里面也是死一般的寂静。我以前从来不曾见过这样宏大的建筑，感觉天花板的高度超过30米，简直就像室内大平原。很多硕大无朋的机械四处堆放着，如同一块块蛰伏的岩石，一时间看不出它们的用途。

"大家小心！"蓝月突然喊道，她手里的激光枪立即发射了。差不多在同一时刻我也发现了危险所在，在倒地的瞬间我手里的武器也开火了。一时间烟尘飞扬，一股焦臭的味道弥漫开来。

激战的时候，时间过得很慢，等到我们重又站起来时，才发现我们以为的敌人其实是一种足有2米高的造型像怪兽的机械。它长有六只脚和两只手，口的部位上安有锯齿般的高压放电器。刚才我们击中了它的头部，一些散乱的集成电路块暴露了出来，显然，它是个机器人。

"快来看！"是戈尔在惊呼。我和蓝月奔上前去，然后我们立刻明白他为何惊呼了。在那个怪兽的脚爪和口齿间残留着许多破碎的动物骨骼，配合它那副狰狞可怖的模样真让人胆战心惊。

我倒吸一口气，转头看着蓝月。她一语不发地环顾四边，脸上写满疑虑。

"是它干的？"我喃喃地说。有关机器人失去控制进而酿成大祸的事情近年来时有发生，西麦农场的变故也许就是这个原因。

"准是这种东西干的。"戈尔恨恨地说，他似乎不解气，又用激光枪打掉了怪兽的一只爪子。"干吗要造出这种武器来？"

"我还是觉得不对。"蓝月说，"你们注意到没有，这个家伙的标牌上写着'采集者294型'，从名字看它不像是武器，倒像是一种农用机械。它会不会是用来捕捉牲畜的？而且你们看其他那些巨大的机械像不像收割机，正好用来收割玉米树。"

我点头："这样讲比较合理。可是这些东西好像都失灵了。"

"它们自身的元件都完好无损，失灵肯定是中心的计算机中枢被破坏后它们再也接收不到行动指令的缘故。我们先搜索下周围，看看有没有别的线索。"蓝月很沉着地指挥着。

我们三人一字排开在杂乱无章的机械群中搜寻，如同穿行在丛林中。由于电力供应中断，大厅的绝大多数地方都是漆黑一团，我们的工作进行得很慢。除了偶尔传来的金属碰撞声外，这里静得就像一座坟墓，我能很清楚地听见每个人的喘息声。虽然一路上的机器还是那些个样子，并没有什么不同，但不知为何我的心中却渐渐生出一股异样的感觉。有几次我都忍不住停下脚步想找出这种感觉的来处，但我什么也没能发现。

差不多过了 15 分钟我们才到达管理中心的计算机机房，里面所有的设备都死气沉沉的。我打开背包取出高能电池接驳到机房的电源板上，一阵乱糟糟的闪光之后机器启动了。

蓝月娴熟地操控着，她眉头紧蹙。我的电脑水平比戈尔高一小截但比蓝月低一大截，于是我很自觉地和戈尔一起担任警戒工作。

"怎么会这样？"蓝月抬起头喃喃低语，"整个系统是因为能源供应受到破坏而中断运行的。系统最后一次工作的日期是——917402 年的 7 月 4 日。"

"等等，你是说哪一年？"我大吃一惊，问道。

蓝月急促地看我一眼，说道："我弄错了，对不起。"

我狐疑地看着重又低头操作的蓝月，她刚才的这句话分明是在掩饰，她肯定对我隐瞒了什么。可是 917402 年又是什么意思？这个时间难道会有什么意义吗？如果有意义又意味着什么呢？我越发觉得这次的任务不那么简单，简直透着股邪气。看来蓝月似乎知道某些秘密的东西，她本该对我讲出来的，但她显然顾虑着什么。

戈尔在一旁焦急地来回走动，并不时催促着蓝月。他看来已经没有了当初的雄心。不过我这时反而没有了一点轻看他的念头，我知道像他这样经过残酷战争洗礼的人都不是胆小鬼，他们并不害怕危险，但我们现在面对的却仿佛是某种超自然的东西，而这正是像戈尔这样的人的弱点。

"你们能快点吗？"戈尔大声说道，"这里我是一分钟都不想待下去了。"

蓝月从沉思中惊醒过来，她对戈尔说："我正在拷贝系统瘫痪前的数据记录以便带回基地做技术分析。现在我同何夕要到机房背后的区域查看，等拷贝完成后你带上磁带与我们会合。"

机房背后和中心别的地方一样也是堆满了收割机之类的机械。不知怎的，先前那种奇怪的感觉又来了。我不由得放慢了脚步。

蓝月幽幽地看我一眼："你也感觉到了？"

我一愣："感觉？什么感觉？"

蓝月指着那种似乎叫什么"采集者"的机械说："你看它跟我们最初见到的那一台有什么不一样。"

我立刻就明白是什么东西一直让我感到不安了。眼前的这台"采集者"在外形上和最初的那台没有什么不同的地方，但在体积上却大得多了，足有6米多高。我这才回想起一路走来见到的"采集者"的确是越来越高大，我感到异样正是因为这一点。我走近这台庞然大物，它的标牌上写着"采集者4107型"，从型号序列上看它是比294型更新的产品。我有些不解地望着蓝月，她对此却是一副仿佛有所预料的样子。我想开口问她这是怎么回事，但她那副拒人于千里之外的神情让我打消了这个念头。

蓝月突然停下来，她像是被什么东西击中了般僵立不动了。

"怎么了？你……"我开口问道。但我立刻就知道是怎么回事了，因为我也看见了那个耸入云天的东西——"采集者 27999 型"。如果说世上真有什么东西能称得上巨无霸的话，我看也就是它了。相形之下"采集者 4107 型"只能算是小不点。尽管我一再提醒自己这个足有 20 米高的大家伙其实根本动不了，但是我仍然不由自主地颤抖。按蓝月的分析，它应该是一种捕捉牲畜的机械，可那会是种什么样的牲畜啊！一时间我的背上冷汗涔涔。

这时我们听到了戈尔的呼喊声，他已经拷贝完了数据。蓝月拉了一下仍在发呆的我说："走吧，我们先返回基地再说。"

四

返程的路在我的感觉中比实际的要长得多，我想在蓝月和戈尔的心中一定也有这样的体会。有几次我们都听到一些奇怪的响声从周围的农作物丛林中传来，以致我们三人都曾开枪射击。当然，除了在玉米树的茎干上穿出几个洞之外没有任何效果。开始我们还保持着合适的速度，到后来尽管我不愿承认，但我们已的确是在狂奔。就在我感到自己快要崩溃的时候，我们终于远远地看到了密码门。

"别忙。"蓝月阻住就要进入出口的戈尔和我，"我们应该再和另外四个组联系一下，一旦我们出去就再也联系不上他们了。大家是队友，说不定他们需要帮助。"

戈尔咻咻地喘着气，他看上去是累坏了，"那可不成，这个鬼地方我一秒钟也不想待了。我只想早点出去。"

蓝月咬住下唇，漆黑的眸子看着我。我有些慌张地低下了头。说实话戈尔的话正是我的意思，也许我比他还要急着出去。

戈尔大声对蓝月说："这是关系我们三个人的事情。现在我们两个打平，就看何夕的那一票。"

我沉默了几秒钟，感觉快要虚脱了。但我终于还是说："就等一会儿吧。"

蓝月感激地看了我一眼，没有说什么。她发出了联系信号，并把重复发送时间间隔定为40秒，"我们等30分钟，看看有没有回应。"

我在蓝月的旁边坐下，默默地看着她。过了一会儿她不自在地回过头来问道："你干吗这样看我？"

"为什么不把你知道的事情告诉我们，这不公平。"我尽量使自己语气平静。

蓝月的脸上微微一红："你在说什么，我不太明白。"

她的态度激怒了我，我有些失控地大声吼道："你一开始就瞒着我们很多事。你根本就知道这是个什么地方，你也知道这里发生了什么事，你为什么不对我们讲明呢？难道我们出生入死却无权知道一点点真相？"

戈尔走过来，他无疑是站在我这一边的。我们两个人直勾勾地瞪着蓝月。

蓝月怔怔地盯着远方，似乎对我的话充耳不闻。良久之后，她才轻轻地叹出一口气说："我并不是存心欺骗你们，从西麦农场开始运转以来，从没有人进来过。我也是到了这里之后才最终明白了许多事情的。而在此之前，我并不像你们认为的那样知道所有事情的前因后果。既然你们那么想知道真相，那我就把我知道的全说出来吧。反正一旦回到基地，你们马上就会想清楚是怎么回事的。这件事情的源头要从 32 年前说起，当时我父亲取得了他毕生最大的研究成果。就在那一年，他发现了'时间尺度守恒原理'。这个名字听起来复杂，其实意思很简单。根据这个原理，只要不违背守恒性原则，人们可以改变某个指定区间内的时间快慢程度。举例来说，人们可以使包含一定数量物质的某个区间的时间进度变为原先的两倍，与此同时，减慢包含同样数量物质的另一个区间的时间进度为原先的二分之一。"

我倒吸一口凉气："你是说西麦农场正是一块被改变了的时区。"

"准确地说是一块被加快了的时区。"蓝月纠正道，"我们从进入西麦农场算起已经过了 5 个小时，可是等到我们返回基地时，你们会发现时间停留在了 5 小时之前。送别的人群还在那里，在他们看来我们只是刚走进传送门就立刻出来了。这 5 个小时只是对我们才有意义。就算我们在西麦农场过上几十年甚至老死在这里，对他们来说也不过是过去了 10 多个小时。还记得在机房里我念到的那个'917402 年'的时间吗？对人类来说，西麦农场是在 20 几年前修建的，但在西麦农场里却已经春播秋收过去了90 多万年，也就是说，西麦农场的时间进度是正常世界的四万多倍。西麦农场里的一年差不多只相当于正常时区里的十来分钟，所以在我们的世界里，会感到西麦农场总是按这个时间周期循环输出产品。你们无法体会当我见到这个时间时那种惊心动魄的感受。正是西麦农场 90 多万年的生产，供给了地球上 300 亿人这 20 年来富足的生活。"蓝月说着话，转头看着戈尔，"你好像说过，你有九个孩子。"

戈尔一愣，"是啊，我带有他们的照片，你想不想看？"

"等等，"我打断了戈尔的话，"有一点我不太明白，既然是你父亲发现了这个原理，那为什么却是由西麦博士创建的农场？"

"这件事正是我父亲心中的一个结。当年他刚一发现这个原理便立刻意识到了它在解决食物能源等问题上的应用前景，但几乎就在同时他意识到了另外一个问题，一个称得上可怕的问题。想想看，我们人类其实也是从低等生物逐步进化而来的，如果我们把那些暂时比人类低等的生物放进一个比我们快了许多倍的时区……"蓝月不再往下说，也许她也知道根本不用再说了，因为我们已经见到了后果。

"所以我父亲忍痛放弃了他毕生为之奋斗的成果，对整个世界秘而不宣。但他没想到的是他最得意的学生和助手却背叛了他。"

"你是说西麦博士？"

"就是西麦，"蓝月苦笑，"他创建了与外界隔绝的西麦农场，用高度聚集的太阳光束作为农场的能源。老实说西麦也是少有的天才。从'时间尺度守恒原理'到西麦农场之间其实还有不短的距离，就好比从爱因斯坦的质能方程到核聚变发电站之间还有莫大的距离一样。等到我父亲发现时一切都来不及了，西麦已经成为人类的英雄。我父亲唯一能做的事就是尽可能地避免让他所担心的事情发生。可是这一切还是发生了。"

"为什么没有早一点发现问题？"我有些多余地问道。

"刚开始时西麦农场的时间只是比正常时间快两倍左右，但是人们很快就不满足了，他们不断提出要过更高水平生活的要求，于是西麦加快了农场的时间。但是人类的欲求越来越高，以至于后来成了以需定产，人们只管对西麦农场下达产出计划，由农场的计算机自行安排时间速度，最终使得一切失去了控制。没有谁愿意到西麦农场里去工作，因为这实际上意味着和亲人的永别，所以人们将一切都交给计算机来管理。你们也看到那些机械了，它们都是农场的计算机根据需要自行设计的，单凭机械的升级换代速度，你们就能想象出农场里的生物进化得有多快。如果你有一种办法能站在正常的时区观察西麦农场，你将会看到怎样的一幅图像呢？"

　　蓝月没有再往下说，她的目光有些迷离了。其实用不着她来描述，因为我想象得出那是怎样一副可怕的情景：白天黑夜飞快更替以至于天空像是灰色，人造太阳在空中飞快地划出道道连续不断的亮线。风雨雷电云来雾去等自然景观走马灯似的频繁出现永无终结。植物像是慢录快放的电影疯长和枯黄，看起来就像是动物一样，而那些真正的动物则如同跳蚤一样地来来去去，所有的生物都在以成千上万倍于人类的速度生长繁殖遗传变异。死亡以不可想象的速度追逐着生命同时又被新的生命追逐，造物主在这片加速了的实验室里孜孜不倦地验证着生命最大限度的可能性……

　　良久都没有人说话，我只感到阵阵头晕。蓝月描绘的情景让我不寒而栗。戈尔的情况也不比我好多少，他无力地瘫坐在地，身体仿佛虚脱了一样。

　　蓝月看了下时间说："30 分钟已经到了，我们回基地吧。不过我们今天的谈话内容一定要保密。"

　　就在蓝月低头去取通信仪的时候，戈尔突然跳了起来，他的目光"钉"在了我身后。与此同时我也看到自己脚下出现了一片巨大的阴影。我马上明白发生什么事。

几乎是在本能的驱使下我立刻把蓝月扑倒在地并一同向旁边滚去，手中也已多出了一把激光枪。但戈尔先开火了，我听到了一声令人肝胆俱裂的号叫，就像是由千万只野兽一起发出的声音。等到我回过头去的时候，却只看到一片犹自摇摆不定被践踏得狼藉不堪的玉米林，而我和蓝月刚才所在的地方留下了几道深达 1 尺的爪痕。

戈尔的眼睛瞪得很大，仿佛要从眼眶里掉落出来，他的腰部以下都不见了，地上一片血迹斑斑。我默默地走过去，把耳朵贴在他仍在蠕动的嘴唇上，想听清他在说些什么。许久之后，我抬起头来，用手合上了戈尔那双不肯闭上的眼睛。

"他说什么？"蓝月脸色苍白地问我，"他看到了什么？"

"他一直在重复着两个字。"我低低地说，"妖兽。"

五

我有两天没有见到蓝月了，作为此次行动仅有的两名生还者，我们一回到基地就被分隔开了，然后便是无休止的情况汇报。我的头上被接上了各式各样的仪器设备以帮助我回忆那段经历，由此整理出的一切材料直接报送西麦博士本人审阅。我当然不会违背我和蓝月的约定，谁也从我嘴里套不出我们之间的那段谈话。这两天蓝月的样子时不时地在我眼前晃来晃去，她的眉宇和长发，她的声音，还有她若有所思的神情。尽管我不愿承认，但是我内心中有一个快乐的小声音在执着地追问，你是不是喜欢上她了？有时候这句话甚至通过我的口突然地冒出来，吓自己一跳。

今天看起来比较清静，都过了 10 点了还没有什么人来烦我。我当然不会让时间白白流逝，和往常一样我无论如何都要干些有意义的事情，也就是说接着想蓝月。想她现在在干吗，吃了没有呀，吃的什么呀，还想象她如果穿上普通女孩的衣服会是什么样。如果没人打搅的话，我可以这么神乎乎地想上一整天，我到现在才发现男人婆婆妈妈起来也是蛮了得的。不过今天我刚神游了几分钟就被拉回了现实，蓝月一身戎装地出现在了我的面前。我唯一得出的结论就是她不是按正规渠道进来的，因为随后我便看到负责看管我的几个人全都无奈地躺在了外面房间的地板上。

"等等。"我用力挣脱蓝月拉着我一路狂奔的手，"我不能就这样不明不白跟着你逃走。"

蓝月也停下脚步，她的脸因为奔跑而泛起红晕："你太天真了。西麦是因为西麦农场而成为人类英雄的，难道他会让你揭露其中的隐情？你还不知道，为了巩固自己的地位，西麦正在筹划再建另一个农场。"

"那原先那个农场怎么办？尽管有密码门暂时把农场和我们的世界隔开，但如果那种……东西……再进化下去，密码门迟早会被突破的。现在西麦博士去创建新的农场，几十年后岂不又和今天的西麦农场一样？"

蓝月有深意地笑了笑："如果西麦还是一个科学家的话，他肯定也会这么想，可是他现在已经是一个政治家了。西麦农场是他全部的资本，他如果放弃就会马上一文不名。"

"那他至少应该先把西麦农场的时间恢复正常，否则这样下去的结果太可怕了。"

"如果能够做到这一点，我父亲当年就不用保守秘密了。"蓝月冷冷地说，"我们还是快走吧，车就在前面。

我父亲在一个安全的地方等我们。"

蓝江水教授比我上回见到他时又仿佛瘦了些，一见面他就握住了我的手，"听蓝月说你救过她一命，真谢谢你。"

蓝月飞快地看了我一眼，脸上微微一红："谁说的，当时我自己已经发现危险了，他只是看起来像是救我一命而已。"

蓝江水正色道："受人之恩不可忘，还不过来谢谢人家。"

我自然连声推辞，同时把话题转到我向蓝月提的那个问题上去。

蓝江水一怔，他没有立即回答我，而是点起一支烟来。我注意到他的手有些发抖。"我年轻的时候和现在相比，对许多问题的看法都很不一样，简单点说，我那时在对待科学的态度上是非常乐观的，我相信科学能最终解决人类面临的所有问题。同时我还认为，就算科学的发展带来了一些负面影响，也只不过是暂时的，而且随着科学的进一步发展，这些负面问题都会由科学自身来圆满解决。可是在几十年后的今天，我却再也无法这么乐观了。"

"为什么？"

"到现在我仍然认为所谓科学研究其实就是不断揭示自然的谜底。我常常在想，造物主为何要把它的谜底深深地埋藏起来。核聚变为何必须要在几百万摄氏度的高温下才能发生？微观粒子为何必须要在几千万亿电子伏特的能量撞击下才向人类展现其内部结构？反物质又为何要在极其苛刻的条件下才能产生？不过我现在已经想清楚了，或者说我认为已经想清楚了这个问题。你可以设想一下，如果上述这些反应能在'常规'的条件下发生，那么石器时代或是青铜时代的人类甚至远古的一只玩火的猿猴都可能已经把这个世界毁灭了。即便是现在，又有谁敢保证人类有绝对的把握可以万无一失地操纵一切呢？"

我有点明白他的意思了，但我还是问道："那个'时间尺度守恒原理'也是这样的谜底之一？"

"好久没听到这个名词了，是蓝月对你讲的吧。世界上知道这一原理的人不超过 10 个，而真正掌握它的核心内容的就只有我和西麦。西麦农场里发生的事情是无法逆转的，它的时间可以继续被加快但却再也无法被减慢，而与之对应的那块时区的情形则正好相反。"蓝江水的脸不自觉地抽搐了一下，他猛吸一口烟，氤氲的烟雾中他的脸变得模糊不清，"对一个从事科学研究的人来说，如果一生都没有成果是一件很痛苦的事，但最痛苦的事情却不止于此。就好像一个农艺师辛勤一生才培养出新的作物品种，然而却发现它的果实虽然芬芳可口但含有剧毒。我当时就是那种心情。后来的事你都知道了。直到今天我有时仍然忍不住问自己在这个问题上到底后不后悔，让我感到欣慰的是，在多数情况下我都发自内心地回答：不。"

"那我们现在应该怎么办？"

蓝江水灭掉香烟说："我要去和西麦谈一谈。"

蓝月叫起来："不行，西麦是不会回心转意的，他已经不是科学家了，他是搞政治的人。"

蓝江水笑了笑，脸上的皱纹使他看上去比实际年龄要老得多："要是我说在这个世界上我其实是最理解西麦的人，你们一定不会相信。"

"我当然不相信。"我大声说道，"你和他没一点相同之处。"

"可事实上我的确理解他。"蓝江水幽幽地说，"因为我自己知道我只是差一点点就会成为西麦。放心吧，我不会有事的。这件事已经拖了 20 多年，是必须解决的时候了。"

"那我们该做些什么？"我追问道。

"你们唯一能做也是必须去做的一件事就是——回西麦农场。"蓝江水无比肯定地说。

六

我做梦也想不到自己在两天后居然有胆回到西麦农场。说实话我不能算是有英雄气概的人，但正如蓝江水教授所言，除此之外我们别无选择。

来之前蓝江水对我和蓝月说："西麦农场里的某种生物显然已经进化到了惊人的地步，根据上次从'采集者'上提取的部分组织标本做的分析来看，这种生物的智慧水平已和人类不相上下，更不用说它还有着那样强大的自然力量。如果现在不把问题解决，那么过不了多久恐怕人类的末日就会来临。"

现在我们又置身于西麦农场。正常时区里的两天在西麦农场相当于差不多 200 年。看着四周那片我们曾在 200 年前出没过的丛林地带，我的胸臆间涌起一种无法言表的感受。沧海桑田这个词在这里找到了最好的注释。由于缺乏管理，当年的农作物大部分都已消失，把土地让位给了生命力更为强大的高达数米的野草，物竞天择的原理在这片土地上充分显示了自己的力量。

我们这次的目的很简单。蓝月对上次拷贝的系统进行了分析，证实了西麦农场的计算机系统的能源供给部分曾经遭到了某种生物的恶意破坏，很可能就是那种妖兽。仅凭这一点就足见它们已经具有了多么发达的智慧。我们这次计划修复系统，以便利用西麦农场里的这些超级机械来对付那些我们至今都不知道长什么样的可怕东西。由于经历过惨痛的教训，这次我和蓝月的装备和防护措施要严密很多。但即便如此我的心里仍是忐忑不安，不知道蓝月的感受会不会比我好点。

到中心的这段路上虽然有过几场虚惊，但总算没出什么事，我们见到了不少已经变得有点不一样的牛羊之类的牲畜，经过200多年不受管理的自由生长之后，它们显然应该算是野兽了。这些家伙不时急匆匆地在我们附近掠过，一副警惕性很高的样子。在任何一个生态系统里位于食物链顶端的只会有一种生物，看来它们也不过是妖兽的美食而已。

现在蓝月已经坐在中心电脑前开始修复系统。一切都还比较顺利，太阳能电站首先开始工作，中心的照明也紧接着恢复了。从外面不断传来机器启动的声音，大屏幕红外遥感监视器上显示出了西麦农场的全景，上面一个个移动的黄色亮点表示机器都动起来了。蓝月得意地冲我一笑，竟然美得让人头晕。

这时突然传来一阵号叫，正是那种让我一想起来就要发抖的声音，蓝月的脸色也是倏地为之一变。从声音判断，妖兽离我们不会超过100米。

"快，下达采集命令。"我大声喊道。

"我正在找寻命令菜单项，正在找……"蓝月急速地操作着。

大地开始剧烈地颠簸，让人几乎站立不稳。在这样的情况下电脑很容易损坏，如果在此之前不把采集命令发出去的话就来不及了。我大声催促着蓝月，由于过度的紧张，我的声音有些变调。

"我正在找。"蓝月艰难地回应，她的语气像是在哭，"……找到了，我……"

一阵大的颠簸涌来，我和蓝月被掀翻在地。与此同时，机房的顶盖被揭掉了，然后我们就看见了那种足有15米高的东西，我想那就是妖兽了。我看不出它是由哪种生物进化而来的，只看出它是四肢动物，分化出前肢和一对用于行走的后肢。后足肌肉十分发达粗壮，有6米多长，前肢显得很灵活，五指上长着黑色的利爪。它的脖子长度超过1米，上面支撑着一颗硕大无朋的头颅，龇开的嘴缝里露出尖利的牙齿，看得出来这是它强大的武器。黏糊糊的涎水从它口中滴落下来，散发出腐臭难闻的气味。这时候我看到了它的眼睛，在我看到它巨大的头颅时我仍不敢相信它是一种高级智慧生物，但当我看到它的眼睛时，我相信了这一点。我和它对视着，我看到它眼睛里有着藐视的意味，是那种居高临下的洞悉了对手全部心思的眼光。这是唯有智慧生物才具有的眼光。巨大的震撼之下我无法准确描述自己此时的感受。我想我第一个也是唯一的感觉就是它太强大了，在它面前我们简直弱小得可笑，就像是两只蚂蚁。我甚至没有了一丝拔枪的念头，因为我知道那根本不会有什么用处。

蓝月突然转身抱住了我，将她的脸与我紧贴在一起，我感到她的脸上满是泪水。她的这个表明心迹的举动让我感动不已，巨大的幸福充斥了我的胸膛。一时间我几乎忘记了死神就在眼前，或者说我的眼中已经看不到死神了。不过我仍旧无法抑制地流出了眼泪，并不是因为我就要死去，而是因为我的族类将要面临的灾难。我从来都不认为自己是一个高尚的人，但我相信任何一个人处于我现在的境地时，都会流出意义相同的泪水。相形于整个物种而言，个体生命的命运其实是微不足道的。这时候妖兽缓缓举起了它的右前肢，然后以无法用语言形容的速度向我们劈了下来。风声凄厉。

但奇迹出现了，一台"采集者4107型"冲了过来，看来蓝月在最后的时刻点中了命令，它显然不是妖兽的对手，只两三个回合就变成了一堆废铁。不过这点时间已经足以让我和蓝月脱离险境了。我们一路飞奔，四周传来阵阵令人毛骨悚然的号叫。

西麦农场变成了战场和屠场，这是无生命的"采集者"和有生命的妖兽之间的战争。机器的爆炸声和妖兽的号叫声交织在一起，火光与血光纠缠在一起。妖兽张开巨口撕扯着"采集者"的合金身躯，如同撕扯着一张薄纸。除了"采集者27999型"外，它显然没有任何对手。

"采集者27999型"的轰鸣声震耳欲聋，而当它的锯齿间突然拉出一道蓝白色的弧光时，天空中就会响起让大地也战栗不已的一声霹雳，与之同时传来的血肉被烧焦的气味会令人恨不得把胆汁也吐个干净。相形之下"采集者"比妖兽要残酷得多，因为它是一种收获并加工肉类食品的联合机器。每当一只妖兽被击倒后，"采集者"就会启动整套加工程序，将妖兽的尸体开膛破肚剔骨剜肉，那种血肉横飞的场面让人一见之下如同置身阿鼻地狱。

我和蓝月一路奔跑着朝密码门的方向逃去，随身带的与中心无线联网的便携式电脑不断显示着这场战争进行的状况。代表"采集者"的黄色亮点和代表妖兽的红色亮点都在急速地减少。我焦急地关注着力量对比的变化。有几次"采集者"明显占据了优势，但很快又被超出。我在心里为"采集者"加油。我不敢想象如果"采集者"输掉了这场战争会是什么样的结果，我也不敢想象那些嗜血的妖兽又会怎样对待我们的世界。红色的亮点逐渐占据了优势，黄色的亮点一个个地熄灭，我的心向着深渊沉落。最后，有六个红色的亮点留了下来，那是六只妖兽。

我无意识地回头看着蓝月，她的眸子一片死灰。我有些歇斯底里地说："它们都是雄性，要不就都是雌性。一定是这样的，一定是的。上帝会保佑人类的。"我无法自制地重复着这几句话，就像在念着一种维系着唯一希望的咒语。

蓝月苦笑："妖兽也有它们自己的上帝。六只妖兽全为同一性别的概率实在太小，但愿我们能活着逃出去报信，除了原子武器恐怕没有什么能消灭它们了。"

我绝望地摇头："人类准备好核进攻起码要一段时间，要知道正常世界上的 1 天在西麦农场里就是 100 年，到时候妖兽的数量还不知道会有多么庞大。而且对西麦农场这么广大的地方使用核武器，就算能消灭妖兽，接下来持续数年的核冬天也会让人类付出无比惨重的代价。"

蓝月沉默半晌："那我还是和你一样祈求上帝吧，这是我们唯一能做的事。"蓝月做了个祈祷的姿势。这时她突然想起什么似的指着屏幕说："这六个红点一直待在原地不动，会不会是受了伤？"

我观察了一下，然后抽出激光枪说："走吧，不管怎样先去看看再说。"

当我们穿过荒园来到南部的一片开阔地带时，眼前的景象让我们不禁大吃一惊。很明显，我们已经置身于某个雏形初具的城市中。整齐的洞穴，完备的供水系统，储备了大量食物的仓库，以及用于聚会的广场。看来，妖兽们已经具备了自己的社会系统，它们和人类社会已经没有质的差距，而只有量的差距了。

在城市角落的一个洞穴里，我们发现了我们要找的东西。直到现在我才明白为什么在红外显影图像里它们会待在原地不动，因为它们是六只幼兽。一只身躯庞大的妖兽倒毙在不远处，嘴里犹自撕扯着一台"采集者27999型"的躯壳，看得出它是为了保护这几只幼兽而流尽了最后一滴血。六只幼兽显然不明白发生了什么事情，它们也许只是感到很久没有得到父母的哺喂了，一个个都有些焦急地在洞穴里嘶叫着。看到我和蓝月它们并不害怕，相反还很卖力地围拢来，把头往我们身上蹭，讨好而焦急地发出索取食物的声音。

"四雌两雄。"蓝月简单地说道，然后她回过头来看着我，一语不发。

我知道蓝月的意思，实际上我也正陷于一种不得不做出决断的艰难中。说实话，我现在很难把眼前这六只嗷嗷待哺的幼崽与那些嗜血的妖兽联系起来，尤其当它们把毛茸茸的头蹭到我的脚弯的时候。这种感觉很奇特，即使是狮虎等猛兽的幼崽也是惹人爱怜的。但是我的内心有一个清晰的声音在大声地说，它们是妖兽，它们是人类的死敌，它们必须死——尽管它们的产生本就是由人类一手造成的。

"让我来吧，如果你不想看的话就去看看风景。"我轻声对蓝月说，然后我抽出枪依次对准每只幼兽的额头扣下了扳机。它们中的每一只至死都以为我是同它逗着玩。

枪声悦耳。

一切终于都结束了。现在我站在山坡上有些后怕地环视着四处，仍不敢相信我们居然完成了这个几乎不可能完成的任务。空气中的血腥味正在消散，黄昏的原野上拂过阵阵清风，人造太阳正朝着地平线上连绵的草浪里滑落，那些无害的小兽们出没其间。我仿佛第一次意识到西麦农场也具有一个普通农场一样的田园风光。想到我和蓝月即将离开这里永不再来，心中居然有些不舍。我转头望着蓝月，她也同我一样眺望着四周，目光中若有所思。

"你在想什么？"我低声问道，"是你父亲的事？"

蓝月没有回答我，她转过身去，"走吧，回我们的世界去，感谢上帝，这个地方我们再也不用来了。"

不久以后我便发现蓝月和我都错了，西麦农场其实是一个幽灵，从一开始它就用它无比强大的力量给我们织了一张密密的网，我们生生世世都注定无法逃脱了。

七

我们在西麦农场的这场 10 多个小时的历险只不过是正常世界里的一秒钟，这样的反差总让人感觉是在做梦。当然，如果梦中总是有蓝月的话我倒是无所谓要不要醒来。想到这一点时我不禁朝蓝月咧嘴一笑，却发现她的眼光里也闪现着同样的意思——这就是所谓的心有灵犀吧，我喜欢这样的感觉。

"我们去哪儿？"我问蓝月，这段时间以来我已经习惯了由她拿主意。

"去找西麦。"蓝月似乎早有安排，她的语气中有隐隐的担心，"不知道我父亲和他谈得怎么样了。"

西麦在基地里的官邸守备森严，我和蓝月这样优秀的特警也费了不小的劲才潜进去。幸好只要过了门口的几关之后里边也就没有什么障碍了——有谁愿意像在牢笼里一样生活呢？

"快过来。"是蓝月的声音。我飞奔过去，在会客室的角落里，我看到了倒在血泊中的蓝江水和西麦。蓝江水的手中拿着一支老式的枪，显然他是在射杀了西麦之后自杀的。

在蓝月连声的呼唤之后，蓝江水的眼睛缓缓睁开，他嗫嚅着问道："他死了吗？"

我过去查看西麦的情况，他的瞳孔已经扩散，使得平时里充满睿智的眼睛看上去有些怕人。我退回来对蓝江水说："他死了。"

一丝复杂的表情在蓝江水脸上浮现，他足足沉默了有一分多钟。但他最后还是露出了高兴的神色，说道："这就好，这个世界上掌握'时间尺度守恒原理'的两个人终于都要死了。我本来只是想劝他放弃重建西麦农场的念头，可是他不同意，我没有办法，只好这样做。我了解西麦，他并不是一个坏人，在整个这件事情里，他并没有多少错。要说有错，也只是因为他顺从了人类的需求。实际上，在我所有的学生里，他是最让我得意的一个。西麦只小我5岁，更多的时候我都只当他是我的助手而不是学生。"蓝江水说着话，伸出手去拽住西麦已经冰凉的手，有些痛惜地摩挲着，"现在我们俩一同死去倒也是不错的归宿，也许在九泉之下我们还能续上师生的缘分，还能……在一起做实验。"

蓝月痛哭出声："你不会死的，我们会想办法救你。"

蓝江水的目光渐渐涣散："我自少年时便许身科学以求造福人类，没想到我这辈子对人类最后的馈赠竟是亲手毁去自己的成果。其实我到现在也不敢肯定自己做对了没有，我只能说我也许避免了更大的浩劫发生。没有了西麦农场，地球上的300亿人会在几个月里以最悲惨的方式死去大半，面对他们，我的灵魂看来是永远都得不到安宁了……"

蓝江水的声音越来越低，终至渺不可闻，两滴混浊的泪水自他苍老的眼角缓缓滑下，最后融入了脚下这片他深爱的曾经掩埋过无数和他一样的无名者的土地。

死者已矣。

只有几天的时间，我便意识到蓝江水临死前所预见的是一副多么可怕的场景。储备的食物很快告急，这个星球上自从人类诞生以来最可怕的饥荒开始了。300亿张嘴大张着，就像是无数个黑洞。政府下令大规模地退耕还田，但这对大多数人来说肯定是来不及了。养尊处优的人们在灾难到来时尤其脆弱，大规模的死亡就要出现了。过不了多久，这颗星球的每个角落都将堆满人类的尸体，那是一个何等可怖的场面啊！不过我毫不怀疑我和蓝月能挺过这场灾难，因为我们是训练有素的特警，生存能力远胜于常人。随着人口的减少，粮食的压力将逐渐得到缓解。只要熬过了最困难的时期，一切都会好转的。世界一片混乱，我和蓝月在这个饥饿的星球上四处流浪。

"我快要疯了。"蓝月痛苦地伏在我的肩头，由于营养不良和精神上所承受的巨大压力，她瘦了许多，"这一切真是我父亲造成的吗？"

我安慰地拍着她的背："这不是他的错。这是人类向自然界索取所付出的代价。这样的索取自古开始就没有停止过，而到了创建西麦农场这一步，更是在向自然界的未来索取，人们索取的是大自然根本就给不起的东西。如果没有西麦农场，世界上根本就不会有这么多人。现在死于饥荒和将来死于妖兽是两枚滋味相同的苦果，人类必须咽下其中的一枚。"

说到这儿我突然愣住了，我朝远方大张着嘴但却说不出话。蓝月用了很大劲才让我回过神来，她快吓哭了。

"你怎么啦？"蓝月有些害怕地抚着我的脸。

我艰难地笑了笑："我想起一件事。看来才过了十来天我们又要旧地重游了。"

八

1000年过去了，西麦农场里一片蛮荒景象。"采集者"不锈的身躯依然伟岸地耸立天宇，妖兽的残骸都已荡然无存，而当年埋骨于此的队友们却依稀音容宛在。想到当时我和蓝月在这片诡异的土地上由相识而相知，以及那场惨烈绝伦的决定人类命运的大战役，我不禁有种恍如隔世的感觉。我甚至怀疑那些都只是一场梦中的场景，但此刻掌中所握的蓝月的纤纤小手又肯定地告诉我这一切都是真实发生过的事。

是的，我们又回来了，而且这一次我们将不再离去。我和蓝月正在写一封信，再过一会儿，等我们将这封信通过密码门发出去之后，我们将永久性地毁掉这个唯一的出口。在这封信里，我们把关于西麦农场的所有事情都向世人做了说明，而蓝江水和西麦这两位天才之间的是非恩怨，恐怕也只能任由世人去评说了。

……我们并不清楚会有多少人能看到这封信，更不知道会有多少人能理解我们的行为。今天我们回到西麦农场其实是迫不得已的事情，妖兽虽然不存在了，但这只是暂时的。在一个比人类世界的时间快了四万多倍的时区里，任何事情都可能发生。按照严肃的进化观点，现在西麦农场里的这些无害的动物甚至植物中最终肯定会产生出比人类高级得多的生物，人类将永远不会是它们的对手。不要让我相信不同智慧生物之间和睦相处的神话，就算可能也不过是其中高一级生物的施舍罢了，就好比我们人类也为别的生物建造国家公园一样。而最大的可能性却是西麦农场里的这些生物会在将来的某个时候冲出西麦农场，给人类带来真正的灭顶之灾。如果那一天成为现实，先父蓝江水先生的灵魂将永堕地狱的底层。

所以我们决定回到西麦农场，最起码我们现在还是西麦农场里最高级的生物。我们将活在这个时区里，同这里所有的生物按同样的节拍进化。如果不出现大的意外，我们和我们的子孙将继续或者说一直保持进化上的优势（但愿我们的这种乐观估计是正确的）。凭借这种优势我们就能为人类守护西麦农场这块脱缰的土地。我们多灾多难的家园是那样的美丽，让人留恋万分，想到就要与之永别，我们不禁潸然泪下。现在我们最想问的一句话就是：这一切到底为何要发生？难道人类对自然的索求真的是永无止境？

也许过不了多久（相对于你们的时间感来说），我们这一族将进化成某种和人类大相径庭的生物，甚至有朝一日相逢时你们根本就认不出我们曾经是人，谁知道造物主会怎样安排呢！但是请相信，我们的心是永远和人类一起跳动的。而且我们要把这颗心代代传给我们的后人，要让他们和我们一样永远记住自己的根。

何夕 / 蓝月

绝笔于西麦农场时历918653年12月7日

■ 何夕（1971— ），著名科幻作家。早期以本名发表作品，1999年后改署"何夕"之名，取"今夕何夕"之意。代表作《天年》《六道众生》《伤心者》等。多部作品获"银河奖"。

世界上最早的机器人与权力的较量。

——韩松

偃师传说

潘海天

一个阳光明媚的下午，盛姬在自己的房间里收到了无数精美的礼物。在这些礼物中，有一只琢磨得晶莹剔透的汤匙，它像一只黑色的鸟儿在光滑如镜的底座上微微颤动，翘起的长喙令人惊讶地固执指向南方。在另一只黄金雕成的盒子里，装有一满把黑色的粉末，这些粉末蕴藏着一个惊人的秘密：在没有月光的晚上，把它们撒在火上，就会招来怒吼的蓝色老虎的精灵。在这些叫人眼花缭乱的珍宝中，还有一团神秘地永恒燃烧着的火焰，火光中两只洁白的浣鼠正在快活地蹿上蹿下，这团永不熄灭的火焰就是它们的宇宙和归宿。

这一切匪夷所思的礼物都没能让盛姬露出她那可爱的笑容来。她皱紧了好看的眉头，叹着气摆了摆手，围簇着的宫女和奴隶立刻倒退着把这些礼物撤了下去。

姬满听到了侍从的报告，匆匆结束了和祭父的谈话，从前殿赶了回去。他怜惜地扳过爱妃的肩头，问道："这些玩物没有一件不是天下最杰出的巧匠殚精竭虑、呕心沥血的杰作，没有一件不沾染着我属下最勇敢武士的鲜血。多少人惨遭杀戮、血溅五尺，只是为了一睹这些宝物的形容。我游历四方，网罗而来的这些天下至宝，难道就没有一件能讨你的欢喜吗？"

王妃慵懒地叹了一口气："何必让那些贱民再去白白浪费生命呢？我不会从这些俗物中找到快乐。大王你东征西讨，日理万机，又何必在意一个小小妃子的苦乐呢！"

被爱情激起了勇气的穆王叫道："我拥有整个帝国，环绕我的国土一周，快马也要奔驰三年；我的麾下有 80 万甲士和 3000 乘战车，他们投下的马鞭就能让大江断流；我的属民像砂粒一样不计其数，他们拂起衣袖就能吹走满天乌云。难道我，伟大的姬满，竟然不能让所爱的人展露一下她的笑容吗？"

他飞步奔出后堂，大声发布命令："传我的旨意，30 天内，招集天下最有名的术士艺者，最能逗人发笑的优伶丑角。不论是谁，只要能让我的爱妃露出一丝儿最微弱的笑容，我就赐给他 10 座最丰美的城池，外加黄金 500 镒，玉贝 1000 朋[1]。"

他抽出那把伴随他征战多年的锟铻宝剑往地上一插："如果这些艺人都没能成功，他们也就丧失了存在的权利，大周朝将从此是所有流浪者的死敌。"锋利的剑刃穿透了垫地的花岗岩石砖，猛烈地晃动，述说着国王的决心。

500 名信使跳上他们的快马汗流浃背地向四方奔驰而去，国王的承诺像野火一样迅速传遍了整个帝国。

---

1 镒：古代重量单位，二十两为一镒；朋：古代货币单位，五贝为一朋。——作者注

三足乌第 30 次又回到它在崦嵫[1]之山的住所时，周王朝镐京王宫的大殿前已经竖起了象征帝王威严的九座铜鼎。熊熊燃烧的火焰照亮了鼎上的饕餮纹饰，也照亮了周围的巨大庭院。

这是一个长 400 两[2]、宽 200 两的巨大空间，纵然里面摆放着 500 张堆满了珍肴佳馔的桌子，也仍然能感觉得到那宽广坦荡的帝王尺度。在每一张桌子后面，在火光照不清晰的黑暗角落里，挤坐着数不清的来自天涯各方的奇人异士。云游四方的旅行家带着他们那奇形怪状的坐骑，来自遥远国度的流浪艺人小心翼翼地掩盖着他们赖以糊口的神幻秘技，不少人脸上的尘土还未洗净，他们是为了那一份不可思议的丰厚赏金而匆匆从数千里外的地方赶来的。

这些最卑下的贱民，每日里只能在风雨和泥尘中打滚，以求得一份口粮。也不知是他们上辈子修了什么德，才有福一睹这个天下最大帝国的尊严。衣着华丽的奴隶在席前往来穿梭，端上来的都是他们见所未见、闻所未闻的山珍海味；貌若天仙的宫女在廊间轻歌曼舞，她们身上的香气和龙涎香燃烧的气味混合在一起，弥漫在空气中；500 名站在阴影中的青铜甲士寂然无声，只有微风拂过他们的长戈和甲衣时才能听到轻轻的呜咽声。在左右回廊围绕着的中央高台上，被贵族和百官簇拥着的，就是威震天下的国王和他所宠爱的盛姬。

一位神情猥琐的老头捧着一具式样古怪的乐器率先登上了场。他向高台行了叩拜礼后，坐下来开始吟唱一首

1　崦嵫：日没入之山，见《离骚》。——作者注
2　两：古长度单位，五两为一丈。——作者注

抑扬顿挫的颂歌，人们听不懂他的语言，却都迷醉在他的歌喉中；两名衣着袒露的少女扭动着柔柔的腰肢跳起一种风格特异的舞蹈，她们那飞旋的脚尖宛如田野上跃动的狐狸，就连宫中最善舞的宫女都看直了眼。

国王偷眼看了看身边的爱妃，她的脸上露出了不耐烦的神色。他摆了摆手，老头的乐器落在了地上，传出最后一声颤动的低吟。

接着上场的是一位来自遥远国度的魔术师，他有一个傲慢的鹰钩鼻子和一把桀骜不驯的大胡子，他的家乡远在胡狼繁衍生长的另一方土地。他倨傲地向国王和他的妃子鞠了一个躬，然后从随身携带的旧羊皮袋里抓出一把豆子撒在地上，喃喃地念了几句咒语。周围传来一阵压低的惊呼，奇迹出现了，地上的黄豆和黑豆自动分成了两组，各自排兵布阵，有进有退地厮杀了起来。

可是王妃的眉头甚至连动都没有动过。两名剽悍的武士立刻上前把这位不幸的异乡人连同他的豆兵带走了。

一位身材矮小、肤色黝黑、缠着包头巾的汉子快步走了上来。他的手里提着一团同样是黑黝黝的毫不起眼的绳子。他盘腿在尘埃中坐下，把一个大家先前都没有注意到的短笛凑到了嘴边，顿时，一股低沉的魔音在夜空中响起。

慢慢地，那股放在地上的绳子动了一下，一端的绳头抬了起来，缓慢但是坚定地沿着一条优美的轨迹向上升去，仿佛有一只无形的手在提着它上升、上升，直升到一朵低垂着的乌云中。围观的人群情不自禁地屏住了呼吸，就连一直从容镇静的王妃也忍不住展了一下眉头，但是自始至终，她的笑容没有绽放过。

失望的国王招来了卫兵，但是那位机敏的艺人在武士还没有靠近他的时候，就一纵身跳上了那股笔直挺立着的绳子，飞快地爬了上去，消失在那一团乌蒙蒙的积云中。一名卫兵对着绳子砍了一剑，绳子断成两截落了下来，可是那名矮小的黑皮肤汉子不见了。

包头巾的人引起的骚乱只持续了一小会儿，表演接着进行下去，可是再也没有谁能像他那样幸运地逃脱国王的惩罚，锟铻宝剑上留下的血痕越来越鲜明。

寥落的晨星从东方升起，盛姬望着高台下面那些耸动的人群，鼎下的烈火照得她的脸半明半暗。小时候，她曾经有过一个荒诞的梦想：有那么一天，能够拥有难以数计的财富和珠宝，甚至连高山、湖泊、幽暗的森林和广袤的大海都属于她的名下；而所有那些自高自大的男人都只是她的奴仆，蹲伏在脚下听候吩咐。那时候，她就是世界上最幸福的女人了。而这一切，身边的这个男人都替她做到了，甚至就连他自己也拜伏在她的裙下。现在她快乐吗？

高台下传来一片喝彩声。一个艺人完成了一个高难度的吞剑动作后，胆怯而又充满希冀地望过来。盛姬毫无表情地扭过头去，她知道这等于又宣判了他的死刑。无数的艺人正玩命地表演他们的拿手绝技，只是为了赢得她的一个笑容。他们真的是为了她的快乐，还是为了那一份丰厚得足以拿生命去冒险的赏金呢？

夜晚眼看就要过去了，国王的神情变得越来越焦躁不安。就在这时，守卫在门边的卫兵和拥挤的人群骚动了起来，人们纷纷向后退去，一袭黑袍出现在晨曦之中，带着魔鬼的气息。

一名年轻的士兵带着惊恐低声说："我敢对大神发誓，他是突然出现的。"

确实，他的出现是那么引人注目，就连盛姬也抬起了头，饶有兴趣地看着他。

黑袍人缓步走上前殿，卑恭地向王座行了礼，开口说道："至高无上的王啊，你是这个世界中生命的主宰。我听到了你的承诺，从时间的溪流中浮泛而下，穿过了世纪的物质和存在的象征，带来了我的作品，期望能得到王妃的赞许。"

他的话引起了一片惊叹，因为就连王国中最富有智慧的谋父都不能全部了解他的话。

"你知道失败的下场吗？"国王带着醺醺的酒意，用威胁的口气问道。

时间的旅行者笑了一笑，他拍了拍手，四名仿佛同样从黑暗中冒出的黑衣奴隶抬着一只透明的箱子快步抢上前来。

箱子在晨星的光芒中宛如水晶般闪闪发光，旅行者猛地张开双手，他的手杖顶端放出刺目的光华。一只胡狼在远方发出一声凄厉的长啸。篝火余烬的红光照在水晶上，仿佛一阵水纹波动，箱子里显出一个人形来。

黑衣奴隶打开箱盖，箱中人直起身来，他带着惊异观望着身边的崭新世界，目光越过了骚动的人群和辉煌的殿堂，凝在了高台上。这是多美的一个小伙子啊，他的鼻梁高秀挺拔，他的目光明亮有神，他的笑容火焰一样灿烂。

面对着这样的一个奇迹，人群没有欢呼，没有激动，有的只是焦躁和狂乱的低语："只有神才有权造人，这是亵渎……""巫术！""抓住他，地狱里来的魔鬼！"

周穆王的脸色有些发白，他的权力足以让他藐视一切法术，但用造物主才能拥有的魔力去刺穿生命的庄严，放肆地污辱神灵，那是另一回事。他犹豫不决地回头看了看，看见他的王妃唇边浮起一抹微笑。他举起了一只手，人群安静下来。

王妃微笑着开口说道："异乡人，你的法术让人大开眼界。你说这是送给我的礼物，可我要这个卑贱的男人有什么用呢？"

她的话音犹如雪夜中的铃声一样清脆撩人，甚至黑袍人在她的美貌面前也不得不低下了头，谦卑地回答道："聪慧美丽的王妃呵，他叫纡阿，只是一个傀儡，既没有生命，也没有尊严，但他从娑婆那里学到了音乐，从阿沙罗加[1]那里学到了舞蹈，当他展示他的所能的时候，就连石头也会欢笑。而他存在的唯一目的，就是尽其所有来让您拥有欢乐。"

他转过身，拍了拍手，喊道："跳起来吧，纡阿！"

仿佛一阵微风吹过琴弦，站着的年轻人微微一颤，接着指头曼妙地动了一下，就让所有的人都屏住了呼吸。突然间，他浑身上下都洋溢起舞蹈的气息，就连足迹踏过最遥远国度的旅行家也从未见过的华丽欢快的舞姿，如同流水一样，从他的头，从他的手，从他的足，从他的每一根指头，甚至从每一寸肌肤中喷涌而出。有什么东西能够比拟他的舞姿呢，飘零在急流中的花瓣，回旋在风中的火焰——让人看了止不住地就想热泪流淌，想放声长笑。一支长矛从卫兵的手中脱落，摔掉在国王脚下的尘埃中。国王费了很大的劲才把目光收回，转到了坐在身边的盛姬身上，他看到了渴盼已久的笑容就挂在王妃的嘴角。

一舞既罢，高台上下鸦雀无声。国王站起身来想说

1　娑婆、阿沙罗加：我不知道黑袍人属于哪个时代和哪个民族，从他无意中提到的这两位神祇的名字来看，也许他带有印度血统。——作者注

话，却发现自己嗓音嘶哑，他稳了稳神，说道："异乡人，你的礼物正是我想要的。我的承诺是有效的，我不想知道你的来历，从今天开始，你就是代地10座城池的城主了（大臣和贵族中传来一阵妒忌的低语，但是国王只是威严地朝他们扫视了一眼，低语声就消失了）。至于其他这些无聊的艺人，我要限你们在15天内，离开我的王国。第16天起，只要在我的国土上察觉你们的踪迹，就一律格杀勿论！"

黑袍人匍匐在高台下，回答说："伟大的圣朝天子，我只是一介贱民，怎敢承担管理城池的重任。我不是为了赏赐才带来我的作品，如果陛下喜欢纤阿，那么请宽恕所有的这些艺人们吧。我迷恋他们用自然的力量显示出的巧技，而后世人已经忘了如何去接近它。我们能借机械造就梦幻，却忘记了自己本身曾一度拥有的魔力。我渴望能从这些艺人中找到我所寻求的东西，去创造另一个梦幻般的神话时代。"

穆王听了他的话，微微一愣，随即不以为忤地哈哈大笑："你是个疯子吗，大海难道还要向小河寻求浪花，你的技艺在我看来已经出神入化了，还要向这些无用的流浪汉们学什么呢？好，城池我就不给你了，大周国境内的流浪艺人我也不再驱赶，从今以后，他们都做你的奴仆好了。"他不容黑袍人再反对，大声叫道："来人哪，将先生送到驿站的精舍中，把我的礼物和这些艺人一并送去……哈哈哈……乐师，奏乐！我要与爱妃及各位爱卿继续狂欢。"

黑袍人鞠了一躬，如同来时一样寂然地消失在阴影中。

周王的狂欢持续了三天三夜，最后一堆篝火终于熄灭了，筋疲力尽的宾主丢下了狼藉的大殿，各自回去休息。

在后宫深处，重璧台[1]那高高的回廊上，盛姬把她滚烫的额头贴在冰凉的大理石柱上。她问自己，我这是怎么了？为什么看到纤阿的第一眼起，我就心中狂跳不止？为什么他的目光转向高台，我就情不自禁地想欢笑？她当然要笑，哪怕是为了纤阿的生命，她也要微笑。那些贪婪的艺人为了他们那份可望而不可即的赏金而送命，一点也引不起盛姬的怜悯。只有纤阿，是真心真意地为了她，为了她的欢乐而舞蹈。他不可能夹杂着一丝其他欲望，她难过地想，因为他只是一具傀儡，甚至没有生命，没有因为她的微笑而得以保存的生命。

爱上了一个傀儡，她自嘲地摇了摇头，绕着寂静无人的回廊慢慢地踱了起来。她的目光不由自主地望向了那些奴隶们居住的低矮窝棚（对她来说，那些只能算是窝棚）。三天前，第一次发现她对纤阿那份令人惊异的感情后，她就托词溜回了后宫，一个人体会那又惧又喜的感觉。

国王的盛宴持续了三天，那班残忍粗鲁的家伙，就让纤阿跳了三天的舞。他一定累坏了，盛姬怜悯地想道，现在，所有的大臣和贵族都在呼呼大睡的时候，也许此刻他正痛苦地躺在哪个窝棚中喘息。

仿佛回答她的关切，一声鸟鸣打破了清晨的宁静，哀伤缠绵，仿佛一线游丝浮动在夜空中。然后，轻轻地，宛如青鸟般宛转的啼唱刺破了低沉的和音，欢乐和痛苦同时缠绕在一个孤独精灵的歌声里，犹如晨曦融合着光和影一般完美。天哪，盛姬又喜悦又痛苦地想道，这不是夜莺的

---

1 重璧台：见《穆天子传》："天子乃为之(盛姬)台，是曰重璧之台。"——作者注

欢唱，而是一个傀儡令人难以置信的美妙歌喉。他知道她在这儿。

带着异乡情调的低沉的喉音轻轻地摇曳着她，让她不由自主地想起了遥远的过去，想起了一个清冷的早晨，桨叶打碎了水上的晨光；想起了一个烛影摇红的夜晚，父亲把她送入了宫中。她的父亲后来如愿以偿地当上了盛地的领主……

不，不行，盛姬绝望地想，我的心承受不了再多的负荷，我不能再见他了。爱情宛如躲藏着的河流在黑暗中流动。壁龛里的烛苗静悄悄地燃烧着，她惊恐地向四处看了看，把头伸出高台，向脚下花草掩盖着的黑暗低声问道："纤阿，是你在那儿吗？"

歌声戛然而止，一个发颤的声音回答了："是我，我的女王。"

我的脸一定像少女一样发红，她心慌意乱地想。犹豫了一会儿，她柔声问道："纤阿，你为什么不去休息？跳了这么长时间的舞，一定累了吧。"

"我用不着休息……能源……我不知道。"他在黑暗中沉默了一会儿，"我的胸口有个地方跳动得厉害，我不能去休息。主人说过，我是为了你的快乐而存在的。离开了你，我不知道该做些什么。"

他低低地吟诵着："我不能闭上我的双眼，我只能让我的热泪流淌。"[1]这句话表白一个人的内心所拥有的魔力让王妃心跳不已。

"我的心指引我为你歌唱，把我留在你的身边吧，我

1　引自亨·海涅《深夜之思》，纤阿肯定读过它。——作者注

不想为那些庸俗的贵族舞蹈。我只有十天的能源……十天的生命，让我用这剩下的七天来陪你一个人，让你快乐。"

王妃低低地呻吟了一声，说："你不应该这样。"

"您不喜欢吗？"黑影的声调里充满了悲伤，"那么说一句话吧，只要一个词……一个词，我就可以为你去死。"

"你会为她死的！"一个粗暴的声音打断了他的话。盛姬惊恐地转过身，看见姬满正满脸怒容地站在高台的楼阶口处，他暴跳如雷地咆哮："一个木偶也竟然敢调戏我的王妃，我要让你和你那该死的魔鬼主人一块儿粉身碎骨！"

"不！请不要杀死他！"盛姬恳求道。

妒忌的国王奔下高台，大声招呼着卫兵。

盛姬探出栏杆外，看见黑影还在那儿没动。他的声音依然平静："告诉我该怎么做，我只听从您的吩咐，也许我死了会更好。"

国王在高台下愤怒地咆哮着，一群士兵沿着鹅卵石砌成的通道从远处跑来，铠甲和兵刃相互撞击着，打破了花园里的静谧。

盛姬拿定了主意。"快跑，"她低声嘱咐，"从这儿逃走吧！"

傀儡依然流连不舍，他仰着头问道："你还让我再见你吗？"

盛姬眼角的余光看见几名士兵已冲进了内廷，正向着那个胆大包天的冒犯者跑来。"当然，"她说道，"现在，看在大神的份儿上，快跑吧，为了你自己。"犹豫了一下，她加了一句，"也为了我。"

"我这就走，"那位激动的仆人低声而快速地说着，"燃起你召唤精灵的黑药粉，我一定会再来……"他转身向围墙跑去。王妃惊恐地看着两个卫兵挥舞着长戈追了上去，可是纤阿用一种令人难以置信的敏捷和技巧一下子就翻过了高高的围墙，不见了。

镐京里的大搜捕持续了整整三天，国王的卫兵仍然没有抓到纤阿和他的主人，尽心尽职的卫兵虽然几次发现了那个逃逸的傀儡的踪迹，但都被他从容逃走。

负疚的侍卫头领奔戎对暴怒的国王解释说："那个巫师就在我们的眼前消失了，连同他那四个长得一模一样的仆人……有七八个人眼睁睁地看着哩。至于那个跳舞的木偶（他说到这儿，平板的脸上流露出一份惧意），他有着豹子一般的敏捷、大象一般的力量，他能空手扭断我们的铜戟，跑起来超得过最快的战车。"他最后下了结论："他不是人类，而是一个扎扎实实的魔鬼小崽子，我们根本不是他的对手。"

停了停，他偷眼看了看国王的脸色，又补充说："依我看，他好像受到了什么禁制，每次当他可以轻而易举地拧断我们某个人的脖子时，却猛然停了手。要是搜捕逼得太紧或禁制解除了……"

国王"嘿"了一声，大步在大殿里走来走去，脸色阴晴不定。连号称最精锐的国王卫队都对付不了一个小小的偶人，这个大胆的家伙竟敢流连在京城不走，国王隐隐感到一股逼向王座的不安全感。自从那个不幸的清晨之后，盛姬就只以沉默和流泪来回答他的恐吓和哀求，他烦躁地来回踱步，终于立定了脚步："来人，速请盛伯进京！"

盛姬知道她的丈夫一直在搜捕纤阿，但她一点儿也不为他担忧。因为她从负责搜索的卫队那里打探到了纤阿神出鬼没的消息，她相信自己所爱的人儿拥有的魔力是战无不胜的。他们知道只有她才能引出纤阿来，姬满每日里到她这儿来，或软语哀求，或大声恐吓，她始终无动于衷。

宫里每个人的表情都惶惶不安，她却仿佛带着一种恶作剧般的快乐，直到满头白发的老父亲跪在她的脚下，用整个家族的存亡兴衰来恳求她时，她才犹豫了起来。

"原谅我，纤阿，"她在心中想道，"你终究只是个傀儡，一个还有几天生命的木偶。我无法为了你放弃一切。"

第三天夜里刮起了轻柔的西风，盛姬在重璧台上点燃了一撮黑色粉末，粉末剧烈地燃烧着，爆发出一簇簇明亮的蓝色火焰，如同一只被束缚住的老虎挣脱了囚笼。一股青烟袅袅飘散在风中，有股硫黄的味道弥漫在空气里。

夜色更加浓厚，重璧台上静悄悄的，仿佛只有盛姬一个人。他不会来，盛姬庆幸地想、不知为什么，却又有一丝儿失望。

壁龛里的火焰摇动了一下，盛姬突然转过身来，看见纤阿就站在高台长廊的尽头凝望着她。时间在回廊间悄悄地流动，是那么安静。有一瞬间，她甚至忘了陷阱的存在，而想跳向前去，扑向傀儡的怀抱。

一匹战马在她的身后轻声长嘶。我干了什么，她猛地醒悟。一股可怕的恐惧攫住了她：虽然纤阿注定会死去，但她这一辈子都将无法轻释背叛他的负疚了。"别过来，"她向着长廊的尽头喊道，"纤阿！这是个陷阱！"

纤阿转头扫了一眼花园里出现的国王的精兵，他的脸色因为痛苦而苍白。"那有什么关系，"他继续向王妃跑来，"如果这是你的选择，那么就让我死在你的脚下吧。"

国王咬牙切齿地喊道："拦住他，杀死他！"

200名最精锐的卫士冲了上去，那个赤手空拳的傀儡毫无畏惧地向着这堵青铜盾牌和长戟组成的金属洪流迎来。大周朝那些最著名的勇士——奔戎、造父，在他的手下如同草把一样纷纷倒下。傀儡在小心翼翼地控制着自己不过分地伤害脆弱的人类，爱情的魔力冲掉了永远不许与人抗争的禁令。激飞的刀剑像流星一样射入天空，又发出长鸣坠落在花木丛中。大周朝的卫士们发现自己陷入了这辈子最可怕的一场战争中。

最后一声刀剑的叹息也寂然了，200名失去了武器和战斗力的卫士倒在了尘土中。满怀创伤的痛苦的傀儡一瘸一拐地向王妃走近。

满脸铁青的国王一只手按在剑柄上，不知该如何是好。

"你还爱我吗？"傀儡悄声问道。

"我爱你。"盛姬回答道，向跳舞的艺人伸出手去。纤阿接过了她的纤纤玉手，跪下来放到嘴边轻轻一吻，如同一尊青铜雕像般僵硬不动了。

妒火中烧的国王拔出了那把削铁如泥的宝剑，砍掉了傀儡的头。王妃惊叫着闭上了眼，没有温热的血液喷出来，他那漂亮的头颅下面是一大堆金光闪闪的金属片，以一种完美的不可思议的复杂联系在一起，随即在风中分崩离析，变成无数的金属碎片叮叮当当地散落在尘埃中。

王妃张开她含泪的双眼，一块透明的玉一般的簧片跳上了她的手，精巧地微微颤动着，发出了和纤阿的歌喉一样动听却单调的嗡嗡声。

后记

先秦时代是一个神话的时代，周穆王更是一个充满了传奇色彩的人物，这个故事来源于关于他的一个古老的传说，偃师造人的故事源远流长……1997年，我在一位神秘的黑袍人那里找到了一份手稿，他告诉我在几个世纪以前这份手稿就已经存在了，他只稍微改动了几个地方。我很怀疑他的说法，可是抓不着他的把柄，文中提到的"撒豆成兵""绳技""浣鼠"……确实都能在古老的书籍中找到依据，几个世纪以前，也许它们真的存在过……历史永远让人充满遐想。

■ 潘海天（1975— ），知名小说作家、编剧。国家一级注册建筑师。代表作有《偃师传说》《大角快跑》《二十四格每秒天堂》《九州·风起云络·铁浮图》《九州·暗月将临》等。中国第三代科幻作家的代表人物，曾五次获"银河奖"。

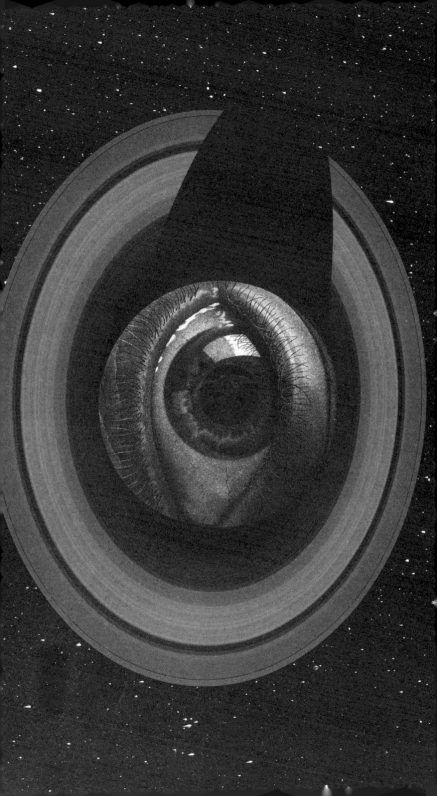

以神的力量在宇宙的末日跨越宏大的时空，却缠绵于对最原初的家的怀念。

——刘慈欣

宇宙之春

刘宇昆 著 / 罗妍莉 译 / 何锐、孙薇 校

"在此，我们提出一个宇宙模型，它有着一连串无穷无尽的扩张和收缩周期。显然，在此模型中，时间既无始，亦无终，也不必定义初始条件。"

——保罗·斯坦哈特[1] 及尼尔·图洛克[2]，"循环宇宙模型"，见《科学》296.5572 (2002)：1436—1439（参考链接：https://arxiv.org/pdf/hep-th/0111030）。

---

1 Steinhardt, Paul J.(1952—)，美国理论物理学家，宇宙学家，执教于普林斯顿大学，既是"宇宙暴涨"理论创始者之一，也是不同于上述理论的"火劫宇宙"与"循环宇宙"理论的创建者之一。他受超弦理论启发，认为我们这一宇宙起源于多维空间中两张假定为相互平行的膜的碰撞。

2 Neil Turok(1958—)，南非物理学家，伦敦帝国理工学院博士，现就职于加拿大圆周理论物理研究所，也是非洲数学物理学研究所创建人。主要研究领域涉及数学物理学、早期宇宙物理学等，关注宇宙学基础物理观测测试。与霍金共同提出关于宇宙起源的著名"霍金-图罗克瞬时理论"。

量子比特分解又重叠；信息纠缠又解耦；意识重又浮现。

我不知道自己睡了多久。岛船的储备库中，残存的能量如此微弱，我一直在竭尽所能地节省。

深渊里一线微光，温度或许有几千开尔文。这便是我被唤醒的原因。

我改变路线，径直奔向或许是宇宙中的最后一颗星。

宇宙正是凛冬。这是我研究了 67000 亿年后得出的结论。

我生于宇宙之秋。秋天这个概念，来自岛船的数据库——我年轻时，还能使用的数据库比现在要多得多——那时的宇宙被红色的群星照亮，绯丽红深，酒赤榴艳，丹朱胭浓，深深浅浅的红在天鹅绒般的黑暗太空中汇集成各种图案。出于无聊，我为它们一一命名："逻辑门菱形"，"量子比特四维立方体"，"直角三角形双正方证明"。

我以太空中这些转瞬即逝的标记为指引，驾驶着岛船，从一颗星跳到另一颗星，采集它们逐渐消亡的火焰。这些红色的星星往往极为渺小微茫，我只好低低贴着星球表面飞掠而过，吸取能量，为这艘岛船补充燃料。不过借助它们的温暖，倒是颇能纾解宇宙中其余部分那一片严寒空寂。

偶尔，当我摇荡着岛船在群星间纵跃时，也会遇见些奇妙的生灵。他们有些是与我一样的宇宙游子，驾驶着属于自己的岛船。

"你从何处来？"

"我不记得。"

"你向何处去？"

"我不知道。"

"好吧，还是祝你好运！"

我们互致问候，相互学习对方的语言，如此便可在忍痛分别、各自踏上异途前，围着星炉太空夜话上数十亿年，分享彼此的故事。

其他有些则是土生土长，他们的岛船欠缺智慧，固定在永无尽头的轨道上。当我驾船靠近时，这些生命常会瑟缩一旁，或敬我为神灵，或斥我为妖魔。我尽量不在这些地方耽搁太久，只集齐足够前往下一颗星的燃料，便马上离去。我为这些生灵遗憾，他们注定只能停留在无法远航的岛船上。

另有一些则是海盗，企图登上我的船，盗走燃料。有几次，我们动起武来，其间有部分记忆遭到摧毁。幸运的是，借助静星帆上迸发的光子激流，最终我总能设法逃离，甩下他们在星际尘埃间仓皇挣扎。

即便我不断接近，前方的微光仍在逐渐冷却。但愿当我抵达之时，它尚未变成一颗黑矮星，永远湮灭于深渊中。前行的愿望存在于生命的本性中，无论这生命是进化而来，抑或经由其他方式生成。

我想家了，即便家已不复存在。

我环顾四周，再也没有其他星星了，我别无选择。

红色群星向内崩塌，然后开始如微小雪球般放出白色光芒。随着时间推移，雪球变得灰暗，逐渐衰颓，最终熄灭。

　　秋色已转为严冬。

　　我遇见的岛船越发寥寥。群星越发稀疏，两颗星星之间的航程越来越长，我也再不能如盛年时那般，将一切维持得妥妥帖帖。无论我如何努力复制、转录、纠缠、验证，记忆库仍然一个接一个失灵，我只好一次又一次做出痛苦的抉择，任由自己片片死去。

　　我是谁？为何在此？岛船又是什么？

　　就让我在未遭毁坏的少量残存记忆中，拼凑出一个答案吧。

　　很久以前，宇宙仍是盛夏，群星闪耀着深深浅浅万千色泽的星辉，璀璨万丈，汇作道道星河、片片星海。群星周围环绕着众多岛船，在岛船上，生命出现。

　　其中一颗星被称为"太阳"；其中一艘岛船被称为"地球"；居于其上的一种生物则被称为"人类"。

　　在人类四散离开地球很久以后，他们也并没有忘记家乡那座故岛，而是将其作为圣地保存下来。他们会时不时重返地球，进行维护，对正在分崩离析的塑化建筑物进行加固，对存在坍缩风险的量子记忆库重新加以纠缠，将这艘岛船推移到离太阳稍远一点的地方（当太阳膨胀，开始发出红光时），并对这艘岛船进行改装，为它安上静星帆和光子引擎——一种类似于迷你恒星的玩意儿。这样一来，当太阳消亡之时，地球还能够自行延续。

　　他们也回家听一听记忆库中储存的那些古老故事，又讲述些新鲜故事，储藏入记忆库里。

随着太阳冷却，来的人也日渐稀少，直至彻底无人再来问津。

正是在这些记忆库中，我诞生了。我是由人类创造，来充当这艘岛船的守护者的吗？又或者我是在量子比特之间，在各种可能性之间，从信息旋转、循环、传递、爆发、存在、消亡的种种模式中自行演化而成的呢？

我不知道。这又有什么关系呢？

自从人类不再回家，我便扬帆起航。

我到达了那颗星——却发现它根本算不上恒星了。

好吧，或许昔日它也曾是恒星，与宇宙中不计其数的其他恒星一样，沿着主星序演化，盛放而后枯萎。但它早已今非昔比。

有些人——或许正是在这颗恒星周围那些岛船上出生的那些人——并不情愿看到这颗故星有朝一日燃料耗尽，随即消逝得无影无踪。他们不像之前的人类那样只顾径自离开，奔向未知的宇宙，而是驶入深渊，只为了驾驭其他恒星，将它们带回故乡，将捕获的这些星球中蕴含的氢与氦灌注进世代相传的那颗星炉之中，让故乡宜居的时间延续得稍久一点。他们在冒险中渐行渐远，直到故乡那颗星变成了唯一的灯塔，矗立在一片逐渐蔓延的黑暗之海中。

随着宇宙的凛冬降临，他们只好向着更远的远方漂泊，寻找依然存续的群星，带回故乡。他们飞奔、跌撞、疾冲，越过茫茫太空，带回一杯雪，覆到正在融化的雪球之上。最终，他们大概是放弃了这场败局已定的战斗，再也无法带着哪颗恒星重归故里，因为它们在路上早已燃尽。

他们逝去了。

然而，在黑暗中唯一这点孤光的诱惑下，又有驾着岛船浪迹宇宙的其他生灵来到此地。等他们发觉周围的太空中已没了其他恒星的踪影时，为时已晚，他们再也无处可去。灯塔变成了陷阱。

如同其余数百艘已在围绕这颗恒星旋转的岛船一般，后来者唯一的选择，便是将仅存的些微燃料，那些翻滚着进行融合反应的原子球，也添进那奄奄一息的熔炉中。让这颗垂死的恒星焕发新生，再增加数百万年的寿限。借此，他们希望能够招来其他浪游之客，令这一循环再度开启。

比如我。

"欢迎来到宇宙尽头。"

我们蜷缩在那颗恒星暗淡的微光里——我用残存的燃料，令它恢复了活力——分享着各自岛船上仅剩的记忆片段。我们没有哪一艘不是破败不堪。艘艘岛船都陈旧而冰冷，核心早就冻结已久。凡是能毁坏的东西早已毁坏殆尽。残留的记忆支离破碎，彼此脱节，看不出原本的上下文背景。

但传递自身某一部分的渴望存在于生命的天性中，无论这生命是进化而来，抑或经由其他方式生成。

有些唱着歌，歌唱那些巨大的鳍，在甲烷海洋中游弋，构成它们躯体的是微小的四面体宝石，完美得令人惊叹，芳香得不可思议。有些讲述着身体由硅构成的物种，那样的生命沉静而稳重，一闪念便要耗费百万年。有些模仿着谑浪轻狂的生灵，纯粹由信息构成，只需一秒钟，便已绵延上千代。还有一些则吟诵着诗句，由有智力的翼群创作而成的诗，它们在自己的恒星表面飞掠，一头扎进对流层中，捕捉光子蠕虫。

这有点像是一台综艺盛会。据我猜想，人类或许会将其称为"春晚"，聊以在凛冬的暗夜里打发时间。尽管宇宙已被熵征服，我们这些宇宙中最后的意识已全都奄奄一息，但这里还有快乐，还有友谊，还有欢庆。此地虽不是故乡，但至少我们不必孤独地死去。

"轮到你了。"

这是我遗留下来的最为完整的记忆片段之一。一粒珍贵的面包屑，残存在我最后一个即将失灵的记忆库里。

兆亿群星划过墨黑的苍穹。

天际线上是些闪闪发光的星座，其间点点光芒浩如烟海，汇合成直线、曲线、平面：一副对称的弓形翅膀，浑圆的鸟喙居于正中，仿佛一只展翅飞翔的鸟的数学模型；一座长方形桥梁，层层叠叠的塔楼为顶，道道裙檐累累下扑，像一只头戴高帽的矮蜘蛛；一根极为纤长的细柱直插云霄，细柱上一串椭圆形物飘忽上下，犹如绳索上的串珠。

环球航空飞行中心[3]

北京西站

蒲罗中太空电梯[4]

无数光点正朝着这些建筑疾驰而去，每一点都是一个人的意识，穿梭于超光速网络中的远程呈现，散布在整个宇宙中所有的人类岛船都被此网联结为一体。

人类，这些宇宙之夏的孩子，喜欢到远方流浪，去父母从未住过的地方居住，而他们的孩子长大以后，也必将他去。

然而，也有这样的时候——当他们即将踏上新的险途，当他们感觉到岁月的重负，当他们那古老的历法循环中，人为定下的标记再度临近——那时候他们会期盼重返最初发源之地，那些古老相传、在记忆里半隐半现、模糊一片的岛船，他们的父母在那里等待着他们，那里充满了甜蜜和苦涩的回忆。这样他们便能表达感恩之情，这样他们便能与家人共进一餐，这样他们便能借由凝视过去，焕发出新的活力。

此时此刻，大多数流星都正自北京西站而来，抑或向北京西站而去。它光辉灿烂，如同宇宙的发端一般。

"回家？"

3　全称为 Trans World Airlines Flight Center，位于美国纽约，又称纽约肯尼迪机场第五航站楼，建筑外形如同一只展翅的大鸟，对应飞鸟建筑。

4　Pulau Ujong，"蒲罗中"，是新加坡岛最古老的名称。假想中的太空电梯对应文中直插云霄的细柱。

"没错。"

"你从哪儿来？"

"猎户座肩膀。"

"一路平安，春节快乐！"

在那段记忆中的远程呈现中心，其外形灵感源自地球上实际的建筑物，而它们早已湮没无闻。那些建筑仿佛图腾一般，从其形制便可看出起源的来龙去脉。

但又不止于此。戴高帽的蜘蛛建成之日，人类旅行时还得满满当当挤在盒子里，在平行的栏栅上漂浮前行，就像看得见摸得着的几何证明题。千百万人途经那座车站，回家欢庆春天的来临。

可头上那顶下扑的帽子呢？其实没有任何作用，只是提醒人们，还曾有过更为古老的年代，那个时候，城市里还没有这种在平行的铁轨上移动、运送人类的盒子。那是嵌套在图腾中的图腾。

古代屋顶催生出了这座车站，这座车站又催生出了银河网络中心里的虚拟仿真影像，这影像又于一艘纪念岛船上的量子记忆库中得以重建，尽管其所处的位置与那座车站曾经矗立其上的土地或许相同，或许不同。

于是，讲起了岁月、火车、蜘蛛、帽子、岛屿，我从未见过也从不了解的事物，用声音和符号构建出我想象中的北京西站——这些音与符调用早已过时的定义，唤起真真假假的记忆，在它们的重重包裹之中，是神话传说般的真相。

如果你沿着符号的轨迹一路前行，就会发现自己来自何方。

你便可以回家了，即便此时，家已不复存在。

很久没人说话了。这颗恒星的温度现在只余下几开尔文，变成了一颗几乎黯不可见的黑矮星。很快，所有岛船上，我们全都会死去。

在古老的神话中，宇宙依附于两张平行膜之一，这两张膜被暗能量分隔开来，如同运载人类的那些盒子曾驰骋于上的平行铁轨一般。这两张膜周期性地相互碰撞，迸激出这宇宙，在无休无止的循环中令其重获新生。

如果宇宙的寒冬已经卷走了一切，那春天还会远吗？我似乎感觉到另一张膜正在靠近——那种感觉，我想象着，就仿佛是听到一辆列车疾驰而来。

我倾注出仅剩的能量储备，竭力维系住对那些光芒闪耀的中心完整的记忆。神话中说，下一次宇宙之春来临时，新萌发出的结构形状将由这个凛冬中埋下的量子涨落之种决定。

我注定无法目睹崭新的宇宙纪年。我们全都一样。会有一道耀眼夺目的闪光，兆亿新生的群星，崭新的岛船，不可思议的奇妙生物会在那些船上再度降生，再度以奇迹、美景与光明盈满宇宙空间。

如果我献出自己的一切，或许有一天，在其中某一艘岛船上，会有人坐起身来，目睹太空中群星组成的一个图案——那是一座长方形桥梁，层层叠叠的塔楼为顶，道道裙檐累累下扑，他们会将其命名为"戴高帽的矮蜘蛛"。

因为他们理应知晓些先辈的事迹，知晓他们自己来自何方。

宇宙，新年好！

■ 刘宇昆（Ken Liu, 1976— ），美国华裔科幻作家，职业为程序设计员、律师。2012 年凭短篇小说《手中纸，心头爱》获得"星云奖"。

> 机器洞悉了胜于人的艺术奥秘。
>
> ——韩松

造像者

陈楸帆

> 世上凡事都有其决定性的瞬间。
> ——红衣主教 Cardinal de Retz

广场上的大钟指向清晨 6 点，电子钟声沉闷短促，惊醒了彻夜守候的年轻人。人们从鼓鼓囊囊的帐篷里钻出来，脸上的白色睡式过滤器还没有摘掉，像是一撮撮从彩色蘑菇地里飘起的白色菌丝。他们看着 CCES 几个巨大的字母在蓝色警报级别的强风中亮起，开始是荧光黄，然后变成彩虹色，接着底下一行小字也亮起：China Consumer Electronics Show（中国消费电子展）。

年轻人激动地互相挥挥手，又再次钻回帐篷里，毕竟离正式开门入场还有两个小时。

他们错过了巨大的企鹅、熊以及说不清什么生物的全息投影在空中轮番登场的奇观。有那么几秒钟，工作人员调试出一头红皮黄星的奇美拉怪物。而后一切都消失了。

展览准点开幕，领导及嘉宾的发言不时被掌声和嘘声打断。像是一场马拉松赛事，随着一声令下，人群鱼贯而入，接受严格的安检，领取赞助商的礼包，开始一场电子盛宴。

真正的北京国际马拉松赛在数年前由于空气质量原因曾中途停办过一届。尽管主办方在出发点架起巨大屏幕循环播放数字合成的蓝天白云，屏幕下方还是成为选手们解手的首选之地，以示抗议。随后政府采取了一系列强力措施，包括关停北京周边制造污染的中小企业及厂矿，让蓝天白云从虚拟照进现实，"北马"恢复，选手们撒野尿的场地也转移到了红墙根下。

粉丝的手机或可穿戴式设备上都会自动推送官方的辅助信息，也可以选择由当红日韩偶像配音的引导精灵，如果能够接受那种略微怪异的口音，他或她会不厌其烦地告诉你，本届 CCES 的三大热点是浸入式互动娱乐、万物智能化技术及情绪计算。

人群随着个性化引导分流进入占地 15 万平方米的展厅，来自超过 2500 家参展商的最新科技产品使出浑身解数争夺眼球。观众的脸上布满彩光，像是初次发现镜中自我的婴孩，兴奋地舞动肢体以区分现实与虚拟的界限。这年头这事儿是越来越难，也许比天地初开宇宙鸿蒙时还难。

穿过光怪陆离的、刺耳的、集体癔症发作式的游戏展区，进入 EB-115 展位，主办方用黑色幕布围挡起一个 6 米见方的空间，只留下出入口。场内只能容纳 23 名观众，游客在门口守秩序地排起长龙，等待警卫放行。没有 Logo，没有打光，更没有穿着暴露的虚拟偶像。

这些排队的人十分安静，表情凝重肃穆，比起逛展览，他们更像是准备进教堂做礼拜。

总之，就是有点不一样。

他们手里都捏着一张小小的黑色卡片，像是某种邀请函。

外派女记者拦住了一名从幕布后走出的年轻男子，他行色匆匆，不愿接受采访。

记者：说两句吧。里面到底是什么？

男子：没什么特别的，一些照片，你也可以让它帮你拍照。

记者：您指摄影师？

男子：不，没有人操作，就是一台自动相机。

记者：听起来有点无聊呢。是什么样的照片？

男子：嗯……有人像，也有动物，还有景物。

记者：您是从哪里得到邀请函的呢？

男子：一个朋友推荐的网站，也是邀请制的。

记者：最后一个问题，能让我们看看你拍的照片吗？

男子脸上掠过一丝不悦，他摆脱记者的纠缠，轻轻说了一句什么，快步离开展位。

女记者反转摄像头的方向，对准自己，做出一个无可奈何的表情，继续说道：

"在本届众星云集的 CCES 现场，我们也发现了一些颇为低调神秘的参展商，比如我身后的这个展位，就是采取格格不入的预先邀请制，所展示的产品服务似乎与高科技也相去甚远。那么他们是依靠什么样的市场策略来吸引这么多忠实粉丝的呢？是否会是所谓'邪教式营销'的推崇者？我们已经从展会主办方处获得相关信息，将在接下来的节目中为您揭秘。敬请期待、分享以及续订我们的频道哦。"

女记者并没有注意到在入镜的画面里，排队的人群已经拐了一个弯，来到出口前。一名背着黑色双肩包，身穿黑色连帽衫的男子加入队伍，他不时左右张望，从背包甩动的幅度看，里面装着不轻的东西。

又一名观众从出口走出，她的表情似乎有点不自然，下眼睑闪着亮光。

她的手里拿着一张宝丽来大小的卡片，微微颤抖。

主持人："这就是一个多月前 CATNIP 在 CCES 上的第一次公开亮相，但当时人们对它背后的技术，以及即将引发的争议一无所知。今天我们有幸请到了 CATNIP 的发明者、国家重点实验室项目负责人、人工智能及图像识别专家——宋秋鸣教授。宋教授你好。"

一名西服男子入镜，约 40 岁上下，表情略拘谨。

宋教授微笑："主持人好，大家好。"

主持人："先问一个小问题：为什么要给这套系统起名叫猫薄荷？在我们女生看来，这很有点卖萌的意味。"

宋教授："呵呵，确实如此。其实它的全称是 Camera of Architectural Transcendent Network Information Processing，也就是结构式超网络信息处理照相机，因为我女儿喜欢猫，所以给凑了这么一个名字。猫闻到猫薄荷时，会刺激它的费洛蒙接收器，电信号传递到大脑，产生兴奋感，引发一些超常举动。我们也希望这个小东西能够给沉闷已久的学界带来一些新鲜和刺激。"

主持人："说得太好了，宋教授。那么能否请您用比较浅显易懂的语言向观众们介绍一下这套系统的工作原理？"

宋教授："有点难，我试试吧。大家知道，人工智能发展其中一个重要方向就是让机器模拟人类大脑的思考过程，而最关键的第一步就是让机器学会像人一样接收信息。人类有非常复杂的感官系统，但信息最主要的输入方式还是视觉，这就涉及两大领域的识别：文字和图像。目前在浅层感知领域，例如语音识别、文本分词、人脸识别等已经比较成熟了，但从浅层感知到特定语义组合的映射，比如从动作姿态来分辨一张全家福中不同成员之间的关系，对一首诗歌里的情感指向进行分类等，目前还只能在限定领域通过大量训练来实现尚过得去的效果。至于像人类那样复杂的认知能力，机器其实还处于非常早期的阶段，大家可以看这张图。"

屏幕上出现 4×4 的图片矩阵，每张图都是关于猫。在不同环境下，从不同角度拍摄的不同种类的猫。

宋教授："啊，这是我女儿挑的照片。对于人类来说，即便是一个小孩，只要他见过猫，不管是大猫小猫，黑猫白猫，猫头猫尾，他都能够分辨出来。但对于机器则不是这样。"

16 张图中的 13 张都被打上红叉，只剩下 3 张猫咪头部正面特写，萌态可掬。

宋教授："之前我们做的机器图像识别，无法像人一样，从事物的不同状态中提取出某种底层不变性。抱歉我又要拿猫举例子了：一只猫胖了瘦了，掉毛了生病了，或者给它穿戴上各种装饰品，它打哈欠、发怒、舔舌头，它都是同一只猫。而对于机器来说，图像的尺寸、背景、光照、位移、旋转、畸变、遮挡……都会影响它的判断，它只能根据既定算法进行有限层级的映射，而无法模仿人脑通过多层神经网络进行分层递阶的多粒度计算……"

主持人："抱歉，打断您一下，这部分内容或许对于欠缺背景知识的我们来说有点难以理解，那么您发明的CATNIP系统是如何解决这个问题的呢？"

宋教授面露尴尬："不好意思，一不小心就说多了。确切地说，我们的一只脚才刚刚跨过门槛，离真正解决问题还早着呢，这个系统也只是整个大计划中的一个前驱项目。我们的灵感其实来自语义分析，大家知道，信息的意义其实并不在于信息本身，而存在于其结构中，就像文本意义存在于上下文，图像的意义存在于时空结构之中。我们能否通过索引对象存在于整个时空结构中的信息来帮助机器识别对象，这是整个项目灵感的源起。"

主持人："我问一个外行话，如果机器都无法准确识别对象，怎么能去寻找它存在于，嗯，所谓时空结构中的信息呢？"

宋教授："你这个问题提得非常好。就像照片里的小猫，你是先知道什么是猫，再去找猫在哪儿，还是先知道猫在哪儿，再去识别什么是猫？这就是一个鸡生蛋蛋生鸡的悖论。目前我们的神经科学和生理学知识尚无法解释人类的认知过程是如何发生的，更不用说教会机器了。于是我们采用了另一种思路。"

主持人："这听起来就像是推理小说啊。"

宋教授："呵呵，这个比喻有意思。我们是这么做的，从语义上给定一个对象，通过对接外部数据库去抓取相关信息，包括语义和图像，并按时间序列构建起意义连续体，然后我们把真实的对象摆到机器面前。比如说，一只猫，机器会在捕捉到的动态画面与意义连续体之间寻找可能的流形映射，当它确定两者之间能够建立映射时，也就是说它'认出'这只猫时，就会'咔嚓'一下，按下快门。

当然这只是个简化的比喻，背后有许多艰深的算法，我们希望以这种倒推方式找到提升机器识别能力的办法，它更多是一个数学上的问题。"

主持人："听起来蛮有意思的，那怎么会想到把这项技术从实验室里带到 CCES 呢？"

宋教授："嗯，这个我不确定能不能说，之后我跟领导确认一下，如果不方便公布你们就剪掉吧。"

主持人："没问题。"

宋教授："其实这个项目除了来自国家的专项基金外，还有几家大科技公司的资助，他们希望能从前期就介入，看看这项技术商业化的前景如何。另外，我们需要更多的样本帮助机器进行深度学习，而真实环境中的对象远远比实验室里的模拟条件来得复杂。正好我的组里有一个狂热的摄影爱好者，他帮忙设计了这个'锦上添花'的照相模块，包括调焦、光圈、快门以及滤镜库的调用等功能。"

主持人："这会不会涉及数据隐私的问题？"

宋教授："所以我们采取了邀请制，所有对象都必须经过资格筛选，并签署具有法律效力的协议书。"

主持人："之前网上讨论得非常火热的是，一些受邀请的用户晒出了 CATNIP 给自己拍摄的照片，并分享了他们的感受。其中有人说，这些由机器拍出的照片'比真人拍摄的更有感情'，甚至能够'触动心灵深处'。对此您有何评论？"

宋教授："这个，我只能说，机器所有的行为都受程序及算法控制，它是 Camera 而不是 Cameraman，那种能够产生情感的机器只存在于科幻电影里。"

主持人："您自己用 CATNIP 拍过照片吗？"

宋教授："我自己没有，不过……我替我家人拍过。"

主持人："哦？是您的女儿？"

宋教授："不不，她的数据量太少，是我的父亲。"

主持人："我有个不情之请，能否让我们看一下 CATNIP 为您父亲拍下的照片？"

宋教授的眉头皱了皱，又迅速展平："这恐怕不太方便吧。"

主持人小声地说："这是节目赞助商的要求，对方说已经跟您沟通过了，照片也已经在我们的素材库里了。"

宋教授不自然地清了清喉咙："那……好吧。实际上，是我父亲在特护病房里拍的，大概是上个星期。"

主持人："非常抱歉，希望他早日康复。那么我们来看看这张照片。"

一张清瘦老人的照片出现在画面中，使用了高反差单色滤镜突出肌理，人物轮廓有一圈圆形光晕，老人虽有病容，却面露安详。奇怪的是几道故意做旧的磨损痕迹从面部爬过，像是碎裂又重新拼合。

宋教授没有说话，只是深深吸了一口气。

主持人："关于您的父亲，您有没有什么故事可以与我们分享的？"

宋教授依然保持沉默，像是忆起了什么久远的往事，目光开始闪烁不定。

大概三周前，两位不速之客出现在宋秋鸣面前，希望得到他的允许，对他病榻上的父亲做一次访谈。

"老爷子情况不太好，别说访谈了，正常交流都困难。"宋秋鸣立马回绝。

"我们问过主治大夫了，他的意思是，宋老师这病，记眼下的事儿有困难，但是以前的事儿还是很清楚的，您看，这不是万不得已，我们也不会有这不情之请……"年长的那位郭姓男子掏出一份文件递给宋秋鸣，跟追讨某件国家级文物有关。

宋秋鸣看了看文件，又看了看两人，勉为其难地答应了。

"不过我得在场，每次时间不能太长，而且……"他突然不合时宜地笑了一下，"你们还是别抱太大希望的好。"

"……第一缕阳光从东山背后出现，缓慢地掠过伊河河面，波光粼粼，依次照亮西山石灰岩岩体上两千余个大大小小宛如天窗般的石窟，潜溪寺、宾阳洞、摩崖三佛龛……直到奉先寺的卢舍那大佛也被金光笼入，10万尊佛像光芒万丈……"

宋卫东鼻孔里插着氧气管，眯缝着眼，仿佛与那尊不存在的金色大佛隔河相望。

说来也怪，一说起那件事，原本神志不清的父亲像是回到了站了大半辈子的讲台，思维清晰、绘声绘色，根本不像是个得了脑部退行性病变的老人；而老郭和小林则不慌不忙地录着音做着笔记。大夫说，得了这种病的人，就像检索系统出了问题的硬盘，不能要求按关键词来跳跃式地检索，只能让他一件事从头到尾慢慢讲，讲到哪儿卡壳了，你就知道哪儿出问题了。

"……和古阳洞、宾阳中洞以及石窟寺里那些北魏瘦佛相比，我更喜欢这些唐代胖佛，面部轮廓丰满圆润，双肩宽厚，使用圆刀法雕刻的衣物纹路自然流畅，让人一看便有种慈悲之感。村里人说，拜胖佛，可吃得饱饭哩……"

宋卫东的嘴角不由得随之微微翘起。

宋秋鸣从小就不明白，为何父亲对这些佛像的感情远超过对自己家人的关心。尽管内心抗拒，可耳濡目染下，他也成了半个专家。

他知道，这些佛像历经东魏、西魏、北齐、北周、隋、唐和北宋等朝代，雕凿断断续续进行了 400 年之久，它们经历了至少三次由皇帝发起的毁佛灭法运动，至元朝后期，受破坏的程度已经非常严重：诸石像旧有裂衅，及为人所击，或碎首，或捐躯，其鼻耳、手足或缺，或半缺全缺，金碧装饰悉剥落，鲜有完者。更不用说从 1914 年起，兵去匪入，本地土匪与外来奸商勾结，对佛头、佛像进行疯狂盗凿与倒卖。

到了父亲这辈儿，历史又走了一个轮回。

"……我那会儿才二十出头，刚被分配到保管所两个月，还没来得及熟悉所有的佛龛和石窟，就看见那些个学生们上蹿下跳，比赛谁把'砸'字儿写得更高、更大。所里老同志悄悄告诉我，弃车保帅，东山，那是车。我噌一下站起来，西山有佛，东山上的佛就不是佛哩？那擂鼓台三洞、万佛沟千手观音和看经寺咋弄？老同志摇摇头，佛都保佑不了人，人可还能保住佛哩……"

宋卫东突然不吭声了，眼睛死死盯着空白的墙上，仿佛那挂着什么稀罕的画像，吸引住他所有注意力。

老郭看这情形，识趣地合上本子，说今天先到这儿吧，让宋老师好好休息。小林姑娘似乎还在努力理解老人话语里的意思，一时半会儿没回过神来。

"你们觉得有帮助就好。"宋秋鸣也起身送客。

"走一步看一步吧。"老郭笑了笑，却让宋秋鸣心里犯了嘀咕：这走的是哪步看的又是哪步？他也没好意思多问，安顿好老爷子就自顾回实验室加班去了。

宋秋鸣从睡梦中醒来，习惯性地伸手，却只摸到空荡荡的被窝。他这才想起，为了躲避媒体的追堵，妻子已经带着女儿回娘家了。

日程表提示他今天得去医院陪父亲接受采访，他脑海中瞬间闪过逃避的念头，自己的理智又把它掐灭了。

他起床，洗漱，准备早餐，挑选衣物。传感器感知到他的移动，将相关信息投射到他视野所及的平面，语音精灵将文字转换为一阵甜美的女声，读出主要内容：

> ……这事儿就像 20 世纪初摄影的遭遇一样，学院派画家们看不起摄影师，他们嘲笑、攻击、否定摄影作为一门艺术的资格；他们还说立体派画家里的一些人应该被扔进疯人院，毫无疑问毕加索是其中最疯的一个……

宋秋鸣眨眨眼，信息切换到自动轮播模式，这是他习惯的节奏。

> ……我迷恋摄影，就像某种遗传病，就像酒鬼闻见酒精、画家闻见松节油，只要一听见快门的脆响，一钻进暗房，我就浑身起鸡皮疙瘩。谁要是告诉我那黑疙瘩懂摄影，我跟丫死磕，不过是一群白大褂在塑料键盘上敲出来的 0 和 1。美感？杀了我吧……

现在让我们看看这张照片，你看到了什么？啊哈，天空，很好；河流，没错；草地，你们果然都不瞎。现在让我们看看它的标价，是的，你没看错，5210万，硬邦邦的人民币，佳士得最新成交价。这位大妈说得对，我肯定您也拍过类似的照片。有什么难的呀，站在温榆河畔，扎个马步，咔嚓，5000万。人家这作品叫《莱茵河2》，我看是挺二的……

……摄影术1844年来到中国，从南向北，从沿海向内陆传播。最初都是外国摄影师，但是他们只能偷拍中国人，因为中国人相信，谁被拍了照，谁的魂魄就会被摄入那个小木盒子里。再加上动静极大的镁粉灯，难怪连见多识广的老佛爷，也会被洋人的妖术吓得惊恐万状……

宋秋鸣抬头瞄了一眼那张照片，花容失色的慈禧半趴在地上，单手扶住头上的珠冠，宫女和太监们慌乱搀扶着。他笑出了声。

CCES后，CATNIP引起了媒体的极大关注，在这个无聊时代，任何一丝风吹草动都会让记者像坐上脱轨云霄飞车般肾上腺素飙升。尽管投资方认为宋秋鸣在发布会现场的表现令人满意，足以成为这一产品的公关代言人，可这有悖他的初衷。他只想尽快结束这一场闹剧，带着足够的数据回到实验室，继续下一阶段的测试。

咖啡杯上旋出了一个装束奇异的人像投射，像是比亚兹莱笔下的人物，雌雄莫辨。

他开始说话，是个男人。

……我觉得这是赤裸裸的侮辱。摄影并不只是把相机对准对象之后，按下快门那么简单。它是主体、相机与客体三者之间的动态关系。单单是介质的选择，便蕴含有无数种可能，为什么选明胶银盐，为什么用卡罗尔法蛋白，背后对应的是什么样的情绪和理念……机器是不可能理解的，它所能做到的只是计算和模仿……

又一个被侮辱与被损害的艺术家。

宋秋鸣叹了口气，把杯子转过去，抿了一口。这种错位的误读往往令他哭笑不得，虽然有时也不乏瞎猫撞上死耗子般的真知灼见。

声音并没有停止。

　　"……布列松说过，无论一幅摄影作品画面多么辉煌、技术多么到位，如果它远离了爱，远离了对人类的理解，远离了对人类命运的认知，那么它一定不是一件成功的作品……"

爱。人类。命运。这些空洞的大词硌得他耳朵生疼，就像他在节目里提到的算法、映射、Kolmogorov 复杂性、隐 Markov 模型……科学家和艺术家就像是站在河流两岸的孩童，不停向对方扔出硬邦邦的鹅卵石，这些石头甚至没法在空中有丝毫相遇，便直接掉进河水，沉入河底。

像一场永远不会结束的游戏。

　　"……我要向 CATNIP 发出挑战，由亿万网民出题，选定同一个对象进行拍摄，再进行双盲测试，让网民投票选出他们认为更好的照片。我必须捍卫艺术的尊严……"

宋秋鸣再次把杯子转过来，长按说话人的头像，相关资料迅速浮现在餐桌上，包括一长串艺术家的代表作品。宋秋鸣看着那些白花花的人体写真，差点没把嘴里的咖啡吐出来。

事实证明，第一次采访的顺利进行只是小概率事件。

"……我听着那大卡车轧着碎石子儿路面，嘎嘣嘎嘣地开过来，那灰大的呀，啥也看不见。从车后斗跳下来十几个学生，一身军绿，男生理着小平头，女生短发齐耳，胳膊上系着红袖圈，手里还拿着各种干农活的家伙：凿子、铁锹、撬棍……就跟去下地开荒似的。我就故意问他们，给弄啥哩？一个高个儿女孩站出来，说我们今天是来……"

"是来……"他又重复了一遍。

小林姑娘狐疑地看着他，那句话像是突然卡在宋卫东的嗓子眼儿，不上不下。

"是来……破'四旧'的？"老郭试探着帮他补上拼图。

"对对对！"宋卫东长出了口气，"我那会儿比他们大不了几岁，可常年在野外晒得那个黑啊，看上去老成不少，我就问你们是哪个单位的？有上级指示没？几个男孩嚷嚷说我们是八中的，手里的家伙敲着，咣当乱响。我就说，你们回去吧，我是文管局的，奉上级指示，这里暂时不能砸……"

"爸，喝口水。"宋秋鸣打断了他，似乎已经知晓后面的情节。

"不择来不择来（没事儿），"宋卫东摆摆手继续，"那些学生就开始吵吵着，背起语录来，毛主席教导我们，毛主席教导我们……"

老郭和小林交换了个眼色，被宋秋鸣看在眼里。

"爸，想不起来就算了，这些不重要。"

"是是是，宋老师，这些细节咱们可以跳过去，后来呢？"老郭识趣地顺竿爬。

"怎么不重要？太重要了！我那是以彼之矛攻彼之盾，宋秋鸣我都跟你讲过吧，你给他们说说。嘿，我这脑子怎么回事儿……"

"爸，你那都陈芝麻烂谷子的事儿了，我哪能记得住那些个……"宋秋鸣焦躁起来，投资人提的要求越来越过分，他只想赶紧结束回去准备迎接那该死的挑战，"好吧好吧，后来大概是这样的。那高个儿女学生引用语录上的话，说要破'四旧'，向旧世界宣战，扫除山上这些个散发腐朽气息、毒化人们灵魂的封建主义的玩意儿。我爸灵机一动，也用语录上的话怼回去，就跟现在年轻人用表情包斗图似的，说这山上的佛像啊，都是出自工匠之手，工匠是谁，劳动人民啊，主席说'劳动最光荣'，我们不应该随意毁坏，要把它们当作反面教材，世世代代地传承下去，教育我们的子孙后代，不要再受封建制度的压榨和毒害。然后就带着学生喊起口号来……"

说到这，病床上的宋卫东突然举起左拳，挥向半空，扯得输液架哗啦哗啦直响，他张着嘴，却什么也没说出来，像个被按动了开关的自动机器，重复着同一个动作。

小林姑娘笑出了声又赶紧捂住嘴。

"事情经过就是这样，后来学生们坐车原路返回，我爸就这么成了保护文物的英雄……"

"什么英雄？都是放屁！"

房间里的人都被老人掷地有声的话惊呆了。

"爸，可当年您……"

"我还经常梦见当年，那么真切。"宋卫东使劲揉了揉眼睛，似乎眼前扬起了漫天黄沙，"我看见了两辆大卡车，像叠影似的紧挨着，慢慢地晃，一辆变小，一辆变大，都能听见车上拉歌的好嗓子。当时，我还以为这是我搬来的救兵……"

宋秋鸣看了看表，对老郭和小林摇了摇头。

门开了，艺术家走了出来，紧绷的荧光上衣隐约勾勒出肋部线条，他的随行助手在身后拖着沉重的箱子，里面是各种专业相机、灯具及漫反射材料。艺术家旁若无人地蛇行着，突然停下，又后退几步，对在旁边休息区等候的宋秋鸣点头示意。

"该你们了。"他妩媚一笑，精致的彩妆闪闪发光。

宋秋鸣站起来，尴尬地张了张嘴，却不知该如何回应。

门边的绿色 LED 灯亮起，这表示摄影棚里已经清理完毕，模特正期待着下一拨游客进入。宋秋鸣摇头苦笑，带着几名年轻人推着 CATNIP 机器进入房间，他们需要较长的时间进行安装调试。

这全是投资方的主意。

一开始宋秋鸣坚决反对这项提议，他认为"愚蠢、哗众取宠且毫无意义"，更何况对方还是一名以拍摄人体写真出名的情色艺术师，这将把 CATNIP 项目带入娱乐媒体的话语狂欢中。可掏钱的公司不这么想，他们觉得这是一个好机会，能够让更多的人关注到这个项目，以及可能带来的商业化前景。

"要是输了怎么办？"宋秋鸣心存疑虑。

"这只是一场争夺注意力的游戏，不存在输赢。"

宋秋鸣想，可能是披露中期财报的时间窗口到了，股东需要点利好刺激。

Anyway，money talks.

宋秋鸣让组里喜欢摄影的年轻人做了下功课。这位艺术家原名百里雾绘，入行长达二十余年，以肖像及实验摄影著称，8 年前改名为"L.I.Q."，但从来不解释这个首字母缩写究竟代表什么含义。近年来，他因为一系列出位大胆的人体写真备受争议，他的"互文"及"镶嵌"系列均在市场上以高价拍出。

在他的镜头中，"性别"与"性"是永恒的主题。在"互文"系列中，他打破了以摄影师为中心的传统，走进拍摄对象的生活及内心世界，引导他们展示自己的身体，自拍裸露甚至色情的照片，并在一定协议下上传到公共的社交网络。L.I.Q. 最引以为傲的是，他总能激发出模特最为性感勃发却又带有性别认同障碍的表情，用他的话来说："镜头作为摄影师感官的外延，无可避免地带上主体性别心理特征，如果被拍摄的客体足够敏感，或者营造出这种敏感性氛围，便能将这种性别互动投射到作品当中。因此，男人拍女人和女人拍女人所产生的审美效果是完全不同的，但倘若客体对于主体的性别认知存在障碍，便会带来一种新的张力，新的审美。"

宋秋鸣终于明白了自己为何会对 L.I.Q. 产生莫名的不

适感。

规则是这样设定的：同样的拍摄对象、同样的姿势、同样的位置、同样的光照条件、同样的成像介质，留给摄影师的发挥空间其实很有限。成像之后的作品会被抹去一切数字标记，发布到网络上供网友投票，选出他们心目中"更好"的一张。

之所以是"更好"，而不是"更美"或者"更性感"，是因为经过双方协商后，认为"好"这个词比其他词更加笼统宽泛，而不容易由于文化背景差异带出语义上的倾向性，有效减少统计学上的偏差。

宋秋鸣和助手们安装调试着机器，模特在聚光灯下如马奈笔下的奥林匹亚般优雅半卧。在宋秋鸣的要求下，她光洁的身体被暂时蒙上了黑布，远远望去仿佛一颗头颅凭空飘浮在黑色背景中，显得更加诡异。

模特的相关参数已经事先被输入 CATNIP，所有能够被识别的外部数据库均被悉数读取。机器按照之前标定的位置被固定好，当万事就绪，所有工作人员都会撤离房间，只剩下赤裸的模特，和一台等待按下快门的乌黑笨拙的机器。

"你觉得我们该打开 Emo 模块吗？"助手轻声问宋秋鸣。

"不是说还没有调试好吗？"

"那只是针对竞品而言，实际上它对人类面部微表情的识别准确率能达到 87%，正常人也就百分之五六十的水平。"

"你觉得能有帮助？"宋秋鸣扬起右侧眉毛。

"我觉得不妨一试。"那个叫小光的年轻人习惯性地撇撇嘴。

所有工作人员开始退场，当最后一名年轻人将门带上时，他看见模特掀开披在身上的黑色绒布，像是一块巨大的玉石瞬间暴露在强光之下，晃得人眼发蒙。他迟疑了片刻，眼中射出一丝原始光芒，但随即黯淡，将门缓缓关上。

老郭和小林花了不少时间，才让宋卫东的硬盘转到了李建国的部分。

"……李建国是我同门师兄，当时在高校里当辅导员。是他出了这么个主意，说这叫'以红制红'，用大学生来制住中学生。我一拍大腿，妙啊，于是就这么定下来。没想到他们的车晚到了一步……"

宋卫东先是露出笑容，接着眉头骤然一紧，如同平原上被地壳运动挤出的丘陵。宋秋鸣也放下了手机，毕竟这是之前他完全陌生的故事。

"……车上闹哄哄的，我看到李建国耸着肩，耷拉着脑袋，灰头土脸，我仔细瞅了瞅，他的头发还是好好的，这才放了心。他跟着学生跳下车，趁着学生们往下一筐筐地搬沉家伙，他一溜小跑过来，还没等我开口，他就搡（推）着我的胳膊往边上走，一边小声说，别吱声，老老实实咕状（蹲）那儿。

"那些学生都抄着家伙站好队，开始唱起语录歌了，我心里那个急啊，我就想去拦。李建国死死把住我，说你昭昭（看看）那黑烟，那是在烧书、抄家、砸牌匾。白马寺已经完了，经书残灰都堆成一人高了，连贝叶经都被烧了，你还想什么呢？旧世界白茫茫一片真干净了，咱们还是先把小命保住再说吧。我一气之下骂他是叛徒，这时一个大嗓门在我们脑袋顶上炸响，说谁是叛徒……"

老郭和小林都听得入了神，忘了做笔记，只有录音笔的时间无声跳动着。

宋秋鸣已经忘了自己有多久没跟父亲好好说过话，更不用说有整块儿的时间听他讲故事。父子间的纽带仿佛被扫进意识里一个不起眼的角落，结网蒙尘。他太习惯于用逻辑去判断别人需要什么，但并不是所有的需求都能被理性满足。

"……那是李建国班上的母大炮，人见人怕的一员女将，就连个头最大的二虎子也得让她三分。母大炮风风火火地冲到我俩跟前，说你就是宋卫东，听说这山头是你报告的，觉悟很高嘛。我瞪了李建国一眼，啥话也说不出来。母大炮一挥手，撂下话，掉血掉肉不掉队，你们两个落后分子，还不麻利儿地动手？说完领着队伍往山上奔去。

"等他们走远，我往地上啐了一口，我说李建国你这孙子，害人害己啊。他说我这是在救你，怎么变成害你了。我说你看史书上都写着呢，太武帝被近侍所杀，北周武帝病死时才 35 岁，唐武宗毁佛一年后暴毙，柴世宗、宋徽宗、明世宗那可都是不得好死啊。天理昭昭，疏而不漏。这伤天害理损阴德的事儿，你干我可不干。

"李建国被我说得心里也慌了神，他咕状在地上，嘴里叨叨个没完，突然把手里的树枝儿一扔，说有了宋卫东，咱去救佛。"

"救佛？"小林姑娘眼神透着迷惑。老郭却喜不自禁，似乎看到了一线希望。

"对！救佛。我说就咱俩弱不禁风的书生，咋救？李建国说你这脑袋，就跟那山上的石头人儿一样，死心眼儿。学生使的都是蛮力啊，往死里砸，碎成千八百片儿的，拼都拼不拢；咱使巧劲儿，一劈两半，回头把这些大块儿都藏起来，粘起来，你不是学这个的嘛，能救多少算多少……"

宋卫东停住了，露出一丝不知是哭是笑的表情。

所有人都沉默了，先开口的却是宋秋鸣。

"您……砸了？"

"砸了。"

"救了吗？"

"救了。"

"佛呢？"

"……"老人又恢复那副失神的表情，让人很想给他点上一支烟。

"宋老师，您看这尊佛头您有没有印象？"老郭掏出一张照片，举在宋卫东眼前，老人看了一眼，又把眼睛移开，依旧不置一语。

"真抱歉浪费两位这么多时间，这事儿我也是头一回听说。"病房外，宋秋鸣给老郭点上烟，"也只能这样了吧。"

"还有一招儿。"老郭长长地呼出一口白烟，"还记得令尊的梦吗？"

"梦？"

"小林，你比我专业，给宋教授解释解释。"

"哦。宋教授，通常我们证明文物归属有很多种方法，地质学的、考古学的、人类学的、美学的等等。这件文物由于属于碎块拼合，且辗转多地，原址地质地貌变化较大，所以这方面的证据匮乏，只能从人上面下功夫。而您的父亲宋老师就是最直接的证人。"

"可你们也都看到了，他现在这个样子……"

"幸好，现在国际上承认用神经造像技术采集证据。"

"神经造像？"

"简单来说，就是用 fMRI，功能性核磁共振成像，以亚毫米级精度扫描受试大脑的视觉处理区域，在这一过程中让他看各种图片，训练出一个解码器，可以建立起从视觉皮层神经活动信号到物体形象的映射关系，然后再用这个解码器去解析梦境过程中产生的神经信号……"

"可成立的前提是，视知觉和梦境在视觉皮层上的神经活动有相似的激活模式，同时，因为视觉皮层和卷积神经网络的信息处理机制高度相似，所以我猜你们也用 CNN 来提高拟合度。"

"忘记这是您专业了，真是班门弄斧。"

"隔行如隔山，不敢相信已经应用到了法律层面。"

"所以我们只需要证明，这尊佛像，和宋老师梦里出现的是同一尊，这就够了。"

宋秋鸣深深地吸了口气，摇摇头。

"可我父亲不是受试的小白鼠，我不想在他最后的日子还要受这种折腾。"

小林正想说什么，被老郭一把按住。

"非常理解您的处境，希望您能考虑一下再答复我们。"老郭停顿了一下，似乎在犹豫该不该说。"这些天听您父亲的故事，我想，他不告诉您真相，就是不想破坏自己在您心目中的英雄形象，但他过不了自己这一关。也许，只有您能帮他成为真正的英雄。"

宋秋鸣看着两人离去的背影，正想着该如何面对父亲，手机开始疯狂地震动起来。

令人意想不到的结果出现了：

投票显示，53.15%的网友认为左边（by@CATNIP）的照片更好，而只有34.41%的网友认为右侧（by @L.I.Q.）的照片更好，其余网友选择了"没太大差别"。你们认为这个结果跟你的选择一样吗？

网友评论（3147）

……

@EXAGE212：这真是对人类艺术的侮辱。

@悲伤的茼蒿：机器必胜！愚蠢的人类早就应该从地表上消失了！

@L.I.Q.全球粉丝俱乐部：强烈抗议暗箱操作，当然那台玩意儿本来就是个黑箱，强烈要求重赛，所有Liquor都发动起来！跟丫死磕！（火火火）

@果斯塔号：平心而论，L.I.Q.的照片里女人都像在发情期，对于那些精虫上脑的屌丝来说可能很诱惑，但是CATNIP的照片里，那个女人脸上有种不谙世事的好奇与惊讶，对于稍微有点人生阅历和品位的男人来说，这种女人显然更具杀伤力……

@DEM1229AT：求模特联系方式，急！！！

@秦时明月汉嗜官：现在我有点理解为啥清朝人会觉得照相机能摄人魂魄了（震惊）

……

"这场闹剧该收场了！"平素温文尔雅的宋秋鸣一巴掌

拍在桌上，会议室里的人都抬起头看着他。

"老宋，别让媒体激怒你，这正是他们想要的效果。"资方代表淡然处之。

"是你们！游戏结束了，你们的目的也达到了，我只想拿着数据回到实验室，继续完善架构流程和算法，而不是坐在这里，听这些没谱的夸夸其谈。"

"夸夸其谈……我们可是在真金白银地给你们砸钱喔。"资方代表用钢笔一下下戳着桌面，发出啄木鸟叩击树干的声响，"跟钱相比，我们的要求不算过分吧。"

"用那些网友的话说，你们现在不只侮辱了艺术，还要侮辱科学。"

"作为一名科研工作者，您应当学会更加客观地看待事物。"

"看来我们对于客观的定义有分歧，您让我将一台机器吹嘘成带感情的智能体，这客观吗？"

"我的原话是，让它听上去更有人情味一点儿，只是一点儿。"

"我不是你们的公关对象，这招儿对我没用。我再重复一遍，CATNIP 所实现的一切都是在程序设定的范围内，那里只有 0 和 1，不存在任何超自然现象。你有你的市场计划，我有我的底线。咱们互相尊重，好吗？"

"可外面的人不这么想，他们觉得你的机器比人更懂人，更能捕捉人类情感……"

宋秋鸣痛苦地捧住脑袋："唉，小光，你来告诉他。"

那个年轻人噌地站起来，似乎已经憋了很久，他大手一挥，将图像投影到墙上。那是许多人像图片拼成的照片墙。

"这次竞赛，表面上假借民意，体现公开、公平、公正，但其实是 L.I.Q. 团队精心策划的结果，大众的品位其实从某种尺度上讲是可以预测的，只要掌握了充分的社交网络数据，所以最后选择了……她。"

照片墙中的一张女子头像快速扩大，充满全屏，那是中日美混血的新晋超模 Junyi Elisa Miyazaki Osborne，简称 JEMO。

"如果你们了解 JEMO 的出道历史，她是以混血面孔及清纯气息备受瞩目，但 L.I.Q. 的作品却是以肉欲著称，这便是他们押下的赌注。网友们会无比饥渴地期待他们心目中的女神流露内心欲望。据小道消息，L.I.Q. 是靠费洛蒙来激发模特……"

宋秋鸣敲了敲桌子，示意不要过分留恋这些细枝末节，小光假咳了一声，脸上现出尴尬。

"呃……用你们的话说，我们应该建立起具有区隔性的产品形象，于是在人脸识别的基础上，我们又加上了情绪识别的模块。"

JEMO 的脸部继续放大，不同颜色的色块标出表情肌的分布走向，开始轮流闪烁。

"其实情绪识别与人脸识别的基本原理相同，都是基于数据分析，足够大的数据量使得机器能够阅读人脸哪怕最细微的表情肌动作，让真实情绪无所遁形。在这一点上，人脑的辨别能力确实有待提高。我们让机器'阅读'了 JEMO 以往拍摄的所有照片，将她的表情数据影射到曲面上。模特这一行干久了，连表情都会变成行货，所以我们希望捕捉到的是距离曲面最远的点，也就是说，其实我们的目的和 L.I.Q. 殊途同归，希望打破 JEMO 的职业习惯，让她流露出真实的另一面。"

JEMO 的特写开始以逐格动画的方式缓慢跳动，她的眉头微微蹙紧，双眼瞪大，嘴唇微张，但这表情像流星般稍纵即逝，她随即又恢复了职业化的冰冷笑颜。画面再循环跳回第一格。

"这就是那个决定性的瞬间，显然她还不太适应CATNIP的工作方式。"

"那道光斑是什么？"资方代表指着其中的某一帧问道。

小光看了看宋秋鸣，后者点点头。

"为了强化这种陌生感，我们给 CATNIP 加装了一个能发出声响的预闪提示灯，是早已停产的古董级配件……"

"所以你们也有自己的费洛蒙。"资方代表含义不清地笑了笑。

"我们只是……"

一阵掌声打断了小光的欲辩无言，资方代表起立、鼓掌，朝向宋秋鸣的方向，脸上带着诚挚的尊敬。宋秋鸣愕然坐着，不知该作何反应。

"宋教授，您用一个精彩案例，向我们演示了什么叫作建立产品形象。您是真正的英雄。"

宋秋鸣脸上若有所动，随即迅速恢复平静。

"那么剩下的事情就交给我们吧。"资方代表深深鞠了一躬，带领团队离开会议室。

尽管才入初冬，伊阙峡谷的寒风已然凛冽。宋卫东走在漫水桥上，雾气从河上飘近，带着凉薄的湿润贴在他脸上，那种从容缓慢让人产生幻觉，仿佛河流本身是静止的，而桥在飞。

一只白鹭从河心洲飞起，消失在远端的树林里。宋卫东紧了紧肩上的背包，回头望了一眼西山的卢舍那大佛，它已不再金光闪耀，但依然面露微笑。

过了桥，便到了东山。与西山不同，东山没有那么密集的佛龛，岩体保持相对完整，如同裸露的大片白骨。只有上了山腰俯瞰，才能看见栈道两旁零星的石窟。

宋卫东并没有在擂鼓台三洞前过多停留，他知道里面的景象。大万伍佛洞里的一佛二菩萨，以及从南壁到北壁呈半环形分布的 25 座高浮雕罗汉像已被悉数破坏，只留下一些残余的躯体、穹形洞顶和华丽脆弱的莲花藻井。这是武周时期禅宗派所经营的洞窟。禅宗派是一个专修禅定的教派，所谓"禅定"就是安定而止息杀戮之意，似乎历经千年之后，这门技艺已在人间失传。

他又路过千手千眼观音像，由于风化严重，护佑众生的千手只剩下波纹状的纹理，在观音身体两侧如侧鳍般展开，这倒使它免遭劫难。

他不敢看西方净土变龛两侧残缺的佛龛和力士，那也有他的一份功劳，用铁钎凿下佛头佛面时，虎口和手腕被震得酥麻。在此之后，这种幻觉伴随了他很久，无论是端碗筷、翻书、穿衣还是抚摸爱人的肌肤。

净土变龛依《阿弥陀》《无量寿》二经雕刻，描绘的是舞者乐者各得其乐的西方极乐世界，一个乌托邦般的理想社会。宋卫东望向峡谷远方，在西山外看不见的那一端，在东山外看不见的这一端，在这片广袤无垠的土地上，人们同样在进行着一场建造乌托邦的伟大实验，他们砸烂佛像、焚烧书籍，又树立起更伟岸恢宏的神灵与理念。可这一切现在都与他无关了。

宋卫东终于走到了目的地，他谨慎地回了几次头，确定没有人跟随，一猫身，钻进了看经寺西侧一条不起眼的小道，又拐了几道弯，拨开用枝叶编成的掩护，一个半人高的洞口露了出来，里面漆黑一片。

他从背包里掏出蜡烛，点亮，擎着一豆烛火，钻进了洞中。

洞中空气混浊难闻，夹杂着不知名动物的粪便气味。宋卫东进到洞的最深处，烛光隐约照亮了几个鼓鼓囊囊的麻袋。他从背包中取出一块白布铺在地上，把蜡烛稳在较高的岩缝里，现在他几乎能看清整个洞里的情况了。

他从大麻袋里又掏出小麻袋，小麻袋里又有更小的袋子。他小心翼翼地把袋子里的东西倒到白布上，那是一堆灰黑色的不规则石块。他又从另一个角落里翻出藏在那里的另一件东西，一块硬纸板，纸板上用大头针固定着几块碎片，隐约能看出是一张残缺的脸。宋卫东用放大镜瞄着硬纸板上的碎片，又拿起白布上的一块石头片儿，仔细端详，摇摇头放下，捡起另一块。他靠着这种笨拙的办法把麻袋里的数千块碎片逐一分类，再通过颜色、纹理、质地比对，将同类的碎片区分出来。这场浩大的拼图游戏陪伴他从夏天到春天，再到冬天。他不知道自己还将在这个洞穴里待多久，没人知道。

宋卫东脸上突然现出亮光，他像捏着整个世界般捏起一块薄片，轻轻地放到硬纸板上，用手指将它移近，碎片的边缘如同漂移的大陆板块般互相咬合，呈现出全新的面貌。

烛光开始闪烁不定，像是洞悉了什么秘密，宋卫东身子一缩，惊恐地望向洞口。那只是一阵风，遥远冰冷，就像李建国的身体。

宋卫东若有所悟，他做这一切，并不只是为了自己。

硬纸板上的脸又补齐了一块，现在能看清嘴唇与面庞的轮廓了，线条柔和饱满，应该出自唐代匠人之手。

宋卫东的嘴角不由得微微翘起，模仿着那黯淡烛光下的残缺佛面，他感觉自己心里某块地方又完整了一点。

宋秋鸣扶着从机器里缓缓退出的梦中的父亲，惊觉这张脸竟已如此苍老，不禁心生酸楚。

房间的另一端，老郭和小林站在不断刷新的屏幕前，等待着机器用算法解析宋卫东梦境中的影像，并与他们的目标进行匹配。空气中一时间只剩下沉重的呼吸声。

小林突然鸟儿般吱了一声，又赶紧捏住嗓子，她的笑容说明了一切。

宋秋鸣走到屏幕前，看着两幅亮度、色温、清晰度、各种细节不尽相同的图像，但很显然，它们显示的是同一件物体，一尊带着裂缝的微笑的佛面。

"谢谢你。"老郭握住宋秋鸣的手。

"不，该道谢的应该是我。"

"我们的邮箱快被挤爆了。"小光无奈地说。

"可以想象，一种新式的货物崇拜。"宋秋鸣抿了口咖啡，继续看鱼缸上的新闻。

"我们该怎么回应？开放邀请？拒绝？"

"谁捅的娄子谁去补救，不过这也说明他们 PR 的活儿干得不错。"

"噢对了，PR 团队昨天又发了几个包装案例过来，您想看看吗？"

"现在没功夫，放那儿吧。"宋秋鸣的目光没有离开新闻界面，上面有某种东西吸引着他，"这事儿总会过去的，我们需要的只是耐心，等到媒体闻见更新鲜的肉味儿……或者大众心生厌倦。"

那是一只大蜘蛛，趴在细密的蛛网上，八条长腿伸展着，两两靠拢，以至于乍一看颇像躯体与四肢不成比例的人体。

宋秋鸣用手指将高清图片等比例放大，那只蜘蛛扩张成他面孔大小。

这并不是一只真正的蜘蛛，而是用腐败树叶、杂物及虫类尸体搭建起来的精巧结构，一座蜘蛛的雕像。

它的建造者，一只产于秘鲁亚马孙河西部边缘的金蛛科尘蛛属未命名亚种生物，不到四分之一英寸大小的个头，正躲藏在巨大蜘蛛雕像的腹部背后，利用蛛丝牵引着雕像轻轻颤动，令雕像仿佛具有了生命一般，颇为惊悚。

宋秋鸣突然感到一阵不适。他关闭了新闻界面，坐下，喝着咖啡，若有所思。

他打开了小光留下的包装案例。

画面向两侧滑开，左侧较小的头像是委托人，下方有提炼的证言，右侧较大的是 CATNIP 拍摄的照片，点击之后会有视频及图像互动。

委托人：Yoon ChongSui 银行从业者
拍摄对象：他三岁的儿子（姓名隐去）
"当我看到照片的一刹那，我几乎要流泪。那种色调和如今已经很少见的均衡构图，一下子把我带回到几十年前，当我还是他这个年纪时，拍下的那些照片。不同的是，CATNIP 并没有呈现一般儿童肖像欢天喜地的感觉，它用长焦捕捉了一个侧影，要我说，有点孤独的感觉。我想起了小时候，父亲因为工作，很少有时间在家陪伴我，对，他也是银行家，那种残缺的感觉一直深藏在我心底，直到这张照片……我想我明白它所要表达的含义，是的，我明白。"

　　　　委托人：王晋 & 许倩 独立艺术家
　　　　拍摄对象：一条名为"窝夫"的拉布拉多犬
　　"开始我们只是觉得好玩，对，没想那么多，她想来我就陪着来了……拍出来吓了我们一跳，王晋都愣住了……就是那种神态的捕捉，完全不是一般拍动物的方式，我们给'窝夫'拍过很多照片，专业的也有，但都感觉是强调了动物的可爱……但是CATNIP……是的，我想它捕捉到'窝夫'身上特别像人的那一面，那些细节，那种眼神……就是'窝夫'看着镜头的那种眼神，它像看着同类一样看着我们……有那么一瞬间，我想起了去世的母亲，她特别喜欢'窝夫'……也许还是别这么想比较好。"

　　宋秋鸣抬了抬眉毛，这比他想象中要有意思些，他又打开了第三个案例。

　　　　委托人：肖何明清 社区牧师
　　　　拍摄对象：母亲遗像
　　"我犹豫了很久，母亲是突然脑溢血去世的，她生前很少拍照，我希望能够保留点记忆。外面有很多关于 CATNIP 的传言，有些不免僭越，我想耶和华会理解并原谅我的这种想法。为了搭建特殊的垂直支撑架还花了一些功夫，毕竟我母亲已经无法坐起，面朝镜头。我们为她略施妆容，撒上花瓣，就像我在社区里为其他逝者所做的一样。CATNIP花了不少时间对焦，我理解，我母亲那代人能够在数字空间里留下的印迹非常稀少，她现在肌肉松弛，自然也捕捉不到任何表情。快门终于被按下。我怀着不安的心情等了两天，收到了一份快件。我迫不及待地拆开信封，结果大吃一惊。照片中呈现的并非我母亲的面容，而是透过某种金属介质表面所反射出来的教堂穹顶天窗，带着玫瑰般瑰丽的漫射光。我思考了许久，终于找到缘由。CATNIP不知何故，将焦点拉近到我母亲脖子上佩戴的玫瑰金十字架项链，拍出这张超级特写。

看着这张照片，我泪流满面，这莫非是我母亲灵魂升天的证据？如果一台机器看待世间万物的方式，正如上帝希望他的子民们能够做到的那样，为什么我们不能承认它是有情感的，甚至，是有灵的？……"

宋秋鸣深吸了一口气，又缓缓吐出，如果这个案例传播出去，目前CATNIP所面临的风波也许才刚刚开始。

但不知为何，他凝视着那张玫瑰金色的教堂穹顶图，久久不愿移开视线。

他决定给父亲照张相。

一位就读于佛罗里达大学的植物学学者Larry R.在菲律宾内格罗斯岛考察期间，在穆尔西亚镇附近的堪拉昂山脚下发现了一种非常罕见的生物现象。

"我从林场小路穿过树林，看见一张网上趴着一只1美元硬币大小的蜘蛛。我往前走了几步，停了下来，似乎有什么不对劲，于是我又往回退。"

他证实自己所看到的"蜘蛛"其实是用吃剩的昆虫残骸、树叶以及垃圾杂物建成的蜘蛛雕像。他认为有两种可能，一是这种蜘蛛雕像被用于充当诱饵，吸引猎物坠网；还有一种可能，雕像是被蜘蛛用来营造恐吓，以身形大上数倍的伪装来保护自己的安全。

这一发现与数月前在秘鲁亚马孙流域发现的尘蛛雕像行为有着异曲同工之妙，而两者在地球表面上相距1.1万公里。

"我们不知道是否还有其他的蜘蛛或者昆虫有着类似行为，"哥伦比亚大学生物学教授Dennis Jr. Chang接受采访时说，"目前没有任何遗传学上的证据表明两种蜘蛛是否存在同源关系，有一种猜测是它们在各自环境中由于生存压力产生了独立的趋同进化。"

一些阴谋论网站将这种令人不安的现象与人类图腾崇拜的行为相提并论，其中还提到了印第安民族的猎头习俗，以及新几内亚群岛的人燔祭礼。

无论如何，这一现象至少证明了，节肢类生物对于自身空间形状有着清晰的意识，同时，它也具备了一定的智力水平来收集材料并搭建起如此复杂的结构，以实现某种尚不为人知的目的。

"我并不感到很惊讶，"发现者Larry R. 说，"更令我惊讶的是，以前居然没人注意到这一现象。"

NAT GEO ASIA 频道为您报道。

主持人：“因此您的父亲两次抢救了国家文物。”

宋教授：“可以这么说吧，这也是他自认为这辈子最大的贡献。”

主持人：“那么您认为 CATNIP 如何将这一元素融入您父亲的肖像？”

宋教授（思考）：“……有一些报道，包括我父亲修复抢救的佛像，都在网上有数字扫描存档。CATNIP 可以分析这些数据的权重，以及他们被社交网络抓取引用的次数……”

主持人：“我好奇的是，它是如何判断以何种形式，打个比方说，颜色、滤镜、双重曝光等等，结合到人像中，这听起来更需要艺术家的触觉。”

宋教授：“是这样的。你知道之前和 L.I.Q. 的那场所谓‘比赛’吧？它让我对于艺术与艺术家有了更深的理解，从这点上来说我需要感谢 L.I.Q. 团队。比起绘画来，我认为摄影更接近于诗歌，它更多地触及潜意识乃至无意识的层面。摄影师就像一个过滤器，他的一边是未知的客观世界，另一边是神秘的内心感受。有一个词叫‘心理照相’（psyphoto），它恰恰道出了摄影的本质，不仅仅是光学和化学的转化过程，更重要的是摄影师内心的直觉与本能，是寻找事物被取景器框定的‘决定性瞬间’。而在 CATNIP 身上，我们把这一过程交给机器去进行深度学习。”

主持人：“听起来非常不可思议。那您是否觉得 CATNIP 做到了人类摄影师所无法做到的事情呢？”

宋教授：“经过这一次难得的‘聚光灯下’的体验后，我深切地体会到，这世上往往过分抬高了理性与逻辑的力量，而低估了人类情感的价值。”

主持人："您下一步的研究计划可否透露一下？"

宋教授："最近我对蜘蛛很感兴趣，也许它能帮忙解决机器在延展认知上的一些难题。"

主持人："非常感谢您接受今天的采访。我还有最后一个问题，您现在最想做的一件事是什么？"

宋教授微笑："把妻子女儿接回家，我已经有好几个礼拜没看到她们了。"

主持人："她们肯定也非常想念您。祝您一切顺利，再见。"

宋教授："谢谢，再见。"（从画面中消失）

主持人："最后，我们用一个 CCES 中出现的小插曲作为今天节目的结束，下周同一时间再见。"

画面切到闭路监控摄像机，在 CATNIP 围合展区之外，排着长长的队伍。一名背着黑色双肩包，身穿黑色连帽衫的男子加入队伍，他不时左右张望，从背包甩动的幅度看，里面装着不轻的东西。

他出示邀请卡，进入展馆，浏览着四周悬挂的作品。

终于轮到他进入照相亭，面对 CATNIP。他关上门，打开背包，拉出一个碳纤维支架，开始安装。

他把一张黯淡的薄膜蒙在支架上，绷紧，接通导线，薄膜瞬间变得平滑锃亮。

那是一面镜子。

男子将镜子立在 CATNIP 面前，一个红色光点出现在镜面上，微微发散。

CATNIP 面对镜子中那个亮着红点的黑色箱子，自动调焦的马达嗡嗡作响，镜头伸出，缩回，又伸出。

三个安保人员神情紧张地小跑靠近照相亭，一个人喊了句什么，男子从黑色幕布后探头张望，被一把揪住，双手反剪按倒在地。观众一片混乱。

CATNIP 仍在对焦。

■ 陈楸帆（1981— ），新生代科幻代表作家之一，以现实主义和新浪潮风格著称。代表作有《丽江的鱼儿们》《鼠年》《荒潮》《无尽的告别》等。曾获中国科幻小说"银河奖"、全球华语科幻"星云奖"最佳长篇小说金奖、科幻奇幻翻译奖短篇奖等国内外奖项。

编辑说明

"给孩子系列"在北岛的主持下，四年来陆续出版了十余种。在出版飞速增长、追求品种规模的时代，这个速度很慢很慢，以至于模仿这个系列的各色"给孩子……"已经层出不穷。但是我们仍然坚持不追求快速取胜，因为要做出一本真正的好书，就需要打磨再打磨。

比如这本《给孩子的科幻》，从邀请刘慈欣和韩松两位选编者开始，遴选篇目、联系版权、组织翻译、编排设计，每个环节都反复斟酌，不走捷径，耗时费力地推进。科幻小说佳作迭出，如何为孩子选出有启发、有视野、人文和科技想象力并重的好作品，选编者用心良多。

科幻小说引进版权难度大，单篇授权更不容易。感谢未来事务管理局高效的团队，承担了版权联系和翻译的烦琐工作，他们以对科幻事业的热爱，为本书顺利出版竭尽全力。尽管仍然有一些篇目终未获得授权，只能遗憾地放弃，但在选编者的目录单上，这一选本已经完成了理想的呈现。引进篇目的译文，除《巴比伦塔》一篇经由译林出版社授权使用了李克勤的译稿，其余各篇均为本书独家译稿。

全书按照作者出生年月的顺序编排。最后，两位选编者为每一篇选文都撰写了推荐提要，为阅读指点迷津。希望这一册精选读本，为孩子们展开一个瑰丽壮阔的科幻世界。

活字文化编辑部
2018 年 9 月

活字文化
Moveable Type

官方网址：www.mtype.cn
特约编辑：黄纯一
特约营销编辑：陈嵩焘
装帧设计：泽丹

未來事务
管理局
FUTURE AFFAIRS
ADMINISTRATION

编辑：姬少亭　孙薇　宇镭